Spoorloos

Van dezelfde auteur:
Foute boel
Klein detail
Oud zeer
Niemand vertellen

Harlan Coben

Spoorloos

2004 – De Boekerij – Amsterdam

Oorspronkelijke titel: Gone for Good (Delacorte Press)
Vertaling: Els Franci-Ekeler
Omslagontwerp: Rudy Vrooman
Omslagfoto: Getty Images

Vierde druk 2004

ISBN 90-225-3340-9

© 2002 by Harlan Coben
© 2003 voor de Nederlandse taal: De Boekerij bv, Amsterdam

Published by arrangement with Lennart Sane Agency AB.

Niets uit deze uitgave mag worden verveelvoudigd en/of openbaar gemaakt door middel van druk, fotokopie, microfilm of op welke wijze ook zonder voorafgaande schriftelijke toestemming van de uitgever.

Voor Anne
A ma vie de coeur entier

1

Drie dagen voor haar dood vertelde mijn moeder me – het waren niet haar laatste woorden, maar wel bijna – dat mijn broer nog leefde.
Dat was het enige wat ze zei. Ze ging niet in op details. Ze zei het maar één keer. En ze was er niet best aan toe. De morfine had haar hart al in zijn dodelijke greep. De kleur van haar huid hield het midden tussen geel en verblekend zonnebruin. Haar ogen waren diep weggezonken in hun kassen. Ze sliep bijna de hele tijd. Ze zou, om precies te zijn, nog één helder moment hebben – als dit een helder moment was geweest, wat ik zeer betwijfelde – zodat ik nog de gelegenheid kreeg tegen haar te zeggen dat ze een geweldige moeder was geweest, dat ik veel van haar hield, en vaarwel. We praatten nooit over mijn broer. Dat wilde niet zeggen dat we niet aan hem dachten alsof ook hij aan haar bed zat.
'Hij leeft nog.'
Dat was wat ze zei. En als het waar was, wist ik niet of dat goed of slecht was.

We begroeven mijn moeder vier dagen later.
Toen we naar huis waren teruggekeerd voor de sjiva, beende mijn vader grimmig heen en weer over het rulle tapijt in de woonkamer. Zijn gezicht was rood van woede. Ik was er, uiteraard. Mijn zuster

Melissa was overgevlogen uit Seattle met haar echtgenoot Ralph. Tante Selma en oom Murray drentelden rond. Sheila, mijn *soulmate*, zat naast me en hield mijn hand vast.

En dat was het zo'n beetje.

Er was maar één bloemstuk, een schitterend, monsterachtig geval. Sheila glimlachte en kneep in mijn hand toen ze het kaartje zag. Geen woorden, geen bericht, alleen de tekening

Pa keek steeds door de erkerramen naar buiten – de ramen die in de afgelopen elf jaar tweemaal met een BB-gun aan gruzelementen waren geschoten – en mompelde half binnensmonds: 'Hufters.' Hij draaide zich om wanneer hem weer iemand te binnen was geschoten die niet was komen opdagen. 'Godsamme, je zou toch denken dat de Bergmans hun neus wel even konden laten zien.' Dan deed hij zijn ogen dicht en wendde zijn gezicht af. De woede vrat zich opnieuw door hem heen, smolt samen met het leed tot iets waar hij niet tegenop kon.

Voor de zoveelste keer bedrogen in een decennium dat stijf stond van bedrog.

Ik had behoefte aan frisse lucht.

Ik stond op. Sheila keek bezorgd naar me op. 'Ik ga een eindje lopen,' zei ik zachtjes.

'Zal ik meegaan?'

'Nee, hoeft niet.'

Sheila knikte. We waren nu bijna een jaar samen. Ik had nog nooit een partner gehad die zo goed op mijn nogal eigenaardige stemmingen was afgesteld. Ze kneep in mijn hand met nog een ik-hou-van-je en de warmte verspreidde zich door me heen.

Onze voordeurmat was van hard kunstgras, hij had van een oefenveldje voor golfers gejat kunnen zijn, met een plastic madeliefje in de linkerbovenhoek. Ik stapte eroverheen en liep door Downing Place. Aan weerskanten van de straat geestdodend gewone huizen, twee verdiepingen, daken afgewerkt met aluminium, circa 1962. Ik had mijn donkergrijze pak nog aan. Het prikte in de hitte. De wrede zon beukte op me neer als een drummer en een pervers deel van mij vond dat het een prachtige dag was om weg te rotten. In een flits zag ik de glimlach van mijn moeder, de glimlach die de hele wereld had doen oplichten – de glimlach van vóór het was gebeurd. Ik stopte het beeld weg.

Ik wist waar ik naartoe ging, al denk ik niet dat ik dat tegenover mezelf zou hebben toegegeven. Ik werd ernaartoe getrokken door een onzichtbare kracht. Sommigen zouden het masochistisch noemen. Anderen zouden opmerken dat het misschien iets te maken had met het sluiten van een cirkel. Volgens mij ging het om geen van beide.

Ik wilde gewoon de plek zien waar het allemaal was geëindigd. Overal om me heen hoorde en zag ik de drukte van zomer in een buitenwijk. Kinderen fietsten joelend langs. Meneer Cirino, die aan Route 10 een verkoopkantoor had voor Ford/Mercury, was zijn gras aan het maaien. Meneer en mevrouw Stein, die een keten gereedschapswinkels hadden opgebouwd die was opgeslokt door een grotere keten, liepen hand in hand te wandelen. Bij de Levines waren ze *touch football* aan het spelen, maar ik kende geen van de deelnemers. Barbecuerook walmde op uit de achtertuin van de Kaufmans.

Ik kwam langs het huis waar de familie Glassman had gewoond. 'Malle' Mark Glassman was dwars door de glazen tuindeuren gestormd toen hij zes was. Hij speelde dat hij Superman was. Ik kon me het gekrijs en het bloed nog herinneren. Er waren meer dan veertig hechtingen nodig geweest. Malle Mark was groot geworden en een of andere ipo-start-up miljardair geworden. Ik denk niet dat hij nog steeds Malle Mark wordt genoemd, al weet je het nooit natuurlijk.

Op de hoek stond het huis van de familie Mariano, dat nog steeds die weerzinwekkende kleur van gelige fluim had en een plastic hert dat het pad naar de voordeur bewaakte. Angela Mariano, de wilde meid van onze wijk, was twee jaar ouder dan wij en van een superieur, ontzag inboezemende soort. De eerste pijnlijke steken van diepgewortelde hormonale verlangens heb ik gevoeld toen ik Angela in haar achtertuin zag zonnen in een geribbeld haltertopje dat een uitdaging vormde voor de zwaartekracht. Het water was me letterlijk in de mond gelopen. Angela had altijd ruzie met haar ouders en rookte stiekem in het schuurtje achter haar huis. Haar vriendje had een motorfiets. Ik ben haar vorig jaar in de stad tegengekomen op Madison Avenue. Ik had gedacht dat ze er verlopen zou uitzien – ze zeggen tenminste altijd dat het zo gaat met het eerste meisje waar je hopeloos geil op was – maar Angela zag er fantastisch uit en leek erg gelukkig.

Een sproeier beschreef zijn trage boog voor het huis van Eric Frankel op nummer 23. Eric had een bar mitswa met als thema 'ruimtevaart' gehad in de Chanticleer in Short Hills toen we allebei in de brugklas zaten. Het plafond was in planetariumstijl versierd –

een zwarte hemel met sterrenconstellaties. Ik had een plaatskaartje voor 'Tafel Apollo 14'. In het midden van de zaal stond een prachtige raket op een oerwoudgroen lanceerterrein. De kelners, uitgedost in realistisch uitziende ruimtepakken, waren zogenaamd bemanningsleden van de Mercury 7. 'John Glenn' bediende ons. Cindi Shapiro en ik glipten naar de ceremoniekamer en vrijden daar een vol uur. Het was mijn eerste keer. Ik wist niet wat ik deed. Cindi wel. Ik herinner me dat het heerlijk was, zoals haar tong me op onverwachte manieren streelde en schokjes bezorgde. Maar ik herinner me ook hoe mijn aanvankelijke bekoring na een minuut of twintig veranderde in, tja, verveling – een verward 'en nu?' samen met een naïef 'is dat nou alles?'

Toen Cindi en ik steels terugkeerden naar Cape Kennedy's Apollo 14, een tikje verfomfaaid en roezig van het vrijen (de Herbie Zane Band trakteerde de zaal op 'Fly Me to the Moon') trok mijn broer Ken me opzij. Hij eiste details. Die ik natuurlijk maar al te graag verstrekte. Hij beloonde me met die glimlach van hem en een *high five*. Toen we die avond in ons stapelbed lagen, Ken boven, ik onder, en op de radio 'Don't Fear the Reaper' (Kens favoriete nummer) van Blue Oyster Cult werd gedraaid, vertelde mijn oudere broer me wat ik weten moest, gezien vanuit het oogpunt van een veertienjarige. Ik zou er later achter komen dat hij het hoofdzakelijk mis had (een beetje te veel nadruk op de borsten), maar wanneer ik aan die avond terugdenk, moet ik altijd glimlachen.

Hij leeft nog...

Ik schudde mijn hoofd en sloeg rechtsaf op de hoek van Coddington Terrace bij het huis waar de familie Holders had gewoond. Dit was de route die Ken en ik altijd hadden gelopen naar de Burnet Hill Elementary School. Vroeger was er een geplaveid pad tussen twee huizen geweest waardoor je een stuk kon afsnijden. Ik vroeg me af of dat er nog steeds was. Mijn moeder – iedereen, zelfs kinderen, noemde haar Sunny – volgde ons altijd zogenaamd ongezien naar school. Ken en ik sloegen onze ogen ten hemel wanneer ze achter bomen wegdook. Ik glimlachte nu ik terugdacht aan haar overdreven zorg om ons. Ik had het altijd gênant gevonden, maar Ken had er zijn schouders over opgehaald. Mijn broer was zo zelfverzekerd *cool* dat hij zich van zoiets niets hoefde aan te trekken. Ik was dat niet.

Ik voelde een steek en liep door.

Misschien verbeeldde ik het me alleen maar, maar er werd naar me gekeken. De fietsen, de stuiterende basketballen, de sproeiers en grasmaaiers, de kreten van de footballspelers – alles leek te verstommen wanneer ik langskwam. Sommigen staarden uit nieuwsgierigheid omdat een onbekende man die op een zomeravond in een donkergrijs pak door hun straat liep, een nogal eigenaardig verschijnsel was. Maar de meesten – nogmaals, daar leek het tenminste op – keken in afgrijzen naar me omdat ze me herkenden en niet konden geloven dat ik het waagde deze heilige grond te betreden.

Zonder aarzelen liep ik naar het huis aan Coddington Terrace 47. Mijn das hing half los. Ik stak mijn handen diep in mijn broekzakken. Mijn teen raakte het punt waar straat en stoep elkaar ontmoetten. Wat deed ik hier? Ik zag een gordijn bewegen in de zitkamer. Het gezicht van mevrouw Miller verscheen achter het raam, uitgemergeld en spookachtig. Ze keek me fel aan. Ik verroerde me niet, liep niet weg. Eventjes bleef ze giftig naar me kijken en toen kreeg haar gezicht, tot mijn verbazing, een zachtere trek. Het was alsof ons wederzijdse leed een soort band schepte. Mevrouw Miller knikte tegen me. Ik knikte terug en voelde de tranen opwellen.

U hebt de reportages misschien gezien op *20/20* of *Prime Time Live* of een ander derderangs televisieprogramma. Voor degenen die het niet hebben gezien, hierbij de officiële versie: Elf jaar geleden, op 17 oktober, heeft mijn broer Ken Klein, die toen vierentwintig jaar oud was, in de stad Livingston in New Jersey ons buurmeisje Julie Miller op beestachtige wijze verkracht en gewurgd.

In de kelder van haar huis. Aan Coddington Terrace 47.

Daar is haar lijk gevonden. Het bewijsmateriaal heeft niet onomstotelijk uitgewezen of ze daar in die haveloze kelder is vermoord of pas na haar dood achter de zwart-wit gestreepte bank met vochtplekken is gedumpt. De meeste mensen denken dat het in de kelder is gebeurd. Mijn broer heeft aan de politie weten te ontkomen en is naar een onbekende bestemming gevlucht – althans, ik zeg het nogmaals, dat is de officiële versie.

De afgelopen elf jaar is het Ken steeds weer gelukt door de mazen van een internationaal sleepnet te glippen. Hij is echter viermaal 'gesignaleerd'.

De eerste keer was ongeveer een jaar na de moord, in een klein vissersdorp in het noorden van Zweden. Interpol stortte zich op het dorp, maar mijn broer slaagde erin aan hun greep te ontsnappen. Naar verluidt was hij gewaarschuwd. Ik heb geen flauw idee hoe of door wie.

Vier jaar later was hij in Barcelona gezien. Ken had daar – om de krantenberichten maar even te citeren – 'een haciënda met uitzicht op de oceaan' gehuurd (Barcelona ligt niet aan een oceaan) samen met – ik citeer alweer – 'een sierlijke, donkerharige vrouw, wellicht een flamencodanseres'. Het was maar liefst een aldaar vakantievierende inwoner van Livingston die beweerde Ken en zijn Castiliaanse geliefde aan het strand te hebben zien dineren. Mijn broer werd beschreven als gebruind, fit, gekleed in een wit overhemd met open boord, met aan zijn voeten instapschoenen zonder sokken. De man uit Livingston, ene Rick Horowitz, had samen met mij in de vierde klas van de lagere school gezeten, bij meneer Hunt. Drie maanden lang had Rick in de pauze voor het vertier gezorgd door rupsen te eten.

De Ken uit Barcelona wist wederom aan de lange arm van de wet te ontsnappen.

De laatste keer dat mijn broer zou zijn gezien, was op een skipiste voor gevorderden in de Franse Alpen (interessant, want vóór de moord had Ken nooit geskied). Ook dat leverde niets op, behalve een documentaire op *48 Hours*. Door de jaren heen was de vluchtelingenstatus van mijn broer de criminele versie geworden van VH1's *Where Are They Now?*, de kop opstekend wanneer er weer een gerucht kwam bovendrijven of, wat mij eerder leek, wanneer de derderangs zender weinig nieuws te melden had.

Het sprak vanzelf dat ik de 'achtergrondverslagen' over 'de moord van goeden huize' of welke pakkende titel ze er ook voor wisten te bedenken, haatte. In de 'speciale reportages' (ik moet nog zien dat ze zoiets een keer een 'gewone reportage' noemen, want iedereen heeft dit onderwerp al uitgemolken) toonden ze altijd dezelfde foto's van Ken in zijn witte tennistenue – hij heeft een tijdje op nationaal niveau gespeeld – met zijn meest uitgestreken smoel. Geen idee waar ze die vandaan hadden. Op de foto's zag Ken er zo knap uit dat dát alleen al de mensen tegen hem in het harnas joeg. Hooghartig, Kennedy-kapsel, bruinverbrande huid afstekend bij het wit, parelwitte lach. De Ken van de foto's zag eruit als een van die bevoorrechte lieden (was hij niet) die dankzij hun charme met gemak door het leven zeilden (was een beetje zo) en een vette bankrekening hadden (was niet zo).

Ik was in slechts één van die reportages aan bod gekomen. Een producent had contact met me opgenomen – dit was nog vrij vroeg in het productiestadium – en gezegd dat hij 'beide kanten eerlijk wilde belichten'. Ze hadden mensen genoeg die bereid waren mijn broer te lynchen, zei hij. Wat ze nu nodig hadden voor het 'evenwicht' was iemand die voor de mensen thuis de 'ware Ken' kon beschrijven.

Ik tuinde erin.

Een stijf-gekapte blonde interviewster met een sympathieke uitstraling sprak meer dan een uur met me. Ik vond het wel prettig. Het was therapeutisch. Ze bedankte me en liep helemaal met me mee naar buiten en toen het programma werd uitgezonden, gebruikten ze maar één fragment, waarbij haar vraag ('Maar je wilt ons toch niet vertellen dat je broer perfect was? Je probeert ons toch niet te vertellen dat hij een heilige was?') was weggelaten en mijn antwoord zodanig geredigeerd dat ik in een extreme close-up die alle poriën van mijn neus uitvergrootte, met dramatische muziek op de achtergrond zei: 'Ken was geen heilige, Diane.'

Dat was, zoals gezegd, de officiële versie van het gebeurde.

Ik heb het nooit geloofd. Ik zeg niet dat het niet mogelijk is. Maar een veel aannemelijker scenario is volgens mij dat mijn broer dood is – dat hij al elf jaar dood is.

Om dat nog wat aan te scherpen: mijn moeder heeft al die jaren gedacht dat Ken dood was. Dat geloofde ze zonder meer. Zonder voorbehoud. Haar zoon was geen moordenaar. Haar zoon was een slachtoffer.

Hij leeft nog... Hij heeft het niet gedaan.

De voordeur van het huis van de familie Miller ging open. Meneer Miller stapte over de drempel. Hij duwde zijn bril omhoog op zijn neus. Zijn vuisten rustten op zijn heupen in een meelijwekkende Superman-houding.

'Lazer op, Will,' zei meneer Miller tegen me.

En dat deed ik.

De volgende grote schok kwam een uur daarna.

Sheila en ik waren in de slaapkamer van mijn ouders. Het meubilair, stevig, verbleekt, wolkengrijs met blauwe randjes, had deze kamer gesierd voor zolang als ik me kon herinneren. We zaten op het kingsize bed, op het matras met de zwakke springveren. De allerpersoonlijkste eigendommen van mijn moeder – de spullen die ze in de laden van het bolle nachtkastje bewaarde – lagen verspreid over het dekbed. Mijn vader stond beneden voor de erkerramen nog steeds opstandig naar buiten te kijken.

Ik weet niet waarom ik de dingen wilde bekijken die mijn moeder belangrijk genoeg had gevonden om dicht bij zich op te bergen en te bewaren. Het zou pijn doen. Dat wist ik. Er bestaat een interessante correlatie tussen opzettelijk toegebrachte pijn en troost, een soort spelen-met-vuurbenadering van het rouwproces. Ik had er vermoedelijk behoefte aan.

Ik keek naar Sheila's mooie gezicht – ze hield haar hoofd een tikje schuin naar links, ogen neergeslagen, starend naar de spullen – en mijn hart sprong op. Ik weet dat het raar klinkt, maar ik kon uren naar Sheila kijken. Het zat 'm niet alleen in haar schoonheid – die was niet eens wat men klassiek noemt, haar gelaatstrekken een tikje uit het lood, misschien om genetische redenen maar eerder vanwege haar duistere verleden – maar haar gezicht was zo levendig, nieuwsgierig en tegelijkertijd broos, alsof nog één klap haar voor altijd zou vellen. Wanneer ik naar Sheila keek, wilde ik – heb alstublieft nog even geduld met me – dapper zijn voor haar.

Zonder op te kijken glimlachte Sheila flauwtjes en zei: 'Hou op.'

'Ik doe niks.'

Ze keek op en zag de uitdrukking op mijn gezicht. 'Wat is er?' vroeg ze.

Ik haalde mijn schouders op. 'Je bent mijn wereld,' zei ik eenvoudig.

'Je bent zelf ook een lekker stuk.'

'Ja,' zei ik. 'Ja, da's waar.'

Ze deed alsof ze me wilde slaan. 'Ik hou van je, weet je.'

'Gelijk heb je.'

Ze sloeg haar ogen ten hemel. Toen viel haar blik weer op de zijkant van mijn moeders bed. Haar gezicht kwam tot rust.

'Waar denk je aan?' vroeg ik.

'Aan je moeder.' Sheila glimlachte. 'Ik mocht haar graag.'

'Ik wou dat je haar had gekend zoals ze vroeger was.'

'Ik ook.'

We bekeken de gelamineerde vergeelde krantenknipsels. Geboorteberichten – Melissa, Ken, ik. Artikelen over Kens tennisprestaties. Zijn bekers, al die bronzen miniatuurmannetjes die een bal serveren, vulden nog steeds zijn oude slaapkamer. Er waren foto's, hoofdzakelijk oude van vóór de moord. Sunny. Die bijnaam had ze als kind al gehad. Paste goed bij haar. Ik vond een foto van haar als voorzitster van de oudercommissie. Ik weet niet wat ze aan het doen was, maar ze stond op een podium met een rare hoed op en alle andere moeders lagen in een deuk. Een foto van de schoolkermis die ze had georganiseerd. Ze droeg een clownspak. Sunny was de favoriete volwassene van al mijn vriendjes. Ze vonden het fijn wanneer zij de carpoolmoeder was. Ze wilden de jaarlijkse schoolpicknick altijd bij ons thuis houden. Sunny was ouderlijk *cool* zonder klef gedoe, precies 'mal' genoeg, een tikje krankzinnig misschien, zodat je nooit precies wist wat ze nou weer zou doen. Rond mijn moeder hing altijd een sfeer van opwinding, iets knisperends.

We zaten daar ruim een uur. Sheila deed het rustig aan, bekeek iedere foto aandachtig. Bij een ervan kneep ze haar ogen iets toe. 'Wie is dat?'
Ze gaf me de foto. Links stond mijn moeder met al haar glorieuze rondingen in een nog net niet obscene gele bikini, 1972 ongeveer leek mij. Ze had haar arm om de schouders van een kleine man met een donkere snor geslagen die vrolijk lachte.
'Koning Hussein,' zei ik.
'Wat zeg je nou?'
Ik knikte.
'Die van Jordanië?'
'Ja. Pa en ma zagen hem in de Fontainebleau in Miami.'
'En?'
'Toen heeft mam gevraagd of hij met haar op de foto wilde.'
'Dat meen je niet.'
'Dit is het bewijs.'
'Had hij geen lijfwachten of zo?'
'Och, die zagen meteen dat ze niet gewapend was.'
Sheila lachte. Ik herinnerde me hoe mam me het voorval had verteld. Ze had samen met koning Hussein geposeerd en toen deed pa's fototoestel het niet; binnensmonds vloekend had pa van alles geprobeerd, terwijl zij hem met priemende blikken had opgejut en de koning geduldig was blijven staan, tot het hoofd van zijn bewakingsdienst het fototoestel uiteindelijk had bekeken, het probleem gevonden, opgelost en het toestel teruggegeven aan pa.
Mijn mam, Sunny.
'Wat was ze mooi,' zei Sheila.
Het klinkt als zo'n afgezaagd cliché wanneer je zegt dat een deel van haar was gestorven toen Julie Millers stoffelijk overschot was gevonden, maar het probleem van clichés is dat ze vaak maar al te waar zijn. Het knisperende aan mijn moeder verstomde, werd gesmoord. Nadat ze het nieuws over de moord had gehoord, is ze niet één keer in woede uitgebarsten of hysterisch gaan huilen. Ik heb vaak gewenst dat ze dat wel had gedaan. Mijn onberekenbare moeder werd angstaanjagend effen. Haar hele manier van doen werd vlak, monotoon – 'verstoken van levensvreugde' is de beste manier om het te beschrijven – en om iemand als zij zo te moeten zien, was pijnlijker dan getuige te moeten zijn van de meest dwaze kuren.
Er werd gebeld. Ik keek uit het slaapkamerraam en zag de bestelwagen van de Eppes-Essen-deli. Maagversterking voor de, eh, rouwenden. Pa had in zijn optimisme te veel schotels besteld. Zelfbe-

drog tot het einde toe. Hij was in dit huis gebleven als de kapitein van de *Titanic*. Ik herinner me de eerste keer dat de ramen aan diggelen waren geschoten met een BB-gun, niet lang na de moord, en de manier waarop hij uitdagend zijn gebalde vuist had geschud. Ik geloof dat mam had willen verhuizen. Pa niet. Verhuizen was in zijn ogen een capitulatie. Verhuizen was toegeven dat hun zoon schuldig was. Verhuizen zou verraad zijn.

Dom.

Sheila keek naar me. Haar warmte was bijna voelbaar, een zonnestraal op mijn gezicht, en een ogenblik gunde ik het mezelf erin te baden. We hadden elkaar ongeveer een jaar geleden op ons werk ontmoet. Ik ben de directeur van het Covenant House aan 41st Street in New York City. We zijn een liefdadigheidsorganisatie die jonge weglopers helpt op straat in leven te blijven. Sheila had zich als vrijwilligster gemeld. Ze kwam uit een kleine stad in Idaho, maar in haar was niet veel van het provinciale meisje over. Ze vertelde me dat ook zij, vele jaren geleden, van huis was weggelopen. Dat was het enige wat ze over haar verleden aan me kwijt wilde.

'Ik hou van je,' zei ik.

'Gelijk heb je,' antwoordde ze adrem.

Ik sloeg mijn ogen niet ten hemel. Sheila was tegen het einde erg lief geweest voor mijn moeder. Ze had vaak de Community Bus Line genomen van Port Authority naar Northfield Avenue en was daarvandaan naar het St. Barnabas Medical Center gelopen. Voordat mam ziek was geworden, was ze voor het laatst in het St. Barnabas geweest om van mij te bevallen. Daar zat vermoedelijk iets van een aanwijsbare levenscyclus in, maar dat zag ik op dat moment niet zo.

Ik had Sheila en mijn moeder echter samen gezien. En was me dingen gaan afvragen. Ik waagde de sprong.

'Je zou je ouders moeten bellen,' zei ik zachtjes.

Sheila keek me aan alsof ik haar een klap in het gezicht had gegeven. Ze gleed van het bed af.

'Sheila?'

'Dit is niet het juiste tijdstip, Will.'

Ik pakte een fotolijstje met daarin een foto van mijn bruinverbrande ouders op vakantie. 'Dit is net zo'n goed tijdstip als ieder ander.'

'Je weet niets over mijn ouders.'

'Maar dat zou ik wel graag willen,' zei ik.

Ze draaide haar rug naar me toe. 'Je werkt met weglopers,' zei ze. 'En?'

'Je weet dus hoe erg het kan zijn.'
Dat wist ik inderdaad. Ik dacht weer na over haar een tikje scheve gelaatstrekken – de neus, bijvoorbeeld, met het veelzeggende bobbeltje – en had veel vragen. 'Ik weet ook dat het nog erger is wanneer je er niet over praat.'
'Ik heb erover gepraat, Will.'
'Niet met mij.'
'Jij bent niet mijn psycholoog.'
'Ik ben de man van wie je houdt.'
'Ja.' Ze draaide zich weer naar me toe. 'Maar niet nu, goed? Alsjeblieft.'
Ik wist niet wat ik daarop moest antwoorden, maar misschien had ze gelijk. Afwezig frunnikte ik aan het fotolijstje. En toen gebeurde het.
De foto in het lijstje verschoof een beetje.
Ik keek ernaar. Eronder was een andere foto te zien. Ik schoof de bovenste nog iets verder opzij. Een hand verscheen op de onderste foto. Ik probeerde de bovenste nog verder opzij te schuiven, maar dat lukte niet. Mijn vinger tastte naar de klemmetjes aan de achterkant. Ik boog ze om en liet de achterkant van het fotolijstje op het bed vallen. Twee foto's dwarrelden ernaast neer.
Een ervan – de bovenste – was van mijn ouders tijdens een cruise. Ze zagen er gelukkig en gezond en ontspannen uit; ik kon me hen nauwelijks zo herinneren. Maar het was de tweede foto, de verborgen foto, die mijn aandacht trok.
De rode datum onderin was van minder dan twee jaar geleden. De foto was genomen op een bergweide of een heuvel of zoiets. Ik zag geen huizen op de achtergrond, alleen besneeuwde bergen, alsof het een foto was van de openingsscène van *The Sound of Music*. De man op de foto droeg een korte broek en een rugzak, had een zonnebril op en wandelschoenen met kale neuzen aan. Zijn glimlach kwam me bekend voor. Zijn gezicht ook, hoewel er nu meer rimpels in zaten. Zijn haar was langer. In zijn baard zat grijs. Maar er was geen twijfel mogelijk.
De man op de foto was mijn broer Ken.

2

Mijn vader zat in zijn eentje op het terras achter het huis. De nacht was gevallen. Hij zat heel stil en staarde voor zich uit in het donker. Toen ik van achteren op hem toeliep, schokte er een vlijmscherpe herinnering door me heen.

Ongeveer vier maanden na de moord op Julie zag ik mijn vader in de kelder, met zijn rug naar me toe, net als nu. Hij dacht dat er niemand thuis was. In zijn rechterhand rustte zijn Ruger, een .22-kaliber pistool. Hij hield het wapen teder in zijn handpalm, alsof het een diertje was, en ik was van mijn leven nog nooit zo bang geweest. Ik stond er als bevroren bij. Hij hield zijn ogen op het pistool gericht. Na een paar lange minuten tippelde ik snel de trap op en deed ik alsof ik net thuiskwam. Tegen de tijd dat ik de trap af bonkte, was het wapen verdwenen.

Ik heb hem een week lang niet alleen gelaten.

Nu glipte ik door de glazen schuifdeuren naar buiten. 'Hoi,' zei ik tegen hem.

Hij draaide zich om en er verscheen meteen een brede glimlach op zijn gezicht. Hij had er voor mij altijd een. 'Hallo, Will,' zei hij, een tedere klank in zijn schrapende stem. Pa was altijd blij zijn kinderen te zien. Voordat dit allemaal was gebeurd, was mijn vader een redelijk populaire man geweest. De mensen mochten hem graag. Hij was vriendelijk en betrouwbaar, zij het een beetje bars, waardoor hij juist nog betrouwbaarder leek. Maar ook al glimlachte mijn vader tegen je, je interesseerde hem geen fluit. Zijn wereld bestond uit zijn gezin. Verder was niemand belangrijk voor hem. Het lijden van vreemdelingen en zelfs van vrienden raakte hem nooit echt – een soort gezinsegocentrisme.

Ik ging in de tuinstoel naast hem zitten zonder te weten hoe ik het onderwerp moest aansnijden. Ik haalde een paar keer diep adem en hoorde hem hetzelfde doen. Ik voelde me bij hem heerlijk beschermd. Hij was dan wel ouder en verdorder en ik was nu langer en sterker dan hij, maar ik wist dat als er moeilijkheden mochten zijn, hij nog steeds voor me zou opkomen en de klappen in ontvangst nemen.

En dat ik nog steeds een stapje achteruit zou doen en het aan hem overlaten.

'Ik moet die tak afzagen,' zei hij, in het donker wijzend.

Ik zag geen tak. 'Ja,' zei ik.

Het licht achter de schuifdeuren viel op zijn profiel. De woede was weggezakt en de verslagen blik was teruggekeerd. Ik denk wel eens dat hij na Julies dood inderdaad heeft geprobeerd zich op te werpen om de klappen te incasseren, maar daarbij op zijn achterste is gevallen. In zijn ogen lag nog steeds een blik alsof hij vanbinnen was gebarsten, de blik van een man die onverwachts in zijn maag was gestompt en niet wist waarom.

'Hoe gaat het?' vroeg hij me. Zijn vaste openingszin.

'Goed. Ik bedoel, niet goed maar...'

Pa maakte een wuivend gebaar. 'Ja, domme vraag,' zei hij.

We verzonken weer in stilte. Hij stak een sigaret op. Pa rookte thuis nooit. De gezondheid van zijn kinderen en zo. Hij nam een trek, keek toen naar mij alsof hij zich dat opeens weer herinnerde, en trapte de sigaret uit.

'Mag wel, hoor,' zei ik.

'Je moeder en ik hadden afgesproken dat ik thuis nooit zou roken.'

Ik ging er niet tegenin. Ik vouwde mijn handen en legde ze op mijn schoot. Toen sprong ik in het diepe. 'Mam heeft iets tegen me gezegd voordat ze stierf.'

Zijn ogen draaiden naar me toe.

'Ze zei dat Ken nog leeft.'

Pa verstijfde, maar het was maar heel even. Een bedroefde glimlach kwam op zijn gezicht tot rust. 'Dat kwam door de medicijnen, Will.'

'Dat dacht ik ook,' zei ik. 'Aanvankelijk.'
'En nu?'
Ik keek naar zijn gezicht, op zoek naar tekenen van bedrog. Er waren uiteraard geruchten geweest. Ken was niet rijk geweest. Velen hadden zich afgevraagd hoe mijn broer het zich kon veroorloven zich zo lang verborgen te houden. Mijn antwoord was dat hij dat niet had gedaan – dat ook hij die avond was gestorven. Anderen, misschien wel de meeste mensen, waren ervan overtuigd dat mijn ouders hem op de een of andere manier stiekem geld stuurden.

Ik schokschouderde. 'Ik vraag me af waarom ze dat na al die jaren opeens zei.'

'De medicijnen,' herhaalde hij. 'En ze lag op sterven, Will.'

Het tweede deel van dat antwoord leek zoveel te omvatten. Ik liet het een moment hangen. Toen vroeg ik: 'Denk jij dat Ken nog leeft?'

'Nee,' zei hij. En toen wendde hij zijn gezicht af.

'Heeft mam tegen jou iets gezegd?'

'Over je broer?'

'Ja.'

'Hetzelfde als ze tegen jou heeft gezegd,' zei hij.

'Dat Ken nog leeft?'

'Ja.'

'Verder nog iets?'

Pa haalde zijn schouders op. 'Dat hij Julie niet heeft vermoord. Ze zei dat hij allang terug had kunnen zijn, maar dat hij eerst iets moest doen.'

'Wat dan?'

'Ze praatte wartaal, Will.'

'Heb je het haar gevraagd?'

'Natuurlijk, maar ze zei maar wat. Ze kon me niet meer horen. Ik heb haar gesust. Ik heb gezegd dat alles in orde zou komen.'

Weer wendde hij zijn gezicht af. Ik overwoog hem de foto van Ken te laten zien, maar zag ervan af. Ik wilde er goed over nadenken voordat ik ons die weg liet inslaan.

'Ik heb gezegd dat alles in orde zou komen,' herhaalde hij.

Ik zag een van de fotokubussen achter de tuindeuren, de oude kleurenfoto's door het zonlicht verbleekt tot een waas van geelgroen. Er stonden geen recente foto's in de kamer. Ons huis zat gevangen in een tijdzone, was elf jaar geleden stijf bevroren, als in dat liedje over de staande klok waarvan de klepel stil blijft hangen wanneer de oude man is gestorven.

'Ik kom zo terug,' zei pa.

Ik keek naar hem toen hij opstond en bij me vandaan liep tot hij dacht dat hij uit het zicht was verdwenen. Maar ik kon zijn gestalte nog zien in het donker. Ik zag dat hij zijn hoofd boog. Zijn schouders schokten. Ik geloof niet dat ik mijn vader ooit heb zien huilen. Daar wilde ik nu geen begin mee maken.

Ik draaide me om en dacht aan de andere foto, die op de slaapkamer, de foto van mijn ouders op de cruise, bruinverbrand en gelukkig, en ik vroeg me af of hij daar misschien ook aan dacht.

Toen ik midden in de nacht wakker werd, lag Sheila niet in bed. Ik ging rechtop zitten en luisterde. Niets. Althans, niet in de flat. Ik hoorde het gebruikelijke nachtelijke straatrumoer langs de drie verdiepingen naar boven drijven. Ik keek in de richting van de badkamer. Het licht was uit. Alle lichten waren uit.

Ik overwoog haar te roepen, maar de stilte had iets broos, iets breekbaars, als een zeepbel. Ik gleed uit bed. Mijn voeten landden op de vaste vloerbedekking, die in flatgebouwen vaak verplicht is om de geluiden voor de boven- en benedenburen te dempen.

Het was geen grote flat, met maar één slaapkamer. Ik liep op mijn blote voeten naar de zitkamer en keek om het hoekje. Ik zag Sheila. Ze zat op de vensterbank en keek naar de straat in de diepte. Ik keek naar haar rug, haar zwanenhals, haar mooie schouders, de manier waarop haar lange haar over haar witte huid golfde, en weer voelde ik die beving. Onze relatie zat nog in het eerste stadium, de verliefde wat-is-het-leven-toch-heerlijk-periode waarin je niet genoeg van elkaar kunt krijgen, met de verrukkelijke hol-door-het-park-om-haar-te-zien-vlindertjes in je buik, terwijl je weet, gewoon wéét, dat dat alles over niet al te lange tijd zal verdonkeren tot iets diepgaanders, rijkers.

Ik was maar één keer eerder echt verliefd geweest. En dat was heel lang geleden.

'Hoi,' zei ik.

Ze draaide zich maar een fractie om, maar het was genoeg. Er lagen tranen op haar wangen. Ik kon ze in het maanlicht naar beneden zien glijden. Ze maakte geen enkel geluid – geen snikjes, geen hikjes, geen sidderende adem. Alleen de tranen. Ik bleef in de deuropening staan en vroeg me af wat ik moest doen.

'Sheila?'

Tijdens ons tweede afspraakje had Sheila me een kaarttruc laten zien. Ik moest twee kaarten kiezen en ze in het stapeltje terugstoppen terwijl zij haar hoofd afgewend hield. Daarna liet ze het hele pakje, op mijn twee kaarten na, op de grond vallen. Ze had breed gegrijnsd nadat ze dat had gepresteerd en de twee kaarten omhoog gehouden zodat ik ze goed had kunnen zien. Ik had tegen haar gelachen. Het was – hoe zal ik het zeggen? – maf. Sheila was echt een beetje maf. Ze hield van kaarttrucjes en Kool-Aid met kersensmaak en boy bands. Ze zong opera, las zich gek en kreeg tranen in haar ogen bij Hallmark-reclames. Ze kon Homer Simpson en Mr. Burns prachtig imiteren, al waren haar Smithers en Apu een stuk minder. En bovenal hield Sheila van dansen. Ze vond het heerlijk om haar hoofd op mijn schouder te leggen en weg te zwijmelen.

'Het spijt me, Will,' zei Sheila zonder zich om te draaien.

'Wat spijt je?' vroeg ik.

Ze hield haar blik op het uitzicht gericht. 'Ga maar weer naar bed. Ik kom zo.'

Ik wilde blijven of iets troostends zeggen. Ik deed het niet. Ze was op dat moment niet bereikbaar. Iets had haar meegetrokken. Woorden of daden zouden overbodig of schadelijk zijn. Althans, dat zei ik tegen mezelf. Dus maakte ik een gigantische fout. Ik ging weer naar bed en wachtte.

Maar Sheila kwam niet terug.

3

Las Vegas, Nevada

Morty Meyer lag in bed, op zijn rug, diep in slaap, toen hij de loop van het pistool tegen zijn voorhoofd voelde.

'Wakker worden,' zei een stem.

Morty's ogen gingen wijdopen. Het was donker in de slaapkamer. Hij probeerde zijn hoofd op te heffen, maar het pistool verhinderde dat. Zijn blik gleed naar de verlichte klokradio op het nachtkastje. Maar er stond geen klok. Hij bedacht opeens dat hij al jaren geen klok meer had. Sinds Leah was gestorven. Sinds hij zijn koloniale landhuis met de vier slaapkamers had verkocht.

'Ik ben goed voor m'n geld,' zei Morty. 'Dat weten jullie best.'

'Sta op.'

De man nam het pistool weg. Morty hief zijn hoofd op. Nu zijn ogen begonnen te wennen aan het donker, zag hij dat de man een doek voor zijn gezicht had. Hij deed Morty denken aan het radioprogramma *The Shadow* uit zijn jeugd. 'Wat wilt u?'

'Ik heb je hulp nodig, Morty.'

'Kennen we elkaar?'

'Sta op.'

Morty gehoorzaamde. Hij zwaaide zijn benen over de rand van het bed. Toen hij opstond, protesteerde zijn hoofd hevig. Hij wankelde, gevangen op de plek waar de dronken roes begint te zakken en

de kater als een opkomende storm aan kracht wint.
'Waar is je dokterstas?' vroeg de man.
Opluchting vloeide door Morty's aderen. Daar ging het dus om. Morty keek of hij een wond zag, maar het was te donker. 'U?' vroeg hij.
'Nee. Ze is in de kelder.'
Ze?
Morty stak zijn hand onder het bed en trok zijn leren dokterstas eronder vandaan. De tas was oud en versleten. Zijn initialen, ooit glanzend in goudopdruk, waren verdwenen. De rits ging niet meer tot het einde toe dicht. Leah had de tas voor hem gekocht toen hij meer dan veertig jaar geleden was afgestudeerd aan de medische faculteit van Columbia University. Drie decennia had hij als internist gewerkt in Great Neck. Hij en Leah hadden drie zoons grootgebracht. Nu was hij bijna zeventig, woonde op een armetierige kamer en stond bij Jan en alleman voor geld en gunsten in het krijt.
Gokken. Het was Morty's zelfgekozen verslaving. Jarenlang was hij een soort functionerende gokaholic geweest, verbroederd met de duivels die hij nog net op een veilige afstand had weten te houden. Maar uiteindelijk hadden de duivels het gewonnen. Ze wonnen het altijd. Sommigen zeiden dat Leah hem van de ondergang had afgehouden. Misschien was dat waar. Maar nadat ze was gestorven, was er geen reden meer geweest om ertegen te vechten. Hij had de duivels hun klauwen laten uitstrekken en hun gang laten gaan.
Morty had alles verloren, inclusief zijn bevoegdheid om als arts te werken. Hij was westwaarts getrokken naar deze klerestad. Hij speelde vrijwel iedere avond. Zijn zoons – allemaal volwassen en nu zelf vaders – belden hem niet meer. Ze rekenden hem de dood van hun moeder aan. Ze zeiden dat hij Leah vroeg oud had gemaakt. Ze hadden waarschijnlijk gelijk.
'Schiet op,' zei de man.
'Ik kom al.'
Ze stommelden de keldertrap af. Morty zag dat het licht aan was. Het huis, zijn armzalige nieuwe onderkomen, was van een begrafenisondernemer geweest. Morty huurde een slaapkamer op de begane grond. Dat gaf hem recht op het gebruik van de kelder, waar vroeger de lijken waren opgeslagen en gebalsemd.
In de uiterste hoek van de kelder vormde een roestige kinderglijbaan een verbinding met de parkeerplaats achter het huis. Die had gediend om de lijken binnen te brengen: parkeer en laat maar glijden. De muren waren betegeld, maar veel van de tegels waren als ge-

volg van jarenlange verwaarlozing aan het afbrokkelen. De kraan kon je alleen opendraaien met een buigtang. Van de kastjes waren de meeste deurtjes verdwenen. De stank van de dood hing er nog steeds, een oud spook dat weigerde te vertrekken.

De gewonde vrouw lag op een stalen tafel. Morty zag meteen dat het er niet best uitzag. Hij keek om naar de Schaduw.

'Help haar,' zei die.

Het timbre van zijn stem beviel Morty niets. Er lag woede in, ja, maar de voornaamste emotie was pure wanhoop, de stem bovenal een smeekbede. 'Ze ziet er niet best uit,' zei Morty.

De man zette het pistool tegen Morty's borst. 'Als zij sterft, sterf jij ook.'

Morty slikte. Dat was duidelijke taal. Hij liep naar de vrouw. Door de jaren heen had hij hierbeneden heel wat mannen behandeld, maar dit was zijn eerste vrouw. Zo verdiende Morty zijn zogenaamde kost. Naai ze dicht en hou je kop. Als je met een kogel- of een meswond naar een ziekenhuis ging, was de dienstdoende arts wettelijk verplicht er melding van te maken. Dus kwamen ze naar Morty's geïmproviseerde ziekenhuis.

Zijn gedachten flitsten terug naar de eerste lessen van de studie medicijnen. Het ABC, zeg maar. Ademhalingsweg vrijmaken, Beademen, Circulatie onderhouden. Ze haalde adem, maar rochelend, de luchtwegen vol slijm.

'Hebt u dit gedaan?'

De man gaf geen antwoord.

Morty deed wat hij kon, maar meer dan oplappen was het niet. Oplappen, beetje stabiel krijgen en wegwezen, dacht hij.

Toen hij klaar was, tilde de man haar voorzichtig op. 'Als je iets zegt…'

'Ik ben al door zwaardere jongens bedreigd.'

De man nam de vrouw haastig mee. Morty bleef achter in de kelder. Zijn zenuwen rauw van het plotselinge ontwaken. Hij slaakte een zucht en besloot maar weer naar bed te gaan. Maar voordat hij de trap op liep, maakte Morty Meyer een fatale fout.

Hij keek uit het raam.

De man droeg de vrouw naar de auto. Voorzichtig, bijna teder, legde hij haar op de achterbank. Morty keek toe. Opeens zag hij een beweging.

Hij kneep zijn ogen tot spleetjes. En toen voelde hij de huivering door zich heen trekken.

Nog een passagier.

Er zat iemand achter in de auto. Iemand die daar niet thuishoorde. Morty stak automatisch zijn hand uit naar de telefoon, maar nog voordat hij de hoorn had gepakt, trok hij hem weer terug. Wie zou hij moeten bellen? Wat zou hij moeten zeggen?

Morty deed zijn ogen dicht, probeerde het van zich af te zetten. Hij slofte de trap op. Hij kroop weer in bed en trok de deken over zich heen. Hij staarde naar het plafond en probeerde het te vergeten.

4

Het briefje dat Sheila voor me had achtergelaten was kort en lief:

Ik zal altijd van je houden
S

Ze was niet meer naar bed gekomen. Ik neem aan dat ze de hele nacht uit het raam heeft zitten staren. Het was stil gebleven tot ik haar rond vijf uur 's ochtends de deur uit had horen glippen. Het tijdstip was niet erg vreemd. Sheila was een vroege vogel. Ze deed me vaak denken aan dat oude reclamefilmpje van het leger waarin ze zeiden dat je als je wilde vóór negenen meer gedaan kon krijgen dan de meeste mensen in een hele dag. U kent dat type wel: ze geven je het gevoel dat je zelf een luiwammes bent, en daarom hou je juist van ze.

Sheila had me een keer verteld – één keer maar – dat ze gewend was aan vroeg opstaan vanwege de jaren dat ze op de boerderij had gewerkt. Toen ik aandrong op details, klapte ze meteen dicht. Het verleden was de streep in het zand. Die overschrijden was voor eigen risico.

Ik vond haar gedrag eerder verwarrend dan zorgwekkend.

Ik ging onder de douche en kleedde me aan. De foto van mijn broer lag in mijn bureaula. Ik haalde hem tevoorschijn en bekeek hem langdurig. Ik had een hol gevoel in mijn borst. In mijn hoofd bruiste en kolkte het, maar uiteindelijk kwam één doodnuchtere gedachte bovendrijven:
Het was Ken gelukt.
U vraagt zich misschien af waarom ik al die jaren had gedacht dat hij dood was. Dat kwam gedeeltelijk, ik geef het eerlijk toe, door ouderwetse intuïtie, gemengd met blinde hoop. Ik hield van mijn broer. En ik kende hem goed. Ken was niet perfect. Ken werd snel kwaad en hield van confrontaties. Ken was betrokken geraakt bij iets misdadigs. Maar Ken was geen moordenaar. Dat wist ik heel zeker.

Maar er kleefde meer aan de theorie van het gezin Klein dan alleen dit bizarre vertrouwen. Om te beginnen: hoe kon Ken als voortvluchtige het hoofd boven water hebben gehouden? Er had maar achthonderd dollar op zijn bankrekening gestaan. Hoe was hij aan het geld gekomen om aan de internationale klopjacht te ontsnappen? En welke reden kon hij in godsnaam gehad hebben om Julie te vermoorden? Waarom had hij de afgelopen elf jaar nooit contact met ons opgenomen? Waarom was hij de laatste keer dat hij thuis was gekomen, zo gespannen geweest? Waarom had hij tegen me gezegd dat hij in gevaar verkeerde? En waarom had ik, achteraf gezien, er niet bij hem op aangedrongen me meer te vertellen?

Maar het meest kwalijke – of meest bemoedigende, het hing ervan af hoe je het bekeek – was het bloed dat op de plaats delict was gevonden. Een deel daarvan was van Ken. In de kelder was een grote plas van zijn bloed gevonden en kleinere druppels hadden een spoor getrokken de trap op en de deur uit. Nóg een plasje was gevonden op een struik in de achtertuin van de Millers. De theorie van het gezin Klein was dat de ware moordenaar Julie had vermoord en mijn broer ernstig verwond (en uiteindelijk gedood). De theorie van de politie was eenvoudiger: Julie had teruggevochten.

Er was nog iets wat de gezinstheorie ondersteunde, iets wat rechtstreeks aan mij toe te schrijven viel, wat vermoedelijk de reden was waarom niemand het serieus nam.

Ik heb die avond een man naar het huis van de familie Miller zien loeren.

Zoals ik al zei hebben de autoriteiten en de media dat min of meer genegeerd – ik had er immers belang bij dat mijn broer onschuldig verklaard werd – maar het is belangrijk voor het doorgronden van de redenen waarom we geloven wat we geloven. Uiteindelijk stond mijn familie voor een keuze. We konden accepteren dat mijn broer zonder reden een lieftallige jonge vrouw had vermoord en zich daarna zonder aanwijsbaar inkomen elf jaar schuil had weten te houden (en dat, vergeet u dat vooral niet, ondanks de vele reportages en de uitgebreide klopjacht van de politie), of we konden geloven dat hij en Julie Miller met wederzijdse instemming met elkaar naar bed waren geweest (ergo veel van het aantoonbare bewijs), en dat ongeacht in welke problemen hij was geraakt, ongeacht wie hem zo bang had gemaakt, de man die ik die avond bij het huis in Coddington Terrace had gezien, het er op de een of andere manier had laten uitzien dat Ken de moord had gepleegd en ervoor had gezorgd dat Kens stoffelijk overschot nooit gevonden zou worden.

Ik zeg niet dat het allemaal perfect klopte. Maar we kenden Ken. Hij had niet gedaan wat ze zeiden. Dus, wat was het alternatief?

Sommige mensen geloofden onze theorie, maar dat waren hoofdzakelijk warhoofden van de complottheorie, het soort mensen dat denkt dat Elvis en Jimi Hendrix op een Fiji-eiland jamsessies houden. De televisiereportages verleenden daaraan een zo ironische lippendienst dat je ieder moment verwachtte je televisietoestel smalend naar je te zien grijnzen. Naarmate de tijd verstreek werd mijn verdediging van Ken minder luidruchtig. Het klinkt misschien zelfzuchtig, maar ik wilde mijn eigen leven leven. Ik wilde een carrière. Ik wilde niet de broer zijn van een beruchte voortvluchtige moordenaar.

Ik weet zeker dat ze bij Covenant House geaarzeld hebben voordat ze me aannamen. Wie kan het hun kwalijk nemen? Alhoewel ik nu een van de directeuren ben, staat mijn naam niet op het briefhoofd. Ik ga nooit naar geldinzamelingsacties. Mijn werk speelt zich volledig achter de schermen af. En meestal is dat mij best.

Ik keek weer naar de foto van de man die me zo bekend was en die ik toch helemaal niet kende.

Had mijn moeder van het begin af aan gelogen?

Had ze Ken geholpen terwijl ze tegen mijn vader en mij had gezegd dat ze dacht dat hij dood was? Nu ik erover nadenk, was mijn moeder de felste aanhanger geweest van de Ken-is-dood-theorie. Had ze hem al die tijd stiekem geld gestuurd? Had Sunny van het begin af aan geweten waar hij was?

Vragen om over te piekeren.

Ik scheurde mijn ogen los van het briefje en deed een keukenkastje open. Ik had al besloten dat ik vandaag niet naar Livingston zou gaan – ik werd niet goed bij de gedachte nóg een hele dag in dat doodskistachtige huis te moeten zitten – en ik moest ook echt even naar mijn werk gaan. Ik wist zeker dat mijn moeder daar niet alleen begrip voor zou hebben gehad, maar het zelfs zou hebben aangemoedigd. Dus schudde ik wat Golden Grahams in een kom en belde de voicemail van Sheila's telefoon. Ik sprak in dat ik van haar hield en verzocht haar me te bellen.

Mijn flat – het is nu eigenlijk *onze* flat – is op de hoek van 24th Street en Ninth Avenue, niet ver van het Chelsea Hotel. Ik loop meestal naar het Covenant House, dat zeventien huizenblokken bij me vandaan is, in 41st Street, niet ver van de West Side Highway. Als opvangadres voor weglopers was het een uitgelezen plek geweest in de dagen vóór de grote schoonmaak van 42nd Street, toen dit stanktraject een bastion was van openlijke verloedering. 42nd Street was toen een soort hellepoort, dé plek voor de grotesk zinnelijke vermenging der soorten. Forensen en toeristen liepen langs hoertjes, dealers, pooiers, *headshops*, pornopaleizen en bioscopen en wanneer ze bij het eind van de straat aankwamen, waren ze ofwel helemaal opgewonden of toe aan een douche en een penicilline-injectie. In mijn ogen was de perversiteit zo smerig, zo deprimerend dat het op je drukte als een juk. Ik ben een man. Ik heb dezelfde lusten en behoeften als de meeste mannen die ik ken. Maar ik heb nooit begrepen hoe iemand de vunzigheid van tandeloze crackjunks kan verwarren met erotiek.

Ergens was ons werk door de lokale schoonmaakactie moeilijker geworden. Het autobusje van het Covenant House had precies geweten waar het moest zijn. De weglopers waren zichtbaar geweest, duidelijk te herkennen. Nu was onze taak niet meer zo duidelijk omlijnd. En het ergste was dat de stad niet echt schoner was – alleen maar optisch schoner. De zogeheten fatsoenlijke mensen, de forensen en toeristen die ik zojuist heb genoemd, werden niet langer blootgesteld aan zwartgeschilderde ramen waar in grote letters ADULTS ONLY op stond, noch aan de halfvergane lichtbakken van bioscopen met hilarische pornotitels als SHAVING RYAN'S PRIVATES en BONFIRE OF THE PANTIES. Maar dergelijke vuiligheid gaat nooit echt dood. Vuiligheid is als een kakkerlak. Die overleeft alles. Die graaft zich in en houdt zich schuil. Volgens mij kun je hem niet doden.

En er zitten negatieve kanten aan het wegstoppen van de vuiligheid. Wanneer je vuiligheid kunt zien, kun je erop schimpen en je superieur voelen. Dat heeft de mens nodig. Voor sommigen is het een uitlaatklep. Een ander voordeel van de openlijke smerigheid: waar komt u liever tegenover te staan – een duidelijke frontale aanval of een gevaar dat als een adder door hoog gras sluipt? Tot slot – al neem ik dit alles misschien onder een te grote loep – is er geen voorkant zonder achterkant, geen omhoog zonder omlaag, en weet ik niet zeker of je licht kunt krijgen zonder duisternis, reinheid zonder vuiligheid, goed zonder kwaad.

Ik draaide me niet meteen om toen er werd getoeterd. Ik woon in New York City. Aan getoeter ontkomen wanneer je door de straten liep was vergelijkbaar met aan water ontkomen wanneer je zwom. Daarom draaide ik me pas om toen ik een bekende stem 'Hé, hufter' hoorde roepen. Het busje van het Covenant House kwam krijsend naast me tot stilstand. Squares was de bestuurder en enige inzittende. Hij draaide het raampje open en zwiepte zijn zonnebril af.

'Stap in,' zei hij.

Ik trok het portier open en sprong naar binnen. Het busje stonk naar sigaretten en zweet en vaag naar de salami van de broodjes die we iedere avond uitdeelden. De bekleding vertoonde vlekken in alle soorten en maten. Het handschoenenkastje was een leeg hol. De springveren van de stoelen waren naar de filistijnen.

Squares hield zijn ogen op de straat gericht. 'Wat doe je hier?'

'Ik ben op weg naar mijn werk.'

'Waarom?'

'Therapie,' zei ik.

Squares knikte. Hij had de hele nacht in het busje rondgereden – een wraakengel op zoek naar kinderen die gered moesten worden. Hij maakte geen overdreven vermoeide indruk, maar ach, hij zag er nooit echt fris uit. Hij had het Aerosmith-kapsel van de jaren tachtig, een beetje vet, met een middenscheiding. Ik geloof niet dat ik hem ooit gladgeschoren heb gezien, maar evenmin met een volle baard of de sexy stoppels van *Miami Vice*. De zichtbare delen van zijn huid zaten vol putjes. Zijn hoge schoenen waren tot bijna wit versleten. Zijn spijkerbroek zag eruit alsof er in een prairie een kudde buffels overheen was geraasd en was hem te wijd in de taille, wat zorgde voor de begerenswaardige bilspleetaanblik van monteurs. Een pakje Camel zat in zijn mouw gerold. Zijn tanden zaten vol nicotinevlekken in de gele kleur van Bruynzeel-potloden.

'Je ziet er belazerd uit,' zei hij.

'Uit jouw mond,' zei ik, 'betekent dat veel voor me.'

Dat vond hij een goeie. We noemden hem Squares, voluit was het Four Squares, vanwege de tatoeage op zijn voorhoofd. Die bestond uit vier vierkantjes, twee bij twee, als de oude speelvelden met vier vakken die je op veel schoolpleinen nog steeds had. Sinds Squares een beroemde yogaleraar was geworden met videofilmpjes en een hele rits cursussen, dachten de meeste mensen dat de tatoeage een of ander belangrijk Hindoe-symbool was. Dat was het niet.

De tatoeage was ooit een hakenkruis geweest. Hij had er gewoon vier lijntjes aan laten toevoegen. De boel gedicht.

Ik kon het me nog steeds amper voorstellen. Squares is voor mij zo'n beetje de laatste persoon die snel met een oordeel over anderen klaarstaat. Hij is vermoedelijk ook mijn beste vriend. Toen hij me vertelde wat de vierkantjes oorspronkelijk geweest waren, was ik verbijsterd en geshockeerd. Hij heeft er verder nooit uitleg over gegeven noch zich ervoor verontschuldigd, en net als Sheila praat hij nooit over zijn verleden. Anderen hebben puzzelstukjes op hun plek gelegd. Nu begrijp ik het beter.

'Bedankt voor de bloemen,' zei ik.

Squares gaf geen antwoord.

'En dat jullie zijn gekomen,' voegde ik eraan toe. Hij was met een stel vrienden van Covenant House in het busje naar de begrafenis gekomen. Samen met de familieleden was dat de hele rouwstoet geweest.

'Sunny was een fijn mens,' zei hij.

'Ja.'

Een ogenblik stilte. Toen zei Squares: 'Maar wat een luizige opkomst.'

'Bedankt dat je dat nog eens benadrukt.'

'Jezus, man, hoeveel mensen waren er alles bij elkaar?'

'Je weet een mens echt een hart onder de riem te steken, Squares. Bedankt, hoor.'

'Wil je troost? Luister goed: mensen zijn klootzakken.'

'Wacht, dan pak ik even een pen om dat op te schrijven.'

Stilte. Squares stopte voor rood en wierp een zijdelingse blik op me. Zijn ogen waren rood. Hij rolde het pakje sigaretten uit zijn mouw. 'Zou je me willen vertellen wat er mis is?'

'Eh, nou, mijn moeder is net gestorven.'

'Dan vertel je het maar niet,' zei hij. 'Ook goed.'

Het licht sprong op groen. Het busje trok op. Het gezicht van mijn broer op die foto flitste voor mijn ogen. 'Squares?'

'Ik luister.'

'Ik geloof,' zei ik, 'dat mijn broer nog leeft.'

Squares gaf niet meteen antwoord. Hij pulkte een sigaret uit het pakje en stak hem in zijn mond.

'Da's nogal een revelatie,' zei hij.

'Een revelatie,' herhaalde ik met een knikje.
'Ik heb de avondschool gedaan,' zei hij. 'Waarom ben je opeens van gedachten veranderd?'
Hij draaide het kleine parkeerterreintje van het Covenant House op. Vroeger parkeerden we het busje altijd op straat, maar het werd steeds opengebroken door figuren die erin wilden slapen. We haalden daar uiteraard de politie nooit bij, maar de kosten van de gebroken ruiten en geforceerde sloten werden een last. Na een poosje lieten we de portieren maar open zodat de liefhebbers gewoon naar binnen konden. Degene die 's ochtends als eerste arriveerde, gaf een roffel op de zijwand. Dan wisten de nachtelijke bewoners hoe laat het was en scharrelden ze snel weg.
Maar daar hadden we een eind aan moeten maken. Het busje werd algauw – om in niet al te veel details te treden – te vies om nog te gebruiken. De daklozen zijn niet altijd een prettig volkje. Ze kotsen. Ze bevuilen zich. Ze kunnen het toilet niet altijd vinden. Genoeg hierover.
Zittend in het busje vroeg ik me af hoe ik het moest aanpakken. 'Ik wil je iets vragen.'
Hij wachtte af.
'Je hebt nooit gezegd wat jij denkt dat er met mijn broer is gebeurd,' zei ik.
'Is dat een vraag?'
'Meer een constatering. Dit is de vraag: waarom niet?'
'Waarom heb ik nooit gezegd wat ik denk dat er met je broer is gebeurd?'
'Ja.'
Squares haalde zijn schouders op. 'Je hebt me er nooit naar gevraagd.'
'We hebben er zo vaak over gepraat.'
Weer haalde Squares zijn schouders op.
'Goed, dan vraag ik het nu,' zei ik. 'Denk jij dat hij nog leeft?'
'Ja.'
Plompverloren. 'Dus al onze gesprekken, al die keren dat ik overtuigende argumenten heb aangedragen om het tegengestelde te bewijzen...'
'Ik vroeg me af wie je probeerde te overtuigen, mij of jezelf.'
'Je vond mijn argumenten niet goed genoeg?'
'Nee,' zei Squares. 'Heb ik nooit gevonden.'
'Maar je bent er ook nooit tegen ingegaan.'
Squares nam een lange trek van de sigaret. 'Je misvatting leek onschadelijk.'

'Onwetendheid is een zaligheid?'
'Meestal wel.'
'Maar ik heb enige goede punten aangestipt,' zei ik.
'Dat zeg jij.'
'Vind jij van niet?'
'Ik vind van niet,' zei Squares. 'Jij dacht dat je broer niet genoeg geld had om zich schuil te houden, maar daar heb je helemaal geen geld voor nodig. Kijk maar naar de weglopers die wij iedere dag zien. Als een van hen echt wilde verdwijnen, zou hij dat zó kunnen doen.'
'Op hen wordt geen internationale klopjacht uitgevoerd.'
'Internationale klopjacht,' zei Squares op een toon die aan walging grensde. 'Denk je nu werkelijk dat alle politieagenten in de hele wereld zich iedere ochtend bij het wakker worden afvragen waar jouw broer zit?'
Goed punt – vooral nu ik wist dat hij misschien financiële hulp van mijn moeder had gehad. 'Hij zou nooit iemand vermoorden.'
'Doe niet zo stom,' zei Squares.
'Je kent hem niet.'
'Wij zijn vrienden, nietwaar?'
'Ja.'
'Geloof jij dat ik ooit kruizen in de fik heb gestoken en "Heil Hitler" heb geroepen?'
'Dat is wat anders.'
'Helemaal niet.' We stapten uit het busje. 'Je hebt me ooit gevraagd waarom ik de tatoeage niet heb laten weghalen, weet je dat nog?'
Ik knikte. 'Toen heb jij gezegd dat ik moest oplazeren.'
'Klopt. Het punt is, dat ik die inderdaad met een laser had kunnen laten weghalen of op een andere manier had kunnen laten verwijderen. Maar ik heb haar gehouden als geheugensteuntje.'
'Waaraan? Het verleden?'
Squares liet zijn gele tanden zien. 'Het potentieel,' zei hij.
'Ik snap niet wat dat betekent.'
'Omdat je een hopeloos geval bent.'
'Mijn broer zou nooit een onschuldige vrouw verkrachten en vermoorden.'
'Op sommige yogacursussen doen ze aan mantra's,' zei Squares. 'Maar wanneer je iets steeds maar weer herhaalt, wil het nog niet automatisch zeggen dat het waar is.'
'Je bent erg filosofisch vandaag,' zei ik.
'En jij gedraagt je als een lul.' Hij trapte de sigaret uit. 'Ga je me

vertellen waarom je van gedachten bent veranderd, ja of nee?'
We waren dicht bij de voordeur van het gebouw.
'Bij mij op kantoor,' zei ik.
We deden er het zwijgen toe toen we het opvangcentrum binnen liepen. Men denkt in zulke gebouwen een rotzooitje aan te treffen, maar bij ons is dat beslist niet het geval. Onze filosofie is dat het een plek moet zijn waar je je eigen kinderen graag opgevangen zou willen zien als ze in moeilijkheden zijn geraakt. Die opmerking schiet bij donateurs aanvankelijk vaak in het verkeerde keelgat – zoals de meeste liefdadigheidsdoelen lijkt dit zeer ver van hun bed – maar raakt ze toch ook in hun diepste wezen.

Squares en ik zwegen nu, want wanneer we in ons huis zijn, is al onze aandacht, al onze concentratie op de kinderen gericht. Dat hebben ze gewoon verdiend. In hun vaak miserabele leven zijn ze eindelijk eens iemand die belangrijk wordt gevonden. Altijd. We begroeten ieder kind – en neem me niet kwalijk dat ik dit zo uitdruk – als een verloren gewaande broer. We luisteren. We hebben nooit haast. We geven ze een hand en omhelzen ze. We kijken ze in de ogen. We kijken nooit over hun schouder. We blijven staan en kijken ze recht aan. Als je niet oprecht bent, hebben die kinderen dat meteen door. Ze hebben uitstekende gelul-meters. We houden hier doodgewoon van ze, totaal en onvoorwaardelijk. Iedere dag doen we dat. Of we gaan gewoon naar huis. Het wil niet zeggen dat we altijd succes hebben. Zelfs niet dat we meestal succes hebben. We raken er veel meer kwijt dan dat we er redden. Ze worden teruggezogen naar de straat. Maar zolang ze hier zijn, in ons huis, zullen ze troost vinden. Zolang ze hier zijn, zal er iemand van hen houden.

Toen we mijn kantoor binnen gingen, bleek dat daar twee mensen – een vrouw, een man – op ons wachtten. Squares bleef abrupt staan. Hij hief zijn neus op en besnuffelde de lucht, als een jachthond.

'Politie,' zei hij tegen mij.
De vrouw glimlachte en kwam naar voren. De man bleef achter haar nonchalant tegen de muur geleund staan. 'Will Klein?'
'Ja?' zei ik.
Ze sloeg met zwier haar penningmapje open. De man deed hetzelfde. 'Mijn naam is Claudia Fisher. Dit is Darryl Wilcox. We zijn agenten van het Federal Bureau of Investigation.'

'De FBI,' zei Squares tegen mij en hij stak beide duimen op, alsof hij het indrukwekkend vond dat ik zoveel aandacht waard was. Hij bestudeerde het identiteitsbewijs met tot spleetjes toegeknepen ogen en keek toen naar Claudia Fisher. 'Waarom heb je je haar zo kort laten knippen?'

Claudia Fisher klapte het mapje dicht. Ze trok een wenkbrauw op tegen Squares. 'En u bent...?'

'Altijd op seks belust,' zei hij.

Ze fronste en liet haar blik terugglijden naar mij. 'We willen u graag even spreken.' Met de toevoeging: 'Onder vier ogen.'

Claudia Fisher was klein en probeerde opgewekt over te komen, de ijverige middelbare scholiere, goed in sport en voortdurend iets te strak opgewonden – het type dat wel lol had maar nooit spontaan. Haar haar was inderdaad kort en achterwaarts gevederd, een beetje eind jaren zeventig, maar het stond haar wel. Ze droeg kleine oorringen en had een stevige snavelneus.

Wij van Covenant House staan van nature achterdochtig tegenover de politie en aanverwante organisaties. Het is niet mijn bedoeling criminelen in bescherming te nemen, maar ik wil ook niet als instrument gebruikt worden om ze op te pakken. Dit huis moet een veilige haven zijn. Door samenwerking met de politie zou meteen de klad komen in de reputatie die we op straat hebben – en echt, we moeten het van die reputatie hebben. Ik mag ons graag als 'neutraal' beschrijven. Een Zwitserland voor weglopers. En mijn persoonlijke achtergrond – de manier waarop de FBI de zaak omtrent mijn broer heeft aangepakt – draagt er natuurlijk ook niet toe bij ze bij mij geliefd te maken.

'Ik had liever dat hij bleef,' zei ik.

'Dit heeft niets met hem te maken.'

'Beschouw hem maar als mijn advocaat.'

Claudia Fisher nam Squares in zich op – de spijkerbroek, het haar, de tatoeage. Hij trok aan denkbeeldige revers en liet zijn wenkbrauwen dansen.

Ik liep naar mijn bureau. Squares plofte in de stoel ertegenover neer en zwaaide zijn werkschoenen op het blad. Ze landden er met een stoffige bons. Fisher en Wilcox bleven staan.

Ik spreidde mijn handen. 'Waar kan ik u mee van dienst zijn, agent Fisher?'

'We zijn op zoek naar ene Sheila Rogers.'

Dat was niet wat ik had verwacht.

'Kunt u me vertellen waar we haar kunnen vinden?'

'Waarom bent u naar haar op zoek?' vroeg ik.

Claudia Fisher glimlachte neerbuigend tegen me. 'Vertelt u ons nu maar gewoon waar ze is.'

'Verkeert ze in moeilijkheden?'
'Voorlopig' – ze laste een korte pauze in en veranderde de glimlach – 'willen we haar alleen maar een paar vragen stellen.'
'Waarover?'
'Weigert u met ons mee te werken?'
'Ik weiger helemaal niks.'
'Vertelt u ons dan alstublieft waar we Sheila Rogers kunnen vinden.'
'Ik zou graag willen weten waarom.'
Ze keek naar Wilcox. Wilcox knikte bijna onmerkbaar. Ze wendde zich weer tot mij. 'Agent Wilcox en ik zijn daarstraks langs geweest op het adres waar Sheila Rogers werkt. Ze was niet aanwezig. We hebben geïnformeerd waar we haar zouden kunnen vinden. Haar werkgever vertelde ons dat ze zich ziek had gemeld. We zijn naar het adres gegaan dat ze als het hare had opgegeven. De huisbaas vertelde ons dat ze enige maanden geleden is verhuisd. Haar huidige adres is dat van u, meneer Klein, West 24th Street 378. We zijn daarnaartoe gegaan. Sheila Rogers was niet aanwezig.'
Squares wees naar haar. 'Wat praat je mooi.'
Ze negeerde hem. 'We willen geen moeilijkheden, meneer Klein.'
'Moeilijkheden?' zei ik.
'We moeten Sheila Rogers ondervragen. We moeten haar nu meteen ondervragen. We kunnen het op een prettige manier doen. Maar, als u ervoor kiest geen medewerking te verlenen, kunnen we ook voor een andere, minder prettige manier kiezen.'
Squares wreef in zijn handen. 'Oeioeioei, een dreigement.'
'Wat zal het zijn, meneer Klein?'
'Ik had graag dat u wegging,' zei ik.
'Hoeveel weet u over Sheila Rogers?'
Het werd nu wel erg vreemd. Ik begon pijn in mijn hoofd te krijgen. Wilcox stak zijn hand in de zak van zijn colbert en haalde er een vel papier uit. Hij gaf het aan Claudia Fisher. 'Bent u op de hoogte,' zei Fisher, 'van het strafblad van juffrouw Rogers?'
Ik probeerde mijn gezicht in de plooi te houden, maar zelfs Squares reageerde hierop.
Fisher begon van het vel papier af te lezen. 'Winkeldiefstal. Prostitutie. Bezit van drugs met het doel die te verkopen.'
Squares maakte een minachtend geluid. 'Amateurwerk.'
'Gewapende overval.'
'Beter,' zei Squares met een knikje. Hij keek op naar Fisher. 'Daarvoor zeker niet veroordeeld?'

'Dat klopt.'
'Dus heeft ze het misschien niet gedaan.'
Fisher fronste weer.
Ik plukte aan mijn onderlip.
'Meneer Klein?'
'Ik kan u niet helpen,' zei ik.
'Kunt u dat niet of wilt u dat niet?'
Ik bleef plukken. 'Gegoochel met woorden.'
'Dit moet voor u allemaal een beetje déjà vu zijn, meneer Klein.'
'Wat bedoelt u daarmee?'
'Dat u mensen dekt. Eerst uw broer. Nu uw vriendin.'
'Krijg de pest,' zei ik.
Squares trok een gezicht tegen me, duidelijk teleurgesteld over mijn inderdaad nogal slappe reactie.
Fisher liet zich niet uit het veld slaan. 'U denkt niet na,' zei ze.
'Hoe bedoelt u?'
'De gevolgen,' ging ze door. 'Bijvoorbeeld: hoe denkt u dat de donateurs van Covenant House zullen reageren als u in hechtenis werd genomen wegens, laten we zeggen, medeplichtigheid?'
Squares beantwoordde de vraag. 'Weet je aan wie je dat moet vragen?'
Claudia Fisher trok haar neus tegen hem op, alsof hij iets was wat ze van haar schoenzool had geschraapt.
'Joey Pistillo,' zei Squares. 'Ik wil wedden dat Joey dat weet.'
Nu waren Fisher en Wilcox degenen die uit het lood waren geslagen.
'Heb je een mobieltje?' vroeg Squares. 'Dan kunnen we het hem meteen even vragen.'
Fisher keek naar Wilcox en toen naar Squares. 'Wilt u ons vertellen dat u onderdirecteur Joseph Pistillo kent?' vroeg ze.
'Bel hem maar,' zei Squares. En toen: 'O, wacht, je hebt waarschijnlijk zijn privé-nummer niet.' Squares stak zijn hand uit en bewoog zijn vinger in een geef-maar-even-gebaar. 'Mag ik?'
Ze gaf hem de telefoon. Squares drukte op de toetsen en hield de telefoon tegen zijn oor. Hij leunde helemaal achterover, zijn voeten nog steeds op mijn bureau; als hij een cowboyhoed op had gehad, had hij die over zijn ogen getrokken voor een korte siësta.
'Joey? Hé, hoe staan de zaken?' Squares luisterde even en barstte toen in lachen uit. Hij smoesde wat en ik zag Fisher en Wilcox wit wegtrekken. Normaal gesproken zou ik lol hebben in zo'n machtsspelletje – met zijn duistere verleden en huidige status van beroemd-

heid, was Squares slechts één stap verwijderd van vrijwel iedereen – maar ik was op dit moment danig in de war.

Na een paar minuten gaf Squares het mobieltje aan agent Fisher.
'Joey wil je spreken.'

Fisher en Wilcox liepen de gang op en deden de deur dicht.

'De FBI. Toe maar,' zei Squares, weer met opgestoken duimen, nog steeds onder de indruk.

'Ja, ik voel me zeer vereerd,' zei ik.

'Da's nou ook wat, hè? Ik bedoel, dat Sheila een strafblad heeft. Wie had dat nou kunnen denken?'

Ik niet.

Toen Fisher en Wilcox terugkwamen, hadden ze weer kleur op hun wangen. Fisher gaf het mobieltje met een overdreven hoffelijke glimlach aan Squares.

Squares hield het bij zijn oor en zei: 'Zeg het maar, Joey.' Hij luisterde even. Toen zei hij: 'Goed.' En hij hing op.

'En?' zei ik.

'Dat was Joey Pistillo. Hoge pief van de FBI hier aan de East Coast.'

'En?'

'Hij wil je even spreken,' zei Squares. Hij keek weg.

'Wat?'

'Ik denk dat hij ons iets gaat vertellen, wat we niet erg leuk zullen vinden.'

5

Onderdirecteur Joseph Pistillo wilde me niet alleen persoonlijk spreken, maar ook nog onder vier ogen.
'Ik heb begrepen dat uw moeder is overleden,' zei hij.
'O ja? Hoe dan?'
'Pardon?'
'Hebt u het overlijdensbericht in de krant zien staan?' vroeg ik.
'Heeft een kennis het u verteld? Hoe hebt u begrepen dat ze is overleden?'
We keken elkaar aan. Pistillo was een forse vent, kaal op een kortgeknipt randje grijs na, schouders als bowlingballen, knoestige handen gevouwen op zijn bureau.
'Of,' ging ik door terwijl ik de oude woede voelde binnensijpelen, 'hebt u een van uw agenten gestuurd om ons in de gaten te houden. Om háár in de gaten te houden. In het ziekenhuis. Op haar sterfbed. Bij haar begrafenis. Was de nieuwe verpleger over wie de verpleegsters allemaal fluisterden soms een FBI-agent? Of was het de limousinechauffeur die zich de naam van de begrafenisondernemer niet kon herinneren?'
We verbraken geen van beiden het oogcontact.
'Mijn condoleances,' zei Pistillo.
'Dank u.'
Hij leunde achterover. 'Waarom wilt u ons niet vertellen waar Sheila Rogers is?'

'Waarom wilt u me niet vertellen waarom u naar haar op zoek bent?'
'Wanneer hebt u haar voor het laatst gezien?'
'Bent u getrouwd, agent Pistillo?'
Hij viel niet uit zijn ritme. 'Zesentwintig jaar. We hebben drie kinderen.'
'Houdt u van uw vrouw?'
'Ja.'
'Als ik bij u kwam met eisen en dreigementen die haar aangingen, wat zou u dan doen?'
Pistillo knikte langzaam. 'Als u voor de FBI werkte, zou ik tegen haar zeggen dat ze medewerking moest verlenen.'
'Zonder meer?'
'Nou' – hij stak zijn wijsvinger op – 'onder één voorbehoud.'
'En dat is?'
'Dat ze onschuldig zou moeten zijn. Als ze onschuldig is, heb ik niets te vrezen.'
'U zou zich dus niet afvragen wat er aan de hand was?'
'Of ik me dat zou afvragen? Natuurlijk wel. Ik zou willen weten...' Hij liet zijn stem wegzakken. 'Laat mij u nu een hypothetische vraag stellen.'
Hij laste een stilte in. Ik ging wat rechter zitten.
'Ik weet dat u denkt dat uw broer dood is.'
Weer een stilte. Ik zei niets.
'Maar stel dat u erachter kwam dat hij nog leeft, dat hij zich schuilhoudt – en stel dat u bovendien zou ontdekken dat hij Julie Miller wel degelijk heeft vermoord.' Hij leunde achterover. 'Hypothetisch gesproken, natuurlijk. Dit is allemaal alleen maar hypothetisch.'
'Ga door,' zei ik.
'Wat zou u dan doen? Zou u hem aangeven? Zou u tegen hem zeggen dat hij het zelf maar moest uitzoeken? Of zou u hem helpen?'
Meer stilte.
Ik zei: 'U hebt me niet hierheen gehaald om hypothetische spelletjes te doen.'
'Nee,' zei hij. 'Daar hebt u gelijk in.'
Er stond een computermonitor op de rechterkant van zijn bureau. Hij draaide het scherm zodat ik het kon zien. Toen drukte hij op een paar toetsen. Er verscheen een kleurenfoto en iets in mijn binnenste verkrampte.
Een doodgewone kamer. Staande lamp in de hoek omgevallen. Beige vloerbedekking. Salontafel op z'n kant. Een troep. Alsof er

een tornado doorheen was gegaan of zoiets. Maar midden in de kamer lag een man in een plas waarvan ik aannam dat het bloed was. Het bloed was donker, donkerder dan rood, donkerder dan roestbruin, bijna zwart. De man lag met zijn gezicht naar boven, zijn armen en benen gespreid in een houding alsof hij daar vanaf een grote hoogte was neergegooid.

Terwijl ik naar de foto op het beeldscherm keek, voelde ik Pistillo's blik op me gericht, afwachtend hoe ik zou reageren. Mijn ogen flitsten naar de zijne en weer terug naar het scherm.

Hij drukte een toets in. Een andere foto verving de met bloed doordrenkte. Dezelfde kamer. De lamp was nu niet te zien. De vloerbedekking zat nog steeds onder het bloed – maar nu was er nóg een lijk, in de foetushouding. De eerste man droeg een zwart T-shirt en een zwarte broek. De andere droeg een flanellen shirt en een spijkerbroek.

Pistillo drukte weer op een toets. Nu verscheen er een totaalfoto. Beide lijken nu. Het eerste in het midden van de kamer. Het tweede dichter bij de deur. Ik kon maar één gezicht zien – vanuit deze hoek was het geen bekend gezicht – het andere was aan het oog onttrokken.

Paniek steeg in me op. Ken, dacht ik. Zou een van hen…?

Toen herinnerde ik me hun vragen. Het ging niet om Ken.

'Deze foto's zijn genomen in Albuquerque, New Mexico, afgelopen weekeinde,' zei Pistillo.

Ik fronste. 'Ik begrijp het niet.'

'De plaats delict was nogal een puinhoop, maar we hebben toch wat haren en vezels gevonden.' Hij glimlachte tegen me. 'De technische aspecten van ons werk zijn niet mijn sterkste kant. Tegenwoordig kunnen ze onderzoeken doen waar je steil van achterover slaat. Maar soms zijn het juist de ouderwetse dingen die je op weg helpen.'

'Word ik geacht te weten waar u het over hebt?'

'Iemand had alles goed schoongepoetst, maar het onderzoekteam heeft toch een setje vingerafdrukken gevonden – duidelijke vingerafdrukken die niet aan een van de slachtoffers toebehoren. We hebben ze in de computer gestopt en vanochtend het resultaat binnengekregen.' Hij leunde naar voren en nu was de glimlach verdwenen. 'Wilt u een gokje doen?'

Ik zag Sheila, mijn prachtige Sheila, uit het raam staren.

Het spijt me, Will.

'Ze zijn van uw vriendin, meneer Klein. De vriendin met het strafblad. De vriendin die we opeens niet kunnen vinden.'

6

Elizabeth, New Jersey

Ze waren nu dicht bij het kerkhof.
Philip McGuane zat achter in zijn op bestelling vervaardigde Mercedes limousine – een stretchmodel uitgerust met stalen portieren en kogelvrij glas waar hij vierhonderdduizend dollar voor had neergeteld – en staarde uit het raam naar het waas van fastfoodrestaurants, sjofele winkels en verouderde winkelcentra. Zijn rechterhand omvatte een whisky-soda, vers uit de bar van de limo. Hij keek neer op het amberkleurige drankje. Stabiel. Dat verbaasde hem.

'Alles in orde, meneer McGuane?'

McGuane draaide zijn hoofd naar zijn metgezel. Fred Tanner was een beer van een vent, met de afmetingen en stevigheid van een ouderwets herenhuis. Zijn handen waren putdeksels, zijn vingers saucijsjes. Zijn blik straalde een onwrikbaar zelfvertrouwen uit. Tanner was nog van de oude school – hij droeg nog steeds een pak van glimmend materiaal en een opzichtige pinkring. Tanner droeg de ring altijd, een ordinair joekel van een ding dat hij om en om draaide wanneer hij sprak.

'Ja,' loog McGuane.

De limousine verliet Route 22 bij Parker Avenue. Tanner bleef de pinkring draaien. Hij was vijftig, anderhalf decennium ouder dan zijn baas. Zijn gezicht was een verweerd monument van harde vlakken en rechte hoeken. Zijn haar was nauwkeurig gemaaid tot een borsteltje. McGuane wist dat Tanner erg goed in zijn werk was – een kille, gedisciplineerde, dodelijke ploert voor wie genade een net zo ter zake doende concept was als zeg maar feng shui. Tanner wist die joekels van handen net zo goed te gebruiken als een potpourri aan vuurwapens. Hij had het tegen de wreedste figuren opgenomen en altijd gewonnen.

Maar hiermee, wist McGuane, stapten ze over naar een heel nieuw niveau.

'Wie is die kerel eigenlijk?' vroeg Tanner.

McGuane schudde zijn hoofd. Zijn eigen pak was een maatkostuum van Joseph Abboud. Hij huurde drie verdiepingen in Manhattans Lower West Side. In een ander tijdperk zou McGuane misschien bestempeld zijn als een *consigliore* of een capo of iets van dergelijke onzin. Maar dat was toen, en dit is nu. Vervlogen (lang vervlogen, in tegenstelling van wat Hollywood je nog wilde laten geloven) was de tijd van achterkamers in cafés en fluwelen joggingpakken – een tijd waar Tanner ongetwijfeld nog steeds naar terugverlangde. Nu had je een kantoor en een secretaresse en een computerprogramma voor de loonlijst. Je betaalde belasting. Je had een officieel bedrijf.

Maar je was geen haar beter.

'En wat doen we hier eigenlijk?' ging Tanner door. 'Zou hij niet naar u moeten komen?'

McGuane gaf geen antwoord. Tanner begreep zulke dingen niet. Als het Spook je wilde spreken, ging je.

Het maakte niet uit wie je was. Een weigering leidde ertoe dat het Spook naar jou kwam. McGuane had een uitstekend bewakingssysteem. Hij had goede mensen. Maar het Spook was beter. Hij was geduldig. Hij zou je bestuderen. Hij zou wachten op een opening. En dan zou hij je vinden. Wanneer je alleen was. Dat wist je.

Nee, het was beter om er maar van af te zijn. Beter om naar hem toe te gaan.

Eén straat bij het kerkhof vandaan stopte de limousine.

'Je weet wat ik wil,' zei McGuane.

'Ik heb al een mannetje ter plekke. Het is allemaal geregeld.'

'Je mag hem pas overmeesteren als ik daarvoor het teken geef.'

'Ja, ik weet het. Daar hebben we het al over gehad.'

'Onderschat hem niet.'

Tanner greep de kruk van het portier. Zonlicht glinsterde op de

pinkring. 'Niet om het een of ander, meneer McGuane, maar hij is ook maar een mens, hoor. Hij bloedt net zoals wij.'
Daar was McGuane helemaal niet zeker van.
Tanner stapte uit, erg soepel voor zo'n grote kerel. McGuane leunde achterover en nam een grote slok whisky. Hij was een van de machtigste mannen in New York. Dat werd je niet – die top bereikte je niet – als je geen geslepen, meedogenloze schoft was. Wie zich zwak toonde, was dood. Wie mank liep, stierf. Zo eenvoudig was dat.
En het belangrijkste was dat je nooit een stap terug deed.
McGuane wist dat allemaal – beter dan wie ook – maar op dit moment was hij het liefst heel hard weggelopen. Inpakken wat hij kon dragen, en verdwijnen.
Net als zijn oude vriend Ken.
McGuane zag de chauffeur in het spiegeltje naar hem kijken. Hij haalde diep adem en knikte. De auto kwam weer in beweging. Ze sloegen linksaf en gleden door de hekken van Wellington Cemetery. Los grind knerpte onder de banden. McGuane zei tegen de chauffeur dat hij moest stoppen. De chauffeur gehoorzaamde. McGuane stapte uit en liep langs de auto naar voren.
'Als ik je nodig heb, roep ik je wel.'
De chauffeur knikte en reed weg.
McGuane bleef in zijn eentje achter.
Hij zette zijn kraag op. Zijn blik gleed over het kerkhof. Er bewoog niets. Hij vroeg zich af waar Tanner en zijn man zich hadden verstopt. Waarschijnlijk dichter bij het ontmoetingspunt. In een boom of achter een struik. Als ze hun werk naar behoren deden, zou McGuane hen helemaal niet zien.
De hemel was wolkeloos. De wind geselde hem als de zeis van de maaier. Hij trok zijn schouders op. De verkeersgeluiden van Route 22 lekten over de geluidsbarrières heen en zongen de doden toe. De geur van iets vers gebakkens dreef door de stilte en een ogenblik dacht McGuane aan crematie.
Nergens iemand te bekennen.
McGuane vond het pad en liep oostwaarts. Langs de grafstenen en gedenkplaten lopend lazen zijn ogen onbewust de geboorte- en sterfdatums. Hij berekende leeftijden en vroeg zich af welk lot de jongsten had getroffen. Hij aarzelde toen hij een bekende naam zag. Daniel Skinner. Gestorven op dertienjarige leeftijd. Een glimlachende engel was in de grafsteen uitgehouwen. McGuane grinnikte zachtjes om het beeld. Skinner, een geniepig rotjong, had herhaal-

delijk een jongen uit de vierde klas getreiterd. Maar op die dag – elf mei volgens de grafsteen – had die nogal unieke vierdeklasser een keukenmes meegenomen om zich te verdedigen. Zijn eerste en enige stoot doorboorde Skinners hart.

Dag, Engel.

McGuane probeerde het van zich af te zetten.

Was het daar allemaal mee begonnen?

Hij liep door. Een stukje verderop sloeg hij linksaf en ging hij langzamer lopen. Het was nu niet ver meer. Zijn ogen zochten de omgeving af. Er bewoog nog steeds niets. Het was hier achterin rustiger – vredig en groen. Niet dat de inwoners zich daar iets aan gelegen lieten liggen. Hij aarzelde, koos weer voor links en liep de rij langs tot hij bij het graf aankwam.

McGuane stopte. Hij las de naam en de datum. Zijn geest reisde terug in de tijd. Hij vroeg zich af wat hij voelde en besefte dat het antwoord was: niet veel. Hij nam niet meer de moeite om zich heen te kijken. Het Spook was hier ergens. Hij kon hem voelen.

'Je had een bosje bloemen mee moeten brengen, Philip.'

De stem, zacht en zijdeachtig met een licht slissen, verkilde zijn bloed. McGuane draaide zich langzaam om en keek. John Asselta kwam naar hem toe, bloemen in zijn hand. McGuane deed een stap opzij. Asselta's ogen vonden de zijne en McGuane voelde een stalen klauw in zijn borst dringen.

'Lang geleden,' zei het Spook.

Asselta, de man die McGuane kende als het Spook, liep naar de grafsteen. McGuane bleef roerloos staan. De temperatuur leek tien graden te dalen wanneer het Spook langsliep.

McGuane hield zijn adem in.

Het Spook knielde en legde de bloemen behoedzaam op de grond. Hij bleef een ogenblik geknield zitten, zijn ogen gesloten. Toen stond hij op, stak zijn hand met de spits toelopende pianistenvingers uit en streelde de grafsteen met een veel te intiem gebaar.

McGuane probeerde niet te kijken.

Het Spook had een huid als grauwe staar, melkachtig en zo vlak als een moeras. Blauwe aderen liepen als geschilderde traansporen over zijn bijna mooie gezicht. Zijn ogen waren plakjes lei, bijna kleurloos. Zijn hoofd, te groot voor zijn smalle schouders, had de vorm van een gloeilamp. De zijkanten van zijn schedel waren geschoren, een pluk modderbruine haren ontsproot aan het midden en waaierde neerwaarts als een fontein. Zijn gelaatstrekken hadden iets teers, zelfs vrouwelijks – een griezelige versie van een porseleinen pop.

McGuane deed nog een stap achteruit.
Soms ontmoet je iemand wiens ingeboren goedheid je tegemoet straalt als een bijna verblindend licht. En soms kom je precies het tegenovergestelde tegen – iemand wiens aanwezigheid alleen al je smoort onder een zware mantel van verrotting en bloed.
'Wat wil je?' vroeg McGuane.
Het Spook boog zijn hoofd. 'Ken je de uitdrukking dat er in loopgraven geen atheïsten bestaan?'
'Ja.'
'Dat is een leugen,' zei het Spook. 'Het is juist het tegenovergestelde. Wanneer je in een loopgraaf zit, sta je oog in oog met de dood – op dat moment weet je zeker dat er geen God is. Daarom doe je zo je best in leven te blijven, steeds maar weer adem te halen. Daarom roep je ieder willekeurig wezen aan. Omdat je niet wilt sterven. Omdat je diep in je hart weet dat de dood het eindspel is. Geen hiernamaals. Geen paradijs. Geen God. Alleen maar een niets.'
Het Spook keek naar hem op. McGuane bewoog zich niet.
'Ik heb je gemist, Philip.'
'Wat wil je, John?'
'Ik geloof dat je dat wel weet.'
McGuane wist het, maar zei niets.
'Ik heb begrepen,' ging het Spook door, 'dat je in een nogal penibele situatie verzeild bent geraakt.'
'Wat heb je gehoord?'
'Alleen maar geruchten.' Het Spook glimlachte. Zijn mond was een dun scheermes en McGuane kreeg de neiging te gaan gillen wanneer hij ernaar keek. 'Daarom ben ik teruggekomen.'
'Het is mijn probleem.'
'Was dat maar waar, Philip.'
'Wat wil je, John?'
'De twee mannen die je naar New Mexico hebt gestuurd. Die hebben gefaald, nietwaar?'
'Ja.'
Het Spook fluisterde: 'Ik zal niet falen.'
'Ik begrijp nog steeds niet wat je wilt.'
'Je bent het toch wel met me eens dat ook ik hier belang bij heb?'
Het Spook wachtte. Na een poosje knikte McGuane. 'Dat kun je wel zeggen, ja.'
'Je hebt bronnen, Philip. Toegang tot informatie waar ik niet aan kan komen.' Het Spook keek naar de grafsteen en heel even meende McGuane in hem iets bijna menselijks te herkennen. 'Weet je zeker dat hij is teruggekomen?'

'Vrij zeker,' antwoordde McGuane.
'Van wie heb je het?'
'Iemand bij de FBI. De mannen die we naar Albuquerque hebben gestuurd, hadden het moeten bevestigen.'
'Ze hebben hun vijand onderschat.'
'Dat blijkt.'
'Weet je waar hij naartoe is gevlucht?'
'Daar wordt aan gewerkt.'
'Maar niet erg hard.'
McGuane zei niets.
'Jij had liever dat hij weer verdween. Klopt?'
'Het zou alles makkelijker maken.'
Het Spook schudde zijn hoofd. 'Deze keer niet.'
Een stilte.
'Wie kan weten waar hij is?' vroeg het Spook.
'Zijn broer misschien. De FBI heeft Will een uur geleden opgepakt. Ter ondervraging.'
Dat vond het Spook interessant. Zijn hoofd ging met een ruk omhoog. 'Waarover wordt hij ondervraagd?'
'Dat weten we nog niet.'
'Dan,' zei het Spook zachtjes, 'moest ik daar misschien maar beginnen.'
McGuane knikte moeizaam. En op dat moment deed het Spook een stap naar hem toe. Hij stak zijn hand uit. McGuane rilde, was niet in staat zich te verroeren.
'Durf je een oude vriend geen hand te geven, Philip?'
Nee, dat durfde hij niet. Het Spook kwam nog een stap dichterbij. McGuane haalde heel oppervlakkig adem. Hij overwoog Tanner een teken te geven.
Eén kogel. Eén kogel kon hier een einde aan maken.
'Geef me een hand, Philip.'
Het was een bevel en McGuane volgde het op. Bijna zelfstandig kwam zijn hand langzaam omhoog en naar voren. Het Spook, wist hij, was een moordenaar. Hij had al veel mensen gedood. Met gemak. Hij was de Dood. Niet alleen een moordenaar. Maar de Dood in eigen persoon – alsof de aanraking van het Spook voldoende was om je huid te doorboren, je bloedsomloop binnen te dringen, een gif te verspreiden dat je hart uiteen zou rijten als het keukenmes dat het Spook lang geleden had gebruikt.
McGuane wendde zijn ogen af.
Het Spook overbrugde snel de kloof tussen hen en omklemde

McGuanes hand met de zijne. McGuane onderdrukte een kreet. Hij probeerde zich uit de klamme greep los te maken. Het Spook hield hem stevig vast.

Toen voelde McGuane iets – iets kouds en scherps dat in zijn handpalm prikte.

De greep werd nog strakker. McGuanes adem stokte van de pijn. Het voorwerp dat het Spook in zijn hand had, spietste als een bajonet in een zenuwbundel. De greep werd nóg strakker. McGuane zakte op een knie.

Het Spook wachtte tot McGuane opkeek. De ogen van de twee mannen vonden elkaar en McGuane was er zeker van dat zijn longen zouden ophouden te functioneren, dat zijn organen een voor een lamgelegd zouden worden. Het Spook liet zijn greep verslappen. Hij liet het scherpe voorwerp in McGuanes hand achter en vouwde zijn vingers eroverheen. Toen liet het Spook hem eindelijk los en deed hij een stap achteruit.

'Het zou wel eens een eenzame rit terug kunnen worden, Philip.'

McGuane vond zijn stem terug. 'Wat wil dat godverdomme zeggen?'

Maar het Spook draaide zich om en liep weg. McGuane keek naar beneden en opende zijn vuist.

In zijn hand, glinsterend in het zonlicht, lag Tanners gouden pinkring.

7

Na mijn gesprek met onderdirecteur Pistillo stapten Squares en ik in het busje. 'Naar jou maar?' vroeg hij me.

Ik knikte.

'Ik luister,' zei hij.

Ik vertelde hem over mijn onderhoud met Pistillo. Squares schudde zijn hoofd. 'Albuquerque. Ik haat die stad, man. Ben je er ooit geweest?'

'Nee.'

'Je bent in de Southwest maar alles voelt pseudo-Southwest aan. Alsof de hele stad een Disney-reproductie is.'

'Dat zal ik onthouden, Squares, dank je.'

'Wanneer is Sheila er geweest?'

'Weet ik niet,' zei ik.

'Denk na. Waar was je afgelopen weekeinde?'

'Bij mijn ouders.'

'En Sheila?'

'Die zou in de stad blijven.'

'Heb je haar gebeld?'

Ik dacht erover na. 'Nee, zij heeft mij gebeld.'

'Nummerweergave?'

'Het nummer was geblokkeerd.'

'Kan iemand bevestigen dat ze in de stad was?'
'Dat lijkt me niet.'
'Ze kan dus in Albuquerque zijn geweest,' zei Squares.
Ik dacht daarover na. 'Er zijn andere verklaringen mogelijk,' zei ik.
'Zoals?'
'De vingerafdrukken kunnen oud zijn.'
Squares fronste, hield zijn ogen op de weg.
'Misschien,' ging ik door, 'is ze vorige maand of vorig jaar in Albuquerque geweest. Hoe lang blijven vingerafdrukken goed?'
'Vrij lang, denk ik.'
'Dus misschien is dat het,' zei ik. 'Of misschien stonden haar vingerafdrukken ergens op, bijvoorbeeld op een stoel, en misschien stond die stoel eerst in New York en is hij speciaal naar New Mexico gebracht.'
Squares schikte iets aan zijn zonnebril. 'Beetje vergezocht.'
'Maar wel mogelijk.'
'Ja, natuurlijk. Het kan ook zijn dat iemand haar vingers heeft geleend. Je weet wel. Ze een weekendje heeft meegenomen naar Albuquerque.'
Een taxi sneed ons. We zwenkten naar rechts en ploegden bijna in een groepje mensen dat een meter van de stoep stond. Dat doet iedereen in Manhattan. Niemand wacht ooit op de stoep tot het licht op groen springt. Nee, men stapt alvast de straat op, stelt zijn leven in de waagschaal voor een denkbeeldig metertje voorsprong.
'Je kent Sheila,' zei ik.
'Ja.'
Het viel niet mee om het hardop te zeggen, maar het lukte me toch: 'Denk je echt dat ze een moord heeft kunnen plegen?'
Squares zei niet meteen iets. Een stoplicht sprong op rood. Hij remde, stopte en keek me aan. 'Dit begint net zo te klinken als die ellende met je broer.'
'Ik zeg alleen maar, Squares, dat er andere mogelijkheden zijn.'
'En ik zeg alleen maar, Will, dat je je kop in je kont hebt zitten.'
'Wat wil je daarmee zeggen?'
'Een stoel? Ga nou gauw. Gisteravond heeft Sheila zitten huilen en toen heeft ze tegen jou gezegd dat ze er spijt van had. Vanochtend was ze foetsie. Nu heeft de FBI ons verteld dat haar vingerafdrukken zijn gevonden in een kamer waar een moord is gepleegd. En wat is jouw antwoord daarop? Oude vingerafdrukken en verhuisde stoelen. Jezus, man!'

'Het wil nog niet zeggen dat ze een moord heeft gepleegd.'
'Het wil zeggen,' zei Squares, 'dat ze erbij betrokken is.'
Ik liet die woorden bezinken. Ik leunde achterover, keek uit het raampje en zag niets.
'Heb je een idee, Squares?'
'Niet één.'
We reden weer een stukje door.
'Ik hou van haar.'
'Weet ik,' zei Squares.
'In het gunstigste geval heeft ze tegen me gelogen.'
Hij schokschouderde. 'Er zijn ergere dingen.'
Ik vroeg me van alles af. Ik dacht terug aan onze eerste hele nacht samen, in bed, Sheila's hoofd op mijn borst, haar arm over me heen geslagen. Het tevreden gevoel, zo vredig, alles was goed in onze wereld. Zo bleven we liggen. Ik weet niet meer hoe lang. 'Geen verleden,' zei ze zachtjes, bijna in zichzelf. Ik vroeg haar wat ze bedoelde. Ze liet haar hoofd op mijn borst liggen, haar ogen van me afgewend. En ze zei verder niets.
'Ik moet haar zien te vinden,' zei ik.
'Weet ik.'
'Wil je helpen?'
Squares haalde zijn schouders op. 'Zonder mij lukt het je nooit.'
'Dat is zo,' zei ik. 'Hoe moeten we het aanpakken?'
'Als ik een oude spreuk mag aanhalen,' zei Squares, 'voordat we voorwaarts trekken, moeten we achterom kijken.'
'Dat heb je zeker net verzonnen?'
'Ja.'
'Maar er zit wel wat in.'
'Will?'
'Ja?'
'Niet dat ik open deuren wil intrappen, maar als we achterom kijken, zullen we misschien dingen zien die ons niet aanstaan.'
'Dat is vrijwel zeker,' knikte ik.

Squares zette me voor de deur af en reed terug naar het Covenant House. Ik ging de flat binnen en gooide mijn sleutels op de tafel. Ik zou Sheila's naam hebben geroepen – gewoon om te zien of ze alsnog thuis was gekomen – maar de flat voelde zo leeg aan, zo ontdaan van energie, dat ik het maar liet zitten. De kamers die ik de afgelopen vier jaar als mijn thuis had beschouwd, zagen er opeens heel anders uit, alsof ze van een ander waren. Er hing een bedompte sfeer, alsof de flat al geruime tijd leegstond.

Goed. Wat nu?

De flat uitkammen. Naar aanwijzingen zoeken, wat dat ook wilde zeggen. Maar wat me meteen trof, was hoe spartaans Sheila was geweest. Ze hield van eenvoud, zelfs van het schijnbaar alledaagse, en had ook mij dat geleerd. Ze had erg weinig bezittingen. Toen ze bij me was ingetrokken, had ze maar één koffer meegebracht. Ze was niet arm – ik had haar bankafschriften gezien en ze had me haar aandeel hier ruimschoots betaald – maar ze was altijd een van die mensen geweest die zich hielden aan de filosofie van 'eigendommen bezitten jou, niet andersom'. Nu begon ik daarover na te denken, over het feit dat eigendommen je niet zozeer bezitten, maar je verankeren, je wortel laten schieten.

Mijn Amherst College-sweatshirt, maat xxl, hing over een stoelleuning in de slaapkamer. Ik pakte het en voelde een steek in mijn borst. We waren afgelopen herfst naar een reünieweekeinde van mijn alma mater gegaan. Er is een heuvel op de campus van Amherst, een steile helling die helemaal bovenaan bij het klassieke New England-binnenplein begint en afloopt naar het grote sportveldencomplex. De meeste studenten, origineel als ze zijn, noemen deze heuvel 'de Heuvel'.

Op een van de avonden waren Sheila en ik hand in hand over de campus geslenterd. We waren op het zachte gras van de Heuvel gaan liggen, hadden gekeken naar de heldere herfsthemel en urenlang gepraat. Ik had me nog nooit eerder zo vredig gevoeld, zo rustig en prettig en, ja, blij. Nog steeds uitgestrekt op het gras, legde Sheila haar hand op mijn buik en schoof hem toen, met haar ogen op de sterren gericht, onder de tailleband van mijn broek. Ik draaide mijn hoofd een tikje en keek naar haar gezicht. Toen haar vingers, eh, doel raakten, zag ik haar ondeugende grijns.

'Een van de geneugten van het studentenleven,' zei ze.

Oké, ik was natuurlijk zo geil als boter, maar op dat moment, op die heuvel, met haar hand in mijn broek, besefte ik voor het eerst, besefte ik met een bijna bovennatuurlijke zekerheid, dat zij de vrouw voor mij was, dat we altijd samen zouden zijn, dat de schaduw van mijn eerste liefde, mijn enige liefde voordat ik Sheila had ontmoet, die nog in mijn hoofd had rondgespookt en alle anderen op een afstand had gehouden, eindelijk was verbannen.

Ik keek naar het sweatshirt en kon heel even de kamperfoelie en het loof weer ruiken. Ik drukte de trui tegen me aan en vroeg me voor de zoveelste keer af sinds ik met Pistillo had gesproken: waren het allemaal leugens geweest?

Nee.
Zulke dingen kun je niet voorwenden. Squares had misschien gelijk over het vermogen van de mens om anderen kwaad te doen, maar een band als die van ons kon je niet fingeren.
Het briefje lag nog op het aanrecht. *Ik zal altijd van je houden.* Ik moest dat geloven. Dat was ik Sheila zonder meer verschuldigd. Haar verleden was haar verleden. Daar kon ik geen aanspraak op maken. Wat er ook was gebeurd, Sheila moest goede redenen gehad hebben. Ze hield van me. Ik wist dat. Nu was het mijn taak haar op te sporen, haar te helpen, een manier te zoeken om... ik weet het niet... om ons weer bij elkaar te krijgen.
Ik zou niet aan haar twijfelen.
Ik doorzocht de laden. Sheila had één bankrekening en één creditcard – althans, voorzover ik wist. Maar er waren nergens paperassen – geen oude rekeningoverzichten, geen bonnetjes, geen bankboekjes, niets. Allemaal weggegooid, nam ik aan.
De screensaver van de computer, de populaire stuiterende lijntjes, verdwenen toen ik de muis bewoog. Ik logde in, switchte naar Sheila's internetnaam, klikte op Gelezen Post. Niets. Niet één mailtje. Eigenaardig. Sheila deed niet veel met het Net – gebruikte het eigenlijk zelden – maar niet eens één oude e-mail?
Ik klikte op Archief. Ook leeg. Ik keek bij Favorieten. Alweer niets. Ik opende Geschiedenis. *Nada.*
Ik leunde achterover en staarde naar het scherm. Een gedachte kwam bovendrijven. Ik speelde ermee, vroeg me af of zoiets als verraad beschouwd zou worden. Donderde niet. Squares had gelijk over het omkijken om uit te kunnen zoeken waar we naartoe moesten. En hij had ook gelijk gehad toen hij had gezegd dat ik dingen zou vinden die me niet zouden aanstaan.
Ik logde in op *switchboard.com*, een gigantisch on-line telefoonboek. Bij Naam tikte ik Rogers in. De staat was Idaho. De stad was Mason. Dat wist ik van het formulier dat ze had ingevuld toen ze als vrijwilligster bij Covenant House was komen werken.
Er was maar één familie Rogers. Ik krabbelde het nummer op een kladje. Ja, ik ging Sheila's ouders opbellen. Als we teruggingen in de tijd, konden we net zo goed teruggaan tot aan de bron.
Voor ik de telefoon kon pakken, begon die te rinkelen. Ik nam op.
Mijn zuster Melissa zei: 'Wat ben je aan het doen?'
Ik dacht na over hoe ik het moest inkleden en koos uiteindelijk voor: 'Ik zit met een spoedgeval.'
'Will,' zei ze en ik hoorde de typische toon van de oudere zuster,

'we zitten hier te rouwen om onze moeder.'
Ik deed mijn ogen dicht.
'Pa vraagt naar je. Je moet hierheen komen.'
Ik keek om me heen naar de bedompte, onbekende flat. Geen reden om hier te blijven. En ik dacht aan de foto die ik nog in mijn zak had – de foto van mijn broer op de berg.
'Ik kom al,' zei ik.

Melissa deed de deur voor me open en zei: 'Waar is Sheila?'
Ik mompelde iets over een afspraak die ze niet had kunnen verzetten en dook naar binnen.
We hadden vandaag zowaar een echte bezoeker, eentje die geen familie was – een oude vriend van mijn vader genaamd Lou Farley. Volgens mij hadden ze elkaar al tien jaar niet gezien. Lou Farley en mijn vader haalden met te veel animo verhalen op van te lang geleden. Iets over een oud softbalteam, wat vage herinneringen in me opwekte aan mijn vader die een bruin uniform van polyester materiaal aantrok, het logo van Friendly's Ice Cream levensgroot op zijn borst. Weer hoorde ik het tikken van de noppen op de oprit, voelde het gewicht van zijn hand op mijn schouder. Wat was dat lang geleden. Hij en Lou Farley barstten in lachen uit. Ik had mijn vader in jaren niet zo horen lachen. Zijn ogen waren nat en ver weg. Mijn moeder was ook wel eens naar de wedstrijden gegaan. Ik zag haar nog op de tribune zitten in haar mouwloze bloes met haar gebruinde, stevige armen.
Ik keek uit het raam, nog steeds hopend dat Sheila zou komen, dat dit uiteindelijk een of ander raar misverstand zou blijken te zijn. Een deel van me – een groot deel – was aan het blokkeren. Hoewel we de dood van mijn moeder hadden zien aankomen – Sunny's kanker was een trage, gestage dodenmars geweest met een plotselinge afgrond aan het einde – was alles bij mij nog zo rauw dat ik niet in staat was te accepteren wat er allemaal gebeurde.
Sheila.
Ik had eenmaal eerder een liefde gehad en verloren. Wat de liefde aangaat, geef ik eerlijk toe dat ik een beetje van de oude stempel ben. Ik geloof in een *soulmate*. Iedereen heeft een eerste liefde. Toen die van mij me verliet, bleef er een groot gat achter in mijn hart. Lange tijd dacht ik dat ik er nooit overheen zou komen. Daar waren redenen voor. Onder andere omdat het einde zo onvoltooid had aangevoeld. Maar goed. Toen ze me de bons had gegeven – en dat was wat ze goed beschouwd had gedaan – was ik ervan overtuigd ge-

weest dat ik gedoemd was genoegen te nemen met iemand die... minder was dan zij... of dat ik mijn hele leven alleen zou blijven.

En toen ontmoette ik Sheila.

Ik dacht aan de manier waarop Sheila's groene ogen zich in me boorden. Ik dacht aan hoe zijdezacht haar rode haar aanvoelde. Ik dacht aan hoe de eerste lichamelijke aantrekkingskracht – en die was immens, overweldigend – bestendig bleek en zich naar alle hoeken van mijn wezen had uitgespreid. Ik dacht de hele tijd aan haar. Ik had vlinders in mijn buik. Iedere keer dat ik haar gezicht weer zag, maakte mijn hart een sprongetje. Soms zat ik met Squares in de auto en stompte hij me opeens tegen mijn schouder omdat mijn gedachten waren weggedreven, weggedreven naar een plek die Squares plagend Sheilaland noemde, terwijl ikzelf met een domme glimlach op mijn gezicht was achtergebleven. Ik leefde in een roes. Dicht tegen elkaar aan gekropen keken we naar oude videofilms, elkaar strelend, plagend, om te zien hoe lang we het konden volhouden, warme gezelligheid en hete wellust met elkaar strijdend tot... tja, daarom zit er op de videoapparatuur een pauzeknop.

We hielden elkaars hand vast. We maakten lange wandelingen. We gingen in het park zitten en fluisterden elkaar commentaar toe op wildvreemde voorbijgangers. Op feestjes vond ik het leuk om vanuit een hoek van de kamer naar haar te kijken, haar te zien rondlopen en met anderen praten tot onze ogen elkaar vonden, en ik een schok door me heen voelde gaan, gevolgd door een veelbetekenende blik, een wellustige glimlach.

Ik moest van Sheila een keer zo'n stomme test invullen die ze in een tijdschrift had zien staan. Een van de vragen was: Wat is de grootste zwakte van uw geliefde? Ik dacht erover na en schreef op: 'Vergeet vaak haar paraplu in een restaurant.' Dat vond ze schitterend, maar ze wilde meer. Ik herinnerde haar eraan dat ze naar boy bands en naar oude ABBA-nummers luisterde. Ze knikte plechtig en beloofde dat ze zou proberen haar leven te beteren.

We praatten over alles behalve het verleden. Dat zie ik in mijn werk ook vaak. Het stoorde me niet echt. Nu, achteraf, begin ik me dingen af te vragen, maar indertijd had het iets, ik weet het niet, iets mysterieus aan onze relatie toegevoegd. Niet alleen dat – heb alstublieft nog even geduld met me – het was alsof er geen leven vóór ons was geweest. Geen liefde, geen partners, geen verleden, geboren op de dag dat we elkaar hadden ontmoet.

Ja, ja, ik weet het.

Melissa was naast mijn vader gaan zitten. Ik zag hen allebei van opzij. Ze leken erg op elkaar. Ik had meer van mijn moeder. Melissa's echtgenoot, Ralph, cirkelde rond de buffettafel. Hij was een typisch Amerikaanse middenstandsmanager, een man die altijd een hemd onder zijn overhemden met korte mouwen droeg, een keurige jongen met een ferme handdruk, gepoetste schoenen, gekamd haar, een beperkt intellect. Hij liep nooit met zijn das los, niet omdat hij vond dat dat niet hoorde, maar omdat hij zich alleen op zijn gemak voelde wanneer alle dingen op de juiste plek zaten.

Ralph en ik hebben niets gemeen, maar eerlijk gezegd ken ik hem amper. Ze wonen in Seattle en komen bijna nooit. Toch dacht ik onwillekeurig terug aan de Melissa van toen ze haar wilde haren nog niet kwijt was en vrijde met een nozem genaamd Jimmy McCarthy. Wat een pretlichtjes had ze toen in haar ogen gehad. Wat was ze spontaan en lollig geweest, soms bij het brutale af. Ik weet niet wat er is gebeurd, waardoor ze is veranderd, waar ze zo bang van is geworden. Sommigen zeiden dat ze gewoon haar jeugd was ontgroeid. Volgens mij was dat lang niet alles. Volgens mij zat er meer achter.

Melissa – we noemden haar altijd Mel – wenkte me met haar ogen. We glipten de hobbykamer in. Ik stak mijn hand in mijn zak en voelde de foto van Ken.

'Ralph en ik gaan morgenochtend terug naar huis,' zei ze.

'Da's snel,' zei ik.

'Wat bedoel je daarmee?'

Ik schudde mijn hoofd.

'We hebben kinderen. Ralph heeft zijn werk.'

'Nou,' zei ik, 'leuk dat jullie in ieder geval even zijn gekomen.'

Haar ogen werden groot. 'Wat lelijk van je om zoiets te zeggen.'

Ze had gelijk. Ik keek over mijn schouder. Ralph zat bij pa en Lou Farley een bijzonder kleffe hamburger naar binnen te werken. Koolsla kleefde in zijn mondhoek. Ik wilde tegen haar zeggen dat het me speet. Maar ik kon het niet. Mel was de oudste van ons drieën, drie jaar ouder dan Ken, vijf jaar ouder dan ik. Toen Julies lijk was gevonden, was ze gevlucht. Dat is de enige manier om het te beschrijven. Ze heeft haar koffers gepakt en is met haar kersverse echtgenoot en baby aan de andere kant van het land gaan wonen. Het grootste deel van de tijd heb ik daar begrip voor, maar ergens ben ik nog steeds kwaad dat ze ons in de steek heeft gelaten.

Ik dacht weer aan de foto in mijn zak en nam opeens een besluit. 'Ik wil je iets laten zien.'

Het was alsof Melissa ineenkromp, alsof ze zich schrap zette voor een klap, maar dat kan verbeelding zijn geweest. Ze had het moder-

ne kapsel van de doorsnee huisvrouw, geblondeerde lokken die dansend tot op haar schouders vielen – vermoedelijk precies wat Ralph mooi vond. Ik vond het haar niet staan. Het paste niet bij haar.
We liepen iets verder door tot we bij de tussendeur naar de garage stonden. Ik keek om. Ik kon mijn vader, Ralph en Lou Farley nog steeds zien.
   Ik deed de deur open. Mel keek me bevreemd aan maar volgde. We stapten op het cement van de kille garage. Die was ingericht in Vroeg-Amerikaanse Brandgevaar-stijl. Roestige verfblikken, schimmelende kartonnen dozen, baseballknuppels, oude rieten meubels, profielloze autobanden – willekeurig verspreid alsof er een explosie was geweest. De vloer zat vol olievlekken, vanwege het stof zag alles er grauw en grijs uit en had je moeite met ademhalen. Vanaf het plafond bengelde een touw naar beneden. Ik herinnerde me dat mijn vader ooit een deel van de garage had uitgeruimd en een tennisbal aan dat touw had gebonden, zodat ik mijn honkbalslag kon oefenen. Het was niet te geloven dat het er nog steeds hing.
   Melissa hield haar ogen op me gericht.
   Ik wist niet goed hoe ik het moest aanpakken.
   'Sheila en ik hebben gisteren mams spullen bekeken,' begon ik.
   Haar ogen vernauwden zich een tikje. Ik wilde gaan uitleggen hoe we haar laden hadden leeggehaald, de gelamineerde geboortekaartjes bekeken en dat oude programmaboekje van toen mam de rol van Mame had gehad in de Little Livingston-productie, en hoe Sheila en ik hadden genoten van de oude foto's – weet je nog die met koning Hussein, Mel? – maar niets van dat alles kwam over mijn lippen.
   Zonder iets te zeggen stak ik mijn hand in mijn zak, viste de foto eruit en hield die voor haar op.
   Er was niet veel tijd voor nodig. Melissa wendde haar gezicht af alsof de foto haar kon schroeien. Ze haalde een paar keer diep adem en deed een stap achteruit. Ik stapte naar voren, maar ze hief haar hand op om me tegen te houden. Toen ze me weer aankeek, was haar gezicht volkomen leeg. Geen verrassing meer. Ook geen leed of vreugde. Niets.
   Ik stak de foto weer omhoog. Ditmaal knipperde ze niet eens.
   'Het is Ken,' zei ik nogal onbenullig.
   'Ja, dat zie ik, Will.'
   'Is dat je enige reactie?'
   'Hoe word ik geacht te reageren?'
   'Hij leeft nog. Mam wist het. Ze had deze foto.'

Stilte.
'Mel?'
'Hij leeft nog,' zei ze. 'Ik heb je wel gehoord.'
Haar reactie – of het ontbreken daarvan – sloeg me met stomheid.
'Verder nog iets?' vroeg Melissa.
'Wat? Is dat het enige wat je erover te zeggen hebt?'
'Wat zou ik er nog meer over moeten zeggen, Will?'
'O ja, dat was ik bijna vergeten. Je moet terug naar Seattle.'
'Inderdaad.'
De woede kwam weer bovenborrelen. 'Zeg eens, Mel. Heeft het geholpen dat je bent gevlucht?'
'Ik ben niet gevlucht.'
'Jawel,' zei ik.
'Ralph had daarginds een baan gekregen.'
'Ja, ja.'
'Hoe waag je het over mij te oordelen?'
In een flits zag ik ons drieën weer urenlang Marco Polo spelen in het motelzwembad bij Cape Cod. In een flits was ik terug bij die keer dat Tony Bonoza praatjes had rondgebazuind over Mel. Ken was vuurrood geworden toen hij het had gehoord en Bonoza meteen te lijf gegaan, ook al was die twee jaar ouder en tien kilo zwaarder dan hij.
'Ken leeft nog,' zei ik nogmaals.
Haar stem was een smeekbede. 'Wat wil je nu eigenlijk van me?'
'Je gedraagt je alsof het niets uitmaakt.'
'Ik weet niet zeker of het wel iets uitmaakt.'
'Wat bedoel je daarmee?'
'Ken maakt geen deel meer uit van onze levens.'
'Spreek voor jezelf.'
'Oké, Will. Hij maakt geen deel meer uit van míjn leven.'
'Hij is je broer.'
'Ken heeft een bepaalde weg gekozen.'
'En? Is hij voor jou nu gewoon dood?'
'Zou het niet beter zijn als dat zo was?' Ze schudde haar hoofd en deed haar ogen dicht. Ik wachtte. 'Misschien ben ik inderdaad gevlucht, Will, maar dat geldt ook voor jou. We stonden voor een keuze. Onze broer was ofwel dood ofwel een wrede moordenaar. In beide gevallen is hij voor mij dood.'
Ik hief de foto weer op. 'Het is niet zeker dat hij het gedaan heeft.'
Melissa keek naar me op en opeens was ze weer mijn oudere zus. 'Schei toch uit, Will. Je weet wel beter.'

'Hij verdedigde ons altijd. Toen we klein waren. Hij kwam voor ons op. Hij hield van ons.'
'En ik van hem, maar ik was niet blind voor wie en wat hij was. Hij hield van geweld, Will. Dat weet je. Het is waar dat hij altijd voor ons opkwam, maar denk je nu zelf ook niet dat dat gedeeltelijk zo was omdat hij dat leuk vond? Je weet dat hij verwikkeld was in kwalijke zaken toen hij is gestorven.'
'Daarom is hij nog geen moordenaar.'
Nogmaals sloot Melissa haar ogen. Ik zag haar zoeken naar innerlijke kracht. 'Will, waar was hij die avond in godsnaam mee bezig?'
Ze sloeg haar ogen op en keek in de mijne. Ik zei niets. Een plotselinge kilte speelde rond mijn hart.
'Vergeet de moord even. Waarom bedreef Ken de liefde met Julie Miller?'
Haar woorden boorden zich diep in me, zwollen op in mijn borst, groot en koud. Ik kon geen adem krijgen. Toen ik mijn stem uiteindelijk terugvond, klonk die iel en ver weg. 'Het was toen al een jaar uit tussen ons.'
'Wil je mij vertellen dat je helemaal over je liefdesverdriet heen was?'
'Ik... ze was vrij. Hij was vrij. Er was geen reden –'
'Hij heeft je belazerd, Will. Geef dat nu eindelijk eens toe. Hij is naar bed gegaan met de vrouw van wie jij hield. Wat voor broer ben je als je zoiets doet?'
'Het was uit,' zei ik moeizaam. 'Ik had geen recht op haar.'
'Je hield van haar.'
'Dat heeft er niets mee te maken.'
Haar ogen lieten me geen moment los. 'Wie is er nú op de vlucht?'
Ik deinsde achteruit, struikelde bijna en zakte neer op de betonnen trap. Mijn hoofd zakte tussen mijn handen. Ik zette mezelf stukje bij beetje weer in elkaar. Het duurde even. 'Hij is nog steeds onze broer.'
'En wat wil je nu gaan doen? Hem zoeken? Hem aangeven bij de politie? Hem helpen zich te blijven verschuilen?'
Ik had geen antwoord.
Melissa stapte over me heen en deed de deur naar de hobbykamer open. 'Will?'
Ik keek naar haar op.
'Dit is mijn leven niet meer. Het spijt me.'

Toen zag ik haar weer als tienermeisje, languit op haar bed, druk babbelend, met getoupeerd haar, de geur van kauwgom in de lucht. Ken en ik zaten op de grond en trokken gezichten. Ik herinnerde me haar lichaamstaal. Als Mel op haar buik lag, schoppend met haar voeten, had ze het over jongens en feestjes en dat soort flauwekul. Maar wanneer ze op haar rug lag en naar het plafond staarde, dan was ze aan het dromen. Ik dacht aan haar dromen. En hoe die geen van alle waren uitgekomen.
'Ik hou van je,' zei ik.
En alsof ze mijn gedachten kon lezen, begon Melissa te huilen.

Je eerste vriendinnetje vergeet je nooit. Dat van mij werd uiteindelijk vermoord.

Julie Miller en ik leerden elkaar kennen toen ze samen met haar ouders aan Coddington Terrace kwam wonen. Ik zat toen in de brugklas van Livingston High. Twee jaar later raakte het aan tussen ons. We gingen samen naar de *junior prom* en de *senior prom*. We werden gekozen tot stelletje van het jaar. We waren vrijwel onafscheidelijk.

Dat het uit raakte, is alleen verbazingwekkend in die zin dat het zo voorspelbaar was. We gingen ieder naar een andere universiteit, er volledig van overtuigd dat onze liefde tegen de tijd en de afstand bestand zou zijn. Dat was hij niet, al hielden we het langer vol dan de meesten. In ons tweede studiejaar belde Julie me op om te zeggen dat ze met andere jongens uit wilde gaan, dat ze zelfs al was begonnen uit te gaan met een laatstejaars, een jongen die – dit is echt geen grapje – Buck heette.

Ik had eroverheen moeten komen. Ik was jong en ik was echt niet de enige die dit overkwam. En ik zou er waarschijnlijk ook overheen gekomen zijn. Uiteindelijk. Ik bedoel, ik begon met andere meisjes uit te gaan. Het ging traag, maar ik begon te accepteren dat het nu eenmaal niet anders was. Tijd en afstand hielpen daarbij.

Maar toen stierf Julie en het was alsof een deel van mijn hart zich nooit zou kunnen losmaken uit haar greep vanuit het graf.

Tot Sheila.

Ik liet mijn vader de foto niet zien.
Om tien uur 's avonds was ik weer in mijn flat. Nog steeds leeg, nog steeds bedompt, nog steeds vreemd. Geen berichten op het antwoordapparaat. Als dit leven zonder Sheila was, moest ik er niks van hebben.

Het kladje met het telefoonnummer van haar ouders in Idaho lag nog op het bureau. Hoeveel tijdverschil zat er tussen hier en Idaho? Een uur? Twee? Ik wist het niet precies. Maar dan was het daar dus acht of negen uur.

Niet te laat om te bellen.

Ik liet me op de stoel zakken en staarde naar de telefoon alsof die me zou vertellen wat ik moest doen. Dat deed hij niet. Ik pakte het kladje. Toen ik tegen Sheila had gezegd dat ze haar ouders moest bellen, was alle kleur uit haar gezicht weggetrokken. Dat was gisteren geweest. Gisteren pas. Ik vroeg me af wat ik moest doen en mijn eerste gedachte, mijn allereerste gedachte, was dat ik het aan mijn moeder moest vragen, dat die het juiste antwoord wel zou weten.

Een nieuwe golf van droefenis sleurde me kopje-onder.

Uiteindelijk besloot ik dat ik iets moest doen. Ik moest iets ondernemen. En dit, Sheila's ouders bellen, was het enige wat ik wist te bedenken.

Een vrouw nam op toen de telefoon drie keer was overgegaan. 'Hallo?'

Ik schraapte mijn keel. 'Mevrouw Rogers?'

Een korte stilte. 'Ja?'

'Mijn naam is Will Klein.'

Ik wachtte om te zien of de naam haar iets zei. Zo ja, dan liet ze dat niet merken.

'Ik ben een vriend van uw dochter.'

'Welke dochter?'

'Sheila,' zei ik.

'O,' zei de vrouw. 'Ik heb gehoord dat ze in New York is.'

'Ja,' zei ik.

'Belt u daarvandaan?'

'Ja.'

'Waar kan ik u mee van dienst zijn, meneer Klein?'

Dat was een goede vraag. Ik wist het zelf niet precies, dus begon ik met het voor de hand liggende. 'Hebt u enig idee waar ze is?'

'Nee.'

'U hebt haar niet gezien of gesproken?'

Met een vermoeide stem zei ze: 'Ik heb Sheila al jaren niet gezien of gesproken.'

Ik deed mijn mond open, weer dicht, probeerde een route te vinden die ik kon nemen, maar stuitte overal op wegversperringen. 'Weet u dat ze vermist wordt?'

'De autoriteiten hebben contact met ons opgenomen, ja.'

Ik wisselde van hand en drukte de hoorn tegen mijn andere oor.
'Hebt u ze iets bruikbaars kunnen vertellen?'
'Bruikbaars?'
'Hebt u enig idee waar ze naartoe kan zijn gegaan? Waar ze naartoe is gevlucht? Een vriend of een familielid die bereid zou zijn haar te helpen?'
'Meneer Klein?'
'Ja.'
'Sheila maakt al heel lang geen deel meer uit van ons leven.'
'Waarom niet?'
Ik flapte dat er zomaar uit. Ik verwachtte een verwijt, een duidelijk bemoei-je-met-je-eigen-zaken. Maar weer verzonk ze in stilte. Ik probeerde het zwijgen te winnen, maar zij was er beter in dan ik.
'Ziet u' – ik hoorde mezelf hakkelen – 'ze is namelijk zo'n fijn mens.'
'U bent meer dan een vriend, nietwaar, meneer Klein?'
'Ja.'
'De autoriteiten. Ze zeiden dat Sheila samenwoonde met iemand. Ik neem aan dat ze het over u hadden?'
'We zijn ongeveer een jaar samen,' zei ik.
'U klinkt alsof u zich zorgen over haar maakt.'
'Dat is ook zo.'
'U houdt dus van haar?'
'Heel veel.'
'Maar ze heeft u nooit over haar verleden verteld.'
Ik wist niet goed wat ik daarop moest zeggen, hoewel het antwoord erg voor de hand lag. 'Ik probeer het te begrijpen,' zei ik.
'Daar gaat het niet om,' zei ze. 'Zelfs ik begrijp het niet.'
Mijn buurman koos dit moment uit om zijn nieuwe stereo met de quadrofonische speakers aan te zetten. De bassen deden de muren trillen. Omdat ik via de draadloze telefoon sprak, liep ik ermee naar de verste hoek van de flat.
'Ik wil haar helpen,' zei ik.
'Ik heb een vraag voor u, meneer Klein.'
Haar toon deed me de hoorn strakker omklemmen.
'De FBI-agent die is langsgekomen,' zei ze, 'zei dat ze er niets over weten.'
'Waarover?' vroeg ik.
'Over Carly,' zei mevrouw Rogers. 'Over waar ze is.'
Ik begreep het niet. 'Wie is Carly?'
Weer een lange stilte. 'Mag ik u een goede raad geven, meneer Klein?'

'Wie is Carly?' vroeg ik nogmaals.
'Zet het van u af. Vergeet dat u mijn dochter hebt gekend.'
En toen hing ze op.

8

Ik greep een Brooklyn Lager uit de koelkast en schoof de glazen deur open. Ik stapte naar buiten, op wat mijn makelaar optimistisch een 'veranda' had genoemd. Deze had bij benadering de afmetingen van een wieg. Eén persoon, misschien twee, als ze heel stil stonden, konden er gelijktijdig verblijven. Er waren uiteraard geen stoeltjes en omdat ik op driehoog woonde, had je er ook niet veel uitzicht. Maar het was buiten en avond en ik stond er wel graag.

's Avonds is New York helder verlicht en onwezenlijk, gevuld met een blauwzwarte gloed. Dit mag dan de stad zijn die nooit slaapt, maar als je mijn straat als maatstaf neemt, doet ze toch wel af en toe een stevige dut. Geparkeerde auto's stonden opeengepakt langs de stoep, bumper aan bumper, alsof ze lang nadat ze door hun eigenaars waren achtergelaten om een plaatsje bleven vechten. Nachtgeluiden bromden en zoemden. Ik hoorde muziek. Ik hoorde bordengekletter in de pizzeria aan de overkant van de straat. Ik hoorde het gestage gedreun van de West Side Highway, nu getemperd, Manhattans wiegelied.

Mijn brein voelde als verdoofd. Ik wist niet wat er aan de hand was. Ik wist niet wat ik moest doen. Mijn telefoontje naar Sheila's moeder had meer vragen dan antwoorden opgeleverd. Melissa's woorden staken nog steeds, maar ze had een interessant punt aange-

stipt: waartoe was ik bereid, nu ik wist dat Ken nog leefde?
Ik wilde hem uiteraard zien te vinden.
Ik wilde hem heel graag vinden. Nou en? Vergeet even dat ik geen detective ben en dat ik tegen zo'n taak helemaal niet ben opgewassen. Als Ken gevonden wilde worden, zou hij me weten te vinden. Proberen hem op te sporen kon alleen maar op een ramp uitlopen.
En misschien had ik nóg een prioriteit.
Eerst was mijn broer ertussenuit geknepen. Nu was mijn vriendin spoorloos verdwenen. Ik fronste. Het was maar goed dat ik geen hond had.
Ik hief net het flesje naar mijn lippen toen ik hem zag.
Hij stond op de hoek, een meter of vijftig bij mijn flat vandaan. Hij droeg een regenjas en een gleufhoed, zo te zien, en stond met zijn handen in zijn zakken. Van deze afstand zag zijn gezicht eruit als een witte schijf die glanzend afstak tegen een donkere achtergrond, vlak en te rond. Ik kon zijn ogen niet zien, maar ik wist dat hij naar me keek. Het was alsof zijn blik op me drukte. Alsof die voelbaar was.
De man bewoog zich niet.
Er waren niet veel voetgangers op straat, maar degenen die er waren, waren in beweging. Dat heb je met New Yorkers. Die zijn constant in beweging. Die lopen. Doelbewust. Wanneer ze voor een stoplicht of een langsrijdende auto moeten wachten, staan ze te deinen op de ballen van hun voeten, immer klaar voor de start. New Yorkers bewegen. Ze hebben het niet in zich stil te staan.
Maar deze man stond daar als uit steen gehouwen. En staarde naar me. Ik knipperde een paar keer. Hij was er nog steeds. Ik draaide me om en keek toen weer. Hij was er nog steeds, roerloos. En er was nóg iets.
Hij had iets bekends.
Ik wilde op dit punt niet overdrijven. Hij stond vrij ver bij me vandaan en het was avond en ik zie niet al te scherp, zeker niet bij het licht van lantarenpalen. Maar de haartjes in mijn nek gingen overeind staan als die van een dier dat een groot gevaar ruikt.
Ik besloot terug te staren, om te zien hoe hij zou reageren. Hij verroerde zich niet. Ik weet niet hoe lang we daar zo stonden. Ik voelde hoe het bloed uit mijn vingertoppen wegtrok. Kou nam bezit van de puntjes, maar iets in mijn binnenste won aan kracht. Ik keek niet weg. Net zomin als het platte gezicht.
De telefoon ging.
Ik scheurde mijn blik los. Mijn horloge vertelde me dat het bijna

elf uur was. Laat voor een telefoontje. Zonder verder nog om te kijken stapte ik naar binnen en nam op.
Squares zei: 'Heb je slaap?'
'Nee.'
'Zin in een ritje?'
Hij ging er vannacht met het busje op uit. 'Ben je iets te weten gekomen?'
'Kom naar de school. Over een half uur.'
Hij hing op. Ik stapte de veranda weer op en keek naar beneden. De man was verdwenen.

De yogaschool heette eenvoudigweg 'Squares'. Ik stak daar uiteraard de draak mee. Squares was voor- en achternaam geworden, als Cher of Fabio. De school, het centrum, of hoe je het ook wilt noemen, was gevestigd in een zes verdiepingen tellend gebouw aan University Place, dicht bij Union Square. Het begin was bescheiden geweest. De school had in blijde anonimiteit gezwoegd. Toen had een beroemdheid, een popster die u allen zeer goed kent, Squares 'ontdekt'. Ze had haar vriendinnen erover verteld. Een paar maanden later had *Cosmo* erover gehoord. Toen *Elle*. Op een gegeven moment had een groot reclamebureau Squares verzocht een video te maken. Squares, die heilig gelooft in je waren aan de man brengen, had daaraan graag gehoor gegeven. De Yoga Squared Workout – er zit copyright op de naam – was een succes. Op de dag dat ze de video kwamen opnemen, had Squares zich zelfs geschoren.
De rest is bekend.
Opeens kon geen enkele sociale gebeurtenis in Manhattan of Hamptons zich nog 'een happening' noemen zonder ieders favoriete fitnessgoeroe. Squares sloeg de meeste uitnodigingen af, maar leerde snel netwerken. Hij had bijna geen tijd meer om les te geven. Als je nu aan een van zijn cursussen wilt deelnemen, al is het er maar eentje die door een van zijn jongste assistenten wordt gegeven, kom je op een wachtlijst van zeker twee maanden. Hij rekent vijfentwintig dollar per lesuur. Hij heeft vier scholen. De kleinste telt vijftig leerlingen. De grootste bijna tweehonderd. Hij heeft vierentwintig leraren die voortdurend rouleren. Het was bijna half twaalf toen ik bij de school aankwam en er waren nog drie klassen in volle gang.
Reken maar uit.
Reeds in de lift kwamen de gekwelde klanken van sitarmuziek me tegemoet, samen met het klateren van watervallen, een geluidencombinatie die ik net zo zielstrelend vind als die van een kat met een

verdovingspijltje in zijn flank. Boven word je allereerst verwelkomd door de cadeauwinkel, gevuld met wierookstokjes, boeken, lotions, bandjes, video's, cd-rom's, dvd's, brokken kristal, kraaltjes, poncho's en tie-dye. Achter de toonbank bevonden zich twee anorectische begin-twintigers, in het zwart, van top tot teen muesli uitstralend. Eeuwig jong. Ja, wacht maar af. Eén mannelijk exemplaar, één vrouwelijk, al was het niet makkelijk ze uit elkaar te houden. Hun stemmen klonken eender en net niet neerbuigend – maître d's in een trendy nieuw restaurant. Hun bodypiercings – en dat waren er nogal wat – waren gevuld met zilver en turkoois.

'Hi,' zei ik.
'Wilt u alstublieft uw schoenen uitdoen,' zei Vermoedelijk Man.
'Ja hoor.'
Ik schoof ze van mijn voeten.
'U bent?' vroeg Vermoedelijk Vrouw.
'Gekomen voor Squares. Ik ben Will Klein.'
De naam zei hen niets. Ze waren zeker nieuw hier. 'Hebt u een afspraak met Yogi Squares?'
'Yogi Squares?' herhaalde ik.
Ze staarden me aan.
'Zeg eens,' zei ik. 'Is Yogi Squares intelligenter dan de gewone Squares?'
Geen lach van de kindertjes. Verbaasde me niet. Zij tikte iets in op de computer. Ze keken beiden fronsend naar het scherm. Hij pakte de telefoon en toetste een nummer in. De sitarmuziek jankte. Ik voelde een knallende koppijn opkomen.
'Will?'
In een verrukkelijk aerobicspakje gestoken kwam Wanda binnenwandelen, hoofd opgeheven, sleutelbeenderen prominent, ogen die alles opnamen. Ze was Squares' hoofdlerares en minnares. Ze waren al drie jaar samen. Het verrukkelijke aerobicspakje was lavendelkleurig en een perfecte keuze. Wanda was een opvallende verschijning – lang, soepel, slanke ledematen, hartverscheurend mooi, en zwart. Ja, zwart. De ironie ontging niet aan degenen onder ons die op de hoogte waren van Squares' – sorry voor het flauwe grapje – zwarte verleden.

Ze sloeg haar armen om me heen, haar omhelzing zo warm als de rook van een houtvuur. Ik wenste dat het eeuwig kon duren.
'Hoe gaat het, Will?' vroeg ze zachtjes.
'Beter.'
Ze trok zich terug, met ogen die zochten naar de leugen. Ze was

op mijn moeders begrafenis geweest. Zij en Squares hadden geen geheimen voor elkaar. Squares en ik hadden geen geheimen voor elkaar. Als een algebrasom over de grootste gemene deler, kon je hieruit concluderen dat zij en ik geen geheimen voor elkaar hadden.
'Hij is zo klaar met zijn les,' zei ze. 'Pranayama-ademhaling.'
Ik knikte.
Ze hield haar hoofd een tikje schuin, alsof haar iets te binnen was geschoten. 'Heb je een momentje voordat je gaat?' Haar stem zocht naar een nonchalante toon maar kon die net niet vinden.
'Ja hoor,' zei ik.
Ze schreed – Wanda was te sierlijk om gewoon maar te lopen – de gang door. Ik volgde, mijn ogen ter hoogte van haar zwanenhals. We passeerden een fontein, zo groot en zo rijkelijk versierd dat ik er bijna een muntje in gooide. Ik gluurde in een van de leslokalen. Diepe stilte, afgezien van het zware ademhalen. Het zag eruit als een filmset. Allemaal mooie mensen – ik weet niet waar Squares zoveel mooie mensen vandaan haalt – rij aan rij in een gevechtshouding, gezichten sereen op neutraal, benen gespreid, handen uitgestoken, voorste knie onder een hoek van negentig graden.
Het kantoor dat Wanda met Squares deelde was aan de rechterkant. Ze liet zich op een stoel zakken alsof die gemaakt was van schuimplastic en kruiste haar benen tot een lotus. Ik nam tegenover haar plaats in een conventioneler houding. Ze sprak een paar ogenblikken niet. Haar ogen gingen dicht en ik kon zien dat ze zichzelf dwong te ontspannen. Ik wachtte.
'Je hebt dit niet van mij,' zei ze.
'Goed.'
'Ik ben in verwachting.'
'Hé, wat leuk voor je.' Ik wilde al opstaan om haar een felicitatiezoen te geven.
'Squares zit er erg mee.'
Ik stokte. 'Wat bedoel je?'
'Hij doet raar.'
'Hoe raar?'
'Jij wist het niet, hè?'
'Nee.'
'Hij vertelt jou alles, Will. Hij weet het al een week.' Nu snapte ik het.
'Hij wilde waarschijnlijk niets zeggen,' zei ik, 'vanwege mijn moeder en zo.'
Ze keek me streng aan en zei: 'Doe dat niet.'

'Sorry.'
Haar ogen schoten weg van de mijne. De koele façade. Daar zaten nu barstjes in. 'Ik had gedacht dat hij blij zou zijn.'
'Is hij dat niet?'
'Ik geloof dat hij liever heeft dat ik' – ze leek de woorden niet te kunnen vinden – 'het laat wegmaken.'
Dat kwam hard aan. 'Heeft hij dat gezegd?'
'Hij heeft helemaal niets gezegd. Hij draait extra nachten in het busje. Hij doet extra lessen.'
'Hij ontloopt je.'
'Ja.'
De deur van het kantoor ging zonder kloppen open. Squares stak zijn ongeschoren tronie naar binnen. Hij schonk Wanda een oppervlakkig glimlachje. Ze draaide zich van hem weg. Squares stak tegen mij zijn duim op. 'Aan de slag!'

We zeiden geen van beiden iets tot we veilig en wel in het busje zaten.
Toen zei Squares: 'Ze heeft het je verteld.'
Het was een opmerking, geen vraag, dus nam ik niet de moeite het te bevestigen of te ontkennen.
Hij stak het sleuteltje in het contact. 'We praten er niet over,' zei hij.
Nog een opmerking waarop niet gereageerd hoefde te worden.
Het busje van het Covenant House stevende recht op de ingewanden af. Veel van onze kinderen komen uit zichzelf bij ons. Vele anderen worden met dit busje gered. Bij hulpverlening gaat het erom een band te scheppen met de vunzige onderbuik van de maatschappij – je moet de weglopers opzoeken, de straatkinderen, degenen die te vaak worden aangeduid met 'wegwerpgoed'. Een kind dat op straat leeft, heeft iets weg van – neemt u me alstublieft de analogie hier niet kwalijk – onkruid. Hoe langer hij zich op straat bevindt, hoe moeilijker het wordt om hem met wortel en al uit te trekken.
We raken veel van deze kinderen kwijt. Meer dan dat we er redden. En vergeet die onkruidanalogie maar. Die is dom, omdat ze suggereert dat we ons van iets kwaads ontdoen en iets goeds behouden. Het is juist het tegenovergestelde. Misschien moet ik het zo zeggen: de straat is als een kankergezwel. Vroege detectie en preventieve behandeling zijn de sleutel tot langdurige genezing.
Dat klinkt niet veel beter, maar u snapt wel wat ik bedoel.
'De FBI heeft erg overdreven,' zei Squares.

'In welk opzicht?'
'Sheila's strafblad.'
'Ga door.'
'De arrestaties. Die zijn allemaal van lang geleden. Wil je dit horen?'
'Ja.'
We reden diep de mistroostigheid in. De standplaatsen van de hoertjes wisselen nogal. Je vindt ze vaak bij de Lincoln Tunnel of Javits Center, maar de laatste tijd is de politie daar nogal actief geweest. Ze blijven aan het schoonvegen. Dus zijn de hoertjes zuidwaarts getrokken naar het Meatpacking District in 18th Street en de rand van de West Side. Vanavond waren ze in groten getale aanwezig.
Squares wees met zijn hoofd. 'Sheila had een van hen kunnen zijn.'
'Heeft ze getippeld?'
'Een van huis weggelopen tiener uit het Midwesten stapt in New York uit de bus. Tien tegen één dat ze op straat terechtkomt.'
Ik had het al zo vaak gezien dat het me niet shockeerde. Maar het ging nu niet om een volslagen onbekende of een radeloos meisje. Het ging om de verbazingwekkendste vrouw die ik ooit had ontmoet.
'Het is lang geleden,' zei Squares, alsof hij mijn gedachten kon lezen. 'Ze was zestien toen ze voor het eerst werd opgepakt.'
'Voor prostitutie?'
Hij knikte. 'Binnen anderhalf jaar nog drie keer. Volgens haar dossier werkte ze voor een pooier genaamd Louis Castman. Bij haar laatste arrestatie had ze een ons stuff en een mes bij zich. Ze hebben geprobeerd haar te laten veroordelen wegens dealen en gewapende overval, maar dat is niet gelukt.'
Ik keek uit het raampje. De nacht was grijs geworden, verschoten. Je ziet hier op straat zoveel ellende. We werken hard om aan een deel ervan een eind te maken. Ik weet dat we succes hebben. Ik weet dat we mensen weer op het goede pad krijgen, maar ik weet ook dat wat hier gebeurt, in de trillende beerput van de nacht, deze kinderen altijd zal bijblijven. De schade is al aangericht. Je kunt eromheen werken. Je kunt doorgaan. Maar de schade is blijvend.
'Waar ben je bang voor?' vroeg ik hem.
'We praten er niet over.'
'Jij houdt van haar. Zij houdt van jou.'
'En ze is zwart.'

Ik draaide me naar hem toe en wachtte. Ik weet dat hij daarmee niet bedoelde wat je zou denken. Hij bedoelde het niet racistisch. Maar zoals ik al zei: de schade is blijvend. Ik had de spanning tussen hen gezien. Die was op geen stukken na zo sterk als de liefde, maar was er niettemin.
'Je houdt van haar,' herhaalde ik.
Hij bleef rijden.
'Misschien was het aanvankelijk een onderdeel van de aantrekkingskracht,' zei ik, 'maar ze is nu niet meer je boetedoening. Je bent verliefd op haar.'
'Will?'
'Ja?'
'Genoeg.'
Squares zwenkte het busje opeens naar rechts. De koplampen stortten zich op de kinderen van de nacht. Ze schoten niet weg als ratten voor een belager. Integendeel, ze staarden stompzinnig voor zich uit, bijna zonder te knipperen. Squares kneep zijn ogen tot spleetjes, vond zijn doelwit en bracht het busje tot stilstand.

We stapten zwijgend uit. De kinderen keken naar ons met dode ogen. Ik moest denken aan een regel uit *les Misérables* van Fantine – de musical-uitvoering, ik weet niet of het ook zo in het boek staat: 'Weten ze niet dat ze de liefde bedrijven met wat al dood is?'

Er waren meisjes en jongens en travestieten en transseksuelen. Ik heb hier iedere aan de mens bekende perversie gezien, maar – en ik weet zeker dat ik hierdoor beschuldigd zal worden van seksisme – ik geloof niet dat ik ooit een vrouwelijke klant heb gezien. Ik zeg niet dat vrouwen geen seks kopen. Dat zal best zo zijn. Maar ze gaan daarvoor blijkbaar niet de straat op. De straatklanten, de hoerenlopers, zijn altijd mannen. Of ze nu een weelderige vrouw willen of een magere, jong, oud, normaal of pervers tot op het gevaarlijke af, een grote man, een kleine jongen, een dier of wat dan ook. Sommigen hebben zelfs een vrouw bij zich, slepen hun vriendin of echtgenote mee naar het strijdtoneel. Maar de klanten die de achterbuurten dreggen zijn altijd mannen.

Ondanks alle praatjes over onvoorstelbare perversiteiten komen deze mannen hier voor het merendeel om een bepaalde... handeling te kopen. Iets wat met hen wordt gedaan, iets wat makkelijk kan plaatsvinden in een geparkeerde auto. Het is vanuit het oogpunt van beide partijen eigenlijk best verstandig, als je er even over nadenkt. Om te beginnen is het simpel. Je hoeft geen geld en tijd te verkwisten aan het zoeken naar een kamer. Je angst voor seksueel overdraagbare ziekten is minder groot, al bestaat die natuurlijk nog steeds. Er bestaat geen gevaar van een zwangerschap. Je hoeft je niet volledig te ontkleden...

Ik zal u de verdere details besparen.

De veteranen van de straat – met veteranen bedoel ik iedereen boven de achttien – begroetten Squares hartelijk. Ze kenden hem. Ze mochten hem graag. Ze bekeken mij een beetje achterdochtig. Het was een tijd geleden dat ik in de loopgraven was geweest. Toch werd ik door een paar van de oudgedienden herkend en op een bizarre manier was ik blij hen te zien.

Squares liep naar een hoertje dat Candi heette, hoewel ik vermoedde dat Candi niet haar ware naam was. Ik ben namelijk niet op mijn achterhoofd gevallen. Ze wees met haar kin naar twee meisjes die in een portiek stonden te bibberen. Ik keek naar hen, hooguit zestien, hun beschilderde gezichten die van twee kleuters die mamma's make-uptas hadden gepakt, en het werd me zwaar te moede. Ze waren gekleed in korter dan korte korte broekjes, hoge laarzen met naaldhakken, nepbont. Ik heb me vaak afgevraagd hoe ze aan die kleren komen, of de pooiers speciale hoerenkledingwinkeltjes hebben of zoiets.

'Vers vlees,' zei Candi.

Squares fronste, knikte. Veel van onze beste tips komen van de veteranen. Daar zijn twee redenen voor. De ene – de cynische reden – is dat de concurrentie minder is als de nieuwelingen worden weggehaald. Wie op straat leeft, wordt snel lelijk. Eerlijk gezegd was Candi ronduit afzichtelijk. Dit leven maakt je sneller oud dan welk zwart gat dan ook. De nieuwe meisjes, die noodgedwongen in portieken bijeenkropen tot ze hun eigen stek zouden hebben veroverd, zouden uiteindelijk toch de aandacht trekken, daar was gewoon niets aan te doen.

Eigenlijk is het een beetje cru om dat zo te stellen. De tweede reden, de voornaamste reden, is – en denkt u nu alstublieft niet dat ik naïef ben – dat ze willen helpen. Ze zien zichzelf. Ze zien de splitsing in de weg en alhoewel ze niet gaarne zullen toegeven dat ze de verkeerde richting hebben gekozen, weten ze dat het voor hen te laat is. Ze kunnen niet meer terug. Ik heb verhitte discussies gevoerd met de Candi's van de straat. Ik hield vol dat het nooit te laat was, dat er nog tijd was. Ik had het mis. Nóg een reden waarom we er bijtijds bij moeten zijn. Wanneer ze eenmaal een bepaald punt zijn gepasseerd, kun je ze niet meer redden. De ondergang is dan onafwendbaar. De straat vreet hen op. Ze vervagen. Ze gaan deel uitmaken van de nacht, van één grote donkere massa. Ze zijn voor ons verloren. Ze zullen uiteindelijk op straat sterven of in de gevangenis terechtkomen of krankzinnig worden.

'Waar is Raquel?' vroeg Squares.
'Bezig met een autoklusje,' zei Candi.
'Komt ze daarna hier terug?'
'Ja.'

Squares knikte en liep naar de twee nieuwe meisjes. De ene leunde nu op het open raam van een Buick Regal. De frustratie is onbeschrijflijk. Je wilt erop afgaan en zorgen dat het niet gebeurt. Je wilt het meisje achteruit trekken, je hand in de keel van de kerel rammen en zijn longen uit zijn lijf rukken. Je wilt hem op z'n minst wegjagen of een foto nemen of... of wat dan ook. Maar je doet niets van dat alles. Als je zoiets zou doen, zou je hun vertrouwen kwijtraken. En als je hun vertrouwen kwijtraakt, heb je geen nut meer.

Het viel niet mee om niets te doen. Gelukkig ben ik niet bijzonder dapper en zoek ik niet graag ruzie. Misschien maakt dat het iets makkelijker.

Ik zag het portier opengaan. De Buick Regal leek het kind op te slokken. Ze verdween langzaam, zonk weg in de duisternis. Ik zag het gebeuren en ik geloof dat ik me nog nooit zo machteloos had gevoeld. Ik keek naar Squares. Ook zijn ogen waren op de auto gericht. De Buick trok op. Het meisje was verdwenen, alsof ze nooit had bestaan. En als de auto verkoos niet terug te keren, zou dat ook zo blijven.

Squares liep op het overgebleven meisje af. Ik volgde, een paar passen achter hem. De onderlip van het meisje trilde, alsof ze tranen inhield, maar haar ogen gloeiden uitdagend. Ik wilde haar het busje in trekken, desnoods met bruut geweld. Een groot deel van ons werk bestaat uit zelfbeheersing. Daarom was Squares hier zo'n meester in. Hij bleef op ongeveer een meter afstand van haar staan, behoedzaam, om de grenzen van haar privé-terrein niet te overschrijden.

'Hoi,' zei hij.
Ze bekeek hem van top tot teen en mompelde: 'Hallo.'
'Ik vroeg me af of je me kon helpen.' Squares deed een stapje naar voren en haalde een foto uit zijn zak. 'Ik vroeg me af of je dit meisje hebt gezien.'

Ze keek niet eens naar de foto. 'Ik heb niemand gezien.'
'Toe nou, joh,' zei Squares met een bijna engelachtige glimlach. 'Ik ben niet van de politie, hoor.'

Ze probeerde een stoere indruk te maken. 'Dat had ik allang

door,' zei ze. 'Toen je met Candi stond te praten.'
Squares schuifelde nog wat naar voren. 'Wij, mijn vriend daar en ik' – ik zwaaide en glimlachte – 'proberen dit meisje te redden.'
Nieuwsgierig nu vernauwde ze haar ogen. 'Te redden? Hoe dan?'
'Een of andere hufter is naar haar op zoek.'
'O ja? Wie dan?'
'Haar pooier. Zie je, wij zijn van het Covenant House. Ooit van gehoord?'
Ze haalde haar schouders op.
'Het is een soort hangplek,' zei Squares, relativerend. 'Niks bijzonders. Je kunt er binnenlopen voor een warme maaltijd en een warm bed om in te slapen, je kunt er telefoneren, kleren krijgen, dat soort dingen. Maar goed, dit meisje' – hij stak de foto omhoog, een schoolfoto van een blank meisje met een beugel – 'Angie' – je moet ze altijd een naam geven. Dat geeft er een persoonlijk tintje aan – 'heeft een tijdje bij ons gewoond. Was aan cursussen begonnen. Ze is een heel geinig kind. Ze heeft zelfs een baan weten te krijgen. Is een nieuwe weg ingeslagen, weet je wel?'
Het meisje zei niets.
Squares stak zijn hand uit. 'Ik heet Squares,' zei hij. 'Zo noemt iedereen me tenminste.'
Het meisje slaakte een zucht en gaf hem een hand. 'Jeri.'
'Prettig kennis te maken.'
'Ja, nou, die Angie ken ik niet. En ik heb het nu een beetje druk.'
Op dit punt moest je heel behoedzaam te werk gaan. Als je te veel doordrukte, was je ze definitief kwijt. Dan kropen ze terug in hun hol en kwamen ze nooit meer tevoorschijn. Het enige wat je moet doen – wat je kunt doen – is het zaadje zaaien. Haar laten weten dat er een veilige haven voor haar bestaat, een plek waar ze een warme maaltijd en onderdak kan krijgen. Je biedt haar de kans om voor één nacht van de straat te komen. Wanneer ze er eenmaal is, overlaad je haar met je onvoorwaardelijke liefde. Maar niet nu. Nu jaagt dat hun nog angst aan. Nu slaan ze daarvoor op de vlucht.
Hoe je er vanbinnen ook door verscheurd wordt, je kunt verder niets doen.
Erg weinig mensen hielden het lang uit in Squares' baan. Degenen die dit konden, die er zelfs bijzonder goed in waren, waren zelf een tikje... vreemd. Dat was onvermijdelijk.
Squares aarzelde. Het trucje van het 'vermiste meisje' gebruikte hij al zolang als ik hem kende. Het meisje op de foto, de ware Angie, was vijftien jaar geleden op straat gestorven aan uitputtingsver-

schijnselen. Squares had haar achter een vuilcontainer gevonden. Bij de begrafenis had Angies moeder hem die foto gegeven. Volgens mij draagt hij hem dag en nacht bij zich.
'Goed, bedankt.' Squares haalde een visitekaartje uit zijn zak en gaf het haar. 'Maar als je haar soms ziet, kun je me dan even bellen? Overdag, 's nachts, is allemaal goed. En om welke reden ook.'
Ze pakte het kaartje aan, streek met haar vinger over de rand. 'Ja goed, misschien.'
Nog een aarzeling. Toen zei Squares: 'Oké, tot kijk.'
'Ja.'
Toen deden we iets volslagen onnatuurlijks. We wandelden weg.

Raquel heette eigenlijk Roscoe. Dat had hij of zij ons tenminste verteld. Ik weet nooit of ik Raquel als een hij of een zij moet beschouwen. Dat zou ik hem/haar eigenlijk eens moeten vragen.

Squares en ik zagen de auto staan voor een vergrendelde leveranciersingang. Een bekende plek voor straatwerk. De raampjes van de auto waren beslagen, maar we bleven er evengoed een eind vandaan. Wat daarbinnen ook gebeurde – en daar konden we ons een redelijk goede voorstelling van maken –, het was niet iets waar we getuigen van wilden zijn.

Een minuutje later ging het portier open. Raquel kwam naar buiten. Zoals u inmiddels wel geraden zult hebben, was Raquel een travestiet, vandaar de sekseverwarring. Bij transseksuelen spreek je gewoon van 'ze'. Travestie is iets lastiger. Soms is 'ze' van toepassing. Soms is het net een tikje te politiek correct.

Dat was vermoedelijk het geval met Raquel.

Raquel rolde de auto uit, opende zijn tasje en haalde de Binaca Spray eruit. Drie keer spuiten, een aarzeling, nadenken, toen nog drie keer spuiten. De auto trok op. Raquel draaide zich om naar ons.

Veel travestieten zijn mooi. Raquel niet. Hij was zwart, bijna twee meter lang en woog meer dan honderdvijftig kilo. Zijn biceps leken op gigantische zwijnen die gevangenzaten in saucijzenvel, en zijn stoppels deden me denken aan die van Homer Simpson. Hij had zo'n hoge stem dat Michael Jackson bij hem vergeleken klonk als een fabrieksbaas – Betty Boop aan de helium.

Raquel beweerde dat hij negenentwintig was, maar dat beweerde hij zes jaar geleden, toen ik hem voor het eerst ontmoette, ook al. Hij werkte vijf avonden in de week, weer of geen weer, en had een erg toegewijde aanhang. Hij zou de straat vaarwel kunnen zeggen als hij wilde. Hij kon een kamer huren, op afspraak werken, dat soort dingen. Maar Raquel vond het buiten leuker. Dat was een van de dingen die de mensen zich moeilijk konden voorstellen. Tippelen was vermoeiend en gevaarlijk, maar het gaf ook een kick. De nacht bezat een energie, een spanningsveld. Op straat werd je vanzelf high. Voor sommige van onze kinderen was het een keuze tussen een saai baantje bij McDonald's en de opwinding van de nacht – en voor wie geen toekomst heeft, is het eigenlijk geen kwestie van kiezen.

Raquel zag ons en kwam op naaldhakken naar ons toe gezwikt. Mannenschoenen maat 48. Geen gemakkelijke opgave, neemt u dat van mij aan. Raquel bleef staan onder een lantarenpaal. Zijn gezicht was geërodeerd, als een klip die eeuwenlang door stormen is gegeseld. Ik wist niets over zijn achtergrond. Hij liegt veel. In de ene legende was hij een all-American footballspeler geweest tot zijn knie in de vernieling was geraakt. Ik had hem ook wel eens horen zeggen dat hij een studiebeurs had gekregen omdat hij voor de SAT-test zulke hoge cijfers had gehaald. In weer een ander verhaal was hij een veteraan van de Golfoorlog. U mag zelf kiezen, of nog iets anders verzinnen.

Raquel begroette Squares met een omhelzing en een zoen op zijn wang. Toen richtte hij zijn aandacht op mij.

'Wat zie je er lekker uit, Sweet Willy,' zei Raquel.
'Dank je, Raquel,' zei ik.
'Lekker genoeg om op te eten.'
'Ik sport,' zei ik. 'Daar word ik zo lekker van.'
Raquel sloeg een arm om mijn schouders. 'Ik zou verliefd kunnen worden op een man als jij.'
'Ik voel me zeer gevleid, Raquel.'
'Een man als jij zou me hier voor altijd vandaan kunnen halen.'
'Maar denk toch eens aan alle gebroken harten die je in deze goten zou achterlaten.'
Raquel giechelde. 'Da's waar.'
Ik liet Raquel een foto zien van Sheila, de enige die ik had. Vreemd, achteraf gezien. We waren geen van tweeën snel met foto's nemen, maar één foto was toch wel weinig.
'Herken je haar?' vroeg ik hem.
Raquel bekeek de foto. 'Dit is jouw vriendin,' zei hij. 'Ik heb haar een keer in het opvangcentrum gezien.'
'Ken je haar toevallig nog ergens anders van?'
'Nee. Hoezo?'
Er was geen reden om te liegen. 'Ze is ertussenuit geknepen. Ik ben naar haar op zoek.'

Raquel bekeek de foto weer. 'Mag ik deze houden?'
Ik had op kantoor een paar extra afdrukken gemaakt, dus gaf ik hem deze.
'Ik zal informeren,' zei Raquel.
'Dank je.'
Hij knikte.
'Raquel?' zei Squares. Raquel draaide zich naar hem toe. 'Ken jij een pooier die Louis Castman heet?'
Raquels gezicht verslapte. Hij begon om zich heen te kijken.
'Raquel?'
'Ik moet weer aan het werk, Squares. De zaken gaan voor het meisje, hoor.'
Ik versperde hem de weg. Hij keek op me neer alsof ik roos was dat hij van zijn schouder moest schuieren.
'Ze heeft vroeger getippeld,' zei ik tegen hem.
'Jouw meisje?'
'Ja.'
'En ze werkte voor Castman?'
'Ja.'
Raquel sloeg een kruis. 'Geen beste man, Sweet Willy. Castman was het kwaad zelf.'
'Hoe bedoel je?'
Hij likte aan zijn lippen. 'De meisjes hier. Het zijn eigenlijk gewoon voorwerpen, je weet wel. Koopwaar. Voor de meeste mensen hier is het puur bizniz. Als ze geld verdienen, blijven ze. Als ze geen geld verdienen, nou, dat weet je zelf wel.'
Ik wist het.
'Maar Castman' – Raquel fluisterde zijn naam zoals sommige mensen het woord *kanker* fluisteren – 'was een heel ander verhaal.'
'Hoezo?'
'Die beschadigde zijn eigen koopwaar. Soms zomaar voor de lol.'
Squares zei: 'Je spreekt over hem in de verleden tijd.'
'Ja, omdat hij hier al, even denken, zo'n jaar of drie niet is geweest.'
'Leeft hij nog?'
Raquel stond nu heel stil. Hij staarde in de verte. Squares en ik keken elkaar even aan en wachtten af.
'Ja, hij leeft nog,' zei Raquel. 'Denk ik.'
'Wat bedoel je daarmee?'
Raquel schudde alleen maar zijn hoofd.
'We moeten hem spreken,' zei ik. 'Weet je waar we hem kunnen vinden?'

'Ik heb alleen maar geruchten gehoord.'
'Wat voor soort geruchten?'
Weer schudde Raquel zijn hoofd. 'Ga maar eens informeren op de hoek van Wright Street en Avenue D in de South Bronx. Ik heb gehoord dat hij daar wel eens zou kunnen zitten.'

Daarna liep Raquel weg, iets steviger op de naaldhakken. Een auto kwam aanrijden, stopte en wederom zag ik een mens in de nacht verdwijnen.

9

In de meeste buurten bedenk je je wel tweemaal voordat je iemand om één uur 's nachts wakker maakt. Dit was niet zo'n buurt. De ramen waren dichtgespijkerd. De deur was een plaat triplex. Ik zou kunnen zeggen dat de verf afbladderde, maar ik ben nauwkeuriger als ik zeg dat de deur aan het vervellen was.

Squares klopte op het triplex. Meteen riep een vrouw: 'Wat moet je?'

Squares nam het woord. 'We zijn op zoek naar Louis Castman.'
'Ga weg.'
'We moeten hem spreken.'
'Hebben jullie een huiszoekingsbevel?'
'We zijn niet van de politie.'
'Wie zijn jullie dan?' vroeg de vrouw.
'We zijn van het Covenant House.'
'Er zijn hier geen weglopers,' riep ze, bijna hysterisch. 'Ga weg.'
'Je hebt de keus,' zei Squares. 'Je laat ons met Castman praten, of we komen terug met een stelletje nieuwsgierige agenten.'
'Ik heb niks gedaan.'
'Ik kan altijd wat verzinnen,' zei Squares. 'Doe open.'

De vrouw nam snel een besluit. We hoorden een grendel verschuiven, toen nog een, daarna een ketting. De deur ging op een kier open. Ik wilde erop afstappen, maar Squares versperde me de weg

met zijn arm. Wacht tot de deur helemaal open is.
'Snel,' zei de vrouw met een kakelend lachje, als van een heks.
'Kom gauw binnen. Ik wil niet dat iemand jullie ziet.'
Squares gaf de deur een zet. Hij ging helemaal open. We stapten over de drempel en de vrouw deed de deur dicht. Twee dingen troffen me gelijktijdig. Ten eerste, de duisternis. Het enige licht kwam van een zwak peertje in de uiterste hoek rechts. Ik zag een versleten fauteuil, een lage tafel en dat was het zo'n beetje. Ten tweede, de geur. Neem uw scherpste herinnering aan frisse lucht, een heerlijke boswandeling, en stel u dan precies het tegenovergestelde voor. Het was er zo benauwd dat ik bijna niet durfde ademhalen. Deels ziekenhuis, deel iets wat ik niet kon thuisbrengen. Ik vroeg me af wanneer men hier voor het laatst een raam had geopend, en de kamer leek te fluisteren: *Nooit.*

Squares wendde zich tot de vrouw. Ze had zich in een hoek teruggetrokken. We konden alleen haar silhouet zien in de duisternis.
'Ik word Squares genoemd,' zei hij.
'Ik weet wie je bent.'
'Kennen we elkaar?'
'Dat is niet belangrijk.'
'Waar is hij?' vroeg Squares.
'Er is hier maar één andere kamer,' zei ze. Haar arm kwam traag omhoog en ze wees. 'Hij slaapt misschien.'

Onze ogen begonnen aan het donker gewend te raken. Ik liep op de vrouw af. Ze verroerde zich niet. Vlak bij haar bleef ik staan. Toen ze haar hoofd ophief, slaakte ik bijna een kreet. Ik mompelde een verontschuldiging en begon achteruit bij haar vandaan te lopen.
'Nee,' zei ze. 'Ik wil dat je ernaar kijkt.'

Ze liep de kamer door, bleef staan bij de lamp en draaide zich naar ons toe. U moet het Squares en mij nageven dat we geen van beiden ineenkrompen. Maar het was niet makkelijk. Degene die haar had verminkt, had dat met veel zorg gedaan. Ze was vermoedelijk ooit een schoonheid geweest, maar zag er nu uit alsof ze een reeks ingrepen van anti-plastische chirurgie had ondergaan. Een ooit waarschijnlijk mooi gevormde neus was vermorzeld als een tor onder een zware schoen. Een ooit zachte huid was gespleten en opengereten. Haar mondhoeken waren zo ver uitgesneden dat je niet meer kon zien waar de lippen eindigden. Tientallen dikke, vurige, paarse littekens liepen kriskras over haar gezicht, als het werk van een kleuter die zijn gang had mogen gaan met wasco. Haar linkeroog was zijdelings afgedwaald, dood in de oogkas. Het andere staarde ons aan zonder te knipperen.

Squares zei: 'Je hebt op straat gewerkt.'
Ze knikte.
'Hoe heet je?'
Het leek haar veel moeite te kosten haar mond te bewegen. 'Tanya.'
'Wie heeft dit gedaan?'
'Wie denk je?'
Daar gaven we maar geen antwoord op.
'Hij is in de andere kamer,' zei ze. 'Ik zorg voor hem. Ik doe hem nooit pijn. Horen jullie me? Ik sla hem nooit.'
We knikten allebei. Ik begreep niet wat ze bedoelde. Ik geloof dat Squares het ook niet wist. We liepen naar de deur. Niets te horen. Misschien sliep hij. Het kon me niets schelen. Hij zou wakker worden. Squares legde zijn hand op de kruk en keek om naar mij. Ik liet hem weten dat ik me wel zou redden. Hij deed de deur open.

In de kamer brandde licht. Volop licht, om precies te zijn. Ik moest mijn hand boven mijn ogen houden. Ik hoorde een piepgeluid en zag medische apparatuur bij het bed. Maar dat was niet wat mijn aandacht trok.

De muren.

Die zag je eerst. De muren waren bekleed met kurkplaten – ik zag nog stukjes bruin – en die waren bijna volledig bedekt met foto's. Honderden foto's. Sommige uitvergroot tot posterformaat, andere gewoon 10x15, de meeste ergens ertussenin – allemaal op de kurkwanden geprikt met transparante punaises.

En het waren allemaal foto's van Tanya.

Althans, dat vermoedde ik. De foto's waren van vóór de verminking. En ik had gelijk. Tanya was ooit beeldschoon geweest. Je kon er gewoon niet aan ontkomen, aan die foto's, waarvan de meeste voor de portfolio van een fotomodel leken te zijn gemaakt door een beroepsfotograaf. Ik keek op. Nog meer foto's, een plafondfresco uit de hel.

'Help me. Alsjeblieft.'

De zwakke stem kwam vanuit het bed. Squares en ik liepen ernaartoe. Tanya kwam achter ons aan naar binnen en schraapte haar keel. We draaiden ons om. In het felle licht leken haar littekens bijna te leven, over haar gezicht te krioelen als tientallen wormen. De neus was niet alleen geplet, maar misvormd, als een homp klei. De foto's van vroeger leken te stralen, haar te omlijsten met een pervers voor-en-na halo.

De man in het bed kreunde.

We wachtten. Tanya draaide het goede oog eerst naar mij, toen naar Squares. Het oog leek ons te waarschuwen dit niet te vergeten, dit beeld in ons brein te etsen, te onthouden wat ze ooit was geweest en wat hij haar had aangedaan.

'Een gewoon scheermes,' zei ze. 'Een geroest mesje. Hij heeft hier meer dan een uur over gedaan. En hij heeft niet alleen mijn gezicht bewerkt.'

Zonder daar verder iets aan toe te voegen, verliet Tanya de kamer. Ze deed de deur achter zich dicht.

We bleven een ogenblik zwijgend staan. 'Ben jij Louis Castman?'

'Zijn jullie smerissen?'

'Ben jij Castman?'

'Ja. En ik heb het gedaan. Ik zal alles bekennen. Wat je maar wilt. Als jullie me hier maar weghalen. In godsnaam.'

'We zijn niet van de politie,' zei Squares.

Castman lag plat op zijn rug. Er was een buisje aan zijn borst bevestigd. Het apparaat piepte met regelmaat en iets rees en daalde als een accordeon. Castman was blank, gladgeschoren, pas gewassen. Zijn haar was schoon. Zijn bed had stangen en bedieningspanelen. Ik zag een steek in de hoek en een wastafel. Verder stond er niets in de kamer. Geen ladekast, geen toilettafel, geen tv, geen radio, geen klok, geen boeken, geen kranten, geen tijdschriften. De rolgordijnen zaten dicht.

Ik begon me licht onpasselijk te voelen.

'Wat mankeer je?' vroeg ik.

Castmans ogen – alleen zijn ogen – draaiden naar me toe. 'Ik ben verlamd,' zei hij. 'Vanaf mijn nek' – hij stopte, sloot zijn ogen – 'voel ik niks.'

Ik wist niet goed hoe ik moest beginnen. Squares blijkbaar ook niet.

'Alsjeblieft,' zei Castman. 'Haal me hier weg. Voordat...'

'Voordat wat?'

Hij deed zijn ogen dicht en weer open. 'Ik ben neergeschoten. Drie, vier jaar geleden. Ik weet het niet precies. Ik weet niet wat voor dag het vandaag is, ik weet niet welke maand het is en zelfs niet welk jaar. Het licht is altijd aan, zodat ik niet weet of het dag of nacht is. Ik weet niet wie de president is.' Hij slikte, niet zonder enige moeite. 'Ze is gek, man. Ik heb geprobeerd om hulp te schreeuwen, maar dat haalt niets uit. Ze heeft de muren bedekt met kurk. Ik lig hier maar, de hele dag, en kan alleen maar naar de muren staren.'

Ik had moeite mijn stem te vinden. Squares, daarentegen, liet zich

niet van zijn stuk brengen. 'We zijn hier niet om je levensverhaal aan te horen,' zei hij. 'We willen je iets vragen over een van je meisjes.'
'Dan heb je de verkeerde voor je,' zei hij. 'Ik ben er al heel lang uit.'
'Maakt niet uit. Het meisje is er ook al heel lang uit.'
'Wie?'
'Sheila Rogers.'
'Ah.' Castman glimlachte bij de naam. 'Wat wil je weten?'
'Alles.'
'En als ik weiger te praten?'
Squares legde zijn hand op mijn schouder. 'Kom, we gaan,' zei hij tegen me.
'Wat?' Pure paniek in Castmans stem.
Squares keek op hem neer. 'Je wilt niet meewerken, Castman? Mij best. Dan zullen we je niet langer storen.'
'Wacht!' riep hij. 'Goed, oké. Weten jullie hoeveel mensen er op bezoek zijn geweest in de tijd dat ik hier lig?'
'Interesseert me niet,' zei Squares.
'Zes. Welgeteld zes. En al zeker een jaar, voorzover ik het kan beoordelen, is er helemaal niemand geweest. En die zes waren mijn meisjes van vroeger. Die zijn gekomen om me uit te lachen. Om te zien hoe ik mezelf bevuil. En weet je wat? Het is om kotsmisselijk van te worden, maar het is waar. Ik keek nog naar hen uit ook. Alles wat de monotone sleur doorbreekt, is me welkom, snap je?'
Squares trok een ongeduldig gezicht. 'Sheila Rogers.'
Het slangetje maakte een nat, zuigend geluid. Castman deed zijn mond open. Er vormde zich een bel. Hij deed zijn mond dicht en probeerde het opnieuw. 'Ik heb haar – god, ik probeer na te denken – zo'n tien, vijftien jaar geleden ontmoet. Ik deed toen het centrale busstation. Ze stapte uit een bus uit Iowa of Idaho of een van die andere achterlijke staten.'
Hij deed het centrale busstation. Ik wist precies wat hij daarmee bedoelde. De pooiers wachtten bij de bushaltes. Ze bekeken de kinderen die uitstapten – de wanhopigen, de weglopers, het verse vlees, de kinderen die naar de Big Apple kwamen om fotomodel of actrice te worden, een nieuw leven te beginnen, aan de verveling of de mishandeling te ontsnappen. De pooiers loerden op ze als de roofvogels die ze waren. En dan doken ze neer, grepen ze in hun klauwen, reten het karkas uiteen.
'Ik had het mooi voor elkaar,' zei Castman. 'Om te beginnen ben ik blank. Uit het Midwesten komt bijna uitsluitend blank vlees. En die meiden zijn bang voor de *brothers* met hun arrogante manier van

doen. Ik was anders. Ik droeg altijd een keurig pak. Ik had een aktetas bij me. Ik was net iets geduldiger dan de anderen. Goed, die dag stond ik te wachten bij halte 127. Een van mijn favorieten. Daar had ik zicht op zeker zes bussen. Sheila stapte uit, man, wat een stuk. Hooguit zestien en prime time. Ze was nog maagd ook, al kon ik dat natuurlijk toen niet zien. Daar kwam ik later pas achter.'
    Ik voelde hoe mijn spieren zich spanden. Squares schoof zijn lichaam langzaam tussen het bed en mij.
    'Ik begon haar te paaien. Op haar in te werken met mooie smoesjes, je weet wel.'
    Ja, we kenden dat.
    'Ik vertelde haar dat ze een beroemd fotomodel kon worden. Heel subtiel. Niet zoals die andere klootzakken. Ik ben als zijde. Maar Sheila was intelligenter dan de meesten. Voorzichtig. Ik zag meteen dat ze het niet allemaal slikte, maar dat maakte niet uit. Zie je, ik dring niet aan. Ik doe alles heel correct. Uiteindelijk willen ze je namelijk tóch geloven. Ze kennen verhalen over een of ander topmodel dat is ontdekt in een Dairy Queen of zoiets. En daarvoor zijn ze per slot van rekening naar de grote stad gekomen.'
    De machine hield op met piepen. Ik hoorde iets gorgelen. Toen werd het piepen hervat.
    'Sheila kruiste meteen de degens. Ze zei dat ze niet aan rare dingen deed. Ik zeg, helemaal geen probleem, hoor, daar doe ik ook niet aan. Ik ben een zakenman, zeg ik. Een beroepsfotograaf en talentenjager. We gaan alleen maar wat foto's nemen. Meer niet. Voor een portfolio. Allemaal keurig netjes – geen seks, geen drugs, geen naaktfoto's, niets wat ze zelf niet wil. Ik ben lang geen onverdienstelijke fotograaf, al zeg ik het zelf. Ik heb er oog voor. Zien jullie deze muren? Al die foto's van Tanya? Die heb ik gemaakt.'
    Ik keek naar de foto's van Tanya toen ze nog mooi was en de kilte drong diep in mijn hart door. Toen ik mijn hoofd weer naar het bed draaide, zag ik dat Castman naar me staarde.
    'Jij,' zei hij.
    'Wat?'
    'Sheila.' Hij glimlachte. 'Ze betekent iets voor je.'
    Ik zei niets.
    'Je bent verliefd op haar.'
    Hij rekte het woord *verliefd*. Hij stak de draak met me. Ik hield mijn mond.
    'Ik kan het je niet kwalijk nemen. Dat was een fantastisch kutje. Man, ze kon zuigen als de –'

Ik liep op hem af. Castman lachte. Squares versperde me de weg. Hij keek me in de ogen en schudde zijn hoofd. Ik trok me terug. Hij had gelijk.

Castman hield op met lachen maar bleef naar me kijken. 'Wil je weten hoe ik je meisje heb omgeturnd, Casanova?'

Ik zei niets.

'Op dezelfde manier als Tanya. Zie je, ik koos alleen de lekkerste hapjes, meisjes die de *brothers* niet in hun klauwen konden krijgen. De beste kwaliteit. Ik heb Sheila mijn verhaaltje gedaan en haar uiteindelijk meegekregen naar mijn studio om foto's te maken. Dat was alles. Meer hoefde ik nooit te doen. Ik spietste ze aan mijn vork en klaar.'

'Hoe?' vroeg ik.

'Wil je dit echt horen?'

'Hoe?'

Castman deed zijn ogen dicht, nog steeds met een glimlach, genietend van de herinnering. 'Ik heb eerst een zooitje foto's van haar gemaakt. Heel netjes allemaal. En toen we klaar waren, heb ik een mes op haar keel gezet. Toen heb ik haar met handboeien aan een bed vastgeklonken in een kamer met' – hij grinnikte, deed zijn ogen open en liet ze ronddraaien – 'wanden van kurk. Ik heb haar wat drugs ingespoten. Ik heb haar gefilmd toen ze half verdoofd was, waardoor het er allemaal heel goed uitziet, alsof ze alles goedvond. Tussen haakjes, zo is jouw Sheila ontmaagd. Op de film. Door ondergetekende. Prachtig toch?'

De woede borrelde weer naar boven, begon over te koken, me te verteren. Ik wist niet hoe lang ik me zou kunnen inhouden voor ik hem de nek zou omdraaien. Maar dat, hield ik mezelf steeds voor, was juist wat hij wilde.

'Waar was ik gebleven? O ja, ik heb haar ongeveer een week lang volgespoten, geboeid aan het bed. Ik heb haar goed spul gegeven. Het was duur spul. Maar dat beschouwde ik gewoon als noodzakelijke onkosten. In iedere business moet je per slot van rekening iets investeren. Uiteindelijk raakte Sheila verslaafd en geloof me, je kunt die geest nooit meer in de fles terug krijgen. Tegen de tijd dat ik haar boeien losmaakte, was ze bereid mijn tenenkaas op te likken voor een shot, begrijp je wat ik bedoel?'

Hij stopte, alsof hij applaus verwachtte. Ik voelde me alsof iets mijn binnenste aan flarden scheurde.

Squares hield zijn stem vlak. 'En daarna heb je haar de straat op gestuurd?'

'Ja. Nadat ik haar wat trucjes had geleerd. Hoe je een man snel kon laten klaarkomen. Hoe je het met méér dan één man tegelijk kon doen. Dat heb ik haar allemaal geleerd.'
Ik moest bijna kotsen.
'Ga door,' zei Squares.
'Nee,' zei hij. 'Alleen als –'
'Dan gaan we nu.'
'Tanya,' zei hij.
'Wat?'
Castman likte zijn lippen. 'Kun je me wat water geven?'
'Nee. Wat wou je over Tanya zeggen?'
'Dat kreng houdt me hier gevangen, man. Dat mag toch niet? Oké, ik heb haar toegetakeld. Maar daar had ik een reden voor. Ze wilde weg, ze wilde gaan trouwen met een of andere klootzak uit Garden City. Ze dacht dat ze verliefd op elkaar waren. Ja zeg, dit is *Pretty Woman* niet. En ze wilde een paar van mijn beste meisjes meenemen. Ze zouden in Garden City bij haar en die klootzak gaan wonen en gaan afkicken en zo. Dat kon natuurlijk niet.'
'Dus,' zei Squares, 'heb je haar een lesje geleerd.'
'Ja, natuurlijk. Zo werkt dat.'
'Je hebt haar gezicht bewerkt met een scheermes.'
'Niet alleen haar gezicht – per slot van rekening kun je desnoods een zak over hun hoofd doen, weet je wel? Afijn, de rest is zeker wel duidelijk. Het was meteen een goede les voor de andere meisjes. Maar weet je – en dit is het leuke ervan – haar vriend, die klootzak, die wist niet wat ik had gedaan. Die kwam uit zijn mooie huis in Garden City hiernaartoe, om Tanya te redden. Hij had een pistool, de hufter. Ik heb hem in zijn gezicht uitgelachen. Toen heeft hij me met die .22 in mijn oksel geschoten, bam, de kogel kwam precies in mijn ruggengraat te zitten. En sindsdien ben ik verlamd. Niet te geloven, hè? O, en nog wat, dit is echt schitterend, nadat hij me had neergeschoten, zag meneer Garden City wat ik met Tanya had uitgehaald en weet je wat hij toen heeft gedaan? Haar grote liefde?'
Hij wachtte. We beschouwden het als een retorische vraag en zeiden dus niks.
'Hij is zich te pletter geschrokken en heeft haar als een blok laten vallen. Hoe vind je die? Toen hij zag hoe ik Tanya had toegetakeld, heeft hij op slag de benen genomen. Haar grote liefde. Wilde niks meer met haar te maken hebben. Ze hebben elkaar nooit meer gezien.'
Castman begon weer te lachen. Ik deed mijn best mijn zelfbeheersing te bewaren en adem te halen.

'Goed, ik kom in het ziekenhuis terecht,' ging hij door, 'ik kan niks meer. Tanya had niets. Dus heeft ze voor me getekend en me hiernaartoe laten brengen. En nu zorgt ze voor me. Snap je wat ik zeg? Ze houdt me in leven. Als ik weiger te eten, douwt ze een slang in mijn keel. Hoor eens, ik ben bereid jullie alles te vertellen wat jullie willen weten, maar dan moeten jullie ook iets voor mij doen.'
'Wat dan?' vroeg Squares.
'Me doodmaken.'
'Nee.'
'Waarschuw dan de politie. Ze mogen me arresteren. Ik zal alles bekennen.'
Squares zei: 'Hoe is het verdergegaan met Sheila Rogers?'
'Beloof het.'
Squares keek naar mij. 'We hebben genoeg. Laten we gaan.'
'Goed, goed, ik zal het jullie vertellen. Maar... denk erover na, goed?'
Hij liet zijn ogen van Squares naar mij gaan en toen weer terug naar Squares. Squares liet hem niets zien. Ik heb geen idee wat er op mijn gezicht te lezen stond. 'Ik weet niet waar Sheila nu is. Ik weet niet eens precies wat er is gebeurd.'
'Hoe lang heeft ze voor je gewerkt?'
'Twee jaar. Drie misschien.'
'Hoe heeft ze haar vrijheid gekregen?'
'Wat?'
'Je komt niet op me over als iemand die zijn personeel de gelegenheid geeft een eigen zaak op te zetten,' zei Squares. 'Daarom vraag ik je wat er met haar is gebeurd.'
'Ze werkte op straat, oké? Ze begon een paar vaste klanten te krijgen. Ze was goed in haar werk. Op een gegeven moment is ze gaan samenwerken met een paar belangrijker figuren. Zulke dingen gebeuren. Niet vaak. Maar het komt voor.'
'Wat bedoel je met "belangrijker figuren"?'
'Dealers. Grote dealers, lijkt mij. Ik geloof dat ze begon te werken als drugskoerier. Maar het ergste was dat ze begon af te kicken. Ik heb geprobeerd haar onder druk te zetten, zoals je zelf al zei, maar ze had een paar zware jongens onder haar kennissen.'
'Zoals?'
'Ken je Lenny Misler?'
Squares leunde achterover. 'De advocaat?'
'De maffia-advocaat,' verbeterde Castman hem. 'Ze is een keer gepakt toen ze drugs bij zich had. Hij heeft haar vrij gekregen.'

Squares fronste. 'Lenny Misler heeft de zaak van een hoertje dat als drugskoerier werkte, op zich genomen?'

'Snap je nou wat ik bedoel? Toen ze weer op vrije voeten was, ben ik gaan neuzen. Je weet wel, om te zien wat ze in haar schild voerde. Opeens krijg ik bezoek van een paar gorilla's. Die zeiden dat ik me erbuiten moest houden. Nou, ik ben niet achterlijk, hè? Kutjes genoeg.'

'En toen?'

'Daarna heb ik haar nooit meer gezien. Ik heb alleen nog gehoord dat ze was gaan studeren. Niet te geloven, hè?'

'Weet je ook waar ze studeerde?'

'Nee. Ik weet niet eens zeker of het waar is. Het kan best alleen maar een gerucht zijn geweest.'

'Verder nog iets?'

'Nee.'

'Geen andere geruchten?'

Castmans ogen bewogen heen en weer en ik zag de wanhoop. Hij wilde ons hier houden. Maar hij had verder niets voor ons. Ik keek naar Squares. Hij knikte en draaide zich om naar de deur. Ik volgde.

'Wacht!'

We negeerden hem.

'Alsjeblieft! Ik smeek jullie. Ik heb jullie toch alles verteld? Ik heb meegewerkt. Jullie kunnen me niet hier achterlaten.'

Ik zag zijn eindeloze dagen en nachten in de kamer en het deed me niets.

'Vuile klootzakken!' schreeuwde hij. 'Hé, jij daar. Casanova. Geniet vooral van je afgelikte boterham. En vergeet niet dat alles wat ze met je doet, iedere keer dat ze je laat klaarkomen, dat ik haar dat heb geleerd. Hoor je me? Hoor je wat ik zeg?'

Mijn wangen gloeiden, maar ik draaide me niet om. Squares deed de deur open.

'Vuiligheid,' Castmans stem klonk nu zachter, 'krijg je nooit meer weg.'

Ik aarzelde.

'Ze ziet er nu misschien heel ordentelijk uit. Maar van de plek waar zij is geweest, kun je nooit loskomen. Snap je wat ik bedoel?'

Ik probeerde zijn woorden buiten te sluiten, maar ze hamerden zich naar binnen en kaatsten door mijn kop. Ik liep de kamer uit en deed de deur achter me dicht. Terug in de duisternis. Tanya kwam ons tegemoet.

'Gaan jullie het verraden?' vroeg ze, een beetje slissend.

Ik doe hem nooit pijn. Dat had ze gezegd. Ze sloeg hem nooit. Dat was zonder meer waar.
 Zonder nog iets te zeggen, snelden we naar buiten. We doken als het ware de nachtlucht in. Zwaar hijgend, als duikers die net op het nippertje het strand hadden bereikt, stapten we in het busje en reden we weg.

10

Grand Island, Nebraska

Sheila wilde in haar eentje sterven.
Gek genoeg werd de pijn nu minder. Ze vroeg zich af waarom. Maar er was geen licht, geen moment van glasheldere duidelijkheid. Geen troost in de dood. Ze was niet omringd door engelen. Geen langgeleden gestorven familieleden – ze dacht aan haar grootmoeder, de vrouw bij wie ze zich altijd heel speciaal had gevoeld, die haar 'schattebout' had genoemd – kwamen om haar hand vast te houden.
Alleen. In het donker.
Ze deed haar ogen open. Droomde ze nu? Moeilijk te beoordelen. Daarstraks had ze hallucinaties gehad. Ze was steeds buiten bewustzijn geraakt en weer bijgekomen. Ze herinnerde zich dat ze Carly's gezicht had gezien en haar had gesmeekt weg te gaan. Was dat echt gebeurd? Waarschijnlijk niet. Waarschijnlijk een illusie.
Wanneer de pijn erg werd, heel erg, vervaagde de grens tussen wakker zijn en slapen, tussen werkelijkheid en dromen. Ze vocht er niet meer tegen. Dat was de enige manier waarop je helse pijn kon verdragen. Je probeert de pijn te blokkeren. Dat lukt niet. Je probeert de pijn op te delen in hanteerbare tijdbrokken. Dat lukt ook niet. Uiteindelijk ontdek je de enig beschikbare uitweg: je verstand.
Je probeert je verstand te verliezen.
Maar als je nog steeds beseft wat er met je gebeurt, laat je het dan wel echt los?

Moeilijke filosofische vragen. Die waren voor de levenden. Uiteindelijk, na alle hoop, na alle dromen, na alle schade en heropbouw, zou Sheila Rogers jong, lijdend en in de handen van een ander sterven.
Poëtische gerechtigheid, misschien.
Want nu, terwijl ze binnen in zich dingen voelde splijten en scheuren en rijten, was er wel degelijk duidelijkheid. Een afgrijselijke, onontkoombare duidelijkheid. De oogkleppen werden weggenomen en eindelijk zag ze de waarheid.
Sheila Rogers wilde in haar eentje sterven.
Maar hij was bij haar in de kamer. Ze wist dat heel zeker. Ze kon zijn hand nu op haar voorhoofd voelen. Ze kreeg het er koud van. Toen ze de levenskracht voelde wegebben, uitte ze nog een laatste smeekbede.
'Ga weg,' zei ze. 'Ga alsjeblieft weg.'

11

Squares en ik spraken niet over wat we hadden gezien. We belden ook de politie niet. Ik dacht aan Louis Castman, gevangen in die kamer, niet in staat zich te bewegen, met niets te lezen, geen radio of tv, niets om naar te kijken, afgezien van die oude foto's. Als ik een beter mens was, zou ik het me misschien zelfs hebben aangetrokken.

Ik dacht ook aan de man uit Garden City die Louis Castman had neergeschoten en hen toen de rug had toegekeerd. Zijn verwerping had Tanya waarschijnlijk dieper gekwetst dan alles wat Castman had gedaan. Ik vroeg me af of meneer Garden City nog steeds aan Tanya dacht of dat hij gewoon deed alsof ze nooit had bestaan. Ik vroeg me af of hij 's nachts droomde over haar gezicht.

Ik betwijfelde het.

Ik dacht over dit alles na omdat ik nieuwsgierig en met afschuw vervuld was. Maar ik deed het ook omdat het me ervan weerhield aan Sheila te denken, aan wat ze was geweest, aan wat Castman haar had aangedaan. Ik bleef mezelf eraan herinneren dat ze het slachtoffer was, ontvoerd en verkracht en nog veel meer, en dat de dingen die ze had gedaan, niet haar schuld waren. Ik moest haar niet in een ander licht zien. Maar die koele, duidelijke redenering hield geen stand.

En dat kon ik van mezelf niet uitstaan.

Het was bijna vier uur 's ochtends toen het busje voor de deur van mijn flatgebouw stopte.

'Wat vind jij ervan, tot nu toe?' vroeg ik.
Squares wreef zijn stoppels. 'Wat Castman op het laatst zei. Dat je er nooit van afkomt. Dat is waar, weet je.'
'Spreek je uit ervaring?'
'Ja.'
'En?'
'Dus denk ik dat iets uit haar verleden terug is gekomen en haar te pakken heeft gekregen.'
'Dan zitten we dus op het juiste spoor.'
'Waarschijnlijk wel,' zei Squares.
Ik greep de kruk van het portier en zei: 'Wat ze heeft gedaan – wat jij hebt gedaan – daar komen jullie misschien nooit meer van af, maar je wordt er ook niet door veroordeeld.'
Squares staarde door de voorruit. Ik wachtte. Hij bleef staren. Ik stapte uit en hij reed weg.

Een bericht op het antwoordapparaat slingerde me terug in de tijd. Ik keek naar het tijdstip van binnenkomst. Het bericht was om 23:47 ingesproken. Erg laat. Ik dacht dat het dan wel iemand van de familie moest zijn. Dat had ik mis.
Ik drukte op play en een jonge vrouw zei: 'Hallo, Will.'
Ik herkende de stem niet.
'Ik ben het. Katy. Katy Miller.'
Ik verstijfde.
'Lang geleden, hè? Eh, het spijt me dat ik zo laat bel. Je slaapt waarschijnlijk al, ik weet het niet. Zeg Will, kun je me even bellen wanneer je dit bericht hebt gehoord? Het kan me niet schelen hoe laat het is. Ik wil alleen maar, dat wil zeggen, ik moet ergens met je over praten.'
Ze sprak haar nummer in. Ik stond daar maar, volkomen verbijsterd. Katy Miller. Julies kleine zusje. Toen ik haar voor het laatst had gezien was ze... zes geweest of zoiets. Ik glimlachte, terugdenkend aan een keer – jemig, Katy kon toen niet ouder dan vier geweest zijn – dat ze zich achter de hutkoffer van haar vader had verstopt en op een zeer ongelegen moment tevoorschijn was gekomen. Ik herinnerde me hoe Julie en ik snel een deken over ons heen hadden getrokken, geen tijd om onze broeken aan te doen, en de grootste moeite hadden gehad niet in lachen uit te barsten.
De kleine Katy Miller.
Die moest nu zeventien of achttien zijn. Wat een vreemd idee. Ik wist wat voor effect Julies dood op mijn familie had gehad en ik kon

me goed indenken wat het meneer en mevrouw Miller had aangedaan, maar ik had nooit nagedacht over het effect op de kleine Katy.
Ik dacht weer aan die keer dat Julie en ik giebelend de deken over ons heen hadden getrokken; dat was in de kelder geweest. We hadden liggen vrijen op de bank waarachter Julie later dood zou worden aangetroffen.
Waarom belde Katy me nu opeens, na al die jaren?
Misschien wilde ze me alleen maar condoleren, dacht ik, hoewel dat vreemd leek om meerdere redenen, niet in de laatste plaats vanwege het tijdstip waarop ze had gebeld. Ik speelde het bandje nog een keer, zoekend naar een onderliggende betekenis, maar ik kon niets vinden. Ze had gezegd dat het niet uitmaakte hoe laat het was. Maar het was nu vier uur 's nachts en ik was doodop. Wat er ook aan de hand was, het kon wachten tot morgen.
Ik stapte in bed en herinnerde me de laatste keer dat ik Katy Miller had gezien. Er was ons verzocht niet naar de begrafenis te komen. We hadden aan dat verzoek gehoor gegeven. Maar twee dagen later was ik in mijn eentje naar het kerkhof aan Route 22 gegaan. Ik was bij Julies grafsteen gaan zitten. Ik had niets gezegd. Ik had niet gehuild. Ik vond geen troost, noch voelde ik me alsof er iets was afgesloten of zo. Opeens was de familie Miller komen aanrijden in hun witte Oldsmobile Cierra en was ik snel opgestapt. Maar ik had de kleine Katy naar me zien kijken. Er had een eigenaardige berusting op haar gezicht gelegen, een wetende blik die niet bij haar jeugdige leeftijd paste. Ik had er droefenis en afgrijzen en misschien ook medelijden in gezien.
Ik had de begraafplaats snel verlaten. Daarna had ik haar nooit meer gezien of gesproken.

12

Belmont, Nebraska

Sheriff Bertha Farrow had ergere dingen gezien. Moorden waren beroerd, maar als het om totale kotsopwekkende, bottenkrakende, kopsplijtende, bloedspattende walgelijkheid ging, was niets zo erg als het metaal-op-vlees-effect van een ouderwets auto-ongeluk. Een frontale botsing. Een vrachtwagen die door de middenberm ploegt. Een boom die een auto van de bumper tot de achterbank splijt. Een wagen die op hoge snelheid over de vangrail schiet.

Díé dingen zorgden pas voor echt letsel.

En toch was dit, deze dode vrouw op deze plek, waar ze erg weinig leek te hebben gebloed, op de een of andere manier nog erger. Bertha Farrow kon het gezicht van de vrouw zien – haar gelaatstrekken verwrongen van angst, niet-begrijpend, misschien radeloos – en ze kon zien dat de vrouw hevige pijn had geleden voor ze stierf. Ze zag de verbrijzelde vingers, de vervormde ribbenkast, de blauwe plekken, en wist dat dit letsel was aangericht door een medemens, vlees op vlees. Dit was niet het resultaat van een glad wegdek of van iemand die met een snelheid van 120 km per uur een ander radiostation had opgezocht of een vrachtwagen met een spoedbestelling of de rampzalige effecten van alcohol of speed.

Dit was met opzet gedaan.

'Wie heeft haar gevonden?' vroeg ze aan haar hulpsheriff, George Volker.

'De jongens van Randolph.'
'Welke?'
'Jerry en Ron.'
Bertha rekende snel. Jerry moest inmiddels een jaar of zestien zijn. Ron veertien.
'Ze lieten Gypsy uit,' vertelde de hulpsheriff. Gypsy was de Duitse herder van de familie Randolph. 'Die heeft haar geroken.'
'Waar zijn de jongens nu?'
'Dave heeft ze mee naar huis genomen. Ze waren er nogal ondersteboven van. Ik heb hun verklaringen. Ze weten niets.'
Bertha knikte. Een stationcar kwam met ronkende motor over de snelweg aanrijden. Clyde Smart, de patholoog-anatoom, liet de auto met gierende banden tot stilstand komen. Het portier vloog open en Clyde sprintte naar hen toe. Bertha hield haar hand boven haar ogen.
'Je hoeft je niet te haasten, Clyde. Ze gaat nergens naartoe.'
George hinnikte.
Clyde Smart was hieraan gewend. Hij liep tegen de vijftig, in leeftijd verschilde hij niet veel van Bertha. Ze bekleedden hun respectieve functies allebei nu al een jaar of twintig. Clyde negeerde haar grapje en holde langs hen heen. Zijn gezicht betrok toen hij neerkeek op het lijk.
'Heer in de hemel,' zei hij.
Clyde hurkte naast haar neer. Met een teder gebaar streek hij het haar weg uit het gezicht van het lijk. 'Mijn god,' zei hij. 'Ik bedoel –' Hij stokte, schudde zijn hoofd.
Bertha was ook aan hem gewend. Clydes reactie verbaasde haar niet. Ze wist dat de meeste lijkschouwers klinisch en afstandelijk bleven. Clyde niet. Voor hem waren mensen niet een verzameling weefsels en chemicaliën. Ze had Clyde vaak bij lijken zien huilen. Hij behandelde iedere overledene met ongelooflijk, bijna overdreven respect. Hij verrichtte de lijkschouwingen alsof hij de persoon in kwestie weer tot leven kon brengen. Wanneer hij een gezin slecht nieuws ging vertellen, deelde hij oprecht in hun leed.
'Kun je me vertellen hoe lang ze ongeveer al dood is?' vroeg ze.
'Niet lang,' zei Clyde zachtjes. 'De huid verkeert nog in een staat van rigor mortis. Ik denk hooguit zes uur. Ik zal de levertemperatuur meten en –' hij zag de hand met de vingers die alle kanten op wezen. 'Mijn god,' zei hij nogmaals.
Bertha keek om naar haar hulpsheriff. 'Enig identiteitsbewijs?'
'Niets.'

'Mogelijke roof?'
'Te wreed,' zei Clyde. Hij keek op. 'Iemand heeft haar met opzet laten lijden.'
Even bleef het stil. Bertha zag tranen opwellen in Clydes ogen.
'Wat nog meer?' vroeg ze.
Clyde boog snel zijn hoofd weer. 'Ze is geen dakloze,' zei hij. 'Goed gekleed en gevoed.' Hij keek in haar mond. 'Redelijk gebit.'
'Tekenen van verkrachting?'
'Ze is gekleed,' zei Clyde. 'Maar lieve hemel, wat is haar níét aangedaan? Erg weinig bloed, zeker niet genoeg voor een plaats delict. Ik denk dat iemand haar hier uit de auto heeft gegooid. Ik zal je meer kunnen vertellen wanneer ik haar op de tafel heb.'
'Goed,' zei Bertha. 'We zullen de lijst van vermiste personen doornemen en haar vingerafdrukken in de computer invoeren.'
Clyde knikte toen sheriff Bertha Farrow wegliep.

13

Ik hoefde Katy niet terug te bellen.
Het gerinkel had het effect van een brandijzer. Ik had zo vast geslapen, zo diep en droomloos, dat er geen sprake kon zijn van een traag naar de oppervlakte opstijgen. Het ene ogenblik verdronk ik in het zwart. Het volgende zat ik rechtovereind, met bonkend hart. Ik keek op de digitale klok: 06:58.
Ik kreunde en leunde opzij. De nummerweergave was geblokkeerd. Nutteloos apparaat. De mensen met wie je niet wilde praten en de mensen die zich voor jou wilden verstoppen, betaalden gewoon voor de blokkering.
Mijn stem klonk in mijn eigen oren te wakker toen ik opgewekt: 'Hallo?' tjirpte.
'Eh, Will Klein?'
'Ja?'
'Met Katy Miller.' Toen, alsof ze dacht dat dat niet genoeg was: 'De zus van Julie.'
'Hallo, Katy,' zei ik.
'Ik heb gisteravond een bericht ingesproken.'
'Ik was pas om vier uur thuis.'
'O. Dan heb ik je zeker wakker gebeld nu.'
'Geeft niets,' zei ik.
Haar stem klonk triest en jong en geforceerd. Ik herinnerde me

wanneer ze was geboren. Ik rekende. 'Je zit nu zeker in de eindexamenklas?'
'In september ga ik naar de universiteit.'
'Welke?'
'Bowdoin. Een kleine universiteit.'
'In Maine,' zei ik. 'Ik ken het. Een uitstekende universiteit. Gefeliciteerd.'
'Dank je.'
Ik ging wat makkelijker zitten en probeerde iets te bedenken om de stilte te overbruggen. Ik viel terug op het klassieke: 'Lang geleden.'
'Will?'
'Ja?'
'Ik wil je graag spreken.'
'Goed, prima, heel leuk.'
'Kan het vandaag?'
'Waar ben je?' vroeg ik.
'In Livingston,' zei ze en toen voegde ze eraan toe: 'Ik heb je langs ons huis zien komen.'
'O, sorry.'
'Ik kan wel naar de stad komen, als je wilt.'
'Hoeft niet,' zei ik. 'Ik ga vandaag toch bij mijn vader op bezoek. Als ik nou eerst even naar jou kom?'
'Ja, goed,' zei ze. 'Maar niet hier. Weet je de basketbalvelden bij de middelbare school nog?'
'Tuurlijk,' zei ik. 'Om tien uur?'
'Goed.'
'Katy,' zei ik, van oor wisselend. 'Ik moet zeggen dat ik dit telefoontje van jou een beetje vreemd vind.'
'Dat weet ik.'
'Waarover wil je me spreken?'
'Waarover denk je?' antwoordde ze.
Ik gaf daarop niet meteen antwoord, maar dat maakte niet uit. Ze had al opgehangen.

14

Will verliet zijn flat. Het Spook keek toe. Het Spook ging niet achter hem aan. Hij wist waar Will naartoe ging. Maar terwijl hij toekeek, kromde en strekte hij zijn vingers, kromde en strekte hij ze keer op keer. Zijn onderarmen zwollen op. Zijn lichaam trilde.

Het Spook dacht terug aan Julie Miller. Hij herinnerde zich haar naakte lichaam in die kelder. Hij herinnerde zich hoe haar huid had aangevoeld, in het begin nog warm, een poosje, daarna was hij langzaamaan verstijfd tot iets wat veel weg had van nat marmer. Hij herinnerde zich het paarsgeel van haar gezicht, de stipjes rood in de uitpuilende ogen, de van afgrijzen en verbijstering verwrongen gelaatstrekken, de gebarsten haarvaten, het speeksel dat was bevroren op de zijkant van haar gezicht als het litteken van een snee. Hij herinnerde zich de hals, onnatuurlijk geknikt in de dood, de manier waarop het staaldraad diep in haar huid was gedrongen, de slokdarm had doorgesneden, haar bijna had onthoofd.

Al dat bloed.

Wurging was zijn favoriete executiemethode. Hij was naar India gegaan om de Thuggee te bestuderen, de zogeheten cult van stille moordenaars die de geheime kunst van het wurgen hadden geperfectioneerd. Door de jaren heen was het Spook bedreven geraakt in het gebruik van allerlei vuurwapens, messen en ander wapentuig,

maar wanneer het ook maar enigszins mogelijk was, gaf hij nog steeds de voorkeur aan de koele efficiëntie, de doodse stilte, de brute macht, de persoonlijke stijl van de wurging.
Een behoedzame ademtocht.
Will verdween uit het zicht.
De broer.
Het Spook dacht aan de kungfufilms, waarin de ene broer wordt vermoord en de andere zich erop toelegt zijn dood te wreken. Hij dacht na over wat er zou gebeuren als hij Will Klein gewoon om het leven bracht.
Nee, daar ging het hier niet om. Dit zat veel dieper dan wraak.
Toch bleef hij nadenken over Will. Hij was immers de sleutel. Was hij door de jaren heen veranderd? Het Spook hoopte van wel. Maar daar zou hij gauw genoeg achter komen.
Ja, het was bijna tijd om Will weer te ontmoeten en oude herinneringen op te halen.
Het Spook stak de straat over naar het gebouw waar Will woonde.
Vijf minuten later was hij in de flat.

Ik nam de Community Bus Line tot aan het kruispunt van Livingston Avenue en Northfield. Het voorstedelijke hart van Livingston. Een oude lagere school was omgebouwd tot een winkelcentrum voor de armen met speciaalzaken die nooit klanten leken te hebben. Samen met een paar werksters uit de stad stapte ik uit de bus. De bizarre symmetrie van het forensen. Degenen die in steden als Livingston wonen, trekken 's ochtends naar New York; degenen die de huizen van deze mensen schoonmaken en op hun kinderen passen, doen het omgekeerde. Evenwicht.

Ik liep door Livingston Avenue naar de Livingston High School, die pal naast de openbare bibliotheek, het gerechtsgebouw en het politiebureau stond. Ziet u daarin een patroon? De gebouwen zagen eruit alsof ze gelijktijdig uit de grond waren gestampt, ontworpen door een en dezelfde architect, opgetrokken uit een grote voorraad bakstenen – alsof het ene gebouw het volgende had verwekt.

Hier was ik opgegroeid. Als kind had ik in deze bibliotheek de klassieken van C.S. Lewis en Madeleine L'Engle gehaald. Op mijn achttiende had ik in dit gerechtsgebouw een bezwaar ingediend tegen een boete voor te hard rijden (en de zaak verloren). In het grootste gebouw had ik de middelbare school doorlopen en met nog zeshonderd leerlingen eindexamen gedaan.

Ik legde de cirkel voor de helft af en zwenkte toen naar rechts. Bij de basketbalvelden bleef ik onder een verroeste basket staan. De openbare tennisbanen lagen aan mijn linkerhand. Ik had op school getennist. Ik was er vrij goed in, hoewel ik nooit fanatiek ben geweest op sportgebied. Het winnen is me niet belangrijk genoeg om ergens in uit te blinken. Ik verloor weliswaar niet graag, maar ik vocht nooit hard genoeg om te winnen.

'Will?'

Ik keek om en toen ik haar zag, voelde ik mijn bloed in ijs veranderen. De kleren waren anders – een strak om de heupen spannende spijkerbroek, plateauschoenen à la jaren zeventig, een te strak en te kort truitje dat een platte, zij het gepiercete buik vrijliet – maar het gezicht en het haar... Ik voelde me alsof ik in een gat viel. Ik keek een ogenblik van haar weg in de richting van het voetbalveld en had kunnen zweren dat ik Julie daar zag.

'Ik weet het,' zei Katy Miller. 'Alsof je een geest ziet, hè?'

Ik draaide me naar haar om.

'Mijn vader,' zei ze, terwijl ze haar kleine handen in de zakken van de strakke spijkerbroek stak, 'kan nog steeds niet naar me kijken zonder te huilen.'

Ik wist niet wat ik daarop moest zeggen. Ze kwam dichterbij. We keken nu allebei naar het schoolgebouw. 'Heb je hier op school gezeten?' vroeg ik.

'Ik heb vorige maand eindexamen gedaan.'

'Hoe vond je het hier?'

Ze haalde haar schouders op. 'Ik ben blij dat ik ervan af ben.'

De zon scheen en maakte van het gebouw een kil silhouet. Eventjes leek het een beetje op een gevangenis. Dat heb je met middelbare scholen. Ik was redelijk populair op school. Plaatsvervangend klassenvertegenwoordiger. Co-captain van de tennisploeg. Vrienden genoeg. Maar nu ik probeerde een prettige herinnering op te halen, kwam er niets. De herinneringen waren allemaal besmet met de onzekerheid die de schooljaren tekent. Achteraf gezien hebben je jaren op de middelbare school – je puberteit als u wilt – iets weg van een langdurig gevecht. Je moet gewoon proberen in leven te blijven, je erdoorheen te slaan, het heelhuids te overleven. Ik was niet gelukkig geweest op de middelbare school. Maar ik weet niet of dat eigenlijk wel de bedoeling is.

'Het spijt me van je moeder,' zei Katy.

'Dank je.'

Ze haalde een pakje sigaretten uit haar achterzak en bood me er een aan. Ik schudde van nee. Ik keek toe toen ze er eentje opstak en weerstond de aanvechting te gaan preken. Katy's ogen namen alles in zich op behalve mij. 'Ik was een ongelukje, weet je. Een nakomertje. Julie zat al op de middelbare school. Ze hadden mijn ouders verteld dat ze geen kinderen meer konden krijgen. En toen...' Ze haalde nogmaals haar schouders op. 'Ze hadden dus niet op mij gerekend.'

'Ach, lang niet iedereen is zorgvuldig gepland,' zei ik.

Daar moest ze eventjes om lachen en het geluid echode diep binnen in me. Het was Julies lach, tot en met de manier waarop hij wegstierf.

'Mijn verontschuldigingen voor mijn vader,' zei Katy. 'Hij raakte gewoon de kluts kwijt toen hij je zag.'

'Ik had het ook niet moeten doen.'

Ze nam een te lange trek en hield haar hoofd schuin. 'Waarom heb je het eigenlijk gedaan?'

Ik dacht na over het antwoord. 'Ik weet het niet,' zei ik.

'Ik zag je aankomen. Al vanaf de hoek. Het was heel vreemd. Toen ik klein was, zag ik je ook vaak aankomen. Vanuit mijn slaapkamer. Ik slaap nog steeds in dezelfde kamer, dus was het alsof ik in het verleden keek of zoiets. Het gaf me een heel raar gevoel.'

Ik keek naar rechts. Het schoolplein lag er nu verlaten bij, maar tijdens het schooljaar wachtten de ouders daar altijd in hun auto's op hun kinderen. Mijn herinneringen aan mijn schooltijd mogen dan niet al te best zijn, maar ik weet nog goed dat ook mijn moeder me altijd opwachtte in haar oude, rode Volkswagen. Ze las altijd een tijdschrift en wanneer de bel was gegaan en ik naar haar toe liep en ze me zag, nadat ze van het tijdschrift had opgekeken omdat ze had aangevoeld dat ik eraan kwam, barstte haar glimlach, de Sunnyglimlach, van diep uit haar hart los, die stralende glimlach van onvoorwaardelijke liefde, en ik besefte opeens met een harde bons dat er nooit meer iemand op die manier naar me zou glimlachen.

Te veel, dacht ik. Het hier zijn. De visuele echo van Julie op Katy's gezicht. De herinneringen. Het was allemaal veel te veel.

'Heb je trek?' vroeg ik haar.

'Ja, best wel.'

Ze had een auto, een oude Honda Civic. Aan het achteruitkijkspiegeltje hing een hele sliert prullaria. De auto rook naar kauwgom en fruitige shampoo. Ik herkende de muziek die uit de speakers denderde niet, maar stoorde me er niet aan.

We reden zonder iets te zeggen naar een typisch New Jerseywegrestaurant aan Route 10. Achter de tapkast hingen foto's, met handtekening, van plaatselijke televisiepersoonlijkheden. Iedere *booth* had een mini-jukebox. Het menu was iets langer dan een roman van Tom Clancy.

Een man met een zware baard en een nog zwaardere deodorant vroeg ons met hoeveel we waren. We vertelden hem dat we met ons tweeën waren. Katy zei erbij dat we een tafel in de rookafdeling wilden. Ik wist niet dat rookafdelingen nog bestonden, maar grote wegrestaurants gaan blijkbaar niet helemaal met de tijd mee. Zodra we waren gaan zitten, trok ze de asbak naar zich toe, als ter bescherming.

'Nadat je naar ons huis was gekomen,' zei ze, 'ben ik naar het kerkhof gegaan.'

Het keukenhulpje bracht water en vulde onze glazen. Katy trok aan de sigaret en leunde achterover om de rook naar boven uit te blazen. 'Ik was er jaren niet geweest. Maar nadat ik jou had gezien, ik weet het niet, vond ik dat ik moest gaan.'

Ze keek me nog steeds niet aan. Ik ken dat van de kinderen in het opvangcentrum. Ze ontwijken je blik. Ik zeg daar nooit wat van. Het heeft niets te betekenen. Ik probeer hun blik wel te vangen, maar ik weet inmiddels dat er veel te veel belang wordt gehecht aan oogcontact.

'Ik kan me Julie nauwelijks meer herinneren. Wanneer ik naar foto's kijk, weet ik niet of mijn herinneringen echt herinneringen zijn of dingen die ik heb verzonnen. Ik denk, o ja, ik weet nog dat we in de theekopjesdraaimolen hebben gezeten op de kermis en dan zie ik de foto en weet ik niet of ik me dat echt herinner of alleen maar van de foto. Snap je wat ik bedoel?'

'Ik geloof van wel.'

'En toen stond jij opeens op de stoep en daarna móést ik gewoon even het huis uit. Mijn vader liep te razen en te tieren. Mijn moeder huilde. Ik moest gewoon weg.'

'Het was niet mijn bedoeling iemand van streek te maken,' zei ik.

Ze wuifde mijn woorden weg. 'Geeft niet. Het klinkt raar maar ergens is het wel goed voor ze. We lopen er constant op onze tenen omheen, zie je. Het is gewoon griezelig. Soms wou ik... soms wou ik dat ik keihard kon schreeuwen: "Ze is dood."' Katy leunde naar voren. 'Zal ik je eens iets heel lugubers vertellen?'

Ik gebaarde dat ze haar gang kon gaan.

'We hebben de kelder gelaten zoals hij was. De oude bank en het televisietoestel. Het versleten tapijt. De hutkoffer waar ik me altijd achter verstopte. Die staan er allemaal nog net zo. Niemand doet er ooit iets mee, maar het staat er allemaal nog precies zo. Maar de wasmachine staat ook daarbeneden. We moeten door de kelder heen om er te komen. Snap je wat ik bedoel? Zo leven wij. Boven lopen we op onze tenen, alsof we op een ijsvlakte leven en bang zijn dat er scheuren in zullen komen en we allemaal in die kelder zullen storten.'

Ze zweeg en zoog aan de sigaret alsof het een zuurstofslang was. Ik leunde naar achteren. Zoals ik al zei: ik had nooit nagedacht over Katy Miller, over wat de moord op haar zuster voor haar had betekend. Ik had uiteraard nagedacht over haar ouders. En over hoe het gezin kapot was gemaakt. Ik had me vaak afgevraagd waarom ze in dat huis waren blijven wonen, maar ja, ik had ook nooit begrepen waarom mijn eigen ouders niet verhuisd waren. Ik heb al eerder iets gezegd over de band tussen troost en zelftoegebrachte pijn, de wens om te volharden omdat je liever lijdt dan vergeet. Dat ze in dat huis waren blijven wonen, moest daarvan het ultieme voorbeeld zijn.

Maar ik had nooit echt nagedacht over Katy Miller, over hoe het moest zijn om te midden van die ruïnes op te groeien, met de schim van je zuster wier evenbeeld je was, voortdurend om je heen. Ik keek nu naar Katy alsof ik haar voor het eerst zag. Haar ogen bleven heen en weer vliegen als angstige vogeltjes. Ik zag dat er tranen in stonden. Ik pakte haar hand, die ook al zoveel leek op die van haar zuster. Het verleden kwam zo hard aan dat ik bijna achteroversloeg.

'Dit is zo waanzinnig vreemd,' zei ze.

Dat kon je wel zeggen, dacht ik. 'Voor mij ook.'

'Er moet een eind aan komen, Will. Mijn hele leven... wat er die avond ook is gebeurd, er moet een eind aan komen. Soms hoor ik op tv iemand zeggen, wanneer ze een dader te pakken hebben: "Daarmee hebben we haar nog niet terug", en dan denk ik: nee, natuurlijk niet. Maar daar gaat het niet om. Het gaat om de afsluiting. De dader is gepakt en de zaak is voorbij. Dat hebben mensen nodig.'

Ik had geen idee waar ze hiermee naartoe wilde. Ik probeerde me in te beelden dat ze een van de kinderen in het opvangcentrum was, dat ze was binnengelopen omdat ze mijn hulp en liefde nodig had. Ik keek naar haar en probeerde haar duidelijk te maken dat ik hier zat om te luisteren.

'Je hebt geen idee hoezeer ik je broer haatte – niet alleen om wat hij Julie had aangedaan, maar ook om wat hij de rest van het gezin aandeed door ervandoor te gaan. Ik bad dat ze hem zouden vinden. Ik droomde soms dat hij was omsingeld en dat hij probeerde al vechtend weer weg te komen en door de politie werd doodgeschoten. Ik weet dat je dit niet wilt horen, maar het is belangrijk voor me dat je het begrijpt.'

'Je wilde een afsluiting,' zei ik.
'Ja,' zei ze. 'Maar...'
'Maar wat?'
Ze sloeg haar ogen op en voor het eerst keken we elkaar aan. Ik kreeg het weer koud. Ik wilde mijn hand terugtrekken, maar kon me niet bewegen. 'Ik heb hem gezien,' zei ze.
Ik dacht dat ik haar verkeerd had verstaan.
'Je broer. Ik heb hem gezien. Ik geloof tenminste dat hij het was.'
Ik vond mijn stem in zoverre terug dat ik kon vragen: 'Wanneer?'
'Gisteren. Op het kerkhof.'
Precies op dat moment kwam de serveerster naar ons tafeltje. Ze trok het potlood achter haar oor vandaan en vroeg wat we wilden. Even zeiden we geen van beiden iets. De serveerster schraapte haar keel. Katy bestelde een of andere salade. De serveerster keek naar mij. Ik vroeg om een omelet met kaas. Ze vroeg wat voor soort kaas – Amerikaanse, Zwitserse, cheddar. Ik zei doet u maar cheddar. Wilde ik daar patat bij of chips? Chips. Toast van witbrood, bruinbrood of volkoren? Bruin. En ik hoef er niets bij te drinken, dank u.
Eindelijk ging ze weg.
'Vertel,' zei ik.
Katy drukte de sigaret uit. 'Zoals ik al zei, ben ik naar het kerkhof gegaan. Om even het huis uit te zijn. Je weet waar Julies graf is, hè?'
Ik knikte.
'Ja, dat is ook zo. Ik heb je daar gezien. Een paar dagen na haar begrafenis.'
'Ja,' zei ik.
Ze leunde naar voren. 'Hield je van haar?'
'Ik weet het niet.'
'Maar ze heeft je hart gebroken.'
'Misschien,' zei ik. 'Lang geleden.'
Katy staarde naar haar handen.
'Vertel me wat er is gebeurd,' zei ik.
'Hij zag er heel anders uit. Je broer, bedoel ik. Ik kan me hem amper herinneren. Maar nog wel een beetje. En ik heb foto's gezien.' Ze zweeg.
'Wil je mij vertellen dat hij bij Julies graf stond?'
'Bij een wilg.'
'Wat?'
'Er is daar een boom. Ongeveer dertig meter bij het graf vandaan. Ik was niet via de ingang gekomen. Ik was over het hek gesprongen. Dus verwachtte hij me niet. Ik liep vanaf de rand van het kerkhof

naar voren en zag opeens onder de wilgenboom een man staan die naar het graf van Julie staarde. Hij hoorde me niet eens aankomen. Zo diep was hij in gedachten verzonken. Toen heb ik hem op zijn schouder getikt. Hij sprong een meter de lucht in en toen hij zich omdraaide en me zag... nou, je weet hoe ik eruitzie. Hij begon bijna te krijsen. Hij dacht dat ik een geest was of zoiets.'
'En je weet zeker dat het Ken was?'
'Nee, niet zeker. Hoe kan ik dat nou zeker weten?' Ze pakte weer een sigaret en zei toen: 'Ja, toch wel. Ja, hij was het.'
'Hoe kun je dat zo zeker weten?'
'Hij zei dat hij het niet had gedaan.'
Ik werd duizelig. Mijn handen zakten naar beneden en sloten zich om de randen van de zitting. Toen ik weer iets kon zeggen, sprak ik heel langzaam: 'Wat heeft hij precies gezegd?'
'In het begin alleen dat. "Ik heb je zuster niet vermoord."'
'Wat heb je toen gedaan?'
'Ik heb gezegd dat hij een leugenaar was. En dat ik zou gaan schreeuwen.'
'Heb je dat gedaan?'
'Nee.'
'Waarom niet?'
Katy had de nieuwe sigaret nog steeds niet opgestoken. Ze nam hem tussen haar lippen vandaan en legde hem op de tafel. 'Omdat ik hem geloofde,' zei ze. 'Iets in zijn stem, ik weet het niet. Ik had hem zo lang gehaat. Je hebt geen idee. Maar nu...'
'Wat heb je gedaan?'
'Ik ben achteruitgelopen. Ik was nog steeds van plan om te gaan schreeuwen. Maar hij kwam naar me toe. Hij legde zijn handen om mijn gezicht, keek me in de ogen en zei: "Ik zal de moordenaar vinden, dat beloof ik." Meer niet. Hij keek nog even naar me en toen liet hij me los en holde weg.'
'Heb je dit aan iemand verteld?'
Ze schudde haar hoofd. 'Nee, aan niemand. Soms weet ik niet eens zeker of het wel is gebeurd. Of dat ik het me alleen maar heb verbeeld. Of het heb gedroomd of verzonnen, net als mijn herinneringen aan Julie.' Ze keek naar me op. 'Denk jij dat hij Julie heeft vermoord?'
'Nee,' zei ik.
'Ik heb je op tv gezien,' zei ze. 'Je hebt altijd gedacht dat hij dood was. Omdat ze zijn bloed hadden gevonden.'
Ik knikte.

'Denk je dat nog steeds?'
'Nee,' zei ik. 'Dat denk ik niet meer.'
'Waarom ben je van gedachten veranderd?'
Ik wist niet wat ik daarop moest antwoorden. 'Ik denk,' zei ik, 'dat ik zelf ook naar hem op zoek ben.'
'Ik wil helpen.'
Ze zei 'ik *wil* helpen'. Maar ik wist dat ze bedoelde dat ze *moest* helpen. Dat ze niet anders kon.
'Will, laat me je alsjeblieft helpen.'
En ik zei goed.

15

Belmont, Nebraska

Sheriff Bertha Farrow keek fronsend over de schouder van hulpsheriff George Volker. 'Ik haat die dingen,' zei ze.
'Moet je niet doen,' antwoordde Volker. Zijn vingers dansten over het toetsenbord. 'Computers zijn onze vrienden.'
Haar frons verdiepte zich. 'En wat doet onze vriend nu?'
'Hij scant Jane Doe's vingerafdrukken.'
'Scant?'
'Hoe moet ik dit nu uitleggen aan een technofoob...?' Volker keek op en wreef over zijn kin. 'Het is een soort combinatie van een kopieermachine en een faxapparaat. Het maakt een kopie van de vingerafdruk en e-mailt die naar de CJIS in West Virginia.'
CJIS stond voor *Criminal Justice Information Services* – een informatiedienst van de rechterlijke macht. Nu ieder politiebureau on line was – zelfs die in de meest achterafgelegen gehuchten als het hunne – konden vingerafdrukken via het internet verstuurd worden ter identificatie. Als de vingerafdrukken in de gigantische database van het Nationale Misdaad Informatie Centrum zaten, kreeg je binnen de kortste keren de naam van de bijbehorende persoon.
'Ik dacht dat de CJIS in Washington zat,' zei Bertha.
'Niet meer. Ze zijn verhuisd, op last van senator Byrd.'
'Goede man om als senator te hebben.'
'Inderdaad.'

Bertha hees haar holster op en liep de gang door. Haar politiebureau zat in hetzelfde gebouw als het mortuarium van Clyde, wat wel praktisch was, maar ook vaak onwelriekend. Het mortuarium had bijzonder slechte ventilatie en zo nu en dan ontsnapte er een dikke wolk formaldehyde en rottingsgeur, die dan hardnekkig bleef hangen.

Na slechts een heel korte aarzeling deed Bertha Farrow de deur van het mortuarium open. Er waren geen glanzende laden en flonkerende instrumenten noch al die andere dingen die je op tv zag. Clydes mortuarium leek meer op een noodgebouwtje. Zijn baan was ook slechts parttime omdat hij, laten we wel wezen, niet erg veel te doen had. Af en toe de slachtoffers van een auto-ongeluk, maar daar hield het zo'n beetje mee op. En vorig jaar had Don Taylor zichzelf in een dronken bui per ongeluk een kogel door de kop gejaagd. Zijn toegeeflijke vrouw grapte vaak dat die ouwe Don de trekker had overgehaald omdat hij in de spiegel had gekeken en zichzelf had aangezien voor een eland. Ach, het huwelijk. Maar goed, dat was het zo'n beetje. Het mortuarium – een term die op zich een gulle benaming was voor het omgebouwde conciërgehok – kon maar twee lijken tegelijk herbergen. Wanneer Clyde meer bergruimte nodig had, maakte hij gebruik van de faciliteiten van Wally's rouwkamer.

Het lichaam van de onbekende vrouw lag op de tafel. Clyde stond over haar heen gebogen. Hij droeg een blauw chirurgenpak en bleke chirurgenhandschoenen. Hij huilde. Operamuziek denderde uit de gettoblaster, het gelamenteer van iets toepasselijk tragisch.

'Heb je haar al opengemaakt?' vroeg Bertha, hoewel het antwoord duidelijk was.

Clyde veegde met twee vingers zijn tranen weg. 'Nee.'

'Wacht je op haar toestemming of zo?'

Zijn rode ogen keken nijdig in haar richting. 'Ik ben nog bezig met de buitenkant.'

'Wat is de doodsoorzaak, Clyde?'

'Dat kan ik pas met zekerheid zeggen wanneer ik de autopsie heb voltooid.'

Bertha ging dichter bij hem staan. Ze legde haar hand op zijn schouder, zogenaamd alsof ze hem wilde troosten en met hem meevoelde. 'Wat *denk* je dat de doodsoorzaak is, Clyde?'

'Ze is nogal toegetakeld. Zie je dit?'

Hij wees naar de plek waar je normaal gesproken de ribbenkast verwachtte. Er was weinig hoogte. De botten waren ingezakt, geplet als een plastic bekertje onder een zware schoen.

'Ik zie veel blauwe plekken,' zei Bertha.
'Verkleuringen, ja, maar zie je dit?' Hij legde zijn vinger op iets wat in de buurt van de maag door de huid heen stak.
'Gebroken ribben?'
'Verbrijzelde ribben,' verbeterde hij.
'Hoe komt dat, denk je?'
Clyde haalde zijn schouders op. 'Ze zijn vermoedelijk met een zware bolhamer of iets dergelijks kapotgeslagen. Ik denk – maar ik weet het nog niet zeker – dat een splinter van een van de ribben in een vitaal orgaan is gedrongen. Zo'n splinter kan een long doorboren of dwars door de buik snijden. Of misschien heeft ze geluk gehad en is hij in haar hart gedrongen.'
Bertha schudde haar hoofd. 'Ze lijkt me geen type dat ooit geluk had.'
Clyde wendde zich af. Hij boog zijn hoofd en begon weer te huilen. Zijn lichaam schokte van de ingehouden snikken.
'Die plekjes op haar borsten,' zei Bertha.
Zonder te kijken zei hij: 'Uitgedrukte sigaretten.'
Zoals ze al had gedacht. Gebroken vingers, uitgedrukte sigaretten. Je hoefde geen Sherlock Holmes te zijn om te weten dat ze was gemarteld.
'Doe een volledig onderzoek, Clyde. Bloed, chemicaliën, de hele rataplan.'
Hij snufte en draaide zich weer naar haar toe. 'Goed, Bertha, dat zal ik doen.'
Achter hen ging de deur open. Ze keken allebei om. Het was Volker. 'Ik heb beet,' zei hij.
'Nu al?'
George knikte. 'Ze stond bij het NMIC boven aan de lijst.'
'Boven aan de lijst? Hoe bedoel je?'
Volker wees naar het lijk op de tafel. 'Onze grote onbekende,' zei hij, 'wordt gezocht door niemand minder dan de FBI.'

16

Katy zette me af in Hickory Place, drie straten bij het huis van mijn ouders vandaan. We wilden niet samen gezien worden. Dat was waarschijnlijk paranoïde van ons, maar ik dacht: wat maakt het uit?
'Wat nu?' vroeg Katy.
Daar had ik zelf ook over zitten piekeren. 'Ik weet het niet. Maar als Ken Julie niet heeft vermoord...'
'Dan heeft iemand anders het gedaan.'
'Goh,' zei ik, 'wat zijn we hier goed in.'
Ze glimlachte. 'We moeten dus naar verdachten gaan zoeken?'
Het klonk belachelijk – waren wij soms de Mod Squad? – maar ik knikte.
'Ik ga meteen beginnen,' zei ze.
'Waarmee?'
Ze schokschouderde als de tiener die ze was, met haar hele lichaam. 'Ik weet het niet. Julies verleden? Uitzoeken wie haar dood wilde hebben?'
'Dat heeft de politie al gedaan.'
'De politie heeft alleen jouw broer onder de loep genomen, Will.'
Goed punt. 'Goed,' zei ik, maar ik voelde me nog steeds belachelijk.
'Laten we vanavond weer bij elkaar komen.'

Ik knikte en glipte de wagen uit. Katy zoefde weg zonder afscheid te nemen. Ik bleef staan, verzonken in eenzaamheid. Ik had helemaal geen zin om in beweging te komen.

De straten van de buitenwijk waren verlaten, maar de keurig geasfalteerde opritten stonden vol. De stationcars met de houten zijpanelen uit mijn jeugd waren vervangen door een grote verscheidenheid aan zogenaamde terreinwagens, busjes, family trucks (wat ze daarmee ook bedoelden), suv's. De meeste huizen hadden de klassieke split-level-architectuur van de woningbouwexplosie van 1962. Veel huizen waren uitgebreid met nieuwe aanbouw. Andere waren na 1974 aan de buitenkant geheel gerenoveerd waarbij veel te witte, te gladde muursteen was gebruikt; een stijl die bijna net zo lang in de mode was gebleven als de kobaltblauwe smoking die ik naar de *prom* had aan gehad.

Toen ik bij ons huis aankwam, stonden er geen auto's voor de deur en waren er binnen geen bezoekers. Niet erg verbazingwekkend. Ik riep mijn vader. Geen antwoord. Ik vond hem in de kelder, in zijn eentje, met een stanleymes in zijn hand. Hij stond midden in het vertrek, omringd door oude verhuisdozen. Het plakband was opengesneden. Pa stond doodstil tussen de dozen. Hij draaide zich niet om toen hij mijn voetstappen hoorde.

'Zoveel al ingepakt,' zei hij zachtjes.

De dozen waren van mijn moeder geweest. Mijn vader stak zijn hand in een ervan en haalde er een dunne, zilveren haarband uit. Hij draaide zich naar me toe en hield de haarband omhoog. 'Kijk eens. Weet je nog?'

We glimlachten allebei. Iedereen gaat met de mode mee, geloof ik, maar niet zoals mijn moeder. Zij bepaalde de mode, omlijnde haar, wérd mode. Dit was bijvoorbeeld uit haar Haarbandperiode. Ze had haar haar laten groeien en een potpourri aan kleurige haarbanden gedragen, als een indiaanse prinses. Een paar maanden lang – ik schatte dat de Haarbandperiode ongeveer zes maanden had geduurd – zag je haar nooit zonder. Toen de haarbanden uit de gunst raakten, begon de Suède-franjeperiode. Daarop volgde de Purperen Renaissance – niet mijn favoriet, moet ik zeggen, het was alsof er een reusachtige aubergine in huis rondliep, of een Jimi Hendrix-groupie – en daarna de Rijzweepjesperiode – en we hebben het over een vrouw wier band met paarden niet verder reikte dan dat ze Elizabeth Taylor in *National Velvet* had gezien.

Na de dood van Julie Miller was het meteen afgelopen met de modegrillen, net als met zoveel andere dingen. Mijn moeder – Sun-

ny – stopte alle kleren in dozen en zette die in de donkerste hoek van de kelder.
Pa gooide de haarband terug in de doos. 'We waren van plan om te gaan verhuizen, weet je.'
'Dat wist ik niet.'
'Drie jaar geleden. We zouden een flat kopen in West Orange en misschien voor de winter een huisje in Scottsdale, dicht bij Esther en Harold. Maar toen bleek dat je moeder ziek was en hebben we de plannen op de lange baan geschoven.' Hij keek me aan. 'Heb je dorst?'
'Nee.'
'Wil je soms een cola light? Ik lust er wel een.'
Pa liep snel langs me heen naar de trap. Ik keek naar de oude dozen, het handschrift van mijn moeder in dik viltstift op de zijkanten. Ik zag op de plank achterin twee van Kens oude tennisrackets. Een ervan was zijn allereerste racket, waar hij mee had gespeeld toen hij pas drie was. Mam had die voor hem bewaard. Ik draaide me om en liep achter mijn vader aan. In de keuken deed hij de deur van de koelkast open.
'Was je van plan me te vertellen wat er gisteren aan de hand was?' begon hij.
'Ik begrijp niet wat je bedoelt.'
'Jij en je zuster.' Pa haalde een tweeliterfles cola light uit de koelkast. 'Wat hadden jullie?'
'Niets,' zei ik.
Hij knikte en deed een keukenkastje open. Hij pakte twee glazen, opende de diepvries, vulde de glazen met ijsklontjes. 'Je moeder luisterde altijd stiekem naar jou en Melissa,' zei hij.
'Dat weet ik.'
Hij glimlachte. 'Ze ging niet erg discreet te werk. Ik zei altijd dat ze het niet moest doen, maar dan siste ze dat ik stil moest zijn, dat het haar taak als moeder was.'
'Je zei dat ze mij en Melissa afluisterde.'
'Ja.'
'Waarom Ken niet?'
'Misschien wilde ze bepaalde dingen niet weten.' Hij schonk cola in. 'Je bent de laatste tijd erg nieuwsgierig naar je broer.'
'Het is een volkomen natuurlijke vraag.'
'Ja, ja, heel natuurlijk. Na de begrafenis heb je me gevraagd of ik denk dat hij nog leeft. De volgende dag krijg je met Melissa ruzie over hem. Dus vraag ik het je nu nog een keer: Wat is er aan de hand?'

Ik had de foto nog steeds in mijn zak. Vraag me niet waarom. Ik had er die ochtend met mijn scanner kleurenkopieën van gemaakt. Maar ik wilde deze per se bij me houden.

Toen er werd gebeld, ging er door ons beiden een schokje heen. We keken elkaar aan. Pa haalde zijn schouders op. Ik zei dat ik wel even zou opendoen. Ik nam snel een slokje van de cola en zette het glas op het aanrecht. Ik liep op een sukkeldrafje naar de voordeur. Toen ik opendeed, toen ik zag wie het was, viel ik bijna om.

Mevrouw Miller. De moeder van Julie.

Ze had een met aluminiumfolie afgedekte schaal in haar handen. Ze hield haar ogen neergeslagen, alsof ze een offer naar een altaar droeg. Heel even bleef ik als bevroren staan. Ik wist niet wat ik moest zeggen. Ze keek op. Onze ogen vonden elkaar, net als toen ik twee dagen geleden voor haar huis op de stoep had gestaan. Het leed dat ik erin zag, was bijna levend, knetterend. Ik vroeg me af of ze hetzelfde van mij voelde afstralen.

'Ik dacht...' begon ze. 'Ik bedoel, ik wilde alleen...'

'Komt u binnen,' zei ik. 'Alstublieft.'

Ze probeerde te glimlachen. 'Dank je.'

Mijn vader kwam de keuken uit en zei: 'Wie is daar?'

Ik deed een stap achteruit. Mevrouw Miller kwam naar voren, nog steeds met de schaal voor zich opgeheven, als een schild. Mijn vader zette grote ogen op en ik zag daarin iets uiteenspatten.

Zijn stem was een met woede gevulde fluistering. 'Wat doe jij godverdomme hier?'

'Pa...' zei ik.

Hij negeerde me. 'Ik heb je iets gevraagd, Lucille. Wat moet je hier?'

Mevrouw Miller boog haar hoofd.

'Pa,' zei ik op iets fellere toon.

Maar het haalde niets uit. Zijn ogen waren klein en zwart geworden. 'Ik wil je niet in mijn huis hebben,' zei hij.

'Pa, ze is alleen maar gekomen om –'

'Ga weg.'

'Pa!'

Mevrouw Miller deinsde achteruit. Ze duwde mij de schaal in handen. 'Ik kan beter gaan, Will.'

'Nee,' zei ik. 'Doet u dat nou niet.'

'Ik had helemaal niet moeten komen.'

Pa schreeuwde: 'Inderdaad. Je had niet moeten komen.'

Ik wierp een woedende blik op hem, maar hij bleef naar haar kijken.

Nog steeds met neergeslagen ogen zei mevrouw Miller: 'Mijn condoleances.'

Maar mijn vader was nog niet klaar. 'Ze is dood, Lucille. Het haalt nu niets meer uit.'

Toen vluchtte mevrouw Miller. Ik bleef staan met de schaal in mijn handen. Ik keek ongelovig naar mijn vader. Hij keek terug en zei: 'Gooi die rotzooi weg.'

Ik wist niet goed wat ik moest doen. Ik wilde achter haar aan gaan, haar mijn verontschuldigingen aanbieden, maar ze was al een paar huizen ver en liep heel snel. Mijn vader was teruggekeerd naar de keuken. Ik volgde hem en zette de schaal met een klap op het aanrecht.

'Wat moest dat voorstellen?' vroeg ik.

Hij pakte zijn glas. 'Ik wil haar hier niet over de vloer hebben.'

'Ze kwam om haar condoleances aan te bieden.'

'Ze kwam om haar schuldgevoelens te verlichten.'

'Waar heb je het over?'

'Je moeder is dood. Ze kan nu niets meer voor haar doen.'

'Ik snap er niks van.'

'Je moeder heeft Lucille opgebeld. Wist je dat? Niet lang na de moord. Ze wilde haar condoleances aanbieden. Lucille zei dat ze naar de maan kon lopen. Ze gaf ons de schuld dat we een moordenaar hadden grootgebracht. Dat zei ze. Het was onze schuld. We hadden een moordenaar grootgebracht.'

'Dat was elf jaar geleden, pa.'

'Heb je enig idee wat ze je moeder daarmee heeft aangedaan?'

'Haar dochter was net vermoord. Ze had erg veel verdriet.'

'En ze heeft tot vandaag gewacht om het goed te maken? Nu het niets meer uithaalt?' Hij schudde streng zijn hoofd. 'Ik wil het niet horen. En je moeder... die kan het niet meer horen.'

Op dat moment ging de voordeur open. Tante Selma en oom Murray kwamen binnen met hun bedroefde glimlachjes opgeplakt. Selma nam de keuken over. Murray ging aan de slag met een losse muurtegel die hem gisteren was opgevallen.

En mijn vader en ik stopten met praten.

17

Speciaal agent Claudia Fisher rechtte haar rug en klopte op de deur.

'Binnen.'

Ze duwde de deurkruk naar beneden en betrad het kantoor van onderdirecteur Joseph Pistillo. De onderdirecteur ging over de afdeling New York. Op het hoofd van de FBI in Washington na, was een onderdirecteur de hoogste en machtigste persoon binnen de organisatie.

Pistillo keek op. Wat hij zag, beviel hem niets. 'Wat is er?'

'Ze hebben Sheila Rogers gevonden. Dood,' meldde Fisher.

Pistillo vloekte. 'Waar?'

'Langs de kant van een weg in Nebraska. Zonder papieren. Ze hebben haar vingerafdrukken naar het NMIC gestuurd en toen kwam haar naam tevoorschijn.'

'Verdomme.'

Pistillo knabbelde aan een nagelriem. Claudia Fisher wachtte.

'Ik wil een visuele bevestiging,' zei hij.

'Hebben we al.'

'Wat?'

'Ik ben zo vrij geweest sheriff Farrow de politiefoto's van Sheila Rogers te e-mailen. Zij en de patholoog-anatoom hebben bevestigd dat het om een en dezelfde vrouw gaat. Haar lengte en gewicht kloppen ook.'

Pistillo leunde achterover. Hij greep een pen, hief hem op tot ooghoogte en bestudeerde hem. Fisher bleef in de houding staan. Hij gebaarde dat ze mocht gaan zitten. Ze gehoorzaamde. 'De ouders van Sheila Rogers wonen in Utah, niet?'
'Idaho.'
'Idaho dan. We moeten contact met hen opnemen.'
'Ik heb de plaatselijke politie al op de hoogte gebracht. Ze wachten onze instructies af. De commissaris kent het gezin persoonlijk.'
Pistillo knikte. 'Goed.' Hij haalde de pen uit zijn mond. 'Hoe is ze gestorven?'
'Waarschijnlijk aan inwendige bloedingen nadat ze is mishandeld. Ze zijn nog bezig met de lijkschouwing.'
'Jezus.'
'Ze is gemarteld. Haar vingers zijn gebroken en achterwaarts gedraaid, vermoedelijk met behulp van een nijptang. Er zitten brandwondjes van sigaretten op haar bovenlichaam.'
'Hoe lang is ze al dood?'
'Ze is waarschijnlijk vannacht of vanochtend vroeg gestorven.'
Pistillo keek naar Fisher. Gisteren had Will Klein, de minnaar, op de stoel gezeten waar zij nu op zat. 'Snel,' zei hij.
'Pardon?'
'Als ze, zoals men ons wil laten geloven, was gevlucht, hebben ze haar snel gevonden.'
'Tenzij,' zei Fisher, 'ze naar hen toe is gevlucht.'
Pistillo zakte iets onderuit. 'Of helemaal niet is gevlucht.'
'Ik kan u niet volgen.'
Hij bestudeerde de pen weer. 'Wij zijn er steeds van uitgegaan dat Sheila Rogers was gevlucht vanwege haar connectie met de moorden in Albuquerque.'
Fisher bewoog haar hoofd voorwaarts en achterwaarts. 'Ja en nee. Ik bedoel, waarom eerst naar New York terugkomen om dan weer de benen te nemen?'
'Misschien wilde ze de begrafenis van de moeder bijwonen, weet ik het,' zei hij. 'Ik geloof nu trouwens niet meer dat het zo is gegaan. Misschien wist ze helemaal niet dat wij haar op het spoor waren. Misschien – let goed op, Claudia – misschien heeft iemand haar ontvoerd.'
'Hoe ziet u dat?' vroeg Fisher.
Pistillo legde de pen neer. 'Om hoe laat heeft ze volgens Will Klein de flat verlaten? Zes uur 's ochtends?'
'Vijf.'

'Vijf dan. Laten we dit even in elkaar zetten volgens het logische scenario. Sheila Rogers gaat er om vijf uur vandoor. Ze duikt onder. Iemand vindt haar, martelt haar en dumpt haar in een uithoek van Nebraska. Hoe klinkt dat?'
Fisher knikte traag. 'Zoals u al zei: snel.'
'Te snel?'
'Misschien.'
'Qua tijd,' zei Pistillo, 'is het veel aannemelijker dat iemand haar meteen heeft gegrepen. Toen ze de flat verliet.'
'En met haar naar Nebraska is gevlogen?'
'Of als een waanzinnige heeft gereden.'
'Of...?' begon Fisher.
'Of?'
Ze keek naar haar baas. 'Ik geloof,' zei ze, 'dat we allebei tot dezelfde conclusie komen. Het tijdskader is te krap. Ze is waarschijnlijk eerder verdwenen.'
'En dat houdt in?'
'Dat houdt in dat Will Klein tegen ons heeft gelogen.'
Pistillo grinnikte. 'Juist.'
Fishers woorden rolden nu in snel tempo naar buiten. 'Oké, een aannemelijker scenario: Will Klein en Sheila Rogers gaan naar de begrafenis van Kleins moeder. Daarna keren ze terug naar het ouderlijk huis. Volgens Klein zijn ze die avond teruggekeerd naar hun flat. Maar daarvan hebben we geen onafhankelijke bevestiging. Misschien' – ze probeerde vaart te minderen maar dat gebeurde niet – 'misschien zijn ze dus niet naar huis gegaan. Misschien heeft hij haar overgedragen aan een medeplichtige die haar martelt en vermoordt en zich van het lijk ontdoet. Will zelf keert terug naar zijn flat. 's Ochtends gaat hij naar zijn werk. Wanneer Wilcox en ik hem op zijn kantoor ondervragen, verzint hij het verhaal dat ze 's ochtends vroeg is vertrokken.'
Pistillo knikte. 'Interessante theorie.'
Ze zat in de houding.
'Heb je een motief?' vroeg hij.
'Hij moest haar het zwijgen opleggen.'
'Waarvoor?'
'Voor wat er in Albuquerque is gebeurd.'
Ze bepeinsden dat even in stilte.
'Ik ben niet overtuigd,' zei Pistillo.
'Ik ook niet.'
'Maar we zijn het erover eens dat Will Klein meer weet dan hij toegeeft.'

'Dat is zeker.'
Pistillo liet een diepe zucht ontsnappen. 'Wat het ook mag zijn, we moeten hem in ieder geval op de hoogte stellen van de dood van juffrouw Rogers.'
'Ja.'
'Bel jij die commissaris in Utah maar even.'
'Idaho.'
'Idaho dan. Laat hem de ouders op de hoogte brengen en ze daarna op een vliegtuig zetten voor de officiële identificatie.'
'En Will Klein?'
Pistillo dacht daarover na. 'Ik zal Squares even aan zijn jas trekken. Misschien kan hij ons helpen de klap te verzachten.'

18

De deur van mijn flat stond op een kier.
Nadat tante Selma en oom Murray waren gearriveerd, hadden mijn vader en ik elkaar zorgvuldig gemeden. Ik hou van mijn vader. Ik geloof dat ik dat wel duidelijk heb gemaakt. Maar een klein deel van me geeft hem heel irrationeel de schuld van mijn moeders dood. Ik weet niet waarom ik me zo voel en ik durf het zelfs tegenover mezelf nauwelijks toe te geven, maar vanaf het moment dat ze ziek werd, heb ik hem met andere ogen bekeken. Alsof hij niet genoeg had gedaan. Of misschien nam ik het hem kwalijk dat hij haar na de moord op Julie Miller niet had gered. Hij was niet sterk genoeg geweest. Hij was als echtgenoot tekortgeschoten. Had ware liefde mam niet moeten helpen erbovenop te komen, haar geest te redden?

Zoals ik al zei, irrationeel.

Mijn deur stond alleen maar aan, maar dat zette me toch aan het denken. Ik doe hem altijd op slot – ik woon per slot van rekening in een portierloos establissement in Manhattan – maar aan de andere kant, de afgelopen paar dagen liep ik rond als een kip zonder kop. Misschien had ik in mijn haast om naar Katy Miller te gaan, vergeten de deur op slot te doen. Dat zou heel goed kunnen. En het lipje van het slot bleef soms steken. Misschien had ik de deur gewoon niet goed dichtgetrokken.

Ik fronste. Want dat leek me toch niet erg waarschijnlijk.
Ik legde mijn hand plat tegen het paneel en duwde heel zachtjes. Ik wachtte op het kraken. Dat bleef uit. Ik hoorde iets. Aanvankelijk heel zacht. Ik leunde naar voren met mijn hoofd door de opening en voelde mijn binnenste meteen in ijs veranderen.
Niets van wat ik zag, was anders dan anders. Er brandde trouwens geen licht. En de rolgordijnen zaten dicht, zodat je niet veel kon zien. Maar niets was anders dan anders – voorzover ik kon zien. Ik bleef in de gang staan en boog me nog iets verder naar voren.
Ik hoorde muziek.
Ook dat zou ik op zich niet erg alarmerend vinden. Het is weliswaar niet mijn gewoonte muziek aan te laten staan, zoals sommige waakzame New Yorkers doen, maar ik geef toe dat ik soms wat verstrooid ben. Ik kon best vergeten zijn mijn cd-speler af te zetten. Dat op zich zou me ook geen koude rillingen bezorgen.
Wat me koude rillingen bezorgde, was het nummer dat er werd gespeeld.
Dat werkte me op mijn zenuwen. Het nummer – ik had moeite me te herinneren wanneer ik het voor het laatst had gehoord – was 'Don't Fear the Reaper'. Ik huiverde.
Kens favoriete nummer.
Van Blue Oyster Cult, een heavy metal band, hoewel dit nummer, hun bekendste, erg rustig was, bijna ijl. Ken placht zijn tennisracket erbij te pakken en zogenaamd de gitaarsolo's te spelen. Ik weet dat het op geen van mijn cd's staat. Wilde ik niet. Te veel herinneringen.
Wat was hier goddomme aan de hand?
Ik stapte de kamer in. Zoals ik al zei, brandde er geen licht. Het was donker. Ik bleef staan en voelde me heel belachelijk. Hmm. Waarom doe je niet gewoon het licht aan, sufferd? Vind je dat geen goed idee?
Ik stak mijn hand al uit naar de schakelaar toen een stem in mijn binnenste zei: misschien is het een nóg beter idee om ervandoor te gaan. Dat roepen we toch altijd naar het filmdoek? De moordenaar zit ergens in het huis. Het onnozele tienermeisje, dat net het onthoofde lijk van haar beste vriendin heeft gevonden, besluit dat dit een uitgelezen tijdstip is om het donkere huis te verkennen, in plaats van dat ze de benen neemt, krijsend als een dol beest.
Jemig, ik hoefde me alleen maar tot op mijn bh'tje uit te kleden om die rol te kunnen spelen.
De muziek stierf na een gitaarsolo weg. Ik wachtte op de stilte. Die was kort. Toen begon het nummer weer. Hetzelfde nummer.

Wat was hier goddomme aan de hand?
Vluchten en krijsen. Dat was het beste. Dat zou ik ook doen. Maar er was één ding dat me tegenhield. Ik was niet over een onthoofd lijk gestruikeld. Dus, hoe zou dit zich ontwikkelen? Stel dat ik de politie belde. Ik zag het al voor me. Wat is er aan de hand, meneer? Nou, op mijn stereo-installatie draait het lievelingsnummer van mijn broer, dus heb ik besloten gillend weg te hollen. Kunt u gauw met getrokken pistolen hierheen komen? Ja hoor, tuurlijk, we komen eraan.
Klinkt wel erg knullig, niet?
En zelfs als ik ervan uitging dat iemand had ingebroken, dat er een insluiper in mijn flat was, iemand die zijn eigen cd had meegebracht...
... wie zou dat dan naar alle waarschijnlijkheid zijn?
Mijn hart ging iets sneller kloppen terwijl mijn ogen aan de duisternis gewend raakten. Ik besloot het licht uit te laten. Als er een insluiper was, hoefde ik hem niet te laten weten dat ik hier stond, een makkelijk doelwit. Of zou hij juist schrikken van het licht en tevoorschijn komen?
Jezus, wat ben ik hier slecht in.
Ik besloot het licht uit te laten.
Goed, ik zou het dus zo spelen. Met het licht uit. Wat nu?
De muziek. Volg de muziek. Die kwam uit mijn slaapkamer. Ik wendde me in die richting. De deur van de slaapkamer was dicht. Ik deed een stap ernaartoe. Voorzichtig. Ik was tenslotte niet achterlijk. Ik zette de voordeur helemaal open en liet hem openstaan – voor het geval ik moest krijsen of vluchten.
Ik bewoog me voorwaarts met nogal spastische schuifbewegingen. Mijn linkervoet nam steeds een stap maar de rechtertenen hield ik op de uitgang gericht. Het deed me denken aan een van Squares' yogastandjes. Je spreidde je benen en boog naar één kant, maar je gewicht en je 'bewustzijn' gingen in tegenovergestelde richting. Het lichaam ging de ene kant op, de geest de andere. Dit was wat sommige yogi's, Squares gelukkig niet, 'het spreiden van je bewustzijn' noemen.
Ik schoof een meter naar voren. Toen nog een. Buck Dharma van Blue Oyster Cult – het feit dat ik me niet alleen die naam herinnerde, maar ook nog wist dat zijn ware naam Donald Roeser was, zei veel over mijn jeugd – zong dat wij net zo kunnen zijn als zij, als Romeo en Julia.
Met andere woorden: dood.

Ik was bij de slaapkamerdeur aangekomen. Ik slikte en duwde tegen de deur. Nee, dus. Ik zou de deurknop moeten omdraaien. Mijn hand greep het metaal. Ik keek over mijn schouder. De voordeur stond nog steeds wijdopen. Mijn rechtervoet bleef in die richting wijzen, hoewel ik niet erg zeker meer was van mijn 'bewustzijn'. Ik draaide de deurknop zo zachtjes mogelijk om, maar het klikje klonk in mijn oren evengoed als een geweerschot.

Ik duwde de deur een fractie open, tot hij vrij was van de deurpost. Ik liet de kruk los. De muziek klonk nu harder. Glashelder. Waarschijnlijk op de Bose cd-speler die ik twee jaar geleden van Squares voor mijn verjaardag had gekregen.

Ik stak mijn hoofd naar binnen, om een snelle blik te werpen. En toen greep iemand me bij mijn haar.

Ik had amper tijd om een geschrokken kreet te slaken. Mijn hoofd werd zo hard naar voren gerukt, dat mijn voeten van de vloer kwamen. Ik vloog de kamer door, met uitgestrekte armen, als Superman, en landde met een bons op mijn buik.

Alle adem vloog met een woesj uit mijn longen. Ik probeerde om te rollen, maar hij – ik ging er maar van uit dat het een hij was – zat al boven op me. Zijn benen aan weerskanten van mijn rug. Een arm gleed om mijn keel. Ik probeerde me te verweren, maar zijn greep was onwaarschijnlijk krachtig. Hij drukte en ik stikte.

Ik kon me niet bewegen. Volledig aan hem overgeleverd bracht hij zijn hoofd naar het mijne. Ik voelde zijn adem in mijn oor. Hij deed iets met zijn andere arm, om beter grip of tegenwicht te krijgen en bleef drukken. Mijn luchtpijp werd langzaam geplet.

Mijn ogen puilden uit. Ik klauwde naar mijn keel. Zinloos. Mijn nagels probeerden in zijn onderarm te dringen, maar ik kon net zo goed proberen ze in mahoniehout te zetten. De druk in mijn hoofd groeide, werd ondraaglijk. Ik maaide met mijn armen. Mijn aanvaller gaf geen millimeter mee. Ik dacht dat mijn schedel uit elkaar zou klappen. En toen hoorde ik de stem: 'Hallo, Willie.'

Die stem.

Ik kon hem meteen thuisbrengen. Al had ik hem – Jezus, hoe lang was het geleden? – tien, vijftien jaar misschien? niet gehoord. In ieder geval niet meer na Julies dood. Er zijn bepaalde geluiden, voornamelijk stemmen, die in een speciaal hoekje van het hersenschors worden opgeslagen, op de survivalplank, zeg maar, en wanneer je ze weer hoort, gaat iedere vezel in je lijf trillen, *ruik* je het gevaar.

Hij haalde zijn arm weg van mijn hals – plotsklaps en in één keer. Ik smakte tegen de grond, spartelend, kokhalzend, en probeerde iets denkbeeldigs uit mijn keel los te krijgen. Hij rolde van me af en lachte. 'Je bent slap geworden, Willie.'

Ik draaide me op mijn rug en kroop achterwaarts weg. Mijn ogen bevestigden wat mijn oren me al hadden verteld. Ik kon het niet geloven. Hij was veranderd, maar er was geen twijfel mogelijk. 'John?' zei ik. 'John Asselta?'

Hij toonde me die glimlach die niets raakte. Ik zonk terug in de tijd. De angst – de angst die ik sinds mijn puberteit niet meer had gekend – was terug. Het Spook – zo noemde iedereen hem, hoewel niemand de moed kon opbrengen dat tegen hem zelf te zeggen – had altijd dat effect op me gehad. Ik geloof niet dat ik de enige was. Hij joeg vrijwel iedereen angst aan, hoewel ik altijd bescherming had genoten. Ik was het kleine broertje van Ken Klein. Voor het Spook was dat voldoende.

Ik ben altijd een watje geweest. Ik ben mijn hele leven lang confrontaties uit de weg gegaan. Er zijn mensen die me daarom voorzichtig en volwassen vinden. Maar dat is het niet. Ik ben gewoon een lafaard. Ik ben als de dood voor geweld. Dat is misschien normaal – overlevingsinstinct en zo – maar ik schaam me er evengoed voor. Mijn broer, die vreemd genoeg de beste vriend van het Spook was, bezat de benijdenswaardige agressie die de aspirantjes scheidt van de grote vechtersbazen. Indertijd vonden sommige mensen dan ook dat hij bij het tennissen veel weg had van de jonge John McEnroe met die bijna te ver gaande vechtlust die zei: kom maar op, ik lust je rauw. Als klein jongetje vocht hij tot hij zijn tegenstander murw had en daarna stampte hij hem ook nog eens de grond in. Zo ben ik nooit geweest.

Ik krabbelde overeind. Asselta verhief zich kaarsrecht, als een geest uit een graf. Hij spreidde zijn armen. 'Kan er voor een oude vriend geen omhelzing af, Willie?'

Hij kwam op me af en voordat ik iets kon doen, sloeg hij zijn armen om me heen. Hij was vrij klein van stuk, met een eigenaardig lang bovenlichaam en korte armen. Zijn wang kwam tegen mijn borst te liggen. 'Lang geleden,' zei hij.

Ik wist niet wat ik moest zeggen, waar ik moest beginnen. 'Hoe ben je binnengekomen?'

'Wat?' Hij liet me los. 'O, de deur was open. Neem me niet kwalijk dat ik je zo heb overvallen, maar...' Hij glimlachte, deed het met een schouderophalen af. 'Je bent geen spat veranderd, Willie. Je ziet er goed uit.'

'Je had niet zomaar moeten...'

Hij hield zijn hoofd schuin en ik herinnerde me de manier waarop hij opeens kon uithalen. John Asselta had op Livingston High School bij Ken in de klas gezeten, twee klassen hoger dan ik. Hij was de aanvoerder van het worstelteam en was twee jaar achtereen de lichtgewicht kampioen van Essex County geweest. Hij had makkelijk nog meer kampioenschappen kunnen winnen, als hij niet was gediskwalificeerd omdat hij met opzet de arm van een tegenstander uit de kom had getrokken. Zijn derde overtreding. Ik weet nog heel goed hoe zijn tegenstander had gegild van de pijn. Ik zag weer voor me hoe een aantal van de toeschouwers letterlijk over hun nek waren gegaan toen ze de bengelende arm hadden gezien. Ik herinnerde me het glimlachje op Asselta's gezicht toen ze zijn tegenstander hadden weggedragen.

Mijn vader had altijd gezegd dat het Spook een Napoleon-complex had. Die verklaring leek mij te simplistisch. Ik weet niet waar het 'm in zat, of het Spook er behoefte aan had te bewijzen wat hij waard was, of dat hij een extra Y-chromosoom had of dat hij doodgewoon de grootste rotzak was die op twee benen rondliep. Wat het ook mocht zijn, hij was in ieder geval een psychopaat. Geen twijfel mogelijk. Hij vond het leuk om mensen pijn te doen. Een waas van vernietiging omgaf alles wat hij deed. Zelfs de grote jongens bleven bij hem uit de buurt. Je keek hem nooit in de ogen, kruiste nooit zijn pad, omdat je nooit wist waar hij kwaad om zou worden. Hij zou je zonder enige aarzeling slaan. Hij zou je neus breken. Hij zou je in je ballen trappen. Hij zou je ogen uitsteken. Hij zou je van achteren aanvallen.

Hij had Milt Saperstein een hersenschudding bezorgd toen ik in de derde zat. Saperstein, een lulletje rozenwater compleet met zakbeschermers voor zijn polyester overhemden, was zo dom geweest tegen de locker van het Spook te leunen. Het Spook had geglimlacht en hem met een klopje op zijn rug laten gaan. Later die dag, toen Saperstein door de gang naar een ander klaslokaal liep, had het Spook hem van achteren benaderd en hem met zijn onderarm een dreun tegen zijn hoofd gegeven. Saperstein had niets zien aankomen. Hij was in elkaar gezakt en toen hij op de grond lag, had het Spook ook nog eens lachend zijn voet keihard op zijn schedel laten neerkomen. Milt moest naar de eerstehulpafdeling van het St. Barnabas vervoerd worden.

Niemand had het gezien.

Op zijn veertiende had het Spook – als je de verhalen mocht geloven – de hond van een buurman gedood door rotjes in zijn rectum te stoppen. Maar veel erger, erger dan al het andere, waren de geruchten dat het Spook als tienjarig jochie een keukenmes had gepakt en een jongen genaamd Daniel Skinner had doodgestoken. Men zei dat Skinner, die een paar jaar ouder was, het Spook had getreiterd en dat het Spook toen een mes recht in zijn hart had gestoken. Men zei ook dat hij een poosje in een jeugdgevangenis had gezeten en onder behandeling had gestaan, maar dat geen van beide iets had uitgehaald. Ken had altijd volgehouden dat hij er niets van af wist. Ik had mijn vader er een keer naar gevraagd, maar die had geweigerd het te bevestigen of te ontkennen.

Ik probeerde het verleden weg te drukken. 'Wat wil je, John?'

Ik had nooit begrepen waarom mijn broer zulke dikke vrienden met hem was geweest. Mijn ouders hadden dat ook niet leuk gevonden, hoewel het Spook zich tegenover volwassenen charmant kon gedragen. Zijn albinoachtige huidskleur – die hem zijn bijnaam had bezorgd – leidde de aandacht af van zijn zachte gelaatstrekken. Hij was bijna mooi, met lange wimpers en een kuiltje in zijn kin dat een man er zo oprecht doet uitzien. Ik had gehoord dat hij na de middelbare school het leger in was gegaan. Er werd gefluisterd dat hij had meegedaan aan clandestiene acties van de Speciale Troepen of de Groene Baretten of zoiets, maar niemand kon dat met zekerheid bevestigen.

Het Spook hield zijn hoofd weer schuin. 'Waar is Ken?' vroeg hij met die zijdeachtige maar agressieve stem.

Ik gaf geen antwoord.

'Ik ben lang weg geweest, Willie. In het buitenland.'

'O ja? Waarom?' vroeg ik.

Hij grijnsde zijn tanden bloot. 'Nu ik terug ben, vond ik dat ik mijn oude vriend wel eens kon opzoeken.'

Ik wist niet wat ik daarop moest zeggen, maar opeens flitsten mijn gedachten terug naar gisteravond, toen ik op het balkon had gestaan. De man die vanaf de hoek van de straat naar me had staan kijken. Dat was het Spook geweest.

'Zeg eens, Willie, waar kan ik hem vinden?'

'Dat weet ik niet.'

Hij legde zijn hand achter zijn oor. 'Pardon?'

'Ik weet niet waar hij is.'

'Hoe kan dat nu? Je bent zijn broer. Hij hield zoveel van je.'

'Wat wil je nu eigenlijk, John?'

'Tussen haakjes,' zei hij, weer met ontblote tanden, 'wat is er eigenlijk geworden van je vriendinnetje Julie Miller? Op school was

het dik aan tussen jullie. Is dat nog wat geworden?'
Ik staarde hem aan. Hij bleef glimlachen. Hij nam me in de maling, dat wist ik. Vreemd genoeg hadden hij en Julie goed met elkaar kunnen opschieten. Ik had dat nooit begrepen. Julie had gezegd dat ze iets in hem bespeurde, iets onder de gewelddadige psychose. Ik had een keer gegrapt dat ze een doorn uit zijn klauw moest hebben getrokken. Nu vroeg ik me af hoe ik het moest spelen. Ik overwoog serieus ervandoor te gaan, maar wist dat ik niet ver zou komen. Ik wist ook dat ik geen partij voor hem was.

Ik kreeg hoe langer hoe meer de zenuwen.

'Ben je erg lang weg geweest?' vroeg ik.

'Jaren.'

'Wanneer heb je Ken voor het laatst gezien?'

Hij deed alsof hij diep nadacht. 'Dat moet algauw, even kijken, twaalf jaar geleden zijn. Toen ben ik naar het buitenland gegaan. Geen idee wat hier allemaal is gebeurd.'

'Zo.'

Hij kneep zijn ogen iets toe. 'Je klinkt alsof je me niet gelooft, Willie.' Hij kwam dichter bij me staan. Ik deed mijn best niet ineen te krimpen. 'Ben je bang voor me?'

'Nee.'

'Je grote broer is er nu niet om je te beschermen, Willie.'

'En we zitten ook niet meer op school, John.'

Hij hief zijn hoofd op om me recht in de ogen te kijken. 'En jij denkt dat de wereld veranderd is?'

Ik hield zo goed mogelijk stand.

'Je kijkt bang, Willie.'

'Lazer op,' zei ik.

Zijn reactie was flitsend. Hij liet zich vallen en zwiepte mijn benen onder me vandaan. Ik kwam met een klap op mijn rug neer. Voordat ik iets kon doen, draaide hij mijn arm op mijn rug. Er kwam meteen veel te veel druk op de elleboog te staan, maar hij duwde mijn onderarm nog eens extra omhoog tegen mijn triceps. De elleboog begon in de verkeerde richting door te buigen. Een vlammende pijn sneed door mijn arm.

Ik probeerde mee te bewegen. Mee te geven. Iets te doen om de druk te verlichten.

Het Spook sprak met een onvoorstelbaar kalme stem. 'Zeg tegen hem dat hij zich niet langer moet verstoppen, Willie. Zeg tegen hem dat er dingen kunnen gebeuren met andere mensen. Met jou, bijvoorbeeld. Of je vader. Of je zus. Of misschien zelfs met die kleine

feeks van Miller die je vandaag hebt gesproken. Zeg dat tegen hem.'
De snelheid waarmee hij zich bewoog was griezelig. In één vloeiende beweging liet hij mijn arm los en stompte hij met zijn vuist midden in mijn gezicht. Mijn neus explodeerde. Ik smakte weer achterover tegen de vloer, suizebollend, nog maar half bij bewustzijn. Misschien ben ik zelfs buiten westen geraakt. Ik weet het niet meer. Toen ik weer opkeek, was het Spook verdwenen.

19

Squares gaf me een ijszak. 'Het is zeker jammer dat ik de ander niet heb gezien?'
'Ja,' zei ik. Ik vlijde de zak tegen mijn nogal gevoelige neus. 'Die ziet eruit als een matinee-idool.'
Squares ging op de bank zitten en legde zijn soldatenkistjes op de salontafel. 'Leg uit.'
Dat deed ik.
'Lijkt me een toffe vent,' zei Squares.
'Heb ik erbij gezegd dat hij dieren martelde?'
'Ja.'
'En dat hij op zijn slaapkamer een schedelverzameling had?'
'Dat zal indruk hebben gemaakt op de meisjes.'
'Ik snap er niks van.' Ik liet de zak zakken. Mijn neus voelde aan alsof hij vol zat met spijkers. 'Waarom zou het Spook op zoek zijn naar mijn broer?'
'Uitstekende vraag.'
'Vind je dat ik de politie erbij moet halen?'
Squares haalde zijn schouders op. 'Hoe zei je ook alweer dat hij heet?'
'John Asselta.'
'Ik neem aan dat je zijn huidige adres niet weet?'
'Nee.'

'Maar hij is opgegroeid in Livingston?'
'Ja,' zei ik. 'Woodland Terrace 57.'
'Dat je dat nog weet.'
Nu was het mijn beurt om te schokschouderen. Zo ging dat in Livingston. Zulke dingen bleven je bij. 'Ik weet niet precies wat er met zijn moeder was. Die was weggelopen of zoiets toen hij nog heel klein was. Zijn vader was zwaar aan de drank. Twee broers, allebei ouder. Een van hen – ik geloof dat hij Sean heette – was een Vietnam-veteraan. Hij had van dat lange haar en een ruige baard en liep de godganse dag op straat in zichzelf te praten. Iedereen dacht dat hij gek was. Hun tuin was net een vuilnisbelt, vol onkruid. En daar houden de mensen in Livingston niet van. De politie gaf hun daarvoor dan ook steeds bekeuringen.'
Squares noteerde de informatie.
Ik had koppijn. Ik had de grootste moeite mijn hoofd erbij te houden. 'Hadden jullie ook zo iemand op school?' vroeg ik. 'Een psychopaat die mensen pijn deed omdat hij dat leuk vond?'
'Ja,' zei Squares. 'Ik.'
Ik kon dat nauwelijks geloven. Ik wist feitelijk dat Squares een echte punker was geweest, maar het idee dat hij net zo'n type was geweest als het Spook, dat ik het in mijn broek zou hebben gedaan wanneer ik hem op de gang tegenkwam, dat hij een schedel zou laten barsten en om het geluid zou lachen... dat wilde er bij mij gewoon niet in.
Ik legde de ijszak weer op mijn neus, krimpend van de pijn toen het een contact maakte met het ander.
Squares schudde zijn hoofd. 'Watje.'
'Jammer dat je nooit een carrière in de artsenij hebt overwogen.'
'Volgens mij is je neus gebroken,' zei hij.
'Dat idee had ik dus ook al.'
'Zal ik je naar het ziekenhuis brengen?'
'Welnee, ik ben keihard.'
Daar moest hij om lachen. 'Ze kunnen toch niets voor je doen.' Hij zweeg, kauwde op de binnenkant van zijn wang en zei: 'Er is iets.'
De manier waarop hij het zei, stond me niet aan.
'Ik heb een telefoontje gekregen van onze favoriete FBI-agent, Joe Pistillo.'
Weer liet ik de ijszak zakken. 'Hebben ze Sheila gevonden?'
'Weet ik niet.'
'Wat moest hij?'

'Dat wou hij niet zeggen. Hij vroeg alleen of ik samen met jou kon komen.'
'Wanneer?'
'Nu. Hij zei dat hij me bij wijze van vriendendienst belde.'
'Bij wijze van vriendendienst? Hoezo?'
'Geen flauw idee.'

'Mijn naam is Clyde Smart,' zei de man met de vriendelijkste stem die Edna Rogers ooit had gehoord. 'Ik ben de districtspatholoog-anatoom.'

Edna Rogers keek naar haar echtgenoot, Neil, die de man een hand gaf. Zelf knikte ze alleen maar tegen hem. De vrouwelijke sheriff was er ook bij. En een van haar assistenten. Ze keken allemaal, vond Edna Rogers, erg plechtig. De man die Clyde heette, probeerde troostende woorden rond te strooien. Edna Rogers sloot hem buiten.

Clyde Smart liep uiteindelijk maar naar de tafel. Neil en Edna Rogers, tweeënveertig jaar getrouwd, stonden naast elkaar en wachtten. Ze raakten elkaar niet aan. Ze putten geen kracht uit elkaar. Het was vele jaren geleden dat ze voor het laatst op elkaar hadden geleund.

Nu hield de patholoog-anatoom op met praten en trok hij het laken weg.

Toen Neil Rogers Sheila's gezicht zag, deinsde hij achteruit als een gewond dier. Hij sloeg zijn ogen ten hemel en stootte een kreet uit die Edna deed denken aan het gejank van prairiewolven wanneer er storm op komst is. De smart van haar echtgenoot vertelde haar, nog voordat ze zelf keek, dat er geen gratie zou zijn, dat er geen wonder zou geschieden. Ze vatte moed en keek naar haar dochter. Ze stak een hand uit – de wens van een moeder om haar kind te troosten, zelfs in de dood, verliet haar nooit – maar dwong zichzelf haar hand terug te trekken.

Edna bleef staren tot ze alles wazig zag, tot ze bijna kon zien hoe Sheila's gezicht veranderde, terugging in jaren, werd afgepeld, tot haar eerstgeborene weer haar baby was, die haar hele leven nog voor zich had, en haar moeder een tweede kans kreeg om het ditmaal goed te doen.

En toen begon Edna Rogers te huilen.

20

'Wat is er met uw neus gebeurd?' vroeg Pistillo me. We zaten weer bij hem op kantoor. Squares was achtergebleven in het voorkantoor. Ik zat in de leunstoel tegenover zijn bureau. De zitting van Pistillo's stoel, zag ik nu, was iets hoger dan die van mij, waarschijnlijk om redenen van intimidatie. Claudia Fisher, de agent die me in het Covenant House een bezoekje had gebracht, stond achter me met haar armen over elkaar.
 'De ander is er nog veel erger aan toe,' zei ik.
 'Hebt u gevochten?'
 'Ik ben gevallen,' zei ik.
 Pistillo geloofde me niet, maar dat vond ik niet erg. Hij legde beide handen op het bureaublad. 'We willen het graag nog een keer met u doornemen,' zei hij.
 'Wat wilt u doornemen?'
 'Hoe Sheila Rogers is verdwenen.'
 'Hebt u haar gevonden?'
 'Geduld, alstublieft.' Hij hoestte in zijn vuist. 'Om hoe laat heeft Sheila Rogers uw flat verlaten?'
 'Waarom wilt u dat weten?'
 'Vooruit, meneer Klein, helpt u ons nou.'
 'Ik geloof dat ze om een uur of vijf 's ochtends is vertrokken.'
 'Weet u dat zeker?'

'Geloof,' zei ik. 'Ik heb het woord *geloof* gebruikt.'
'Waarom weet u het niet zeker?'
'Ik sliep. Ik meen dat ik haar heb horen vertrekken.'
'Om vijf uur?'
'Ja.'
'Hebt u op de klok gekeken?'
'Wat? Weet ik niet.'
'Hoe weet u dan dat het vijf uur was?'
'Ik heb een klok in mijn kop zitten, goed? Weet ik veel. Kunnen we een beetje voortmaken?'
Hij knikte en ging verzitten. 'Juffrouw Rogers heeft een briefje voor u achtergelaten, nietwaar?'
'Ja.'
'Waar lag dat briefje?'
'U bedoelt, waar in de flat?'
'Ja.'
'Wat maakt dat uit?'
Hij haalde zijn meewarigste glimlach van stal. 'Toe nou.'
'Op het aanrecht,' zei ik. 'Een formica-aanrecht, als u dat van belang vindt.'
'Wat stond er precies in het briefje?'
'Dat is privé.'
'Meneer Klein...'
Ik zuchtte. Het had geen zin tegen hem in te gaan. 'Dat ze altijd van me zou houden.'
'Wat nog meer?'
'Meer niet.'
'Alleen maar dat ze altijd van u zou houden?'
'Ja.'
'Hebt u het briefje nog?'
'Jazeker.'
'Zouden we het mogen zien?'
'Zou u me willen vertellen waarom u me hierheen hebt laten komen?'
Pistillo leunde achterover. 'Zijn u en juffrouw Rogers, nadat u het huis van uw vader had verlaten, regelrecht teruggekeerd naar uw flat?'
Ik raakte een beetje van de wijs toen hij opeens op iets anders overging. 'Waar hebt u het over?'
'U hebt de begrafenis van uw moeder bijgewoond?'
'Ja.'
'Daarna zijn u en Sheila Rogers teruggekeerd naar uw flat. Dat hebt u ons toch verteld?'

'Dat heb ik u verteld.'
'En dat is de waarheid?'
'Ja.'
'Bent u op weg naar huis ergens gestopt?'
'Nee.'
'Kan iemand dat bevestigen?'
'Bevestigen dat ik niet ben gestopt?'
'Bevestigen dat u samen bent teruggekeerd naar uw flat en daar de rest van de avond bent gebleven.'
'Waarom zou iemand dat moeten bevestigen?'
'Meneer Klein...'
'Ik weet niet of iemand dat kan bevestigen of niet.'
'Hebt u met iemand gesproken?'
'Nee.'
'Heeft een van de buren u gezien?'
'Dat weet ik niet.' Ik keek over mijn schouder naar Claudia Fisher. 'Hebben jullie de buren niet ondervraagd? Daar zijn jullie toch zo goed in?'
'Wat deed Sheila Rogers in New Mexico?'
Ik draaide mijn hoofd terug. 'Is ze in New Mexico geweest?'
'Heeft ze u niet verteld dat ze zou gaan?'
'Ik weet er niets van.'
'En u, meneer Klein?'
'Wat is er met mij?'
'Kent u iemand in New Mexico?'
'Ik weet niet eens de weg naar Santa Fe.'
'San Jose,' corrigeerde Pistillo, glimlachend om het flauwe grapje. 'We hebben een lijst van alle telefoonnummers waarvandaan mensen u recentelijk hebben gebeld.'
'Prettig voor u.'
Hij schokte een beetje met zijn schouder. 'Moderne technologie.'
'En dat is wettelijk toegestaan? Dat u nagaat wie mij belt?'
'We hadden er een bevelschrift voor.'
'Dat zal best. En wat wilt u precies weten?'
Nu kwam Claudia Fisher in actie. Ze gaf me een vel papier. Ik keek en zag iets wat eruitzag als een fotokopie van een telefoonrekening. Een van de nummers – een mij niet bekend nummer – was aangegeven met een streep lichtgevend geel.
'Op uw adres is op de avond vóór uw moeders begrafenis een telefoontje binnengekomen uit Paradise Hills, New Mexico. Het telefoonnummer is dat van een telefooncel.' Hij leunde naar voren.
'Wie heeft er gebeld?'

Ik bekeek het nummer, wederom het spoor volslagen bijster. Het telefoontje was om kwart over zes 's avonds binnengekomen. Het gesprek had acht minuten geduurd. Ik wist niet wat het betekende, maar de toon van óns gesprek beviel me niets. Ik keek op.
'Moet ik een advocaat laten komen?'
Daar had Pistillo heel even niet van terug. Hij en Claudia Fisher keken elkaar aan. 'Het is altijd goed wanneer men een advocaat heeft,' zei hij, in iets te zorgvuldige bewoordingen.
'Ik wil Squares erbij hebben.'
'Die is geen advocaat.'
'Maakt niet uit. Ik weet niet wat er aan de hand is, maar deze vragen staan me helemaal niet aan. Ik ben hierheen gekomen omdat ik dacht dat u informatie voor me had. In plaats daarvan word ik ondervraagd.'
'Ondervraagd?' Pistillo spreidde zijn handen. 'We zitten alleen maar te praten.'
Achter me snerpte een telefoon. Claudia Fisher trok haar mobieltje à la Wyatt Earp. Ze drukte het tegen haar oor en zei: 'Fisher.' Nadat ze ongeveer een minuut had geluisterd, hing ze op zonder woord van afscheid. Toen knikte ze Pistillo een of ander bericht toe.
Ik stond op. 'Ik heb hier genoeg van.'
'Ga zitten, meneer Klein.'
'Ik ben je gezeik goed zat, Pistillo. Ik heb geen zin om –'
'Dat telefoontje,' viel hij me in de rede.
'Wat is ermee?'
'Ga zitten, Will.'
Hij had me bij mijn voornaam genoemd. Dat klonk niet best. Ik bleef staan en wachtte af.
'We moesten op de visuele bevestiging wachten,' zei hij.
'Waarvan?'
Hij gaf geen antwoord op mijn vraag. 'Dus hebben we de ouders van Sheila Rogers vanuit Idaho overgevlogen. Zij hebben ons de officiële bevestiging gegeven, al wisten we via de vingerafdrukken al wat we weten wilden.'
Zijn gezicht kreeg een zachte uitdrukking. Mijn knieën knikten, maar het lukte me om te blijven staan. Hij keek me aan, nu met bedroefde ogen. Ik begon nee te schudden, maar ik wist dat ik deze slag op geen enkele manier kon ontwijken.
'Het spijt me, Will,' zei Pistillo. 'Sheila Rogers is dood.'

21

Ontkenning is iets heel wonderlijks.
Ook al voelde ik mijn maag omdraaien en wegvallen, ook al voelde ik hoe het ijs zich verspreidde en me vanuit het centrum verkilde, ook al voelde ik de tranen hard tegen mijn ogen drukken, toch slaagde ik erin er los van te blijven staan. Ik knikte alleen maar en concentreerde me op de weinige details die Pistillo bereid was me te verstrekken. Ze was achtergelaten in een berm in Nebraska, zei hij. Ik knikte. Ze was vermoord op een – om Pistillo's woorden te gebruiken – 'nogal wrede manier'. Ik knikte weer. Ze was gevonden zonder identiteitspapieren, maar de vingerafdrukken bleken van haar te zijn en Sheila's ouders waren overgevlogen en hadden het lijk officieel geïdentificeerd. Ik knikte weer.

Ik ging niet zitten. Ik huilde niet. Ik stond erbij als een standbeeld. Ik voelde iets in mijn binnenste hard worden en groeien. Het drukte tegen mijn ribbenkast, maakte me het ademhalen bijna onmogelijk. Ik hoorde Pistillo's woorden als van heel ver, alsof ze door een filter kwamen of vanonder water. Mijn gedachten hielden een heel eenvoudig beeld vast: Sheila die op de bank zat te lezen, haar benen onder zich opgetrokken, de mouwen van haar trui te ver uitgerekt. Ik zag de concentratie op haar gezicht, de manier waarop ze haar vinger gereed hield om de bladzijde om te slaan, de manier waarop haar ogen zich bij bepaalde passages versmalden, de manier waarop ze opkeek en glimlachte wanneer ze merkte dat ik naar haar zat te kijken.

Sheila was dood.

Ik was nog daarginds, met Sheila, in onze flat, graaiend in het niets in een poging vast te houden wat al verdwenen was, toen Pistillo iets zei wat door het waas heen sneed.

'Je had met ons moeten meewerken, Will.'

Ik kwam boven als uit een diepe slaap. 'Wat?'

'Als je ons de waarheid had verteld, hadden we haar misschien kunnen redden.'

Het volgende dat ik me herinner, is dat ik opeens in het busje zat.

Squares wisselde het rammen op het stuur af met het zweren dat hij wraak zou nemen. Ik had hem nog nooit zo verhit meegemaakt. Mijn reactie was juist het tegenovergestelde. Het was alsof iemand bij mij de stop er had uitgetrokken. Ik staarde uit het raam. Ik bleef de waarheid ontkennen, maar voelde hoe die op de muren beukte. Ik vroeg me af hoe lang het zou duren voordat de muren door al dat geweld zouden bezwijken.

'We krijgen hem wel,' zei Squares voor de zoveelste keer.

Op dit moment kon dat me geen moer schelen.

We stopten voor de deur van het gebouw waar ik woonde. Er was geen plek, dus bleven we dubbelgeparkeerd staan. Squares sprong uit de wagen.

'Ik red me wel,' zei ik.

'Ik loop toch even met je mee naar boven,' zei hij. 'Ik wil je iets laten zien.'

Ik knikte dof.

Eenmaal boven stak Squares zijn hand in zijn zak en haalde een pistool tevoorschijn. Met het wapen in de aanslag doorzocht hij de flat. Niemand. Hij gaf het pistool aan mij.

'Doe de deur op slot. Als die griezel terugkomt, schiet je hem overhoop.'

'Ik heb dit niet nodig,' zei ik.

'Schiet hem overhoop,' herhaalde hij.

Ik staarde naar het pistool.

'Wil je dat ik blijf?' vroeg hij.

'Ik geloof dat ik liever alleen ben.'

'Zoals je wilt, maar als je me nodig hebt, bel je naar mijn mobieltje. Overdag, 's nachts, maakt niet uit.'

'Goed. Dank je.'

Hij vertrok zonder verder nog iets te zeggen. Ik legde het pistool op de tafel. Ik bleef midden in de kamer staan en keek om me heen. Er was niets meer van Sheila te bespeuren. Haar geur was vervlogen. De lucht voelde dunner aan, minder substantieel. Ik wilde alle ramen en deuren dichtdoen, dichttimmeren, om iets van haar vast te houden.
Iemand had de vrouw van wie ik hield, vermoord.
Voor de tweede keer?
Nee. De moord op Julie had niet zo aangevoeld. In de verste verte niet. De ontkenning, ja, die hield nog steeds stand, maar een stem fluisterde door de kieren: dit komt nooit meer goed. Ik wist dat. En ik wist dat ik er ditmaal niet overheen zou komen. Er zijn klappen die je kunt incasseren en overleven – zoals wat er met Ken en Julie was gebeurd. Dit was niet hetzelfde. Een heleboel gevoelens stuiterden rond in mijn binnenste. Het overheersende gevoel was wanhoop.
Ik zou nooit meer met Sheila samen zijn. Iemand had de vrouw van wie ik hield, vermoord.
Ik concentreerde me op dat laatste. Vermoord. Ik dacht aan haar verleden, aan alle ellende die ze had meegemaakt. Aan hoe heldhaftig ze had gevochten en hoe iemand – vermoedelijk iemand uit haar verleden – haar van achteren had beslopen en dat allemaal had weggenomen.
Woede begon nu ook binnen te sijpelen.
Ik liep naar het bureautje, bukte me en stak mijn hand ver in de onderste la. Ik pakte het fluwelen doosje eruit, haalde diep adem en maakte het open.
De diamant van de ring was één punt drie karaat, kleur G, classificatie VI, rondgeslepen. De platinaring had een eenvoudig ontwerp met twee rechthoekige baguettes. Ik had hem twee weken geleden gekocht in een klein winkeltje in 47th Street, in de juwelierswijk. Ik had hem alleen aan mijn moeder laten zien; ik was van plan geweest een aanzoek te doen en had gewild dat ze dat nog zou meemaken. Maar mam had daarna geen goede dagen meer gehad. Ik had gewacht. Toch was het een kleine troost dat ze had geweten dat ik iemand had gevonden en dat ze mijn keus van harte had goedgekeurd. Ik had alleen maar het juiste moment afgewacht, gezien het feit dat mijn moeder op sterven lag, om Sheila de ring te geven.
Sheila en ik hadden van elkaar gehouden. Ik zou mijn aanzoek hebben gedaan op een melige, stuntelige, zogenaamd heel originele manier en ze zou tranen in haar ogen hebben gekregen en dan zou

ze ja gezegd hebben en me om de nek zijn gevlogen. We zouden zijn getrouwd en partners voor het leven zijn geworden. Het zou heerlijk zijn geweest.
Iemand had ons dat ontnomen.
De muur van ontkenning begon te wankelen en scheuren te vertonen. Verdriet spoelde over me heen, rukte de lucht uit mijn longen. Ik zakte neer in een leunstoel en trok mijn knieën op naar mijn borst. Ik wiegde van voor naar achter en begon te huilen, echt te huilen, met langgerekte, diep vanbinnen losscheurende uithalen.
Ik weet niet hoe lang ik heb zitten huilen. Maar na een poosje dwong ik mezelf ermee op te houden. Dat was het moment waarop ik besloot terug te vechten, het leed te lijf te gaan. Verdriet legt je lam. Maar woede niet. En de woede was er ook, sluimerend, zoekend naar een opening.
Dus liet ik hem binnen.

22

Toen Katy Miller haar vader zijn stem hoorde verheffen, bleef ze in de deuropening staan.
'Waarom ben je ook gegaan?' schreeuwde hij.
Haar moeder en haar vader stonden in de huiskamer. In de kamer heerste, net als in bijna alle andere kamers in het huis, de sfeer van een hotel. Het meubilair was functioneel, glanzend, solide, en straalde geen greintje warmte uit. De olieverfschilderijen aan de muren waren onbeduidende plaatjes van zeilschepen en stillevens. Er stonden geen beeldjes, geen vakantiesouvenirs, geen collecties, geen familiekiekjes.
'Ik wilde hen alleen maar condoleren,' zei haar moeder.
'Waarom in godsnaam?'
'Ik vond dat gewoon beleefd.'
'Beleefd? Haar zoon heeft onze dochter vermoord.'
'Haar zoon,' herhaalde Lucille Miller. 'Niet zij.'
'Nou en? Zíj heeft hem opgevoed.'
'Daarom is ze er nog niet verantwoordelijk voor.'
'Dat dacht je tot nu toe anders wel.'
Haar moeder bleef kaarsrecht staan. 'Nee, dat dacht ik niet. Dat denk ik al heel lang niet,' zei ze. 'Ik heb alleen nooit iets gezegd.'
Warren Miller wendde zich van haar af en begon te ijsberen. 'En die klootzak heeft je eruit geschopt?'

'Hij heeft verdriet. Hij heeft dat gewoon afgereageerd.'
'Ik wil niet hebben dat je er nog een keer naartoe gaat,' zei hij, zwaaiend met een machteloze vinger. 'Hoor je me? Wie weet heeft ze die moorddadige zoon van haar wel geholpen onder te duiken.'
'Nou en?'
Katy's adem stokte. Meneer Miller keek met een ruk om. 'Wat?'
'Ze was zijn moeder. Zouden wij ons anders hebben gedragen?'
'Waar heb je het over?'
'Als het andersom was geweest. Als Julie Ken had vermoord en had moeten onderduiken. Wat zou jij dan hebben gedaan?'
'Wat praat je nou voor onzin?'
'Nee, Warren, ik praat geen onzin. Ik wil het weten. Ik wil weten wat wij zouden hebben gedaan als de rollen omgekeerd waren geweest. Zouden we Julie aan de politie hebben uitgeleverd? Of zouden we geprobeerd hebben haar te redden?'
Toen haar vader zich omdraaide, zag hij Katy op de drempel staan. Hun blikken hechtten zich aan elkaar, maar voor de zoveelste keer kon hij zijn dochter niet blijven aankijken. Zonder verder nog iets te zeggen stormde Warren Miller de trap op, liep naar de nieuwe 'computerkamer' en deed de deur dicht. De 'computerkamer' was Julies oude slaapkamer. Negen jaar lang hadden ze die gelaten als op de dag dat Julie was gestorven. Toen was haar vader er op een dag, zonder enige waarschuwing, naar binnen gegaan en had hij al haar spullen ingepakt en weggezet. Hij had de muren witgesausd en bij Ikea een computertafel gekocht. Nu was het de computerkamer. Sommigen zagen dat als een teken dat hij zich erbij had neergelegd of in ieder geval dat het leven doorging. De waarheid was precies het tegenovergestelde. Het was een geforceerde daad geweest van een wegkwijnende man die laat zien dat hij best nog uit bed kan komen, terwijl hij zich daardoor alleen maar nog beroerder voelt. Katy kwam er nooit. Nu de kamer geen concrete spullen van Julie meer bevatte, leek haar geest er juist te domineren. Je moest nu op je geheugen afgaan in plaats van op je ogen. Je verzon de dingen die je nooit had mogen zien.

Lucille Miller liep naar de keuken. Katy volgde haar zwijgend. Haar moeder begon de vaat te doen. Katy keek toe, wensend – ook dit voor de zoveelste keer – dat ze iets kon zeggen wat haar moeder niet nog meer pijn zou doen. Haar ouders praatten met haar nooit over Julie. Nooit. Door de jaren heen had ze hen misschien zes of zeven keer over de moord horen praten. Het was iedere keer op hetzelfde uitgelopen als nu. Met zwijgen en tranen.

'Mam?'
'Het is wel goed, lieverd.'
Katy liep naar haar toe. Haar moeder spoelde iets vinniger. Katy zag dat haar moeder meer grijze haren had gekregen. Haar rug was een tikje krommer, haar huid grauwer.
'Zou je dat gedaan hebben?' vroeg Katy.
Haar moeder zei niets.
'Zou je Julie geholpen hebben te vluchten?'
Lucille Miller bleef schrobben. Ze zette de spullen in de vaatwasser. Ze deed er zeep in en zette de machine aan. Katy wachtte nog een paar ogenblikken. Maar haar moeder zei niets.
Katy liep op haar tenen naar boven. Ze hoorde de gekwelde snikken van haar vader uit de computerkamer komen. Het geluid werd gedempt door de deur, maar lang niet voldoende. Katy bleef staan en legde haar handpalm tegen het hout. Ze dacht dat ze misschien de vibraties zou kunnen voelen. Haar vader huilde altijd zo vol overgave, met zijn hele lichaam. 'Alstublieft, ik kan het niet meer verdragen,' zei hij met verstikte stem, alsof hij een onzichtbare beul smeekte een kogel door zijn kop te jagen. Katy bleef staan luisteren, maar het geluid verminderde niet.
Na een poosje was ze gedwongen zich af te wenden. Ze liep door naar haar eigen kamer. Daar pakte ze wat kleren in een rugzak en bereidde zich erop voor hier voor eens en voor altijd een einde aan te maken.

Ik zat nog steeds in het donker met mijn knieën tegen mijn borst gedrukt.
Het was bijna middernacht. Ik filterde de telefoontjes. Normaal gesproken zou ik de telefoon afgezet hebben, maar de ontkenning had nog kracht genoeg om de hoop bij me te laten leven dat Pistillo zou bellen om te zeggen dat ze zich vergist hadden. Je geest doet zulke dingen. Die probeert een uitweg te vinden. Die probeert het met God op een akkoordje te gooien. Die doet beloften. Die probeert zichzelf ervan te overtuigen dat er misschien respijt is, dat dit alleen maar een droom is, de ergste nachtmerrie die je je kunt indenken, en dat je op de een of andere manier een weg terug kunt vinden.
Ik had één keer opgenomen. Toen Squares belde. Hij zei dat de kinderen van Covenant House morgen een rouwdienst voor Sheila wilden houden. Of ik dat goedvond. Ik zei dat Sheila dat volgens mij erg op prijs zou hebben gesteld.
Ik keek uit het raam. Het busje reed weer een blokje rond. Inder-

daad. Squares. Hij wilde me beschermen. Hij deed dit al de hele avond. Ik wist dat hij niet ver zou afdwalen. Hij hoopte waarschijnlijk dat er moeilijkheden zouden komen zodat hij zich op iemand zou kunnen afreageren. Ik dacht aan Squares' opmerking dat hij niet veel had verschild van het Spook. Ik dacht na over de kracht van het verleden en aan wat Squares had moeten doorstaan en wat Sheila had moeten doorstaan en verbaasde me erover dat ze allebei de kracht hadden gevonden tegen de stroom in te zwemmen.

De telefoon ging weer.

Ik staarde in mijn bierglas. Ik was niet gewend mijn problemen weg te drinken. Ik wou nu eigenlijk dat dat wel zo was. Ik wilde me verdoofd voelen, maar het tegenovergestelde was het geval. Mijn huid werd weggestroopt, zodat ik álles voelde. Mijn armen en benen werden onwaarschijnlijk zwaar. Het was alsof ik wegzonk, verdronk, alsof ik net een paar centimeter onder het wateroppervlak bleef, omdat onzichtbare handen mijn benen vasthielden en ik niet los kon komen.

Ik wachtte tot het antwoordapparaat zou opnemen. Nadat de telefoon drie keer was overgegaan, hoorde ik een klikje en toen zei mijn stem dat men na de piep een bericht kon achterlaten. Toen de piep was geweest, hoorde ik een stem die me vaag bekend voorkwam.

'Meneer Klein?'

Ik ging rechtop zitten. De vrouw op het antwoordapparaat probeerde een snik te onderdrukken.

'U spreekt met Edna Rogers. De moeder van Sheila.'

Mijn hand schoot uit en greep de telefoon. 'Ik ben er,' zei ik.

Haar antwoord was een huilbui. Ik begon ook te huilen.

'Ik had niet gedacht dat het zoveel pijn zou doen,' zei ze nadat er enige tijd was verstreken.

In mijn eentje in wat onze flat was geweest, begon ik heen en weer te wiegen.

'Ik heb haar al zo lang geleden uit mijn leven gebannen,' ging mevrouw Rogers door. 'Ze was mijn dochter niet meer. Ik had andere kinderen. Ze was weg. Voorgoed. Niet dat ik dat wilde. Het was gewoon zo. Toen de commissaris bij ons kwam, toen hij me vertelde dat ze dood was, heb ik niet eens gereageerd. Ik heb alleen geknikt en mijn hoofd hoog gehouden, weet u wel?'

Ik wist het niet. Ik zei niets. Ik luisterde alleen.

'En toen hebben ze me overgevlogen naar Nebraska. Ze zeiden dat ze haar vingerafdrukken al hadden, maar dat iemand van de fa-

milie haar moest identificeren. Dus zijn Neil en ik naar het vliegveld in Boise gereden en hiernaartoe gevlogen. Ze hebben ons meegenomen naar een klein politiebureau. Op tv doen ze het altijd achter glas. Weet u wel? De mensen staan buiten en dan wordt het lijk naar binnen gereden maar het blijft achter glas. Hier niet. Ze namen me mee naar een kantoortje en daar lag een... een bobbel onder een laken. Ze lag niet eens op een brancard. Ze lag op een tafel. En toen trok die man het laken weg en zag ik haar gezicht. Voor het eerst in veertien jaar zag ik Sheila's gezicht...'
Ze hield het niet meer. Ze begon te huilen en lange tijd kon ze niet ophouden. Ik hield de hoorn tegen mijn oor en wachtte.
'Meneer Klein,' begon ze.
'Zeg maar Will.'
'Je hield van haar, hè Will?'
'Heel veel.'
'En je hebt haar gelukkig gemaakt?'
Ik dacht aan de diamanten ring. 'Ik hoop het.'
'Ik blijf vannacht hier in Lincoln. Maar morgen wil ik naar New York vliegen.'
'Dat zou fijn zijn,' zei ik. Ik vertelde haar over de rouwdienst.
'Is er daarna tijd om te praten?' vroeg ze.
'Natuurlijk.'
'Er zijn dingen die ik wil weten,' zei ze. 'En er zijn dingen – ook heel moeilijke dingen – die ik u moet vertellen.'
'Wat bedoelt u daar precies mee?'
'Tot morgen, Will. Morgen praten we verder.'

Er kwam die nacht één bezoeker.
Om een uur 's nachts belde iemand aan. Ik dacht dat het Squares was. Ik slaagde erin overeind te komen en de kamer door te sloffen. Toen herinnerde ik me het Spook. Ik keek om. Het pistool lag nog op de tafel. Ik aarzelde.
Weer werd er gebeld.
Ik schudde mijn hoofd. Nee. Zo ver heen was ik nog niet. Nog niet. Ik liep naar de deur en keek door het spionnetje. Het was Squares niet, en ook niet het Spook.
Het was mijn vader.
Ik deed open. We stonden tegenover elkaar en keken elkaar aan als van een grote afstand. Hij was buiten adem. Zijn ogen waren dik en rood. Ik stond daar maar, roerloos, en voelde alles in mijn binnenste dichtklappen. Hij knikte en stak toen uitnodigend zijn armen

uit. Ik deed een stap naar voren en voelde hoe hij zijn armen om me heen sloeg. Ik drukte mijn wang tegen de prikkelige wol van zijn trui. Die rook nat en oud. Ik begon te snikken. Hij suste me, streelde mijn haar, drukte me tegen zich aan. Ik voelde mijn knieën knikken. Maar ik zakte niet op de grond. Mijn vader hield me overeind. Hij hield me een heel lange tijd overeind.

23

Las Vegas

Morty Meyer splitste de twee tienen. Hij gaf de dealer een teken op beide een kaart te leggen. Op de ene kreeg hij een negen, op de andere een aas. Negentien en blackjack. Hij had een goeie dag. Hij had al acht rondjes achter elkaar gewonnen, in totaal twaalf van de afgelopen dertien – een winst van elfduizend dollar. Morty voelde zich in hoger sferen. De immer ongrijpbare winnersroes tintelde in zijn armen en benen. Een verrukkelijk gevoel. Daar haalde niets het bij. Gokken, wist Morty inmiddels, was de ultieme verleidster. Wanneer je achter haar aan ging, beschimpte ze je, verwierp ze je, maakte ze je doodongelukkig, maar net op het moment dat je besloot haar op te geven, glimlachte ze, legde haar warme hand tegen je gezicht en streelde je zachtjes, en ach, wat was dat een heerlijk, heerlijk gevoel...

De dealer passeerde de eenentwintig. Ha, alweer gewonnen! De dealer, een huisvrouwentype met te vaak geblondeerd stroachtig haar, schoof de kaarten bijeen en gaf hem zijn fiches. Morty was aan het winnen. Ja, in tegenstelling tot wat die eikels van Gamblers Anonymous je probeerden wijs te maken, kon je in een casino wel degelijk winnen. Iémand moest immers winnen? Je maakte altijd kans. Het casino kon het niet van iederéén winnen. Met dobbelen kon je zelfs met de dealer mee inzetten. Dus waren er mensen die wonnen. Er waren mensen die met geld naar huis gingen. Dat moest gewoon.

Iets anders was niet mogelijk. De stelling dat niemand won, was alleen maar leugenachtig gelul van de GA, die daardoor meteen alle geloofwaardigheid verloor. Hoe kon je iemand vertrouwen, als die van het begin af aan tegen je zat te liegen? Morty speelde in Vegas – het échte Las Vegas. Hij was geen Striptoerist in pseudo-suède op gymschoenen; voor hem geen gefluit en gejoel, geen gilletjes van vreugde, geen namaak-Vrijheidsbeelden en -Eiffeltorens, geen Cirque du Soleil, geen achtbanen, geen 3D-films, gladiatorkostuums, dansende waterfonteinen, nepvulkanen en gokhallen die op een kinderpubliek gericht leken. Hij speelde in de binnenstad van Las Vegas. Waar sjofele kerels, die per tafel gezamenlijk amper een volledig gebit hadden en bij ieder schouderophalen stof van hun pick-ups van zich af deden dwarrelen, hun karige maandsalarissen erdoorheen joegen. Waar de spelers dodelijk vermoeide mannen waren met rode ogen, verkreukelde gezichten, zware levens, hardgebakken door de zon. Mannen die hierheen kwamen na een zware werkdag in een baan die ze haatten, omdat ze niet naar huis wilden, naar hun stacaravan of een equivalent daarvan, een bouwval met een kapotte televisie, krijsende baby's en een verlepte vrouw die hem ooit op de achterbank van diezelfde pick-up had gestreeld maar hem nu met onverholen walging bekeek. Ze kwamen hierheen met een sprankje hoop, met de ijle overtuiging dat ze slechts één worp van een heel nieuw leven verwijderd waren. Maar die hoop hield nooit stand. Morty wist niet eens zeker of hij wel bestond. Diep in hun binnenste wisten de spelers dat het er nooit van zou komen. Dat ze altijd in de hoek zouden staan waar de klappen vielen. Ze waren voorbestemd voor een leven vol teleurstellingen en zouden tot het einde toe met hun gezicht tegen het glas gedrukt staan.

Een andere dealer verving de huisvrouw. Morty leunde achterover. Hij staarde naar zijn winst en voelde hoe de oude schaduw weer over hem heen gleed: hij miste Leah. Soms draaide hij zich naar haar om wanneer hij 's ochtends wakker werd en herinnerde zich dan pas, ziek van verdriet, dat ze er niet meer was. Op zulke dagen kon hij amper uit bed komen. Hij keek om zich heen naar de haveloze mannen in het casino. In zijn jongere jaren zou hij hen losers hebben genoemd. Maar zij hadden tenminste een excuus voor hun aanwezigheid hier. Ze hadden net zo goed geboren kunnen zijn met de L van loser op hun bil gebrand. Morty's ouders, immigranten uit een *shtetl* in Polen, hadden alles voor hem opgeofferd. Ze waren dit land binnengeglipt en hadden grote armoede geleden, een oceaan verwijderd van alles wat hun bekend was, maar ze hadden gevochten en iedere cent gespaard – opdat hun zoon een beter leven zou krijgen. Ze hadden zich een te vroeg graf in gewerkt. Ze hadden het volgehouden tot Morty zijn artsenstudie had voltooid en ze hadden kunnen zien dat hun opofferingen de moeite waard waren geweest, dat hun genealogische traject voor altijd op een ander en beter spoor was gezet. Ze waren vredig gestorven.

Morty kreeg een zes en daarop een zeven. Hij vroeg om een kaart en kreeg een tien. Kapot. Hij verloor de volgende ronde ook. Verdomme. Hij had dit geld nodig. Locani, een klassieke benenbrekende bookie, wilde zijn geld. Morty, die wanneer je er goed over nadacht een tweevoudige verliezer was, had hem aan het lijntje weten te houden door hem informatie te bieden. Hij had Locani verteld over de gemaskerde man en de gewonde vrouw. Locani had hem de indruk gegeven dat het hem niet interesseerde, maar de informatie was blijkbaar toch doorgegeven, want opeens wilde iemand details.

Morty had ze *bijna* alles verteld.

Alleen niet over de passagier op de achterbank. Hij had geen idee wat er aan de hand was, maar er waren dingen die zelfs hij nooit zou doen. Hoe diep hij ook was gezonken, dát zou Morty hun nooit vertellen.

Hij kreeg twee azen. Hij splitste ze. Een man kwam naast hem zitten. Morty voelde hem meer dan dat hij hem zag. Hij voelde hem in zijn oude botten, alsof de man een aankomende storm was. Hij draaide zijn hoofd niet opzij, bang, hoe onredelijk dat ook mocht klinken, om zelfs maar te kijken.

De dealer legde op iedere aas een kaart. Een heer en een boer. Morty had twee blackjacks.

De man leunde naar hem toe en fluisterde: 'Schei ermee uit nu je aan het winnen bent, Morty.'

Morty draaide langzaam zijn hoofd opzij en zag een man met ogen van verschoten grijs en een huid die meer dan wit was, te doorschijnend, zodat je het gevoel kreeg dat je al zijn aderen kon zien. De man glimlachte.

'Het is misschien tijd,' vervolgde de zilveren fluistering, 'om je fiches in te wisselen.'

Morty deed zijn best niet te huiveren. 'Wie bent u? Wat wilt u?'

'We moeten praten,' zei de man.

'Waarover?'

'Over een bepaalde patiënt die onlangs je achtenswaardige praktijkruimte heeft bezocht.'

Morty slikte. Waarom had hij ook tegen Locani zijn bek opengedaan? Hij had hem met iets anders zoet moeten houden. 'Ik heb al verteld wat ik weet.'

De bleke man hield zijn hoofd schuin. 'Is dat zo, Morty?'

'Ja.'

De verschoten ogen hielden hem in hun greep. De twee mannen bewogen zich geen van beiden, zeiden geen van beiden iets. Morty voelde dat hij rood aanliep. Hij probeerde zijn rug te rechten, maar voelde hoe de blik van de ander hem deed verschrompelen.

'Dat geloof ik niet, Morty. Ik geloof dat je iets achterhoudt.'

Morty zei niets.

'Wie zat er die avond nog meer in de auto?'

Hij staarde naar zijn fiches en probeerde uit alle macht niet te gaan beven. 'Waar hebt u het over?'

'Er was nog iemand, nietwaar, Morty?'

'Laat me met rust. Ik ben net aan het winnen.'

Het Spook gleed van zijn kruk en schudde zijn hoofd. 'Nee, Morty,' zei hij en hij raakte zijn arm heel licht aan. 'Als je het mij vraagt, is het afgelopen met je geluk.'

24

De rouwdienst werd gehouden in de aula van het Covenant House.
Squares en Wanda zaten rechts van me, mijn vader links. Pa had zijn arm achter me liggen en wreef af en toe mijn rug. Een prettig gevoel. De aula zat volgepakt, hoofdzakelijk met de kinderen. Ze omhelsden me en huilden en zeiden hoe erg ze Sheila zouden missen. De dienst duurde bijna twee uur. Terrell, een jongen van veertien die zichzelf voor tien dollar per beurt had verkocht, speelde op de trompet een nummer dat hij ter nagedachtenis aan haar had gecomponeerd. Het was het droevigste, mooiste lied dat ik ooit had gehoord. Lisa, een zeventienjarige van wie was gebleken dat ze bipolair was, sprak over hoe Sheila de enige was geweest met wie ze had kunnen praten toen ze had ontdekt dat ze zwanger was. Sammy vertelde op een grappige manier hoe Sheila had geprobeerd hem te leren dansen op 'die stomme blanke-meidenmuziek'. De zestienjarige Jim bekende de aanwezigen dat hij alles had opgegeven, dat hij op het punt had gestaan zelfmoord te plegen en dat Sheila toen tegen hem had geglimlacht en hij had beseft dat er toch nog wel goede dingen bestonden op deze wereld. Sheila had hem overgehaald nog een dag te blijven. En toen nog een dag.
Ik zette de pijn van me af en luisterde aandachtig omdat deze kinderen dat verdienden. Dit huis betekende zoveel voor me. Voor ons.

Iedere keer dat we twijfels hadden over ons succes, over in hoeverre we eigenlijk hielpen, dachten we eraan dat het om de kinderen ging. Het waren geen bekoorlijke kinderen. De meesten waren onaantrekkelijk en maakten het je moeilijk ze lief te hebben. De meesten zouden een zwaar leven krijgen en uiteindelijk in de gevangenis of op straat terechtkomen, of jong sterven. Maar dat wilde niet zeggen dat we het opgaven. Integendeel. Het wilde zeggen dat we nog meer van ze moesten houden. Onvoorwaardelijk. Zonder met je ogen te knipperen. Sheila had dat geweten. Het was belangrijk voor haar geweest.

Sheila's moeder – ik nam tenminste aan dat het mevrouw Rogers was – kwam ongeveer twintig minuten na aanvang van de ceremonie binnen. Ze was lang en haar gezicht had de droge, brosse aanblik van iets wat te lang in de zon had gelegen. Haar ogen vonden de mijne. Ze keek me aan met een vraag en ik knikte van ja. Tijdens de dienst draaide ik me af en toe naar haar om. Ze zat volkomen stil en luisterde naar wat er over haar dochter werd gezegd met iets wat aan ontzag grensde.

Op een gegeven moment, toen we als een parochie overeind kwamen, zag ik iets wat me verraste. Ik had mijn blik over de zee van bekende gezichten laten gaan en was op een bekende gedaante gestuit die het grootste deel van haar gezicht achter een sjaal verborgen hield.

Tanya.

De verminkte vrouw die die schoft van een Louis Castman 'verzorgde'. Ik meende tenminste dat zij het was. Ik was er vrij zeker van. Zelfde haar, zelfde postuur en lengte. Ik had er tot nu toe nog niet bij stilgestaan, maar je had natuurlijk kans dat zij en Sheila elkaar hadden gekend van toen ze nog op straat werkten.

We gingen weer zitten.

Squares was de laatste die sprak. Hij was welbespraakt en grappig en bracht Sheila tot leven op een manier zoals ik dat nooit had gekund. Hij vertelde de kids over hoe Sheila 'net zoals jullie' was geweest, een wegloper die amper het hoofd boven water had weten te houden en tegen haar eigen duivels had moeten vechten. Hij haalde de dag aan waarop ze bij ons was gekomen. Hij vertelde hoe hij Sheila hier had zien opbloeien. En hij herinnerde zich vooral, zei hij, hoe hij haar op mij verliefd had zien worden.

Ik voelde me hol. Mijn binnenste was uit mijn lijf geschept en opnieuw werd ik getroffen door het besef dat dit verdriet altijd bij me zou blijven, dat ik het van me af kon schuiven, dat ik ervoor kon zorgen bezig te blijven, onderzoeken in te stellen, naar een of andere innerlijke waarheid te spitten, maar dat er uiteindelijk niets zou veranderen. Mijn verdriet zou altijd bij me blijven, mijn vaste metgezel in plaats van Sheila.

Toen de dienst voorbij was, wist niemand precies wat we nu moesten doen. We bleven een beetje opgelaten zitten, niemand verroerde zich, tot Terrell weer op zijn trompet begon te spelen. Daarna stond iedereen op. De kinderen huilden en omhelsden me weer. Ik weet niet hoe lang ik daar heb gestaan en het allemaal over me heen heb laten komen. Ik was hun dankbaar voor hun vloed van medeleven, maar daardoor miste ik Sheila dubbel zo erg. Gelukkig trad de verdoving weer in werking, want het was allemaal nog veel te vers. Zonder de verdoving was ik er nooit doorheen gekomen.

Ik zocht naar Tanya, maar ze was verdwenen.

Iemand riep om dat er in de cafetaria eten klaarstond. De aanwezigen schuifelden er langzaam naartoe. Ik zag Sheila's moeder in een hoek staan, beide handen om een kleine handtas geklemd. Ze zag er uitgeput uit, alsof de levenskracht via een open wond was weggelekt. Ik liep tussen de mensen door naar haar toe.

'Will?' zei ze.

'Ja.'

'Ik ben Edna Rogers.'

We omhelsden elkaar niet, wisselden geen wangzoenen, gaven elkaar zelfs geen hand.

'Waar kunnen we praten?' vroeg ze.

Ik liep met haar de gang door naar de trap. Squares begreep dat we alleen wilden zijn en leidde het voetverkeer om. We passeerden de nieuwe kliniek, de psychiatrische afdeling, de afdeling drugsbehandeling. Veel van onze weglopers zijn jonge moeders of meisjes in verwachting. We proberen hen te verzorgen. Veel anderen hebben ernstige geestelijke problemen. We proberen ook hen te helpen. En een hele reut heeft uiteraard drugsproblemen. We doen ook op dat gebied ons best.

We vonden een lege slaapkamer en liepen naar binnen. Ik deed de deur dicht. Mevrouw Rogers bleef met haar rug naar me toe staan.

'Het was een prachtige dienst,' zei ze.

Ik knikte.

'Wat er uiteindelijk van Sheila is geworden...' Ze stopte, schudde haar hoofd. 'Ik had geen idee. Ik wou dat ik dat had kunnen zien. Ik wou dat ze me had gebeld en me er iets over had verteld.'

Ik wist niet wat ik daarop moest antwoorden.

'Toen Sheila nog leefde, heeft ze nooit dingen gedaan waardoor ik trots op haar kon zijn.' Edna Rogers rukte een zakdoek tevoorschijn alsof er iemand in haar tas zat die hem met alle geweld vast wilde houden. Ze haalde hem snel en beslissend langs haar neus en stopte hem weer weg. 'Ik weet dat dat niet aardig klinkt. Ze was een snoezige baby. Op de lagere school was ook alles in orde. Maar daarna' – ze wendde haar blik af, haalde haar schouders op – 'veranderde ze. Ze werd nors. Altijd aan het klagen. Altijd in de put. Ze stal geld uit mijn portemonnee. Ze liep steeds weg van huis. Ze had geen vriendinnen. Jongens vond ze saai. Ze vond het leven in Mason een ramp. Op een dag is ze niet naar school gegaan en weggelopen. En ditmaal kwam ze niet meer terug.'

Ze keek me aan alsof ze een reactie verwachtte.

'Hebt u haar nooit meer gezien?' vroeg ik.

'Nee.'

'Ik begrijp het niet,' zei ik. 'Wat is er gebeurd?'

'Waarom ze uiteindelijk voorgoed vertrokken is, bedoel je?'

'Ja.'

'Jij denkt natuurlijk dat er iets vreselijks is gebeurd.' Haar stem klonk nu luider, uitdagender. 'Dat haar vader haar molesteerde. Of dat ik haar sloeg. Je wilt een verklaring, uitleg. Zo werkt dat immers. Helderheid. Oorzaak en gevolg. Maar dat is niet het geval. Haar vader en ik waren niet perfect. Verre van dat. Maar het was niet onze schuld.'

'Ik bedoelde niet –'

'Ik weet heel goed wat je bedoelde.'

Haar ogen spuwden vuur. Ze tuitte haar lippen en keek me uitdagend aan. Ik besloot van dit onderwerp af te stappen.

'Heeft Sheila u ooit opgebeld?' vroeg ik.

'Ja.'

'Hoe vaak?'

'De laatste keer was drie jaar geleden.'

Ze stopte en wachtte tot ik zou doorgaan.

Ik vroeg: 'Waar was ze toen ze belde?'

'Dat wilde ze me niet vertellen.'

'Wat zei ze?'

Ditmaal duurde het lang voordat ze antwoord gaf. Ze liep de kamer door, keek naar de bedden en de kastjes. Ze schudde een kussen op, stopte een laken in. 'Sheila belde ongeveer om het halfjaar naar huis. Ze was meestal stoned of dronken of high of wat dan ook. Ze

was altijd reuze emotioneel. Ze begon altijd te huilen en dan begon ik ook te huilen en meestal zei ze heel lelijke dingen tegen me.'
'Zoals?'
Ze schudde haar hoofd. 'Daarnet beneden. Wat die man met de tatoeage op zijn voorhoofd zei. Over dat jullie elkaar hier hebben ontmoet en verliefd op elkaar zijn geworden. Is dat waar?'
'Ja.'
Ze rechtte haar rug en keek me aan. Haar lippen krulden zich tot wat je voor een glimlach zou kunnen aanzien. 'Zo,' zei ze en ik hoorde iets haar stem binnensluipen, 'Sheila sliep dus met haar baas.'
Edna Rogers krulde de glimlach nog iets meer en het was opeens een heel andere persoon die voor me stond.
'Ze was een vrijwilliger,' zei ik.
'Ja, ja. En wat deed ze vrijwillig allemaal voor jou, Will?'
Ik voelde een rilling over mijn rug glijden.
'Wil je nog steeds een oordeel over mij uitspreken?' vroeg ze.
'Ik had graag dat u nu wegging.'
'Ach gut, je kunt de waarheid niet aan. Je denkt dat ik een monster ben. Dat ik zonder goede reden mijn kind heb opgegeven.'
'Het is niet aan mij zoiets te zeggen.'
'Sheila was een onaangenaam kind. Ze loog. Ze stal –'
'Ik geloof dat ik het begin te begrijpen,' zei ik.
'Wat begin je te begrijpen?'
'Waarom ze van huis is weggelopen.'
Ze knipperde en keek me toen weer nijdig aan. 'Je kende haar niet. Je kent haar nog steeds niet.'
'Hebt u niet gehoord wat er beneden allemaal is gezegd?'
'Jawel.' Haar stem kreeg een zachtere klank. 'Maar díé Sheila heb ik nooit gekend. Die heeft ze me nooit laten zien. De Sheila die ik heb gekend –'
'Met alle respect, ik heb geen zin om nog meer lasterpraat van u over haar te moeten aanhoren.'
Edna Rogers zweeg. Ze deed haar ogen dicht en zakte neer op de rand van een van de bedden. Het werd erg stil in de kamer. 'Daar ben ik niet voor gekomen.'
'Waarom bent u eigenlijk gekomen?'
'Om te beginnen omdat ik graag iets positiefs wilde horen.'
'Nou, u hebt veel positiefs gehoord,' zei ik.
Ze knikte. 'Ja.'
'Wat wilt u nog meer?'
Edna Rogers stond op en kwam naar me toe. Ik vocht tegen de

opwelling achteruit te deinzen. Ze keek me recht in de ogen. 'Ik ben gekomen vanwege Carly.'

Ik wachtte. Toen ze geen verdere uitleg gaf, zei ik: 'Die naam noemde u al tijdens ons telefoongesprek.'

'Ja.'

'Ik kende toen geen Carly en ik ken ook nu geen Carly.'

Ze liet me die wrede, krullende glimlach weer zien. 'Je liegt toch niet tegen me, Will?'

Ik voelde een nieuwe huivering. 'Nee.'

'Sheila heeft de naam Carly nooit genoemd?'

'Nee.'

'Weet je dat heel zeker?'

'Ja. Wie is die Carly?'

'Carly is Sheila's dochter.'

Ik was met stomheid geslagen. Edna Rogers zag mijn reactie. Ze leek er plezier aan te beleven.

'Jouw lieftallige vrijwilligster heeft je dus niet verteld dat ze een dochter heeft.'

Ik zei niets.

'Carly is nu twaalf. Nee, ik weet niet wie de vader is. Ik geloof dat Sheila dat ook niet wist.'

'Ik begrijp er niets van,' zei ik.

Ze stak haar hand in haar tas, haalde er een foto uit en gaf haar aan mij. Het was een van die fotootjes die in ziekenhuizen van pasgeborenen worden gemaakt. Een in een deken gewikkelde baby, nieuwe oogjes knipperend, nietsziend. Ik draaide hem om. 'Carly,' stond er met de hand geschreven. De geboortedatum stond eronder.

Ik voelde me duizelig worden.

'De laatste keer dat Sheila me heeft gebeld, was op Carly's negende verjaardag,' zei ze. 'En ik heb zelf met haar gesproken. Met Carly, bedoel ik.'

'Waar is ze?'

'Dat weet ik niet ,' zei Edna Rogers. 'Daarom ben ik hierheen gekomen, Will. Ik wil weten waar mijn kleindochter is.'

25

Ik strompelde naar huis en daar bleek Katy Miller naast de deur van mijn flat te zitten, wijdbeens, met haar rugzak voor zich op de grond.
Ze krabbelde overeind. 'Ik heb gebeld, maar...'
Ik knikte.
'Mijn ouders,' zei Katy. 'Ik kan gewoon geen dag langer in dat huis blijven. Ik dacht dat ik misschien wel bij jou op de bank zou kunnen slapen.'
'Het komt me niet zo goed uit,' zei ik.
'O.'
Ik stak de sleutel in het slot.
'Ik ben er serieus over aan het nadenken, hoor. Zoals we hadden afgesproken. Over wie Julie vermoord kan hebben. En ik vroeg me af hoeveel jij eigenlijk weet over wat Julie allemaal heeft gedaan nadat jullie uit elkaar waren gegaan.'
Ze liep met me mee de flat in. 'Het komt me echt niet zo goed uit.'
Eindelijk kreeg ze in de gaten hoe ongelukkig ik keek. 'Waarom niet? Wat is er gebeurd?'
'Iemand om wie ik veel gaf, is gestorven.'
'Bedoel je je moeder?'
Ik schudde mijn hoofd. 'Iemand anders om wie ik veel gaf. Ze is vermoord.'

Katy's adem stokte en ze liet haar rugzak vallen. 'Hoeveel gaf je om haar?'
'Heel veel.'
'Een vriendin?'
'Ja.'
'Van wie je hield?'
'Heel veel.'
Ze keek me aan.
'Wat is er?' zei ik.
'Ik weet het niet, Will. Het is net alsof iemand de vrouwen vermoordt van wie jij houdt.'
Precies de gedachte die ik daarstraks had weggeduwd. Hardop uitgesproken klonk het nog belachelijker. 'Julie en ik hadden het meer dan een jaar voordat ze is vermoord al uitgemaakt.'
'Dus je was er helemaal overheen?'
Ik wilde die weg niet nogmaals bewandelen. Ik zei: 'Wat wilde je zeggen over wat Julie had gedaan nadat we uit elkaar waren gegaan?'
Katy viel op de bank neer zoals tieners dat doen, alsof ze geen botten had. Haar rechterbeen hing over de armleuning en ze hield haar hoofd iets achterover met haar kin opgeheven. Ze had weer een spijkerbroek vol scheuren aan en een ander topje dat zo strak zat dat het leek alsof ze haar bh eroverheen droeg. Haar haren had ze tot een paardenstaart gebonden. Een paar lokken hingen los rond haar gezicht.
'Ik heb zitten denken,' zei ze. 'Als Ken haar niet heeft vermoord, heeft iemand anders dat gedaan.'
'Klopt.'
'Dus ben ik op onderzoek gegaan naar haar leven van toen. Ik heb oude vriendinnen gebeld, geprobeerd me te herinneren wat ze toen allemaal deed, dat soort dingen.'
'En wat ben je te weten gekomen?'
'Dat ze er vrij beroerd aan toe was.'
Ik probeerde me te concentreren op wat ze zei. 'In welk opzicht?'
Ze zwaaide beide benen op de grond en ging rechtop zitten. 'Wat kun jij je nog herinneren?'
'Ze zat in haar tweede jaar op Haverton.'
'Niet waar.'
'Niet waar?'
'Julie had haar studie opgegeven.'
Daar keek ik van op. 'Weet je dat zeker?'
'In haar tweede jaar,' zei ze. Toen vroeg ze: 'Wanneer had je haar voor het laatst gezien, Will?'

Ik dacht erover na. Een hele tijd daarvoor. Dat zei ik tegen haar.
'Wanneer hadden jullie het uitgemaakt?'
Ik schudde mijn hoofd. 'Zij had het uitgemaakt. Telefonisch.'
'Dat meen je niet.'
'Jawel.'
'Wat kil,' zei Katy. 'En jij hebt dat gewoon geaccepteerd?'
'Ik had naar haar toe willen gaan, maar dat mocht niet van haar.'
Katy keek me aan alsof ik zojuist met het slapste smoesje in de geschiedenis van het mensdom was komen aanzetten. Nu ik erover nadacht, had ze waarschijnlijk gelijk. Waarom was ik niet naar Haverton gegaan? Waarom had ik geen persoonlijk gesprek geëist?
'Ik geloof,' zei Katy, 'dat Julie betrokken was geraakt bij kwalijke zaken.'
'Hoe bedoel je?'
'Ik weet het niet. Misschien ga ik hiermee te ver. Ik herinner me niet veel, maar wel dat ze vlak voor haar dood weer gelukkig leek te zijn. Ik had haar al heel lang niet zo gelukkig gezien. Misschien ging het toen weer beter met haar, ik weet het niet.'
Er werd gebeld. Ik zakte een beetje ineen. Ik was niet in de stemming voor nog meer gezelschap. Katy had dat meteen door. Ze sprong overeind en zei: 'Ik doe wel even open.'
Het was een koerier met een fruitmand. Katy pakte hem aan en kwam ermee de kamer in. Ze zette hem op de tafel. 'Er zit een kaartje bij,' zei ze.
'Lees maar.'
Ze pulkte het uit het envelopje. 'Het is een condoleancemand van een paar kids van het Covenant House.' Ze haalde iets uit een andere envelop. 'Er zit ook een bidprentje bij.'
Katy staarde naar het kaartje.
'Wat is er?'
Katy las nogmaals wat erop stond. Toen keek ze naar me op. 'Sheila Rogers?'
'Ja.'
'Jouw vriendin heette Sheila Rogers?'
'Ja, hoezo?'
Katy schudde haar hoofd en legde het kaartje neer.
'Wat is er?'
'Niets,' zei ze.
'Lieg niet. Heb je haar gekend?'
'Nee.'
'Wat is er dan?'

'Niets.' Katy's stem klonk ditmaal fermer. 'Laat nou maar. Goed?'
De telefoon ging. Ik wachtte op het antwoordapparaat. Door de luidspreker hoorde ik Squares zeggen: 'Neem op.'
Dat deed ik.
Zonder inleiding vroeg Squares: 'Geloof jij de moeder? Dat Sheila een dochter had?'
'Ja.'
'Wat gaan we daaraan doen?'
Daar had ik aan zitten denken vanaf het moment dat ik het nieuws had gehoord. 'Ik heb een theorie,' zei ik.
'Ik luister.'
'Misschien had het feit dat Sheila zomaar is vertrokken iets te maken met haar dochter.'
'Hoe dan?'
'Misschien probeerde ze Carly te vinden of terug te brengen. Misschien had ze gehoord dat Carly in moeilijkheden verkeerde. Ik weet het niet. Maar er moet iets zijn.'
'Klinkt redelijk logisch.'
'Als we erachter kunnen komen waar Sheila mee bezig was,' zei ik, 'kunnen we Carly misschien vinden.'
'Of het vergaat ons net zoals Sheila.'
'Dat risico zit erin,' gaf ik toe.
Hij aarzelde. Ik keek naar Katy. Ze keek een andere kant uit en plukte aan haar onderlip.
'Je wilt dus doorgaan,' zei Squares.
'Ja, maar ik wil jou niet in gevaar brengen.'
'Dit is het punt waarop jij zegt dat ik me op ieder gewenst moment kan terugtrekken?'
'Ja, en dan is dit ook het punt waarop jij zegt dat je me tot het bittere einde zult bijstaan.'
'Vioolmuziekje, alstublieft,' zei Squares. 'En nu we dat achter de rug hebben, Roscoe alias Raquel heeft daarnet gebeld. Hij heeft misschien een goede aanwijzing over hoe Sheila ervandoor is gegaan. Zin in een nachtelijk ritje?'
'Kom me maar halen,' zei ik.

26

Philip McGuane zag zijn oude Nemesis op de beveiligingscamera. Zijn receptioniste drukte op de intercom.
'Meneer McGuane?'
'Laat hem maar binnenkomen,' zei hij.
'Ja, meneer McGuane. Hij is samen met –'
'Haar ook.'
McGuane stond op. Hij had een hoekkantoor met uitzicht op de Hudson, vlak bij het eiland aan de zuidwestelijke punt van Manhattan. In warmere maanden gleden de nieuwe mega-cruiseschepen voorbij met hun neondecor en atriumlobby's, sommige zo hoog dat ze tot aan zijn raam reikten. Vandaag bewoog zich amper iets. McGuane drukte steeds op de afstandsbediening van het bewakingssysteem om zijn federale tegenstander en de vrouwelijke ondergeschikte die hij in zijn kielzog had, in de gaten te houden.

McGuane gaf veel geld uit aan beveiliging. Het was het waard. Zijn systeem had drieëntachtig camera's. Iedereen die zijn privé-lift betrad, werd onder verschillende hoeken digitaal op film vastgelegd, maar wat het systeem echt bijzonder maakte, was dat de plaatsing van de camera's zodanig gekozen was dat je het er bij iedereen die binnenkwam, ook kon laten uitzien alsof hij wegging. Zowel de gang als de lift was mintgroen geschilderd. Dat leek op zich niets bijzonders – het was zelfs nogal afzichtelijk – maar voor wie verstand had van speciale effecten en digitale manipulatie, was dat de clou. Een figuur tegen een groene achtergrond kon eruit geplukt en tegen een andere achtergrond geplaatst worden.

Zijn vijanden voelden zich hier op hun gemak. Dit was per slot van rekening zijn kantoor. Niemand, dachten ze, was zo brutaal iemand op zijn eigen terrein te vermoorden. Dat hadden ze mis. Juist omdat het zo brutaal was en omdat de autoriteiten er precies zo over dachten – én omdat hij altijd bewijs kon leveren dat het slachtoffer het gebouw ongedeerd had verlaten – was dit een uitgelezen plek om je van vijanden te ontdoen.

McGuane haalde een oude foto uit zijn bovenste la. Hij had al vroeg geleerd dat je een persoon of een situatie nooit mocht onderschatten. Hij wist ook dat hij tegenstanders hun voorsprong kon afnemen door ervoor te zorgen dat ze hém onderschatten. Hij keek naar de foto van de drie zeventienjarige jongens – Ken Klein, John 'het Spook' Asselta en McGuane. Ze waren alle drie opgegroeid in Livingston, New Jersey, hoewel McGuane aan de ene kant van de stad had gewoond en Ken en het Spook aan de andere. Ze waren op de middelbare school bevriend geraakt, hadden zich tot elkaar aangetrokken gevoeld toen ze – of misschien was dit wat overdreven – een verwantschap in elkaars ogen hadden gezien.

Ken Klein was de fanatieke tennisser geweest, John Asselta de psychotische worstelaar, McGuane de charmante versierder en klassenvertegenwoordiger. Hij keek naar de gezichten op de foto. Het was niet zichtbaar. Het enige wat je zag, waren drie populaire scholieren. De façade. Toen die kinderen een paar jaar geleden Columbine aan flarden hadden geschoten, had McGuane de reactie van de media gefascineerd gevolgd. De wereld had gezocht naar passende uitwegen. De jongens waren buitenbeentjes. De jongens werden gepest en getreiterd. De ouders van de jongens waren nooit thuis. De jongens hielden van videospelletjes. Maar McGuane wist dat dat allemaal niets te betekenen had. Het was een iets ander tijdperk, maar zíj hadden het geweest kunnen zijn – Ken, John en McGuane – omdat het doodgewoon zo is dat het niet uitmaakt of je het financieel goed hebt of dat je ouders van je houden of dat je een eenling bent of moet vechten om je hoofd boven water te houden.

Sommige mensen bezitten de razernij gewoon.

De deur van het kantoor ging open. Joseph Pistillo en zijn jonge protégee kwamen binnen. McGuane glimlachte en stopte de foto weg.

'Zo, Javert,' zei hij tegen Pistillo. 'Jaag je nog steeds op me, terwijl ik alleen maar wat brood heb gestolen?'

'Ja,' zei Pistillo. 'Ja, dat ben je ten voeten uit, McGuane. Een man op wie ten onrechte wordt gejaagd.'

McGuane verlegde zijn aandacht naar de vrouwelijke agent. 'Vertel me eens, Joe, waarom breng je altijd zo'n lieftallige collega mee?'

'Dit is speciaal agent Claudia Fisher.'

'Aangenaam,' zei McGuane. 'Ga toch zitten.'

'We blijven liever staan.'

McGuane schokschouderde 'zelf-weten' en liet zich weer op zijn stoel zakken. 'Waar kan ik jullie mee van dienst zijn?'

'Je hebt het zwaar te verduren, McGuane.'

'O ja?'

'Ja.'

'En jij bent gekomen om te helpen? Wat apart.'

Pistillo snoof. 'Ik zit al heel lang achter je aan.'

'Ja, dat weet ik, maar ik ben wispelturig van aard. Wil je een goede raad? Stuur de volgende keer een bos rozen. Hou de deur voor me open. Werk met kaarslicht. Iedereen houdt van romantiek.'

Pistillo zette twee vuisten op het bureau. 'Aan de ene kant zou ik graag toekijken wanneer jij levend wordt verslonden.' Hij slikte, probeerde iets diep in zijn binnenste in toom te houden. 'Maar aan de andere kant wil ik je nog liever in een cel zien wegrotten om wat je hebt gedaan.'

McGuane keek naar Claudia Fisher. 'Hij is erg sexy wanneer hij zulke stoere taal uitslaat, vind je ook niet?'

'Drie keer raden wie we hebben gevonden, McGuane.'

'Hoffa? Zal tijd worden.'

'Fred Tanner.'

'Wie?'

Pistillo keek smalend. 'Laat me niet lachen. Zware jongen. Werkt voor jou.'

'Ik meen dat hij op de afdeling bewaking zit.'

'We hebben hem gevonden.'

'Ik wist niet dat hij kwijt was.'

'Grapjas.'

'Ik dacht dat hij op vakantie was, agent Pistillo.'

'Permanent dan. We hebben hem in de rivier de Passaic gevonden.'

McGuane fronste. 'Wat onfris.'

'Ja, vooral vanwege de twee kogelgaten in zijn hoofd. We hebben ook ene Peter Appel gevonden. Gewurgd. Hij was een ex-militair en scherpschutter.'

'Ieder zijn vak.'
Slechts eentje gewurgd, dacht McGuane. Het Spook was vast teleurgesteld geweest dat hij voor de ander een vuurwapen had moeten gebruiken.
'Eens even kijken,' ging Pistillo door. 'We hebben dus twee dode mannen. Plus die twee in New Mexico. Dat zijn er vier.'
'En je hebt niet eens op je vingers geteld. Je wordt onderbetaald, agent Pistillo.'
'Wil je me er meer over vertellen?'
'Heel graag,' zei McGuane. 'Ik beken. Ik heb ze allemaal vermoord. Ben je nu blij?'
Pistillo leunde over het bureau naar voren en bracht zijn gezicht tot op een paar centimeter van dat van McGuane. 'Je bent nog maar zó'n stukje van je ondergang verwijderd, McGuane.'
'En jij hebt tussen de middag uiensoep gegeten.'
'Weet jij,' zei Pistillo zonder zich terug te trekken, 'dat Sheila Rogers ook dood is?'
'Wie?'
Pistillo richtte zich op. 'Ach, natuurlijk. Haar ken je ook niet. Ook zij werkte niet voor jou.'
'Er werken heel veel mensen voor me. Ik ben een zakenman.'
Pistillo keek naar Fisher. 'Kom, we gaan,' zei hij.
'Nu al?'
'Ik heb hier heel lang op gewacht,' zei Pistillo. 'Hoe luidt het gezegde ook alweer? Dat wraak een dis is die het beste koud kan worden opgediend.'
'Als crème Vichyssoise.'
Weer een smalende glimlach van Pistillo's kant. 'Prettige dag nog verder, meneer McGuane.'
Ze vertrokken. McGuane bleef zitten en deed tien minuten lang helemaal niets. Wat was het doel van dat bezoek geweest? Simpel. Hem uit zijn evenwicht brengen. Ook dat viel onder het hoofdstukje onderschatting. Hij drukte op lijn drie van de telefoon, de veilige lijn die dagelijks werd gecheckt op afluisterapparatuur. Hij aarzelde. Draaide het nummer. Zou dat uitgelegd worden als paniek?
Hij woog het voor en tegen af en besloot het te riskeren.
Het Spook nam bij het eerste belletje al op met een langgerekt: 'Hallo?'
'Waar ben je?'
'Ik stap net uit het vliegtuig uit Vegas.'
'Ben je iets te weten gekomen?'

'Jazeker.'
'Ik luister.'
'Er zat een derde persoon in de auto,' zei het Spook.
McGuane ging verzitten. 'O ja? Wie?'
'Een meisje,' zei het Spook. 'Een meisje van hooguit elf of twaalf.'

27

Katy en ik stonden op straat toen Squares kwam aanrijden. Ze leunde naar me toe en gaf me een zoen op mijn wang. Squares trok een wenkbrauw op in mijn richting. Ik fronste terug.

'Ik dacht dat je bij mij op de bank wilde,' zei ik tegen haar.

Katy had een beetje afwezig gedaan sinds de fruitmand was gearriveerd. 'Ik kom morgen terug.'

'En je wilt me niet vertellen wat er aan de hand is?'

Ze stak haar handen diep in haar zakken en haalde haar schouders op. 'Ik moet gewoon even wat research doen.'

'Waarnaar?'

Ze schudde haar hoofd. Ik drong niet aan. Ze grijnsde even tegen me voordat ze wegliep. Ik stapte in het busje.

Squares zei: 'Wie is dat?'

Ik gaf uitleg terwijl we de stad in reden. Achterin lagen tientallen verpakte belegde broodjes en dekens. Squares deelde die aan de kinderen uit. De broodjes en de dekens waren, in hetzelfde genre als zijn verhaaltje over de vermiste Angie, een uitstekende manier om het ijs te breken en ook als dat niet gebeurde, hadden de kinderen in ieder geval wat te eten en iets om hen warm te houden. Ik had Squares wonderen zien verrichten met die spullen. Meestal was het zo dat een kind de eerste avond alle hulp weigerde. Het ging zelfs vaak vloeken of stelde zich vijandig op. Squares trok zich daar niets van aan. Hij bleef het gewoon steeds opnieuw benaderen. Hij was ervan overtuigd dat het eenvoudig een kwestie van volhouden was. Laat het kind zien dat je er constant bent. Laat het kind zien dat je nergens naartoe gaat. Laat het kind zien dat er geen voorwaarden aan verbonden zijn.

Een paar avonden later pakt het kind een broodje aan. Weer een paar avonden later wil het wel een deken. Na een poosje begint het naar jou en het busje uit te kijken.

Ik stak mijn arm naar achteren en bracht een broodje in zicht. 'Werk je vanavond alweer?'

Hij boog zijn hoofd en keek me over zijn zonnebril heen aan. 'Nee,' zei hij droog, 'ik heb erge honger.'

Hij bleef rijden.

'Hoe lang denk je haar te kunnen ontwijken, Squares?'

Squares zette de radio aan. Carly Simons 'You're So Vain'. Squares zong mee. Toen zei hij: 'Ken je dat nummer nog?'

Ik knikte.

'Ze zeiden dat het over Warren Beatty ging. Was dat waar?'

'Weet ik niet,' zei ik.

We bleven rijden.

'Mag ik je iets vragen, Will?'

Hij hield zijn blik op de weg gericht. Ik wachtte.

'Was je erg verrast toen je hoorde dat Sheila een kind had?'

'Ja, heel erg.'

'En,' ging hij door, 'zou je erg verrast zijn als je zou horen dat ik er ook een had?'

Ik keek hem aan.

'Je begrijpt de situatie niet, Will.'

'Dat wil ik anders wel graag.'

'Laten we ons op één ding tegelijk concentreren.'

Er was vanavond wonderbaarlijk weinig verkeer. Carly Simon vervaagde en toen smeekte de Chairman of the Board zijn geliefde hem nog een klein beetje tijd te gunnen, want dan zou hun liefde vast en zeker groeien. Wat een wanhoop in zo'n simpele smeekbede. Ik was dol op dat nummer.

We reden dwars door de stad en namen de Harlem River Drive in noordelijke richting. Toen we langs een groep kinderen kwamen die onder een viaduct bij elkaar gedromd stonden, stopte Squares en zette hij de versnellingspook in de parkeerstand.

'Korte werkstop,' zei hij.

'Hulp nodig?'
Squares schudde zijn hoofd. 'Ik ben zo terug.'
'Ga je de broodjes uitdelen?'
Squares bekeek de potentiële drenkelingen en dacht na. 'Nee. Ik heb iets beters.'
'Wat dan?'
'Telefoonkaarten.' Hij gaf me er een. 'Ik heb TeleReach zover gekregen er duizend te doneren. De kinderen zijn er gek op.'
Dat kon je wel zeggen. Zodra ze de kaarten zagen, stoven ze op hem af. Echt weer iets voor Squares. Ik keek naar de gezichten, probeerde de vage massa op te delen in aparte personen met wensen, dromen en hoop. Kinderen houden het hier niet lang vol. Niet vanwege de lichamelijke gevaren. Daar kunnen ze meestal wel mee overweg. Het is de ziel, het gevoel van eigenwaarde, dat hier erodeert. Wanneer de erosie een bepaald niveau bereikt, tja, dan spant het erom.

Sheila was gered voordat ze tot dat niveau was afgedaald.

En nu had iemand haar vermoord.

Ik zette het van me af. Daar was nu geen tijd voor. Concentreer je op je taken. Blijf doorgaan. Werk houdt het verdriet op een afstand. Laat het dienen als brandstof, niet als een rem.

Doe het – hoe afgezaagd dat ook klonk – voor haar.

Squares kwam na een paar minuten terug. 'Zo, en nu aan de slag.'

'Je hebt me nog niet verteld waar we naartoe gaan.'

'Naar de hoek van 128th Street en Second Avenue. Daar wacht Raquel ons op.'

'Wat is daar dan?'

Hij grinnikte. 'Een mogelijke aanwijzing.'

We verlieten de snelweg en reden langs een aantal woningbouwprojecten. Ik zag Raquel al van twee straten ver. Dat was niet moeilijk. Raquel had de afmetingen van een klein prinsdom en kleedde zich als een explosie in het Liberace-museum. Squares remde af, stopte naast hem en fronste.

'Wat nou weer?' vroeg Raquel.

'Roze pumps bij een groene jurk?'

'Koraal en turkoois zul je bedoelen,' zei Raquel. 'En de rode tas maakt er één geheel van.'

Squares haalde zijn schouders op en parkeerde voor een winkel met een verbleekte gevelplaat waar GOLDBERG PHARMACY op stond. Toen ik uitstapte, nam Raquel me in een omhelzing die aanvoelde als nat schuimplastic. Hij riekte naar Aqua Velva en onwillekeurig

kwam de gedachte in me op dat in dit geval de Aqua Velva-man inderdaad iets heel bijzonders had.
'Mijn oprechte condoleances,' fluisterde hij.
'Dank je.'
Hij liet me los en ik kon weer ademhalen. Hij huilde. Zijn tranen vermengden zich met zijn mascara en lieten die over zijn gezicht stromen. De kleuren liepen door elkaar en toen ze zich een weg moesten zoeken door de stoppels van zijn baard, begon zijn gezicht eruit te zien als een kaars die helemaal achter in een cadeauwinkel was weggemoffeld.
'Abe en Sadie zijn binnen,' zei Raquel. 'Jullie worden verwacht.'
Squares knikte en liep naar de apotheek. Ik volgde. Een bel zei dingdong toen we naar binnen gingen. De geur in de winkel deed me denken aan een luchtverfrisser in kersenboommodel aan een achterruit. De schappen liepen tot het plafond aan toe en stonden stampvol. Ik zag verbandrolletjes, deodorants, shampoos en hoestsiroop, in een zo op het oog tamelijk willekeurige uitstalling.
Een oude man met een leesbril met halvemaanglaasjes aan een kettinkje kwam naar voren. Hij droeg een wollen vest op een wit overhemd. Zijn haar was hoog, dik en wit en zag eruit als een bepoederde pruik uit Bailey's. Zijn wenkbrauwen waren extra borstelig zodat hij iets weg had van een uil.
'Hé! Daar hebben we Squares!'
De twee mannen omhelsden elkaar waarbij de oude man Squares een paar keer fiks op de rug sloeg. 'Je ziet er goed uit,' zei de oude man.
'Jij ook, Abe.'
'Sadie,' riep hij. 'Sadie, Squares is er.'
'Wie?'
'Die man van de yoga. Met die tatoeage.'
'Die op zijn voorhoofd?'
'Ja.'
Ik schudde mijn hoofd en boog me naar Squares. 'Is er iemand die je níét kent?'
Hij schokschouderde. 'Ik heb een interessant verleden.'
Sadie, een bejaarde vrouw die zelfs op Raquels hoogste pumps de één meter vijftig niet zou halen, kwam vanachter de toonbank naar voren. Ze bekeek Squares met een frons en zei: 'Je bent veel te mager.'
'Laat hem met rust,' zei Abe.
'Stil jij. Eet je wel genoeg?'

'Ja hoor,' zei Squares.
'Vel over been. Vél over been.'
'Sadie, wil je die man alsjeblieft met rust laten?'
'Stil jij.' Ze glimlachte samenzweerderig. 'Ik heb kugel. Wil je een punt?'
'Misschien straks, dank je.'
'Ik zal er wat van in een plastic bakje doen.'
'Heel graag, dank je wel.' Squares draaide zich naar mij om. 'Dit is mijn vriend Will Klein.'
De twee oude mensen bekeken me met bedroefde ogen. 'Is hij de vriend?'
'Ja.'
Ze bestudeerden me aandachtig. Toen keken ze elkaar aan.
'Ik weet het niet,' zei Abe.
'Hij is te vertrouwen,' zei Squares.
'Misschien, misschien ook niet. We zijn hier net als priesters. We praten niet. Dat weet je. En ze heeft daar heel erg op aangedrongen. We mochten niets zeggen, wat er ook mocht gebeuren.'
'Dat weet ik.'
'Als we praten, wat zijn we dan nog waard?'
'Ik begrijp het.'
'Als we praten, worden we misschien vermoord.'
'Er zal niemand achter komen. Daarop geef ik je mijn erewoord.'
Het oude echtpaar keek elkaar weer aan. 'Raquel,' zei Abe, 'is een goede jongen. Of meisje. Ik weet het niet, ik raak soms zo in de war.'
Squares stapte naar hen toe. 'We hebben jullie hulp nodig.'
Sadie pakte de hand van haar man met zo'n intiem gebaar dat ik me bijna afwendde. 'Ze was zo'n mooi meisje, Abe.'
'En ook zo aardig,' voegde hij eraan toe. Abe zuchtte en keek me aan. De deur ging open en weer zei de bel dingdong. Een sjofele neger kwam binnen en zei: 'Tyrone heeft me gestuurd.'
Sadie liep naar hem toe. 'Kom maar even naar deze kant,' zei ze.
Abe bleef naar me staren. Ik keek naar Squares. Ik begreep er niets van.
Squares nam zijn zonnebril af. 'Toe nou, Abe,' zei hij. 'Het is belangrijk.'
Abe hief zijn hand op. 'Goed, goed, trek alsjeblieft niet zo'n zielig gezicht.' Hij wenkte ons. 'Kom maar mee.'
We liepen naar de achterkant van de winkel. Hij tilde het plankje van de toonbank op en we liepen door de opening. We passeerden de pillen, de flesjes, de zakjes met klaargemaakte bestellingen, de vijzels

met de stampers. Abe deed een deur open. We daalden af naar een kelder. Abe knipte het licht aan.

'Hier,' verkondigde hij, 'gebeurt het allemaal.'

Ik zag heel weinig. Er stonden een computer, een printer en een digitale camera. Meer niet. Ik keek naar Abe en toen naar Squares.

'Zou iemand me een beetje uitleg willen geven?'

'Wat we doen is heel simpel,' zei Abe. 'We leggen niets vast. Als de politie deze computer wil meenemen, dan mag dat. Alle dossiers zitten hier.' Hij tikte met zijn wijsvinger tegen zijn voorhoofd. 'En ach, er raken iedere dag wel een paar van die dossiers zoek, nietwaar, Squares?'

Squares glimlachte tegen hem.

Abe zag hoe verward ik keek. 'Snap je het nog steeds niet?'

'Nee, ik snap het nog steeds niet.'

'Valse papieren,' zei Abe.

'O.'

'Ik heb het niet over het soort dat minderjarigen gebruiken om sterkedrank te kunnen kopen.'

'O. Ja, oké.'

Hij liet zijn stem dalen. 'Weet je er iets van?'

'Vrijwel niets.'

'Ik heb het over de papieren die mensen nodig hebben om te verdwijnen. Om te vluchten. Om opnieuw te beginnen. Verkeer je in moeilijkheden? Hop, ik laat je verdwijnen. Als een goochelaar. Als je weg wilt, echt weg, ga je niet naar een reisagent. Dan kom je hier.'

'Ik snap het,' zei ik. 'En is er veel behoefte aan uw' – ik wist niet goed hoe ik het moest noemen – 'diensten?'

'Je moest eens weten. Het gaat trouwens meestal om doodgewone mensen, hoor, niets opzienbarends. Vaak zijn het mensen die voorwaardelijk uit de gevangenis zijn vrijgelaten en die ervandoor willen. Of mensen die op borgtocht vrij zijn en weg willen. Of iemand naar wie de politie op zoek is. We helpen ook veel illegale immigranten. Die willen in het land blijven, dus maken we staatsburgers van ze.' Hij glimlachte tegen me. 'En af en toe krijgen we een leuker persoon.'

'Zoals Sheila,' zei ik.

'Juist. Wil je weten hoe het werkt?'

Voor ik antwoord kon geven, babbelde Abe al weer door. 'Het gaat niet zoals op tv,' zei hij. 'Op tv maken ze het altijd zo ingewikkeld, vind je ook niet? Ze gaan op zoek naar een kind dat is gestorven en dan laten ze zijn geboortebewijs opvragen of zoiets. Ze ver-

zinnen verschrikkelijk ingewikkelde vervalsingen.'
'En zo gaat het niet?'
'Zo gaat het niet.' Hij ging aan de computertafel zitten en begon te typen. 'Om te beginnen duurt dat veel te lang. Bovendien worden dode mensen tegenwoordig vanwege het Net en het Web en al die onzin snel helemaal dood. Ze blijven niet meer levend. Je gaat dood en daarmee gaat je *social security*-nummer ook dood. Anders kon ik gewoon de *social security*-nummers gebruiken van oude mensen die zijn doodgegaan, toch? Of van mensen die op middelbare leeftijd zijn gestorven. Snap je?'
'Ik geloof het wel,' zei ik. 'En hoe wordt zo'n valse identiteit gecreëerd?'
'Ik creëer ze niet,' zei Abe met een brede grijns. 'Ik gebruik echte.'
'Ik kan u niet volgen.'
Abe fronste naar Squares. 'Ik dacht dat je had gezegd dat hij op straat werkte.'
'Lang geleden,' zei Squares.
'O, nou, eens even kijken.' Abe Goldberg wendde zich weer tot mij. 'Je hebt die man daarnet gezien? Boven? De man die na jullie binnenkwam?'
'Ja.'
'Die ziet eruit als een werkloze, toch? Is waarschijnlijk dakloos.'
'Ik zou het niet weten.'
'Ga nou even niet politiek correct doen. Hij zag eruit als een zwerver, nietwaar?'
'Ja.'
'Maar hij is een mens. Hij heeft een naam. Hij heeft een moeder gehad. Hij is in dit land geboren. En' – hij glimlachte en maakte theatrale gebaren – 'hij heeft een *social security*-nummer. Misschien heeft hij zelfs een rijbewijs, misschien een verlopen rijbewijs. Maakt niet uit. Zolang hij een *social security*-nummer heeft, bestaat hij. Heeft hij een identiteit. Kun je me volgen?'
'Ik kan u volgen.'
'Laten we er nu even van uitgaan dat hij geld nodig heeft. Waarvoor, dat wil ik niet weten. Maar hij heeft geld nodig. Wat hij níet nodig heeft, is een identiteit. Hij leeft op straat, dus wat heeft hij daaraan? Het is niet zo dat hij aandelen heeft of een stuk grond. Dus voeren we zijn naam in in dit computertje.' Hij streelde de bovenrand van het beeldscherm. 'We kijken of er aanhoudingsbevelen voor hem openstaan. Zo niet – en meestal is dat niet het geval – dan

kopen we zijn identiteit. Laten we zeggen dat hij John Smith heet. En laten we zeggen dat jij, Will, je bij hotels of zo moet kunnen laten inschrijven onder een andere naam dan je eigen.'
Ik begreep nu waar hij op aanstuurde. 'U verkoopt me zijn *social security*-nummer en ik word John Smith.'
Abe knipte met zijn vingers. 'Bingo.'
'Maar als we niet op elkaar lijken?'
'Er bestaat geen verband tussen het uiterlijk en het *social security*-nummer. Wanneer je het nummer eenmaal hebt, kun je iedere willekeurige dienst bellen en alle paperassen krijgen die je wilt. Als je haast hebt, kan ik ter plekke een rijbewijs voor de staat Ohio voor je maken, maar bij nauwkeurige inspectie zal ontdekt worden dat het vervalst is. Maar waar het om gaat, is dat de identiteit zal blijven bestaan.'
'Stel dat onze John Smith opgepakt wordt en een identiteitsbewijs nodig heeft?'
'Hij kan zijn eigen identiteitsbewijs blijven gebruiken. Er kunnen wel vijf mensen gebruik van maken. Daar komt toch nooit iemand achter. Zie je hoe eenvoudig het is?'
'Ja,' zei ik. 'En Sheila is bij u gekomen?'
'Ja.'
'Wanneer?'
'O, twee of drie dagen geleden. Zoals ik al zei, was ze anders dan onze gebruikelijke klanten. Zo'n aardig meisje. En zo mooi ook.'
'Heeft ze gezegd waar ze naartoe ging?'
Abe glimlachte en raakte mijn arm aan. 'Ziet dit eruit als een zaak waar veel vragen worden gesteld? Zij willen niks zeggen – en ik wil niks weten. Zie je, wij praten nooit. Geen woord. Sadie en ik hebben een reputatie en zoals ik boven al zei, kan loslippigheid je dood worden. Snap je?'
'Ja.'
'Zelfs toen Raquel kwam informeren, hebben we aanvankelijk niks gezegd. Discretie. Daar draait het in deze business om. We houden veel van Raquel. Maar we hebben evengoed niks gezegd. Niets. Geen woord.'
'Waarom bent u uiteindelijk van gedachten veranderd?'
Abe keek gekwetst. Hij draaide zijn hoofd naar Squares en toen weer terug naar mij. 'We zijn geen onmensen, wat denk je wel? Denk je soms dat we geen gevoelens hebben?'
'Ik bedoelde niet –'
'De moord,' viel hij me in de rede. 'We hebben gehoord wat er met dat arme, lieve meisje is gebeurd. Dat is een heel kwalijke zaak.'

Hij hief zijn handen op. 'Maar wat kan ik eraan doen? Ik kan niet naar de politie gaan, toch? Maar Raquel en meneer Squares vertrouw ik. Dat zijn prima mensen. Ze leven in het donker, maar ze verspreiden licht. Net als mijn Sadie en ik, nietwaar?'
De deur boven ons ging open en Sadie kwam de trap af. 'Ik heb boven afgesloten,' zei ze.
'Goed.'
'Hoe ver was je gekomen?' vroeg ze hem.
'Ik vertelde hem net waarom we misschien bereid zijn te praten.'
'Ah.'
Sadie Goldberg kwam langzaam op de tast de trap af. Abe keek me weer aan met zijn uilenogen en zei: 'Meneer Squares zei dat er een klein meisje bij betrokken is.'
'Haar dochter,' zei ik. 'Ze is een jaar of twaalf.'
Sadie klakte zachtjes met haar tong. 'Je weet niet waar ze is.'
'Nee.'
Abe schudde zijn hoofd. Sadie kwam naast hem staan, tegen hem aan. Hun lichamen pasten wonderbaarlijk goed bij elkaar. Ik vroeg me af hoe lang ze getrouwd waren, of ze kinderen hadden, waar ze vandaan kwamen, hoe ze in dit land terecht waren gekomen, hoe ze in deze business terecht waren gekomen.
'Zal ik je eens iets vertellen?' zei Sadie tegen mij.
Ik knikte.
'Jouw Sheila. Die had' – ze hief twee vuisten op – 'iets speciaals. Geestkracht. Ze was mooi, dat is waar, maar er was nog meer. En nu ze er niet meer is... voelen we een gemis. Ze kwam binnen en ze keek zo bang. Misschien heeft iemand de identiteit die we haar hadden gegeven, meteen doorzien. Misschien is ze daarom dood.'
'Daarom,' zei Abe, 'willen we helpen.' Hij schreef iets op een stukje papier en gaf het aan mij. 'De naam die we haar hebben gegeven, was Donna White. Dit is het *social security*-nummer. Ik weet niet of je hiermee geholpen zult zijn.'
'En de echte Donna White?'
'Een dakloze crackverslaafde.'
Ik staarde naar het stukje papier.
Sadie kwam naar me toe en legde een hand tegen mijn wang. 'Je lijkt me een aardige man.'
Ik keek haar aan.
'Zorg dat je dat kleine meisje vindt,' zei ze.
Ik knikte en toen knikte ik nog een keer. En ik beloofde dat ik dat zou doen.

28

Tegen de tijd dat ze thuiskwam, beefde Katy Miller nog steeds.
Dit kan niet waar zijn, dacht ze. Het is een vergissing. Ik heb de verkeerde naam in gedachten.
'Katy?' riep haar moeder.
'Ja.'
'Ik ben in de keuken.'
'Ik kom zo, mam.'
Katy liep naar de deur van de kelder. Met haar hand op de deurknop bleef ze staan.
De kelder. Ze vond het daar vreselijk.
Je zou denken dat ze na zoveel jaar ongevoelig was geworden voor de versleten bank, het tapijt met de vochtkringen en de televisie die zo oud was dat er niet eens een kabelaansluiting op zat. Maar dat was ze niet. Wat al haar zintuigen betrof, lag het lijk van haar zuster daar nog steeds, opgezwollen en half verrot, de stank van de dood zo overweldigend dat je niet eens kon slikken.
Haar ouders hadden er begrip voor. Katy hoefde nooit de was te doen. Haar vader vroeg haar nooit zijn gereedschapskist of een lampje uit de voorraadkast te halen. Als iets een afdaling naar deze krochten noodzakelijk maakte, probeerden haar vader en moeder het altijd van haar over te nemen.

Maar nu niet. Nu moest ze het zelf doen.

Boven aan de trap zette ze de lichtschakelaar om. Het kale peertje – de glazen bol van de lamp was op de dag van de moord gesneuveld – floepte aan. Ze sloop de trap af. Ze hield haar blik gericht op een punt boven en achter de bank, het tapijt en de tv.

Waarom woonden ze hier nog steeds?

Ze snapte daar niet veel van. Toen JonBenét was vermoord, was de familie Ramsey naar een heel ander deel van het land verhuisd. Maar het was natuurlijk wel zo dat iedereen dacht dat zíj haar vermoord hadden. Meneer en mevrouw Ramsey waren waarschijnlijk net zo goed gevlucht voor de blikken van de buren als voor de herinnering aan de dood van hun dochter. Hier lag het anders.

Toch was er iets eigenaardigs met deze stad. Haar ouders waren gebleven. Net als de familie Klein. Geen van beide families had willen capituleren.

Wat wilde dat zeggen?

Ze zag Julies kist in de hoek staan. Haar vader had er een of ander houten plankier onder gezet voor het geval van wateroverlast. Katy zag in een flits weer voor zich hoe haar zuster de kist had ingepakt toen ze weg zou gaan om te studeren. Ze herinnerde zich dat ze in de kist was gekropen terwijl Julie aan het pakken was. Ze had eerst gedaan alsof de kist een veilig fort was en daarna dat Julie haar ook zou inpakken, zodat ze samen naar de universiteit konden gaan.

Op de kist stonden wat dozen. Katy nam ze ervan af en zette ze in een andere hoek. Ze bekeek het hangslot. Er was geen sleutel, maar ze had alleen maar een plat voorwerp nodig. Ze vond een oud botermes bij het opgeslagen zilvergoed. Ze stak het in de opening en draaide. Het slot viel open. Ze klikte de twee knippen open en lichtte langzaam, als Van Helsing die Dracula's doodskist openmaakt, het deksel op.

'Wat doe je daar?'

Ze schrok zo van haar moeders stem dat ze een sprong achteruit deed.

Lucille Miller kwam naderbij. 'Is dat niet Julies kist?'

'Jezus, mam, ik schrok me wezenloos.'

Haar moeder kwam naar haar toe. 'Wat moet jij met Julies kist?'

'Ik... ik wou er gewoon even in kijken.'

'Waarom?'

Katy rechtte haar rug. 'Ze was mijn zuster.'

'Dat weet ik, lieverd.'

'Heb ik er geen recht op haar te missen?'

Haar moeder keek haar lange tijd aan. 'Ben je daarom hier in de kelder?'
Katy knikte.
'Is verder alles in orde?' vroeg haar moeder.
'Ja.'
'Je bent nooit het type geweest om stil te staan bij herinneringen, Katy.'
'Daar hebben jullie me nooit de kans voor gegeven,' zei ze.
Daar dacht haar moeder even over na. 'Ja, daar heb je gelijk in.'
'Mam?'
'Ja?'
'Waarom zijn jullie hier blijven wonen?'
Heel even leek het erop dat haar moeder haar weer zou afpoeieren met haar gebruikelijke antwoord dat ze er niet over wilde praten. Maar – door Wills onverwachte verschijning op de stoep en het feit dat haar moeder de moed had weten op te brengen om de familie Klein te gaan condoleren – was dit een heel bizarre week aan het worden. Haar moeder ging op een van de dozen zitten. Ze streek haar rok glad.

'Wanneer je wordt getroffen door een tragedie,' begon ze, 'op het moment dat de klap valt, bedoel ik, is het alsof de wereld vergaat. Het is alsof je midden in een storm in de oceaan wordt gesmeten. Het water beukt op je neer en gooit je alle kanten op en het enige wat je kunt doen, is proberen te blijven drijven. Ergens wil je niet eens je hoofd boven water houden. Je wilt ophouden met worstelen en zinken. Maar dat gaat niet. Het overlevingsinstinct laat dat niet toe – of misschien was het in mijn geval zo omdat ik nog een kind had dat ik moest grootbrengen. Ik weet het niet. Hoe dan ook, of je het nu leuk vindt of niet, je blijft drijven.'

Haar moeder streek met een vinger langs haar ooghoek. Ze ging iets rechter zitten en produceerde een moeizaam glimlachje. 'Mijn vergelijking klopt niet helemaal,' zei ze.

Katy pakte haar moeders hand vast. 'Hij klinkt prima.'

'Misschien,' gaf Lucille Miller toe, 'maar zie je, na een poosje is het stormgedeelte voorbij. En dan wordt het zelfs nog erger. Je zou kunnen zeggen dat je dan ergens aanspoelt. Maar al dat gebeuk van de golven heeft onherstelbare schade aangericht. Je lijdt ongelooflijk veel pijn. En dat niet alleen. Je staat nu ook nog eens tegenover een afgrijselijk dilemma.'

Katy wachtte, haar moeders hand in de hare.

'Je kunt proberen te vergeten en de draad van je leven weer op te

pakken. Maar voor je vader en mij' – Lucille Miller deed haar ogen dicht en schudde krachtig haar hoofd – 'zou vergeten te weerzinwekkend zijn geweest. We konden je zuster onmogelijk zo verraden. De pijn was gigantisch, maar hoe zouden we kunnen doorgaan als we Julie in de steek lieten? Ze bestond. Ze was echt. Ik weet dat dit niet logisch klinkt.'
    Maar Katy dacht dat het misschien wel degelijk logisch klonk.
    Ze bleven zwijgend zitten. Na een poosje liet Lucille Miller Katy's hand los. Ze sloeg zichzelf op de dijen en stond op. 'Ik zal je nu maar alleen laten.'
    Katy luisterde naar haar voetstappen. Toen keerde ze terug naar de kist. Ze begon erin te zoeken. Ze had er bijna een half uur voor nodig, maar ze vond het.
    En het veranderde alles.

29

Toen we weer in het busje zaten, vroeg ik aan Squares wat we nu moesten doen.

'Ik heb een bron,' zei hij, wat duidelijk een enorm understatement was. 'We gaan de naam Donna White in de computers van de luchtvaartmaatschappijen invoeren om te zien of we erachter kunnen komen wanneer ze een vliegtuig heeft genomen of waar ze naartoe is gegaan of wat dan ook.'

We vervielen in stilzwijgen.

'Iemand moet het zeggen,' begon Squares.

Ik staarde neer op mijn handen. 'Toe dan maar.'

'Wat wil je precies, Will?'

'Carly vinden,' zei ik te snel.

'En dan? Haar in huis nemen alsof ze je eigen dochter was?'

'Ik weet het niet.'

'Je beseft zeker wel dat je dit gebruikt om niet na te hoeven denken?'

'Dat doe jij ook.'

Ik keek uit het raampje. De wijk lag vol puin. We reden langs woonkazernes die hoofdzakelijk ellende herbergden. Ik zocht naar iets goeds. Ik kon niets vinden.

'Ik was van plan haar ten huwelijk vragen,' zei ik.

Squares bleef rijden, maar ik zag iets in zijn houding verslappen.

'Ik had al een ring gekocht. Ik heb hem aan mijn moeder laten zien. Ik wilde alleen maar wachten tot er wat tijd zou zijn verstreken. Na de dood van mijn moeder, bedoel ik.'
We stopten voor rood. Squares bleef voor zich kijken.
'Ik moet blijven zoeken,' zei ik, 'want ik weet niet wat ik zal gaan doen als ik dat niet doe. Ik heb geen zelfmoordneigingen, hoor, maar als ik niet blijf hollen' – ik stopte en probeerde te bedenken hoe ik dit het beste kon zeggen, en hield het uiteindelijk eenvoudig op: 'dan haalt het mij in.'
'Het zal je op een gegeven moment evengoed inhalen, wat je ook doet,' zei Squares.
'Dat weet ik. Maar tegen die tijd heb ik misschien iets goeds gedaan. Dan heb ik misschien haar dochter gered. Misschien heb ik dan iets voor haar gedaan, al is ze dan ook dood.'
'Of,' bracht Squares ertegenin, 'zul je er dan achter zijn gekomen dat ze niet de vrouw was die je dacht dat ze was. Dat ze ons allemaal bij de neus heeft genomen, of nog erger.'
'Dat zal ik dan moeten accepteren,' zei ik. 'Doe je nog steeds met me mee?'
'Tot het bittere einde, Kemosabi.'
'Mooi, want ik heb een plan.'
Zijn leren gezicht kraakte tot een glimlach. 'Nou, vooruit met de geit dan. Vertel op.'
'We zijn iets vergeten.'
'Wat dan?'
'New Mexico. Sheila's vingerafdrukken zijn gevonden in een huis in New Mexico waar een dubbele moord is gepleegd.'
Hij knikte. 'Maar we weten niet eens wie er in New Mexico zijn vermoord. En we weten ook niet waar de moorden zijn gepleegd.'
'Daar gaat mijn plan nu juist over,' zei ik. 'Zet me even thuis af. Ik moet een poosje gaan websurfen.'

Ja, ik had een plan.
Je kon redelijkerwijs aannemen dat niet FBI-agenten degenen waren die de lijken hadden gevonden. Dat zou wel een plaatselijke politieman zijn geweest. Of misschien een van de buren. Of een familielid. En aangezien deze moord had plaatsgevonden in een stad die nog niet geheel apathisch tegenover dergelijke uitbarstingen van geweld stond, was er waarschijnlijk in de plaatselijke krant gewag van gemaakt.
Ik surfte naar *refdesk.com* en klikte op nationale dagbladen. Er wa-

ren drieëndertig hits voor New Mexico. Ik koos die voor Albuquerque en omstreken. Ik leunde achterover terwijl de pagina werd geladen. Vond er een. Oké, goed. Ik klikte op Archief en begon te zoeken. Ik typte 'moord' in. Te veel hits. Ik probeerde het met 'dubbele moord'. Dat ging ook niet. Ik probeerde een andere krant. Toen nog een.

Ik had er bijna een uur voor nodig, maar uiteindelijk had ik het te pakken:

TWEE MANNEN VERMOORD AANGETROFFEN
Hevige schrik in de wijk
Door Yvonne Sterno

Gisteravond laat was de ommuurde buitenwijk Stonepointe in Albuquerque in rep en roer vanwege het nieuws dat daar twee mannen door het hoofd waren geschoten, waarschijnlijk op klaarlichte dag. Ze zijn aangetroffen in een van de huizen van de wijk. 'Ik heb niets gehoord,' zei Fred Davison, een buurman. 'Ik kan gewoon niet geloven dat zoiets in onze wijk heeft kunnen gebeuren.' De twee mannen zijn nog niet geïdentificeerd. De politie heeft geen commentaar geleverd, behalve dat de zaak wordt onderzocht. 'Het onderzoek is in volle gang. We zijn diverse sporen aan het natrekken.' De eigenaar van het huis is ene Owen Enfield. De lijkschouwing zal deze ochtend plaatsvinden.

Dat was het. Ik keek bij de volgende dag. Niets. Ik keek bij de dag daarop. Ook niets. Ik zocht alle artikelen op die waren geschreven door Yvonne Sterno. Plaatselijke bruiloften en liefdadigheidsevenementen. Niets, geen enkel woord, over de moorden.

Ik leunde achterover.

Waarom waren er niet meer artikelen?

Er was maar één manier om daar achter te komen. Ik pakte de telefoon en begon het nummer van de *New Mexico Star-Beacon* te draaien. Misschien bofte ik en kreeg ik Yvonne Sterno aan de lijn. En misschien zou ze me iets vertellen.

De centrale was zo'n apparaat dat je verzocht de achternaam van de gewenste persoon te spellen. Nadat ik s-t-e-r had ingetoetst, onderbrak het apparaat me met de mededeling dat ik op het hekje moest drukken als ik probeerde Yvonne Sterno te bereiken. Ik volgde de instructie op. Twee belletjes later nam een antwoordapparaat op.

'Met Yvonne Sterno van de *Star-Beacon*. Ik ben in gesprek op een andere lijn of zit niet aan mijn bureau.'

Ik hing op. Ik was nog on line dus zette ik *switchboard.com* op het scherm. Ik tikte Sterno's naam in en probeerde het in Albuquerque. Bingo. Er stond een 'Y. en M. Sterno' in het telefoonboek. Het adres was Canterbury Drive 25, Albuquerque. Ik draaide het nummer. Een vrouw nam op.

'Hallo?' Toen riep ze: 'Wees even stil, mamma is aan de telefoon!' Het gekrijs van jonge kinderen verminderde niet.

'Yvonne Sterno?'

'Probeert u me iets te verkopen?'

'Nee.'

'Dan spreekt u met Yvonne Sterno.'

'Mijn naam is Will Klein –'

'Dat klinkt anders precies alsof u me iets probeert te verkopen.'

'Nee, echt niet,' zei ik. 'Bent u de Yvonne Sterno die voor de *Star-Beacon* schrijft?'

'Hoe zei u dat u heette?' Voordat ik antwoord kon geven, schreeuwde ze: 'Hé, ik had gezegd dat jullie moesten ophouden. Tommy, geef hem de Game Boy. Nu meteen!' Terug naar mij. 'Hallo?'

'Mijn naam is Will Klein. Ik wilde even met u praten over de dubbele moord waar u onlangs over hebt geschreven.'

'O ja? Wat hebt u daarmee te maken?'

'Ik heb alleen maar een paar vragen.'

'Ik ben geen bibliotheek, meneer Klein.'

'Zeg gerust Will. En ik vraag maar om een paar minuten van uw tijd. Hoe vaak wordt er in wijken als Stonepointe iemand vermoord?'

'Zelden.'

'En een dubbele moord waarbij de slachtoffers zo zijn aangetroffen als deze?'

'Dit was voorzover ik weet de eerste keer.'

'Waarom heeft er dan niet méér over in de krant gestaan?'

De kinderen barstten weer los. Yvonne Sterno ook. 'Nu is het afgelopen! Tommy, naar je kamer. Ja, ja, daar hebben we het later wel over, jochie, wegwezen. En jij, geef me die Game Boy. Geef me dat ding of ik stop hem in de afvalvernietiger.' Ik hoorde dat de hoorn weer werd opgepakt. 'Ik vraag u nogmaals: wat hebt u met deze zaak te maken?'

Ik kende genoeg verslaggevers om te weten dat de weg naar hun

hart via de artikelen met hun naam erboven loopt. 'Ik heb misschien relevante informatie over die zaak.'
'Relevant,' herhaalde ze. 'Dat is een goed woord, Will.'
'U zult wat ik te zeggen heb, erg interessant vinden.'
'Waar bel je vandaan?'
'New York,' zei ik.
Even bleef het stil. 'Da's een heel eind van de plaats van het misdrijf.'
'Inderdaad.'
'Goed, ik luister. Ik ben zeer benieuwd wat ik zowel relevant als interessant zal vinden.'
'Eerst moet ik een paar basisfeiten weten.'
'Zo werk ik niet, Will.'
'Ik heb uw andere artikelen opgezocht, mevrouw Sterno.'
'Het is geen mevrouw, want ik ben niet getrouwd, maar zeg maar gewoon Yvonne, nu we toch zo dik met elkaar aan het worden zijn.'
'Best,' zei ik. 'Je schrijft over het algemeen over evenementen als bruiloften en galadiners, Yvonne.'
'Ja, daar krijg je goed eten en ik zie er in een zwarte jurk fantastisch uit. Wat wil je?'
'Een zaak als deze komt niet iedere dag uit de lucht vallen.'
'Ik begin me nu echt een beetje kwaad te maken. Wat wil je?'
'Wat ik wil? Dat je een risicootje neemt. Je hoeft alleen maar een paar vragen te beantwoorden. Dat kan toch geen kwaad? Wie weet ben ik te goeder trouw.'
Toen ze daarop niets zei, ging ik door.
'Je schrijft een verhaal over een belangrijke moordzaak als deze. Maar in het artikel staat niets over de slachtoffers of de verdachten en ook geen belangrijke details.'
'Daarover had ik geen informatie,' zei ze. 'De melding kwam 's avonds laat via de scanner binnen. We konden het artikel nog net voor de ochtendeditie klaar krijgen.'
'Maar waarom geen follow-up? Dit moet een sensatie zijn geweest. Waarom is het bij dat ene artikel gebleven?'
Stilte.
'Hallo?'
'Momentje. De kinderen zitten weer te ruziën.'
Maar deze keer hoorde ik geen herrie.
'Het moest in de doofpot gestopt worden,' zei ze zachtjes.
'Wat bedoel je?'
'Ik bedoel dat we nog geboft hebben dat we er íéts over in de

krant hebben gekregen. De volgende ochtend kwam er een hele meute FBI-agenten. De plaatselijke SAC –'
'Wat is een SAC?'
'*Special Agent in Charge*. De baas van de agenten. Die heeft tegen mijn baas gezegd dat er niets meer over in de krant mocht komen. Ik heb geprobeerd nog wat te vissen, maar ik kreeg overal "geen commentaar".'
'Is dat ongebruikelijk?'
'Ik weet het niet, Will. Ik heb nog nooit eerder een moord verslagen. Maar het lijkt mij nogal ongebruikelijk, ja.'
'Wat wil het volgens jou zeggen?'
'Afgaande op het gedrag van mijn baas?' Yvonne haalde diep adem. 'Dat het om iets belangrijks gaat. Iets heel belangrijks. Belangrijker dan een willekeurige dubbele moord. Jouw beurt, Will.'
Ik vroeg me af hoe ver ik kon gaan. 'Weet je dat er in het huis vingerafdrukken zijn gevonden?'
'Nee.'
'Eén setje vingerafdrukken was van een vrouw.'
'Ga door.'
'Die vrouw is gisteren gevonden. Ze is vermoord.'
'Ho even. Vermoord?'
'Ja.'
'Waar?'
'In een klein stadje in Nebraska.'
'Haar naam?'
Ik leunde achterover. 'Vertel me eens iets over de huiseigenaar, Owen Enfield.'
'O, ik snap het. Over en weer. Ik geef jou wat, jij geeft mij wat.'
'Zoiets, ja. Was Enfield een van de slachtoffers?'
'Dat weet ik niet.'
'Wat weet je over hem?'
'Hij heeft hier drie maanden gewoond.'
'In zijn eentje?'
'Volgens de buren is hij in zijn eentje gekomen. Maar de afgelopen paar weken waren er steeds een vrouw en een kind bij hem.'
Een kind.
Mijn hart ging sneller kloppen. Ik ging rechtop zitten. 'Hoe oud was het kind?'
'Weet ik niet. Schoolleeftijd.'
'Twaalf ongeveer?'
'Zou kunnen.'

'Een jongen of een meisje?'
'Een meisje.'
Ik bevroor.
'Hé Will, ben je er nog?'
'Weet je hoe dat meisje heet?'
'Nee. Niemand wist iets van ze af.'
'Waar zijn ze nu?'
'Dat weet ik niet.'
'Hoe kan dat?'
'Een van de grote mysteries van het leven, neem ik aan. Het is me niet gelukt ze op te sporen. Maar zoals ik al zei, ben ik van de zaak gehaald en dus heb ik niet erg mijn best gedaan.'
'Kun je uitzoeken waar ze zijn?'
'Ik kan het proberen.'
'Verder nog iets? Heb je de naam van een verdachte of van een van de slachtoffers gehoord, of iets anders?'
'Zoals ik al zei, is de zaak in de doofpot gestopt. Ik werk alleen maar parttime op de krant. Zoals je misschien hebt begrepen, ben ik een fulltime moeder. Ik heb dat verslag alleen maar gedaan omdat ik als enige op de redactie aanwezig was toen het bericht binnenkwam. Maar ik heb een paar goede bronnen.'
'We moeten proberen Enfield te vinden,' zei ik. 'Of in ieder geval de vrouw en het meisje.'
'Dat lijkt me een goede plek om te beginnen,' zei ze instemmend. 'Wil je me nu vertellen waarom je hier belangstelling voor hebt?'
Ik dacht daarover na. 'Ben je bereid dingen overhoop te halen, Yvonne?'
'Ja, Will. Dat ligt me wel.'
'Ben je goed in je vak?'
'Wil je een demonstratie?'
'Graag.'
'Je belt weliswaar vanuit New York, maar je komt uit New Jersey. Ik durf zelfs te wedden – hoewel het bijna zeker is dat er meer dan één Will Klein in New Jersey woont – dat je de broer bent van een beruchte moordenaar.'
'Van iemand die van een beruchte moord wordt verdacht,' verbeterde ik haar. 'Hoe weet je dat?'
'Ik heb Lexis-Nexis op mijn computer hier thuis. Ik heb je naam ingetypt en toen kwam dit tevoorschijn. In een van de artikelen staat dat je nu in Manhattan woont.'
'Mijn broer had hier niets mee te maken.'

'Nee, nee, en hij heeft je buurmeisje ook niet vermoord, zeker?'
'Dat bedoelde ik niet. Jouw dubbele moord heeft niets met hem te maken.'
'Waarom heb jij hier dan belangstelling voor?'
Ik liet een zucht ontsnappen. 'Vanwege iemand anders die me erg na stond.'
'Wie dan?'
'Mijn vriendin. De vingerafdrukken die op de plaats delict zijn gevonden, waren van haar.'
Ik hoorde de kinderen weer op de achtergrond. Het klonk alsof ze door de kamer holden en het geluid van sirenes nadeden. Ditmaal viel Yvonne Sterno niet tegen hen uit. 'Dus zij is dood aangetroffen in Nebraska?'
'Ja.'
'En daarom wil jij deze dingen uitzoeken?'
'Gedeeltelijk.'
'Waarom dan nog meer?'
Ik wilde haar nog niet over Carly vertellen. 'Probeer Enfield te vinden,' zei ik.
'Hoe heette ze, Will? Je vriendin.'
'Ga hem nou maar zoeken.'
'Wil je dat we samenwerken of niet? Dan moet je niets voor me achterhouden. Ik kan het trouwens binnen vijf minuten opzoeken. Zeg het dus maar.'
'Rogers,' zei ik. 'Haar naam was Sheila Rogers.'
Ik hoorde haar typen. 'Ik zal mijn best doen, Will,' zei ze. 'Hou je haaks. Ik bel je zo spoedig mogelijk.'

30

Ik had een eigenaardige quasi-droom.
Ik zeg 'quasi' omdat ik niet echt sliep. Ik dobberde rond in die groef tussen slaap en bewustzijn, die toestand waarin je soms struikelt en valt en snel de randen van het bed moet grijpen. Ik lag in het donker, mijn handen achter mijn hoofd, mijn ogen dicht.

Ik heb al gezegd dat Sheila dol was op dansen. Ze had me zelfs overgehaald lid te worden van een dansclub in het Jewish Community Center in West Orange, New Jersey. Het JCC was dicht bij mijn moeders ziekenhuis en mijn ouderlijk huis in Livingston. We brachten iedere woensdag een bezoek aan mijn moeder en gingen dan om half zeven door naar onze afspraak met onze mededansers.

Het verschil in leeftijd tussen ons en de andere clubleden was – en dit is slechts een ruwe schatting – vijfenzeventig jaar, maar wat konden die oudjes swingen! Ik deed mijn uiterste best om ze te evenaren, maar dat was gewoon geen doen. Ik voelde me verlegen in hun gezelschap. Sheila niet. Soms liet ze, midden in een dans, mijn handen los en zweefde ze bij me vandaan. Haar ogen zakten dan dicht. Met een blos op haar gezicht ging ze volledig op in het genot.

Er was een ouder echtpaar, meneer en mevrouw Segal, die al samen dansten sinds een USO-bijeenkomst in de jaren veertig. Ze vormden een knap, sierlijk stel. Meneer Segal droeg altijd een witte das. Mevrouw Segal droeg altijd iets blauws en een parelketting. Op de dansvloer waren ze een puur wonder. Ze dansten als minnaars. Ze bewogen zich als één geheel. Tijdens de pauzes waren ze gezellig en vriendelijk tegen ons allemaal, maar zolang de muziek speelde, hadden ze alleen oog voor elkaar.

Op een avond afgelopen februari – toen het sneeuwde en we dachten dat de club misschien dicht zou zijn maar zagen dat er gewoon werd gedanst – kwam meneer Segal in zijn eentje. Hij droeg nog steeds de witte das. Zijn pak zag er onberispelijk uit. Maar één blik op zijn strakke gezicht was voldoende. Sheila greep mijn hand. Ik zag een traan uit haar oog ontsnappen. Toen de muziek begon, stond meneer Segal op, stapte zonder aarzelen de dansvloer op en danste daar in zijn eentje. Hij hief zijn armen op en bewoog zich alsof zijn vrouw er nog was. Hij leidde haar over de dansvloer, hield haar geest zo teder vast dat we hem geen van allen durfden te storen.

De week daarop kwam meneer Segal niet. We hoorden van de anderen dat mevrouw Segal een lange strijd tegen kanker had verloren. Maar ze had tot het einde toe gedanst. Toen begon de muziek. We zochten allemaal onze partners op en begonnen te dansen. Terwijl ik Sheila dicht, onwaarschijnlijk dicht tegen me aan drukte, besefte ik dat ofschoon het verhaal van de Segals erg triest was, ze het beter hadden gehad dan alle andere mensen die ik kende.

Op dit punt trad ik de quasi-droom binnen, hoewel ik van het begin af aan wist dat het alleen maar een droom was. Ik was op de JCC Dansclub. Meneer Segal was er. Er waren allerlei andere mensen die ik nog nooit had gezien, allemaal zonder partners. Toen de muziek begon, dansten we allemaal in ons eentje. Ik keek om me heen. Mijn vader was er. Hij danste een knullige foxtrot. Hij knikte tegen me.

Ik bekeek de andere dansers. Ze voelden allemaal heel duidelijk de aanwezigheid van de overledenen. Ze keken in de spookachtige ogen van hun partners. Ik probeerde dat ook te doen, maar er was iets mis. Ik zag niets. Ik danste in mijn eentje. Sheila kwam niet bij me.

Ver weg hoorde ik de telefoon rinkelen. Een zware stem op het antwoordapparaat drong door in mijn droom. 'U spreekt met inspecteur Daniels van het politiebureau van Livingston. Ik ben op zoek naar Will Klein.'

Op de achtergrond, achter inspecteur Daniels, hoorde ik de gedempte lach van een jonge vrouw. Mijn ogen vlogen open en de JCC Dansclub verdween. Toen ik mijn hand uitstak naar de telefoon, hoorde ik de jonge vrouw weer in lachen uitbarsten.

Ze klonk als Katy Miller.

'Ik kan misschien beter je ouders bellen,' zei inspecteur Daniels tegen degene die zat te lachen.
'Nee.' Het was Katy. 'Ik ben achttien. U kunt me niet dwingen –'
Ik nam de hoorn van de haak. 'Met Will Klein.'
Inspecteur Daniels zei: 'Hallo, Will. Met Tim Daniels. Kun je je mij nog herinneren? We hebben samen op school gezeten.'
Tim Daniels. Hij had bij het benzinestation gewerkt. Hij kwam altijd in zijn met olie besmeurde uniform naar school, met zijn naam op de borstzak geborduurd. Hij hield blijkbaar nog steeds van uniformen.
'Ja, natuurlijk,' zei ik, nu volslagen het spoor bijster. 'Hoe is 't ermee?'
'Goed, dank je.'
'Je zit dus bij de politie?' Ik ben heel scherp in die dingen.
'Ja. En ik woon hier nog steeds. Ik ben getrouwd met Betty Jo Stetson. We hebben twee dochters.'
Ik probeerde me Betty Jo voor de geest te halen, maar kreeg niets in beeld. 'Goh, gefeliciteerd.'
'Dank je, Will.' Zijn stem kreeg een ernstige klank. 'Ik, eh, heb in de *Tribune* gelezen dat je moeder is overleden. Mijn condoleances.'
'Dank je,' zei ik.
Katy Miller begon weer te lachen.
'Hoor eens, de reden waarom ik je bel… je kent Katy Miller zeker wel?'
'Ja.'
Heel even bleef het stil. Hij wist vermoedelijk nog wel dat ik verkering had gehad met haar zuster en wat haar lot was geworden. 'Ze heeft me verzocht jou te bellen.'
'Wat is er aan de hand?'
'Ik heb Katy op het speelveld van Mount Pleasant gevonden met een halflege fles Absolut. Ze is ladderzat. Ik wilde haar ouders bellen –'
'Als je het maar laat!' riep Katy weer. 'Ik ben achttien!'
'Dat zou je anders niet zeggen. Hoe dan ook, Will, ze heeft gevraagd of ik jou wilde bellen. En ach, ik kan me nog goed herinneren hoe wij op die leeftijd waren. Wij waren ook niet perfect, of wel soms?'
'Nee,' zei ik.
En dat was het moment waarop Katy iets riep waardoor ik van top tot teen verstijfde. Ik hoopte dat ik het verkeerd had verstaan. Maar haar woorden, en de bijna spottende manier waarop ze ze luidkeels

riep, hadden het effect van een koude hand die in mijn nek werd gelegd.
'Idaho!' riep ze. 'Heb ik gelijk, Will? Idaho!'
Ik greep de hoorn steviger vast, er zeker van dat ik het niet goed kon hebben verstaan. 'Wat zegt ze?'
'Ik weet het niet. Ze roept steeds iets over Idaho, maar ze is nogal teut.'
Katy weer: 'Idaho! Hie ha ho! Idaho! Ik heb gelijk, hè?'
Ik haalde nog maar heel oppervlakkig adem.
'Hoor eens, Will, ik weet dat het laat is, maar kun je haar soms komen halen?'
Ik vond voldoende van mijn stem terug om te kunnen zeggen: 'Ik ben al onderweg.'

31

Squares sloop de trap op in plaats van de lift te nemen, omdat hij niet wilde dat Wanda van het lawaai wakker zou worden.

De Yoga Squared Corporation was de eigenaar van het gebouw. Hij en Wanda bewoonden de twee verdiepingen boven de yogastudio. Het was drie uur 's nachts. Squares duwde de schuifdeur open. Er brandde geen licht. Hij stapte de kamer in. De lantarenpalen zorgden voor scherpe flinters licht.

Wanda zat in het donker op de bank, haar benen gekruist, haar armen over elkaar.

'Hoi,' zei hij heel zachtjes, alsof hij bang was iemand wakker te maken, hoewel er niemand anders in het gebouw aanwezig was.

'Wil je dat ik het laat wegmaken?' vroeg ze.

Squares wou dat hij zijn zonnebril op had gehouden. 'Ik ben erg moe, Wanda. Laat me even een paar uur slapen.'

'Nee.'

'Wat wil je van me horen?'

'Ik ben nog niet zo lang zwanger. Ik hoef alleen maar een pil in te nemen. Dus wil ik het weten. Wil je dat ik het wegmaak?'

'Ligt de beslissing nu opeens bij mij?'

'Wat is je antwoord?'

'Ik dacht dat je zo'n overtuigde feministe was, Wanda. Hoe zit het

met het recht van de vrouw om zelf te kiezen?'
'Ga alsjeblieft niet zitten lullen.'
Squares duwde zijn handen diep in zijn zakken. 'Wat wil jij?'
Wanda draaide haar hoofd opzij. Hij kon haar profiel zien, de lange nek, de trotse houding. Hij hield van haar. Hij had nog nooit eerder van iemand gehouden en niemand had ooit van hem gehouden. Toen hij nog heel klein was, had zijn moeder het leuk gevonden om hem met een gloeiende strijkbout te bewerken. Ze was daarmee gestopt toen hij twee was – heel toevallig op dezelfde dag dat zijn vader haar dood had geslagen en zichzelf in de kast had opgeknoopt.
'Je draagt je verleden op je voorhoofd,' zei Wanda. 'Die luxe is niet aan iedereen gegund.'
'Ik snap niet wat je bedoelt.'
Ze hadden geen van beiden het licht aangedaan. Hun ogen raakten aan het duister gewend, maar ze bleven onscherp voor elkaar en dat maakte het gemakkelijker.
Wanda zei: 'Bij de diploma-uitreiking van mijn middelbare school was ik degene die de afscheidsspeech mocht houden.'
'Dat weet ik.'
Ze deed haar ogen dicht. 'Laat me dit even vertellen, goed?'
Squares gaf haar met een knikje aan door te gaan.
'Ik ben opgegroeid in een welgestelde buitenwijk. Er waren weinig zwarte gezinnen. Op school was ik van de driehonderd leerlingen van mijn leerjaar het enige negermeisje. En ik was de beste van de klas. Ik kon zelf kiezen naar welke universiteit ik wilde. Ik heb Princeton gekozen.'
Hij wist dat allemaal al, maar zei niets.
'Toen ik daar eenmaal was, begon ik het gevoel te krijgen dat ik niet voldeed. Ik zal niet op de hele diagnose ingaan, over mijn gebrek aan eigenwaarde en zo, maar ik hield op met eten. Ik viel af. Ik werd anorectisch. Ik weigerde dingen te eten waar ik niet van af kon komen. Ik deed de hele dag sit-ups. Op een gegeven moment woog ik nog maar vijfenveertig kilo en wanneer ik in de spiegel keek, haatte ik de dikzak die naar me terugkeek nog steeds.'
Squares ging wat dichter bij haar staan. Hij wilde haar hand vastpakken. Maar dom genoeg deed hij dat niet.
'Ik hongerde mezelf zodanig uit dat ik op een gegeven moment in het ziekenhuis moest worden opgenomen. Ik had mijn ingewanden schade toegebracht. Mijn lever, mijn hart, de artsen weten nog steeds niet precies in welke mate. Ik heb nooit een hartstilstand gehad, maar ik geloof dat het een tijdlang kantje boord was. Ik ben er

uiteindelijk bovenop gekomen – ook daar zal ik niet op ingaan – maar de artsen zeiden dat ik waarschijnlijk nooit zwanger zou worden. En zo ja, dat ik waarschijnlijk een miskraam zou krijgen.'

Squares stond nu vlak bij haar. 'En wat zegt je dokter nu?' vroeg hij.

'Ze kan niets beloven.' Wanda keek naar hem op. 'Ik ben nog nooit van mijn leven zo bang geweest.'

Hij voelde zijn hart krimpen in zijn borst. Hij wilde naast haar gaan zitten en zijn armen om haar heen slaan. Maar weer hield iets hem tegen en hij haatte zichzelf erom. 'Als zwanger blijven je gezondheid in gevaar brengt –'

'Dat risico zou ik dan zelf nemen,' zei ze.

Hij probeerde te glimlachen. 'Ah, daar hebben we de feministe weer.'

'Wanneer ik zeg dat ik bang ben, heb ik het niet alleen over mijn gezondheid.'

Hij wist dat.

'Squares?'

'Ja.'

Haar stem was bijna een smeekbede. 'Sluit me niet buiten, goed?'

Hij wist niet wat hij moest zeggen, dus hield hij het maar bij een cliché. 'Het is een grote stap.'

'Dat weet ik.'

'Ik geloof niet,' zei hij langzaam, 'dat ik zoiets aankan.'

'Ik hou van je.'

'Ik hou ook van jou.'

'Je bent de sterkste man die ik ooit heb ontmoet.'

Squares schudde zijn hoofd. Een of andere zatlap op straat begon krijsend te zingen dat 'love grows where his Rosemary goes and nobody knows but him'. Wanda haalde haar armen van elkaar en wachtte.

'Misschien,' begon Squares, 'kunnen we er beter van afzien. Al is het maar vanwege je gezondheid.'

Wanda keek toe toen hij een stap achteruit deed, bij haar vandaan. Voordat ze antwoord kon geven, was hij verdwenen.

Ik huurde een auto bij een verhuurbedrijf in 37th Street dat dag en nacht open was en reed naar het politiebureau van Livingston. Ik was niet meer in dat heilige gebouw geweest sinds het schoolreisje van de lagere school toen ik in de eerste klas zat. Op die zonnige ochtend hadden we de cel waar ik Katy nu aantrof, niet mogen zien, omdat daar, net als nu, iemand in had gezeten. Dat denkbeeld – dat er slechts een paar meter van de plek waar we stonden misschien een beruchte misdadiger opgesloten zat – was het spannendste wat een eersteklassertje met zijn jonge hersentjes kon bevatten.

Inspecteur Daniels begroette me met een te krachtige handdruk. Het viel me op dat hij nogal vaak zijn broek ophees. Hij rinkelde – of liever gezegd, zijn sleutels en handboeien deden dat – wanneer hij zich bewoog. Hij was iets dikker dan vroeger, maar zijn gezicht was nog altijd even glad en jeugdig.

Ik vulde wat formulieren in en toen werd Katy vrijgelaten en aan mij overgedragen. Ze was aardig nuchter geworden in het uur dat ik ervoor nodig had gehad om hierheen te komen. Er zat geen lachje meer in haar. Ze liet haar hoofd hangen. Haar gezicht had de klassieke norse tienertrek.

Ik bedankte Tim nogmaals. Katy deed niet eens een poging te glimlachen of haar hand op te steken. We gingen op weg naar de auto, maar toen we eenmaal in de nachtelijke buitenlucht stonden, greep ze mijn arm.

'Laten we een eindje gaan lopen,' zei ze.
'Het is midden in de nacht. Ik ben moe.'
'Als ik nu in een auto moet zitten, ga ik kotsen.'
Ik bleef staan. 'Waarom schreeuwde je door de telefoon al die dingen over Idaho?'

Maar Katy stak Livingston Avenue al over. Ik ging achter haar aan. Ze versnelde haar pas toen ze het plein naderde. Ik haalde haar in.

'Je ouders zijn vast ongerust,' zei ik.
'Maak je geen zorgen. Ik heb gezegd dat ik bij een vriendin ging logeren.'
'Mag ik weten waarom je in je eentje hebt zitten zuipen?'
Katy bleef lopen. Haar ademhaling werd zwaarder. 'Ik had dorst.'
'Zo. En wat was er met Idaho?'
Ze keek naar me maar bleef in hetzelfde tempo doorlopen. 'Ik geloof dat je dat wel weet.'
Ik greep haar arm. 'Wat is dit voor spelletje?'
'Ik ben niet de enige die spelletjes speelt, Will.'
'Waar heb je het over?'
'Idaho, Will. Jouw Sheila Rogers kwam toch uit Idaho?'
Opnieuw raakten haar woorden me als een vuistslag. 'Hoe weet je dat?'
'Ik heb het gelezen.'

'In de krant?'
Ze grinnikte. 'Weet je het echt niet?'
Ik greep haar bij de schouders. 'Waar heb je het over?'
'Waar heeft jouw Sheila gestudeerd?' vroeg ze.
'Dat weet ik niet.'
'Ik dacht dat jullie stapelverliefd op elkaar waren.'
'Het is nogal ingewikkeld.'
'Dat zal best.'
'Ik begrijp er nog steeds niets van, Katy.'
'Sheila Rogers heeft op Haverton gezeten, Will. Samen met Julie. Ze zaten in dezelfde studentenclub.'
Ik was met stomheid geslagen. 'Dat kan niet waar zijn.'
'Ik kan er echt niet bij dat je dit niet weet. Heeft Sheila je dat nooit verteld?'
Ik schudde mijn hoofd. 'Weet je het zeker?'
'Sheila Rogers uit Mason, Idaho. Haar hoofdvak was communicatie. Het staat allemaal in het clubblad. Ik heb het in een oude kist in de kelder gevonden.'
'Ik snap er niks van. Wist je haar naam dan nog, na al die jaren?'
'Ja.'
'Waarom? Ik bedoel, herinner je je de namen van alle meisjes van Julies studentenclub?'
'Nee.'
'Waarom herinner je je Sheila Rogers dan wel?'
'Omdat,' zei Katy, 'Sheila en Julie kamergenoten waren.'

32

Squares kwam aanzetten met bagels en salades uit een winkel op de hoek van 15th en First die heel doordacht La Bagel was gedoopt. Het was tien uur 's ochtends en Katy lag op de bank te slapen. Squares stak een sigaret op. Ik zag dat hij dezelfde kleren droeg als gisteravond. Niet dat zoiets erg makkelijk waarneembaar was – het was niet zo dat Squares een toonaangevende figuur was in de wereld van de *haut monde* – maar vanochtend zag hij er nog verfomfaaider uit dan anders. We gingen op de krukken aan de eetbar zitten.

'Zeg,' zei ik, 'ik weet dat je ernaar streeft tussen het straatvolkje niet op te vallen, maar...'

Hij pakte een bord uit een kastje. 'Krijg ik alleen maar grapjes van je te horen, of was je ook van plan me te vertellen wat er is gebeurd?'

'Is er een reden waarom ik niet beide kan doen?'

Hij boog zijn hoofd en keek me over de zonnebril heen aan. 'Is het zo erg?'

'Nog erger,' zei ik.

Katy draaide zich op de bank om. Ik hoorde haar 'au' zeggen. Ik had Tylenol bij de hand, extra sterk. Ik gaf haar twee tabletten en een glas water. Ze slokte ze naar binnen en strompelde naar de douche. Ik keerde terug naar mijn kruk.

'Hoe voelt je neus?' vroeg Squares.

'Alsof mijn hart ernaartoe is verhuisd en nu probeert er dwars doorheen naar buiten te dringen.'
Hij knikte en nam een hap van een bagel met zalmsalade. Hij kauwde traag. Zijn schouders hingen af. Ik wist dat hij afgelopen nacht niet thuis had doorgebracht. Ik wist dat er tussen hem en Wanda iets was gebeurd. En ik wist bovenal dat hij niet wilde dat ik ernaar vroeg.
'Je zei iets over nog erger,' bracht hij me weer op gang.
'Sheila heeft tegen me gelogen,' zei ik.
'Dat wisten we al.'
'Niet dat.'
Hij bleef kauwen.
'Ze heeft Julie Miller gekend. Ze zaten in dezelfde studentenclub. Ze waren zelfs kamergenoten.'
Hij hield op met kauwen. 'Wat zeg je nou?'
Ik vertelde hem wat ik te weten was gekomen. Al die tijd bleef het water in de douche stromen. Ik vermoedde dat Katy nog geruime tijd de nawerking van de alcohol zou voelen. Aan de andere kant herstellen jonge mensen zich sneller dan wij.
Toen ik was uitverteld, leunde Squares achterover, sloeg zijn armen over elkaar en grinnikte. 'Klasse,' zei hij.
'Ja, dat is precies wat ik ook al dacht.'
'Ik snap het niet.' Hij begon een nieuwe bagel te smeren. 'Je vroegere vriendin, die elf jaar geleden is vermoord, deelde op de universiteit een kamer met je laatste vriendin, die ook is vermoord.'
'Ja.'
'En je broer is beschuldigd van de eerste moord.'
'Wederom ja.'
'Juist.' Squares knikte ferm. Toen zei hij: 'Ik snap het nog steeds niet.'
'Het moet doorgestoken kaart zijn,' zei ik.
'In welk opzicht?'
'Sheila en ik.' Ik haalde flauwtjes mijn schouders op. 'Het moet allemaal doorgestoken kaart zijn geweest. Een leugen.'
Hij maakte een ja-en-nee-gebaar met zijn hoofd. Zijn lange haar zakte voor zijn gezicht. Hij streek het achterover. 'Met welk doel?'
'Geen idee.'
'Denk na.'
'Heb ik al gedaan,' zei ik. 'De hele nacht.'
'Goed, laten we er even van uitgaan dat je gelijk hebt. Dat Sheila tegen je heeft gelogen of dat ze je, weet ik het, ergens in heeft geluisd. Volg je me?'

'Ik volg je.'
Hij spreidde zijn handen. 'Waarom?'
'Nogmaals: geen idee.'
'Laten we dan de mogelijkheden even doornemen,' zei Squares. Hij stak zijn vinger op. 'Eén: het kan een gigantisch toeval zijn.'
Ik keek hem alleen maar aan.
'Momentje, wanneer had jij verkering met Julie Miller? Twaalf jaar geleden ongeveer?'
'Ja.'
'Misschien wist Sheila dat dan gewoon niet meer. Onthoud jij de namen van alle ex-vriendinnen van je vrienden? Ik bedoel maar. Of misschien heeft Julie nooit over jou gepraat. Of misschien is Sheila je naam gewoon vergeten. Jaren later ontmoeten jullie elkaar…'
Ik keek hem nog steeds alleen maar aan.
'Oké, dat is nogal vergezocht,' stemde hij in. 'Laat maar zitten. Mogelijkheid nummer twee' – Squares hief nog een vinger op, zweeg, keek naar het plafond – 'God, ik heb geen flauw idee.'
'Ik ook niet.'
We aten. Hij piekerde. 'Goed, laten we er dan even van uitgaan dat Sheila van het begin af aan precies heeft geweten wie je was.'
'Ja, laten we dat doen.'
'Dan snap ik er nog steeds niks van. Wat zegt dit ons?'
'Dat het geraffineerd in elkaar zit,' antwoordde ik.
De douche hield op met kletteren. Ik pakte een bagel met karweizaad. De zaadjes bleven aan mijn hand plakken.
'Ik heb er de hele nacht over nagedacht,' zei ik.
'En?'
'Ik kom steeds terug bij New Mexico.'
'Waarom?'
'De FBI wilde Sheila ondervragen over een onopgeloste dubbele moord in Albuquerque.'
'En?'
'Julie Miller is ook vermoord.'
'En ook die moord is nooit opgelost,' zei Squares, 'hoewel je broer ervan werd verdacht.'
'Ja.'
'Je ziet een verband tussen die twee,' zei Squares.
'Dat moet wel.'
Squares knikte. 'Nou, ik zie punt A en ik zie punt B. Ik zie alleen niet hoe je van het ene naar het andere kunt komen.'
'Ik,' zei ik, 'ook niet.'

We vervielen in stilzwijgen. Katy stak haar hoofd om de hoek van de deur. Haar gezicht had de grauwsluier van de kater. Ze kreunde en zei: 'Ik heb alweer overgegeven.'
'Dank je voor dat nieuwsbericht,' zei ik.
'Waar zijn mijn kleren?'
'In de kast in de slaapkamer,' zei ik.
Ze wuifde een lijdend dank-je en deed de deur dicht. Ik keek naar de rechterzijde van de bank, de plek waar Sheila zo graag had zitten lezen. Hoe kon dit allemaal gebeuren? Het oude gezegde 'Het is beter om iemand lief te hebben en te verliezen, dan nooit een liefde te kennen' kwam bij me boven. Ik dacht daar even over na. Ik vroeg me af wat erger was – je grote liefde verliezen of tot de ontdekking komen dat ze misschien helemaal niet van je had gehouden.
Een keuze om goed van te balen.
De telefoon ging. Ditmaal wachtte ik niet op het antwoordapparaat. Ik nam op en zei hallo.
'Will?'
'Ja?'
'Met Yvonne Sterno,' zei ze. 'Albuquerques vrouwelijke Jimmy Olsen.'
'Wat ben je te weten gekomen?'
'Ik heb hier de hele nacht aan zitten werken.'
'En?'
'Het wordt steeds vreemder.'
'Ik luister.'
'Ik heb mijn contactpersoon gevraagd de eigendomspapieren en belastingaangiften te bekijken. Ik moet hier even bij zeggen dat mijn contactpersoon een baan heeft bij de overheid en dat ze dit in haar vrije tijd voor me heeft gedaan. Het is meestal makkelijker om water in wijn te veranderen of mijn oom voor een etentje te laten betalen dan een ambtenaar zover te krijgen –'
Ik onderbrak haar. 'Yvonne?'
'Ja?'
'Ga er maar van uit dat ik onder de indruk ben van je vindingrijkheid en vertel me wat je te weten bent gekomen.'
'Ja, natuurlijk, je hebt gelijk,' zei ze. Ik hoorde papier ritselen. 'Het huis waar de moorden zijn gepleegd was gehuurd door een maatschappij met de naam Cripco.'
'En wat is dat voor een bedrijf?'
'Niet te achterhalen. Het is een façade. Ze schijnen zich nergens mee bezig te houden.'

Ik dacht daarover na.
'Owen Enfield had een auto. Een grijze Honda Accord. Ook die was geleast door de aardige mensen van Cripco.'
'Misschien werkte hij voor hen.'
'Misschien. Daar ben ik nog mee bezig.'
'Waar is die auto nu?'
'Dat is ook zo'n interessant punt,' zei Yvonne. 'De politie heeft hem gevonden op een parkeerterrein van een winkelcentrum in Lacida. Dat is ongeveer driehonderdvijftig kilometer ten oosten van Albuquerque.'
'En waar is Owen Enfield?'
'Als je het mij vraagt, is hij dood. Misschien was hij een van de slachtoffers.'
'En de vrouw en het meisje? Waar zijn die?'
'Niets over bekend. Ik weet niet eens hoe ze heten.'
'Heb je met de buren gepraat?'
'Ja. Zoals ik al zei: niemand wist veel van ze af.'
'Een signalement dan?'
'Ah.'
'Ah?'
'Daar wilde ik nu juist met je over praten.'
Squares at door, maar ik zag dat hij luisterde. Katy was nog steeds in de slaapkamer, bezig zich aan te kleden of nog een offer te brengen aan de porseleingoden.
'De signalementen waren erg vaag,' vervolgde Yvonne. 'De vrouw was midden dertig, leuk om te zien, bruin haar. Veel meer konden de buren me niet vertellen. Niemand wist hoe het meisje heette. Ze was een jaar of elf, twaalf, en had lichtbruin haar, zandkleurig. Een buurvrouw beschreef haar als "snoezig om te zien", maar dat zijn ze op die leeftijd allemaal. Meneer Enfield werd beschreven als één meter tachtig met stekeltjeshaar en een puntbaardje. Een jaar of veertig.'
'Dan was hij niet een van de slachtoffers,' zei ik.
'Hoe weet je dat?'
'Ik heb een foto gezien van de plaats delict.'
'Wanneer?'
'Toen ik door de FBI werd ondervraagd over de verblijfplaats van mijn vriendin.'
'En je hebt de slachtoffers gezien?'
'Niet erg duidelijk, maar ik weet wel dat ze geen van beiden stekeltjeshaar hadden.'

'Hmm. Dan is het hele gezin dus verdwenen.'
'Ja.'
'Er is nog iets, Will.'
'Wat dan?'
'Stonepointe is een nieuwe wijk. Ze hebben daar veel eigen voorzieningen.'
'En?'
'Ken je de winkelketen QuickGo?'
'Ja,' zei ik. 'Daar hebben we hier ook filialen van.'
Squares nam zijn zonnebril af en wierp me een vragende blik toe. Ik schokschouderde. Hij kwam naar me toe.
'Er is een grote QuickGo aan de rand van de wijk,' zei Yvonne. 'Bijna alle bewoners maken er gebruik van.'
'En?'
'Een van de buren zweert dat ze Owen Enfield daar op de dag van de moord om drie uur 's middags heeft gezien.'
'Ik kan je niet volgen, Yvonne.'
'Nou,' zei ze, 'alle QuickGo-winkels hebben beveiligingscamera's.' Ze zweeg even. 'Kun je me nu volgen?'
'Ja, ik geloof van wel.'
'Ik heb al geïnformeerd,' ging ze door. 'Ze bewaren de films een maand en gebruiken ze dan opnieuw.'
'Als we dus aan die film kunnen komen,' begon ik, 'krijgen we meneer Enfield misschien te zien.'
'*Als* we eraan kunnen komen. De manager van de winkel was erg stug en weigerde mij iets te geven.'
'Daar moet iets op te vinden zijn,' zei ik.
'Alle ideeën zijn welkom, Will.'
Squares legde zijn hand op mijn schouder. 'Wat is er aan de hand?'
Ik legde mijn hand op het mondstuk en bracht hem op de hoogte. 'Ken jij iemand die connecties heeft met QuickGo?' vroeg ik.
'Hoe ongelooflijk het ook mag klinken, het antwoord is nee.'
Verdomme. We piekerden er een poosje over door. Yvonne begon de jingle van QuickGo te neuriën, een van die marteldeuntjes die via je gehoorkanaal binnenkomen en dan in je schedel heen en weer blijven flitsen op zoek naar een ontsnappingsroute die ze nooit zullen vinden. Ik herinnerde me de laatste reclamecampagne, waarvoor ze de oude jingle hadden gemoderniseerd door er een elektrische gitaar, een synthesizer en een basgitaar aan toe te voegen, en de tekst nu lieten zingen door een beroemde popster die bekendstond als Sonay.

Wacht eens even. Sonay.
Squares keek me aan. 'Wat?'
'Ik geloof dat je toch wel van dienst kunt zijn,' zei ik.

33

Sheila en Julie waren lid geweest van de vrouwelijke studentenvereniging Chi Gamma. Ik had de huurauto van mijn nachtelijke tocht naar Livingston nog, dus besloten Katy en ik de rit van twee uur naar Haverton College in Connecticut te maken om te zien wat we er te weten konden komen.

Eerder op de dag had ik het registratiekantoor van de universiteit gebeld voor wat informatie. Ik kreeg te horen dat de huismoeder van de studentenvereniging indertijd ene Rose Baker was geweest. Mevrouw Baker was drie jaar geleden met pensioen gegaan en verhuisd naar een campushuis aan de overkant van de straat. Zij zou het voornaamste doelwit van ons pseudo-onderzoek zijn.

We stopten voor het Chi-Gammahuis. Ik herinnerde me dat nog van mijn te sporadische bezoeken toen ik zelf op Amherst studeerde. Je zag meteen dat het een huis van een vrouwelijke studentenvereniging was. Het bezat een vooroorlogse, quasi-Grieks-Romeinse zuilentoestand, helemaal wit, met zacht glooiende randen die het gebouw een echt vrouwelijk tintje gaven. Het deed me een beetje denken aan een bruidstaart.

De woning van Rose Baker was, om het vriendelijk te zeggen, bescheidener. Het huis was zijn leven begonnen in de stijl van Cape Cod, maar ergens onderweg waren de roesjes platgestreken. Het rood van ooit was nu dof terracotta. De vitrage achter de ramen zag eruit alsof katten daar vaak in omhoog klommen. Dakpannen waren gebarsten, alsof het huis aan een ernstig geval van vetzucht leed.

Onder normale omstandigheden zou ik eerst gebeld hebben om een afspraak te maken. Op tv doen ze dat nooit. De rechercheur belt aan en degene die hij hebben moet, is altijd thuis. Dat heb ik altijd zowel onrealistisch als onbeschoft gevonden, maar nu begreep ik het iets beter. Om te beginnen had de praatgrage dame op het registratiekantoor me verteld dat Rose Baker zelden haar woning verliet en dat ze, wanneer ze dat tóch deed, zich er nooit erg ver van verwijderde. Ten tweede – en dat was volgens mij belangrijker – wat zou ik moeten zeggen als ik Rose Baker opbelde en ze me vroeg waarom ik met haar wilde komen praten? Hallo, hebt u zin om een poosje over moord te babbelen? Nee, ik kon beter samen met Katy naar haar toe gaan en kijken hoe het ging. Als ze niet thuis was, konden we altijd nog de archieven in de bibliotheek doorsnuffelen of een bezoek brengen aan het studentenhuis. Ik had geen idee wat we daarmee zouden opschieten, maar ach, we vlogen sowieso blind.

Toen we Rose Bakers deur naderden, was ik onwillekeurig een beetje jaloers op de studenten met de rugtassen die ik zag rondlopen. Ik had het heerlijk gehad op de universiteit. Ik had alles leuk gevonden. Ik had het leuk gevonden om rond te hangen met slonzige, luie vrienden. Ik had het leuk gevonden om op mezelf te zijn, niet vaak genoeg de was te doen en midden in de nacht pizza te eten. Ik had het leuk gevonden om een boom op te zetten met de toegankelijke, hippieachtige docenten. Ik had het leuk gevonden om uren te kletsen over hoogdravende onderwerpen en keiharde werkelijkheden die nooit, maar dan ook nooit tot het groen van onze campus doordrongen.

Toen we de iets te vrolijke deurmat naderden, drong een bekend melodietje door de houten deur heen naar buiten. Ik trok een gezicht en spitste mijn oren. Het geluid was gedempt, maar het klonk als Elton John – om precies te zijn, het nummer 'Candle in the Wind' van de klassieke elpee *Goodbye Yellow Brick Road*. Ik klopte aan.

Een vrouwenstem kwinkeleerde: 'Ogenblikje!'

Een paar seconden later ging de deur open. Rose Baker moest in de zeventig zijn en was gekleed, zag ik tot mijn verbazing, voor een begrafenis. Ze was geheel, van de hoed met de brede rand en bijpassende sluier tot de platte schoenen, in het zwart gehuld. Haar rouge zag eruit alsof hij kwistig was aangebracht met behulp van een spuitbus. Haar mond was een bijna perfecte 'O' en haar ogen waren grote, rode schoteltjes, alsof haar gezicht was bevroren op het moment dat ze hevig was geschrokken.

'Mevrouw Baker?' zei ik.
Ze lichtte de sluier op. 'Ja?'
'Mijn naam is Will Klein. Dit is Katy Miller.'
De schoteltjesogen draaiden naar Katy en klikten op hun plaats vast.
'Komen we ongelegen?' vroeg ik.
Die vraag leek haar te verbazen. 'Nee, helemaal niet.'
Ik zei: 'We zouden u graag even willen spreken, als het kan.'
'Katy Miller,' herhaalde ze, met haar ogen nog steeds op Katy gericht.
'Ja, mevrouw,' zei ik.
'De zus van Julie.'
Het was niet een vraag, maar Katy knikte evengoed. Rose Baker duwde de hordeur open. 'Kom erin.'
We volgden haar naar de zitkamer. Daar bleven Katy en ik abrupt staan, overrompeld door wat we zagen.
Het was prinses Di.
Ze was overal. De hele kamer was gehuld, gesmoord, overwoekerd door prinses-Di-prullaria. Er waren natuurlijk foto's, maar ook theeserviezen, gedenkplaatjes, geborduurde kussens, lampen, beeldjes, boeken, vingerhoedjes, borrelglaasjes (wat eerbiedig), een tandenborstel (jakkes!), een nachtlichtje, zonnebrillen, peper-en-zoutstelletjes, en nog veel meer. Ik besefte dat het nummer dat ik had gehoord niet de originele klassieker van Elton John en Bernie Taupin was, maar de recentere versie ter herdenking van prinses Di met een tekst die nu afscheid nam van onze 'Engelse roos'. Ik had ergens gelezen dat de Di-herdenkingsversie de bestverkochte single aller tijden was. Dat wilde iets zeggen, maar ik geloof dat ik liever niet wil weten wat.

Rose Baker zei: 'Kunnen jullie je de dag herinneren dat prinses Diana is gestorven?'
Ik keek naar Katy. Ze keek naar mij. We knikten allebei van ja.
'Kunnen jullie je herinneren hoe diep de wereld in de rouw was?'
Ze bleef ons aankijken. Weer knikten we.
'Voor de meeste mensen was het leed, de rouw alleen maar een bevlieging. Ze hielden het een paar dagen vol, misschien een of twee weken, en toen' – ze knipte als een goochelaar met haar vingers, haar schoteltjesogen nog groter – 'was het voor hen voorbij. Alsof ze nooit had bestaan.'
Ze keek naar ons en wachtte op instemmende geluidjes. Ik deed mijn best geen gezicht te trekken.

'Maar voor sommigen onder ons was Diana, de Princess of Wales, een... een engel. Te goed voor deze wereld misschien. We zullen haar nooit vergeten. We houden de herinnering levend.'

Ze bette haar oog. Een sarcastische opmerking steeg naar mijn lippen, maar ik slikte die in.

'Gaat u alstublieft zitten,' zei ze. 'Een kopje thee?'

Katy en ik sloegen het aanbod allebei beleefd af.

'Een koekje dan?'

Ze presenteerde een schaal koekjes die de vorm hadden van, ja hoor, prinses Diana, en profil. Zilveren snoepjes dienden als kroon. We weigerden beleefd. We waren geen van beiden in de stemming om op dode Di te knabbelen. Ik besloot de koe bij de horens te vatten.

'Mevrouw Baker,' zei ik. 'Kunt u zich Katy's zus Julie nog herinneren?'

'Ja, natuurlijk.' Ze zette de schaal met koekjes neer. 'Ik kan me al mijn meisjes herinneren. Mijn man, Frank – die was hier docent Engels – is in 1969 overleden. We hadden geen kinderen. Van mijn familie is niemand meer in leven. Dat studentenhuis, die meisjes, zijn zesentwintig jaar lang mijn lust en mijn leven geweest.'

'Hmm,' zei ik.

'En Julie, ach, 's avonds laat, wanneer ik in het donker in bed lig, zie ik haar gezicht vaker voor me dan dat van de anderen. Niet alleen omdat ze zo'n bijzonder kind was – en dat was ze – maar ook vanwege wat er met haar is gebeurd.'

'U bedoelt de moord?' Het was een nogal domme opmerking, maar ik was nieuw in deze business. Ik wilde haar voornamelijk aan de praat houden.

'Ja.' Rose Baker stak haar hand uit en pakte die van Katy. 'Wat een tragedie. Het spijt me zo voor je.'

Katy zei: 'Dank u.'

Het klinkt misschien niet aardig, maar ik dacht onwillekeurig: ja, ja, een verschrikkelijke tragedie, maar waar was de foto van Julie – en waar waren de foto's van Rose Bakers echtgenoot en familie – in deze wervelende potpourri van koninklijke rouw?

'Mevrouw Baker, herinnert u zich een ander meisje uit het studentenhuis dat Sheila Rogers heette?' vroeg ik.

Haar gezicht kreeg een venijnige trek en haar antwoord was kort: 'Ja.' Ze ging stijfjes verzitten. 'Ja, inderdaad.'

Haar reactie maakte duidelijk dat ze nog niets over de moord had gehoord. Ik besloot het haar nog niet te vertellen. Ze had blijkbaar iets tegen Sheila en ik wilde weten wat dat was. We hadden behoefte aan openheid. Als ik haar vertelde dat Sheila dood was, zou ze haar antwoorden misschien verfraaien. Voordat ik kon doorgaan, hief mevrouw Baker haar hand op. 'Mag ik u iets vragen?'

'Natuurlijk.'

'Waarom bent u nu bij me gekomen?' Ze keek naar Katy. 'Het is allemaal zo lang geleden gebeurd.'

Katy nam die vraag voor haar rekening. 'Ik probeer achter de waarheid te komen.'

'De waarheid? Waarover?'

'Mijn zuster was veranderd in de tijd dat ze hier was.'

Rose Baker sloot haar ogen. 'Je wilt dit niet horen, kind.'

'Jawel,' zei Katy en de wanhoop in haar stem was zo tastbaar dat ze er een ruit mee kon laten springen. 'Alstublieft. We willen het weten.'

Rose Baker hield haar ogen nog eventjes gesloten. Toen knikte ze tegen zichzelf en deed ze haar ogen weer open. Ze vouwde haar handen en legde ze op haar schoot. 'Hoe oud ben je?'

'Achttien.'

'Zo oud was Julie ook ongeveer toen ze hier kwam.' Rose Baker glimlachte. 'Je lijkt op haar.'

'Dat is me verteld.'

'Het is een compliment. De hele kamer lichtte op wanneer Julie binnenkwam. In veel opzichten herinnert ze me aan Diana. Ze waren allebei zo mooi. Ze waren allebei zo bijzonder – bijna goddelijk.' Ze glimlachte en maakte een vermanend gebaar met haar wijsvinger. 'En ze hadden allebei iets wilds over zich. Ze waren allebei buitengewoon koppig. Julie was een goed mens. Vriendelijk, intelligent. Ze kon goed leren.'

'En toch,' zei ik, 'heeft ze haar studie opgegeven.'

'Ja.'

'Waarom?'

Ze draaide haar ogen naar me toe. 'Prinses Di heeft geprobeerd sterk te zijn. Maar niemand kan de wind van het lot naar zijn hand zetten. Die waait uit welke hoek hij maar wil.'

Katy zei: 'Ik snap niet wat u bedoelt.'

Een prinses-Di-klok sloeg het hele uur, het geluid een holle imitatie van de Big Ben. Rose Baker wachtte tot het weer stil werd. Toen zei ze: 'Veel mensen veranderen wanneer ze gaan studeren. Je bent voor het eerst van huis, voor het eerst op jezelf...' Ze dwaalde af en ik was al bang dat ik haar een zetje in de juiste richting zou moeten geven. 'Ik zeg dit niet goed. In het begin was alles in orde met Julie, maar toen, toen begon ze zich af te zonderen. Van ons allemaal. Ze sloeg colleges over. Ze maakte het uit met het vriendje dat ze thuis had. Niet dat dat zo bijzonder is. Bijna alle meisjes doen dat in hun eerste studiejaar. Maar in haar geval gebeurde het vrij laat. In haar tweede jaar, geloof ik. Ik dacht dat ze echt van hem hield.'

Ik slikte en hield mijn mond.

'Jullie vroegen me daarnet,' zei Rose Baker, 'naar Sheila Rogers.'

'Ja,' zei Katy.

'Zij had een slechte invloed op haar.'

'In welk opzicht?'

'Toen Sheila in dat jaar bij ons kwam' – Rose legde haar vinger tegen haar kin en hield haar hoofd schuin alsof een heel nieuw idee plotseling tot haar was doorgedrongen – 'misschien was zij de wind van het lot. Net als de paparazzi die er de oorzaak van waren dat Diana's limousine zo hard is gaan rijden. Of die afgrijselijke chauffeur, Henri Paul. Weten jullie dat het alcoholpromillage in zijn bloed driemaal zo hoog was als toegestaan?'

'Zijn Sheila en Julie met elkaar bevriend geraakt?' informeerde ik.

'Ja.'

'Ze deelden een kamer, niet?'

'Een poosje, ja.' Haar ogen waren vochtig geworden. 'Ik wil niet melodramatisch overkomen, maar Sheila Rogers heeft iets negatiefs in Chi Gamma ingebracht. Ik had haar eruit moeten zetten. Dat weet ik nu. Maar ik had geen bewijs van onrechtmatig gedrag.'

'Wat deed ze?'

Weer schudde ze haar hoofd.

Ik dacht er even over na. In haar eerste jaar was Julie me op Amherst komen opzoeken, maar ze had me duidelijk gemaakt dat ik beter niet naar Haverton kon komen, wat een beetje vreemd was. Ik ging in gedachten terug naar de laatste keer dat Julie en ik samen waren geweest. Ze had een rustig weekeinde in een B&B in Mystic geregeld, in plaats van dat we op de campus zouden slapen. Ik had dat toen romantisch gevonden. Nu wist ik beter.

Drie weken later had Julie gebeld en het uitgemaakt. Nu ik eraan terugdacht, herinnerde ik me dat ze zich tijdens dat hele bezoek lusteloos en vreemd had gedragen. We hadden maar één nacht in Mystic geslapen en zelfs tijdens de seks had ik haar bij me vandaan voelen drijven. Ze had gezegd dat het door haar studie kwam, dat ze erg had zitten blokken. Ik had dat geloofd, omdat ik dat, achteraf gezien, had willen geloven.

Nu ik alles bij elkaar zette, was vrij duidelijk hoe de vork in de steel zat. Sheila was regelrecht van Louis Castmans mishandelingen, de drugs en de prostitutie hierheen gekomen. Een dergelijk leven laat je niet zo makkelijk achter je. Mijn conclusie was dat ze een deel van de verrotting met zich mee had gebracht. Er is niet veel nodig om een bron te vergiftigen. Sheila arriveert aan het begin van Julies tweede studiejaar en Julie begint zich wispelturig te gedragen.

Duidelijk.

Ik sloeg een nieuwe weg in. 'Heeft Sheila Rogers haar studie afgemaakt?'

'Nee, die is er ook al vroeg mee opgehouden.'

'Rond dezelfde tijd als Julie?'

'Ik weet niet eens zeker of ze er officieel mee zijn opgehouden. Julie ging tegen het einde van het studiejaar gewoon niet meer naar de colleges. Ze zat aldoor op haar kamer. Ze sliep tot na het middaguur. Toen ik er iets van zei' – er klonk een snik in haar stem – 'is ze verhuisd.'

'Waarnaartoe?'

'Een flatje buiten de campus. Samen met Sheila.'

'En wanneer precies heeft Sheila Rogers haar studie opgegeven?'

Rose Baker deed net alsof ze daarover nadacht. Ik zeg 'deed net', omdat ik kon zien dat ze het antwoord allang wist en dat ze alleen maar voor ons toneelspeelde. 'Ik geloof dat Sheila is vertrokken nadat Julie was gestorven.'

'Hoe lang erna?' vroeg ik.

Ze hield haar ogen neergeslagen. 'Ik geloof dat ik haar na de moord helemaal niet meer heb gezien.'

Ik keek naar Katy. Ook haar blik was op de vloer gericht. Rose Baker sloeg een trillende hand voor haar mond.

'Weet u waar Sheila naartoe is gegaan?' vroeg ik.

'Nee. Ze was gewoon weg. Verder was dat niet belangrijk.'

Ze kon ons niet meer aankijken. Ik vond dat zorgwekkend.

'Mevrouw Baker?'

Ze keek me ook nu niet aan.

'Mevrouw Baker, wat is er nog meer gebeurd?'

'Waarom bent u hierheen gekomen?' vroeg ze.

'Dat hebben we u verteld. We willen weten –'

'Ja, maar waarom nu?'

Katy en ik keken elkaar aan. Ze knikte. Ik wendde me tot Rose Baker en zei: 'gisteren is het stoffelijk overschot van Sheila Rogers gevonden. Ze is vermoord.'

Ik dacht even dat ze me misschien niet had verstaan. Rose Baker hield haar blik strak op een in zwart fluweel gestoken Diana gericht, een groteske, angstaanjagende reproductie. Diana's tanden waren blauw en haar huid zag eruit alsof een behandeling met zonnebruin uit een flesje niet geheel was geslaagd. Rose staarde naar de afbeelding en ik begon weer na te denken over het feit dat er geen foto's waren van haar man en haar familie en haar studentenmeisjes – alleen deze dode vreemdeling die aan de andere kant van de oceaan had geleefd. Ik dacht ook na over hoe ik zelf reageerde op het steeds terugkeren van de dood, hoe ik achter schaduwen aan joeg om de pijn van me af te zetten, en ik vroeg me af of iets soortgelijks misschien ook hier het geval was.

'Mevrouw Baker?'

'Is ze gewurgd, net als de anderen?'

'Nee,' zei ik. En toen zweeg ik. Ik keek naar Katy. Zij had het ook gehoord. 'Zei u "de anderen"?'

'Ja.'

'Welke anderen?'

'Julie is gewurgd,' zei ze.

'Ja.'

Haar houding verslapte. De rimpels in haar voorhoofd leken dikker, de kloven dieper in het vlees verzonken. Ons bezoek had duivels losgelaten die ze in dozen had weggeborgen of misschien had begraven onder de spulletjes van Di. 'U weet het dus niet van Laura Emerson?'

Katy en ik wisselden weer een blik. 'Nee,' zei ik.

Ze stond op en waggelde naar de schoorsteenmantel. Haar hand kwam naar boven en haar vingers raakten teder een keramiekbuste van Di aan. 'Een ander meisje van de studentenvereniging,' zei ze. 'Laura zat een jaar onder Julie.'

'Wat is er met haar gebeurd?' vroeg ik.

Ze ontdekte iets onrechtmatigs op de keramiekbuste. Ze gebruikte haar nagel om het eraf te krabben. 'Laura is acht maanden vóór de moord op Julie dood aangetroffen bij haar huis in North Dakota. Ook zij is gewurgd.'

IJzige handen grepen mijn benen, trokken me weer onder water. Katy was erg bleek geworden. Ze schokschouderde tegen mij, liet me weten dat dit voor haar ook nieuws was.

'Is de moordenaar ooit gevonden?' vroeg ik.

'Nee,' zei Rose Baker. 'Nooit.'

Ik probeerde ze te zeven, al deze nieuwe gegevens, om greep te

krijgen op wat dit allemaal betekende. 'Mevrouw Baker, heeft de politie u na de moord op Julie ondervraagd?'
'Niet de politie,' zei ze.
'Iemand anders wel?'
Ze knikte. 'Twee mannen van de FBI.'
'Weet u nog hoe ze heetten?'
'Nee.'
'Hebben ze u vragen gesteld over Laura Emerson?'
'Nee. Maar ik heb het evengoed verteld.'
'Wat hebt u gezegd?'
'Ik heb ze eraan herinnerd dat er nog een ander meisje was vermoord.'
'Hoe hebben ze daarop gereageerd?'
'Ze zeiden dat ik dat voor me moest houden. Dat het onderzoek in gevaar kon komen als ik daar iets over zei.'
Te snel, dacht ik. Dit kwam allemaal te snel op me af. Het liet zich niet verwerken. Drie jonge vrouwen waren dood. Drie vrouwen uit één en hetzelfde studentenhuis. Een duidelijker patroon kon je je gewoon niet voorstellen. Een patroon. Dat wilde zeggen dat de moord op Julie niet een willekeurige gewelddaad van één man was geweest, zoals de FBI ons – en de hele wereld – had wijsgemaakt.

En het ergste was dat de FBI het wist. Ze hadden al die jaren tegen ons gelogen.

De vraag was nu: waarom.

34

God, wat was ik woest. Ik wilde in Pistillo's kantoor ontploffen. Ik wilde naar binnen stormen, hem bij de revers grijpen en antwoorden eisen. Maar in het ware leven gaat dat niet zomaar. Route 95 was bezaaid met opstoppingen wegens wegwerkzaamheden. Op de Cross Bronx Expressway kwamen we in de namiddagfiles terecht. De Harlem River Drive kroop voort als een gewonde soldaat. Ik leunde op de claxon en zigzagde door het verkeer, maar in New York word je daarmee slechts tot het gemiddelde verheven.

Katy belde op haar mobieltje haar vriend Ronnie, die volgens haar goed met computers was. Ronnie zocht op het internet naar informatie over Laura Emerson en bevestigde min of meer wat we al wisten. Ze was acht maanden eerder dan Julie gewurgd. Haar stoffelijk overschot was gevonden in een motel, de Court Manor Motor Lodge in Fessenden, North Dakota. In de plaatselijke kranten werd twee weken ruim doch oppervlakkig aandacht besteed aan de moord, waarna die van de voorpagina's wegzakte en in het niets verdween. Er stond niets bij over seksueel geweld.

Ik zwenkte scherp naar de afslag, reed door rood, stoof naar de parkeerplaats bij het Federal Plaza en parkeerde. We snelden naar het gebouw. Ik hield mijn hoofd hoog en mijn voeten in beweging, maar er lag jammer genoeg een checkpunt van de bewaking op mijn pad. We moesten door een metaaldetector lopen. Mijn sleutels deden het ding piepen. Ik maakte mijn zakken leeg. Nu was het mijn riem. De bewaker haalde een stok die eruitzag als een vibrator over mijn edele delen. We mochten doorlopen.

Toen we bij Pistillo's kantoor aankwamen, zei ik met mijn strengste stem dat ik hem moest spreken. Zijn secretaresse leek er niet door geïntimideerd. Ze glimlachte zo oprecht als de echtgenote van een politicus en verzocht ons vriendelijk plaats te nemen. Katy keek me aan en haalde haar schouders op. Ik weigerde te gaan zitten. Ik beende heen en weer als een gekooide leeuw, maar ik voelde mijn woede wegebben.

Na een kwartier zei de secretaresse tegen ons dat onderdirecteur Joseph Pistillo – zo zei ze het letterlijk, met zijn functie erbij – ons kon ontvangen. Ze deed de deur open. Ik stormde het kantoor in.

Pistillo was al overeind gekomen en stond startklaar. Hij wees naar Katy. 'Wie is dat?'

'Katy Miller,' zei ik.

Hij keek verbijsterd. Hij zei tegen haar: 'Wat moet jij met hem?'

Maar ik liet me niet op een zijspoor zetten. 'Waarom hebt u me nooit iets verteld over Laura Emerson?'

Hij keek weer naar mij. 'Wie?'

'Beledig me niet, Pistillo.'

Pistillo wachtte twee seconden. Toen zei hij: 'Laten we erbij gaan zitten.'

'Geef antwoord op mijn vraag.'

Hij liet zich in zijn stoel zakken zonder zijn ogen van me af te wenden. Zijn bureau zag er glanzend en plakkerig uit. De citroengeur van Pledge klauwde aan de lucht.

'Jij bent wel de laatste die hier eisen kan stellen,' zei hij.

'Laura Emerson is acht maanden vóór Julie gewurgd.'

'Nou en?'

'Ze hoorden tot dezelfde studentenclub.'

Pistillo zette zijn vingertoppen tegen elkaar. Hij speelde het zwijgspelletje en won.

Ik zei: 'Wilt u beweren dat u daar niets van af wist?'

'Nee. Ik wist ervan.'

'En u ziet geen verband?'

'Dat klopt.'

Zijn ogen stonden kalm, maar hij had hier veel ervaring in.

'Dat meent u niet,' zei ik.

Hij liet zijn blik nu over de wanden dwalen. Daar viel niet veel te bekijken. Een foto van president Bush, een Amerikaanse vlag en een paar diploma's. Daar hield het mee op. 'We hebben indertijd uiteraard een onderzoek ingesteld. Ik geloof dat er in de plaatselijke kranten ook iets over is geschreven. Ze hebben misschien zelfs vergelijkingen getrokken – ik weet het niet meer precies. Maar uiteindelijk kon niemand een echte connectie vinden.'

'Dat bestaat niet.'

'Laura Emerson is gewurgd in een ander deel van het land en op een heel ander tijdstip. Er waren geen sporen van verkrachting of seksueel geweld. Ze is in een motel gevonden. Julie' – hij keek weer naar Katy – 'je zuster is in haar eigen huis aangetroffen.'

'En het feit dat ze lid waren van dezelfde studentenclub?'

'Toeval.'

'Je liegt,' zei ik. Ik had geen 'u' meer voor hem over.

Dat beviel hem niet en zijn gezicht werd een tintje roder. 'Pas op,' zei hij en hij stak een worstvinger in mijn richting. 'Je hebt hier geen enkele status.'

'Wil jij zeggen dat je geen verband zag tussen de moorden?'

'Ja.'

'Nu ook niet, Pistillo?'

'Hoe bedoel je?'

De woede steeg weer gestaag. 'Ook Sheila Rogers was lid van die studentenvereniging. Is ook dat toeval?'

Daar had hij even niet van terug. Hij leunde achterover om wat afstand te scheppen. Deed hij dat omdat hij het niet wist of omdat hij had gedacht dat ik er niet achter zou komen? 'Ik ben niet van plan met jou een lopend onderzoek te bespreken.'

'Je wist het,' zei ik langzaam. 'En je wist dat mijn broer onschuldig was.'

Hij schudde zijn hoofd, maar er zat leegte achter. 'Ik wist, nee, ik wéét dat helemaal niet.'

Maar ik geloofde hem niet. Hij had van het begin af aan gelogen. Daar was ik nu zeker van. Hij zat erbij alsof hij zich schrap zette voor mijn volgende uitbarsting. Maar tot mijn eigen verbazing kreeg mijn stem opeens een zachte klank.

'Heb je enig idee wat je hebt gedaan?' zei ik, bijna fluisterend. 'De schade die je mijn familie hebt toegebracht. Mijn vader, mijn moeder…?'

'Dit heeft niets met jou te maken, Will.'

'Dit heeft álles met mij te maken!'

'Hou je erbuiten. Alsjeblieft,' zei hij. 'Jullie allebei.'

Ik staarde hem aan. 'Nee.'
'Voor jullie eigen bestwil. Jullie geloven me natuurlijk niet, maar ik probeer jullie te beschermen.'
'Tegen wie of wat?'
Hij gaf geen antwoord.
'Tegen wie of wat?' zei ik nogmaals.
Hij sloeg op de armleuningen van zijn stoel en stond op. 'Dit gesprek is ten einde.'
'Wat moet jij nu eigenlijk precies met mijn broer, Pistillo?'
'Dit is een lopend onderzoek en ik weiger er verder nog iets over te zeggen.' Hij koerste naar de deur. Ik probeerde hem de weg te versperren. Hij keek me vuil aan en liep om me heen. 'Hou je erbuiten, anders laat ik je oppakken wegens belemmering van een lopend onderzoek.'
'Waarom probeer je hem ervoor op te laten draaien?'
Pistillo stopte en draaide zich om. Ik zag iets veranderen in zijn houding. Een rechten van de ruggengraat, misschien. Een flits in de ogen. 'Wil je waarheden, Will?'
De toon waarop hij nu sprak, beviel me niets. Ik was opeens niet meer zeker van het antwoord. 'Ja.'
'Laten we dan,' zei hij langzaam, 'met jou beginnen.'
'Wat is er met mij?'
'Je bent er altijd zo heilig van overtuigd geweest dat je broer onschuldig was,' vervolgde hij, agressiever nu. 'Hoe komt dat?'
'Omdat ik hem ken.'
'O ja? Hoe sterk was de band tussen jou en Ken op het laatst?'
'We hebben elkaar altijd erg na gestaan.'
'Je zag hem dus vaak?'
Ik schuifelde met mijn voet. 'Je hoeft iemand niet vaak te zien om een sterke band met hem te hebben.'
'Vind je? Zeg dan eens, Will: wie heeft volgens jou Julie Miller vermoord?'
'Dat weet ik niet.'
'Nee? Laten we dan even bekijken wat je dénkt dat er gebeurd is.' Pistillo beende op me af. Ergens halverwege was ik het overwicht kwijtgeraakt. Ook in hem woedde nu woede en ik had geen idee waarom. Hij bleef staan op het moment dat hij nét iets te dichtbij was gekomen. 'Jouw geliefde broer, met wie je zo'n goede band had, is op de avond van de moord met je voormalige vriendinnetje naar bed geweest. Dat is toch jouw theorie, Will?'
Het kan zijn dat ik iets ineenkromp. 'Ja.'

'Je voormalige vriendinnetje en je broer waren samen iets ondeugends aan het doen.' Hij maakte een t-t-t-geluid. 'Wat zul je kwaad zijn geweest.'

'Wat zit je nou te wauwelen?'

'Ik heb het over de waarheid, Will. We wilden toch de waarheid? Laten we dan al onze kaarten op tafel leggen.' Hij bleef me aankijken, met standvastige, koele ogen. 'Je broer komt voor het eerst na, twee jaar was het? weer thuis. En wat doet hij? Hij gaat een blokje om en heeft geslachtsgemeenschap met het meisje van wie jij houdt.'

'Het was allang uit,' zei ik, hoewel ik de jankerige zwakte in mijn eigen stem kon horen.

Een smalend glimlachje was mijn loon. 'Ach ja, en dat zet er altijd een punt achter. Daarmee wordt het jachtseizoen op haar weer geopend – in het bijzonder voor een geliefde broer.' Pistillo stond nog steeds vlak voor mijn neus. 'Je zegt dat je die avond iemand hebt gezien. Een mysterieuze persoon die rondhing bij het huis van de Millers.'

'Dat klopt.'

'Hoe heb je die persoon precies gezien?'

'Wat bedoel je?' vroeg ik. Maar ik wist wat hij bedoelde.

'Je hebt gezegd dat je iemand zag rondhangen bij het huis van de familie Miller.'

'Ja.'

Pistillo glimlachte en spreidde zijn handen. 'Maar je hebt ons nooit verteld wat *jij* daar die avond deed, Will.' Hij zei dat op een nonchalante, bijna zangerige toon. 'Jij, Will. Bij het huis van de familie Miller. In je eentje. 's Avonds laat. Terwijl je broer en je ex binnen samen alleen waren…'

Katy draaide zich om en keek me aan.

'Ik was gewoon een eindje gaan wandelen,' zei ik snel.

Pistillo begon heen en weer te lopen, genietend van zijn overwicht. 'Ja, goed, oké, laat me even kijken of ik het nu helemaal doorheb. Je broer lag in bed met het meisje van wie jij nog steeds hield. Jij liep heel toevallig die avond langs haar huis. Ze sterft. We vinden het bloed van je broer op de plaats van de moord. En jij, Will, weet heel zeker dat je broer het niet heeft gedaan.'

Hij bleef staan en grinnikte weer. 'Als jij belast was met het onderzoek naar deze zaak, wie zou jij dan verdenken?'

En grote steen drukte op mijn borst. Ik kon geen woord uitbrengen.

'Als je daarmee wilt zeggen…'

'Ik zeg alleen maar dat jullie beter naar huis kunnen gaan,' zei Pistillo. 'Meer niet. Ga naar huis en hou je hierbuiten.'

35

Pistillo bood aan iemand te laten komen om Katy naar huis te brengen. Ze wees het aanbod af en zei dat ze bij mij bleef. Hij vond dat niet leuk, maar kon er niets tegen doen.

We reden zwijgend terug naar mijn flat. Eenmaal binnen liet ik haar mijn indrukwekkende verzameling afhaalmenu's zien. Ze bestelde chinees. Ik holde naar beneden om het op te halen. We stalden de witte doosjes uit op de tafel. Ik zat op mijn vaste plek. Katy op die van Sheila. Ik had een flashback van chinees met Sheila – haar haar in een paardenstaart, net onder de douche vandaan, zoet geurend, in die badjas, de sproetjes op haar borst...

Vreemd, welke dingen je je altijd zult herinneren.

Het verdriet beukte weer op me neer met hoge, vernietigende golven. Zodra ik ophield met dingen doen, sloeg het me keihard in het gezicht. Verdriet was afmattend. Als je je er niet tegen wapende, putte het je uit tot een niveau waarop niets je nog iets kon schelen.

Ik kwakte wat gebakken rijst op mijn bord en liet er een klodder kreeftensaus op volgen. 'Weet je zeker dat je vannacht ook hier wilt blijven?'

Katy knikte.

'Dan geef ik je de slaapkamer,' zei ik.

'Ik slaap liever op de bank.'

'Zeker weten?'

'Heel zeker.'
We deden alsof we aten.
'Ik heb Julie niet vermoord,' zei ik.
'Dat weet ik.'
We deden weer een poosje alsof we aten. 'Wat deed je daar die avond?'
Ik probeerde te glimlachen. 'Je gelooft niet dat ik een blokje om ging?'
'Nee.'
Ik legde de eetstokjes neer alsof ze zouden verpulveren. Ik wist niet hoe ik het moest uitleggen, hier in mijn flat, aan de zuster van de vrouw van wie ik ooit had gehouden, die in de stoel zat van de vrouw met wie ik had willen trouwen. Die allebei vermoord waren. Die allebei een band met mij hadden. Ik keek op en zei: 'Eerlijk gezegd was ik nog niet helemaal over Julie heen.'
'Je wilde met haar gaan praten?'
'Ja.'
'En?'
'Ik heb aangebeld,' zei ik. 'Maar er werd niet opengedaan.'
Katy dacht erover na. Ze keek neer op haar bord en probeerde nonchalant te klinken. 'Je timing was vreemd.'
Ik pakte de eetstokjes weer op.
'Will?'
Ik hield mijn hoofd gebogen.
'Wist je dat je broer er was?'
Ik schoof het eten over mijn bord. Ze hief haar hoofd op en keek naar me. Ik hoorde mijn buurman zijn deur open- en dichtdoen. Iemand claxonneerde. Op straat riep iemand iets in wat misschien Russisch was.
'Je wist het,' zei Katy. 'Je wist dat Ken bij ons thuis was. Samen met Julie.'
'Ik heb je zuster niet vermoord.'
'Wat is er gebeurd, Will?'
Ik sloeg mijn armen over elkaar. Ik leunde achterover, deed mijn ogen dicht en hief mijn gezicht op naar het plafond. Ik wilde er niet over praten, maar ik had weinig keus. Katy wilde het weten. Ze had er recht op.
'Het was zo'n vreemd weekeinde,' begon ik. 'Julie en ik waren al meer dan een jaar uit elkaar. Ik had haar al die tijd niet gezien. Ik had mijn best gedaan haar in de vakanties tegen het lijf te lopen, maar ze was er nooit.'

'Ze was heel lang niet thuis geweest,' zei Katy.
Ik knikte. 'Ken ook niet. Daarom was het allemaal zo bizar. Opeens waren we alle drie op hetzelfde moment weer in Livingston. Ik kan me niet herinneren wanneer dat voor het laatst zo was geweest. Ken gedroeg zich eigenaardig. Hij keek de hele tijd uit het raam. Hij weigerde het huis uit te komen. Hij voerde iets in zijn schild. Ik weet niet wat. Hij vroeg of ik nog steeds verliefd was op Julie. Ik zei van niet. Dat het definitief uit was.'
'Je hebt tegen hem gelogen.'
'Het was...' Ik probeerde te bedenken hoe ik dit kon uitleggen. 'Mijn broer was een soort god voor mij. Hij was sterk en dapper en...' Ik schudde mijn hoofd. Ik zei het niet goed. Ik begon opnieuw. 'Toen ik zestien was, zijn we met het hele gezin op vakantie gegaan naar Spanje. De Costa del Sol. Het is daar net één groot feest. Een soort voorjaarsvakantie in Florida, maar dan voor Europeanen. Ken en ik gingen steeds naar een disco vlak bij ons hotel. Op de vierde avond daar stootte een man op de dansvloer tegen me aan. Ik keek naar hem. Hij lachte tegen me. Ik bleef gewoon dansen. Toen botste een andere man tegen me aan. Ik probeerde ook hem te negeren. Toen kwam de eerste op me af en die liep me zomaar omver.' Ik stopte en probeerde de herinnering weg te knipperen alsof het een korreltje zand in mijn oog was. Ik keek haar aan. 'Weet je wat ik heb gedaan?'
Ze schudde haar hoofd.
'Om Ken geroepen. Ik ben niet overeind gekrabbeld. Ik heb niet teruggeduwd. Ik heb om mijn grote broer geroepen en ben met mijn staart tussen mijn benen verdwenen.'
'Je was bang.'
'Zoals gewoonlijk,' zei ik.
'Dat is normaal.'
Ik vond van niet.
'En kwam hij?' vroeg ze.
'Natuurlijk.'
'En?'
'Het werd vechten. Die mannen waren met een grote groep en ze kwamen uit een of ander Scandinavisch land. Ken heeft er vreselijk van langs gekregen.'
'En jij?'
'Ik heb niet eens uitgehaald. Ik stond een beetje achteraf en probeerde hen tot rede te brengen, ze over te halen ermee op te houden.' Mijn wangen brandden weer van schaamte. Mijn broer, die

heel wat gevechten op zijn naam had staan, had gelijk. Wanneer je in elkaar geslagen wordt, doet het een poosje pijn. Van de schaamte van lafheid kom je nooit af. 'Ken heeft bij dat gevecht zijn arm gebroken. Zijn rechterarm. Hij was een fantastisch tennisser. Hij stond op de nationale ranglijst. Stanford had belangstelling voor hem. Hierna was zijn service nooit meer zo goed als voorheen. Uiteindelijk is hij niet naar de universiteit gegaan.'

'Dat is niet jouw schuld.'

Dat had ze helemaal mis. 'Het punt is, dat Ken me altijd verdedigde. We vochten natuurlijk wel met elkaar, dat doen alle broers. Hij plaagde me ook genadeloos. Maar hij zou voor een goederentrein stappen om mij te beschermen. En ik, ik heb nooit de moed kunnen opbrengen iets voor hem te doen.'

Katy legde haar hand onder haar kin.

'Wat?' zei ik.

'Niks, het is alleen vreemd.'

'Wat is vreemd?'

'Dat je broer zo ongevoelig is geweest dat hij met Julie naar bed is gegaan.'

'Het was niet zijn schuld. Hij had me gevraagd of ik over haar heen was. En ik heb gezegd van ja.'

'Je hebt hem toestemming gegeven,' zei ze.

'Ja.'

'Maar toen ben je achter hem aan gegaan.'

'Je begrijpt het niet,' zei ik.

'Jawel, hoor,' zei Katy. 'Zulke dingen doen we allemaal.'

36

Ik viel in zo'n diepe slaap dat ik hem niet hoorde binnensluipen.
Ik had schone lakens en dekens gepakt voor Katy, ervoor gezorgd dat ze een behoorlijk bed had op de bank, was onder de douche gegaan en had geprobeerd te lezen. De woorden zwommen voorbij in een troebel waas. Ik las dezelfde alinea vier, vijf keer. Ik zette het internet aan en surfte. Ik deed opdrukoefeningen, opzitoefeningen, yoga-rekoefeningen die ik van Squares had geleerd. Ik wilde niet gaan liggen. Ik wilde niet ophouden zodat het verdriet me weer onverhoeds kon grijpen.
Ik was een waardige tegenstander, maar uiteindelijk slaagde de slaap erin me in een hoek te drukken en te vloeren. Ik was helemaal van de wereld, weggezonken in een volkomen droomloze put, toen mijn hand opzij werd gerukt en ik de klik hoorde. Nog steeds slapend probeerde ik mijn hand naast me te trekken, maar ik kreeg er geen beweging in.
Een metalen voorwerp beet in mijn pols.
Mijn oogleden gingen trillend open toen hij boven op me sprong. Hij kwam hard neer, de lucht uit mijn longen persend. Ik hapte naar adem terwijl wie het ook was op mijn borst zat. Met zijn knieën hield hij mijn schouders naar beneden. Voordat ik tot enige vorm van verzet kon overgaan, rukte mijn belager mijn vrije hand schuin om-

hoog. Ditmaal hoorde ik de klik niet, maar voelde alleen hoe het koude metaal zich rond mijn huid sloot.

Mijn beide handen waren aan het bed geboeid.

IJs vloeide door mijn aderen. Heel even kwam mijn hele wezen tot stilstand, zoals altijd het geval was geweest bij lichamelijke schermutselingen. Toen deed ik mijn mond open om te schreeuwen of in ieder geval iets te zeggen. Mijn aanvaller greep me bij mijn achterhoofd en trok me naar voren. Zonder aarzeling scheurde hij een stuk tape af en plakte het over mijn mond. Toen begon hij, voor alle zekerheid, een eind tape rond mijn hoofd en over mijn mond te winden, wel vijftien keer, alsof hij mijn hoofd vacuüm aan het verpakken was.

Ik kon niets meer zeggen en al helemaal niet schreeuwen. Ademhalen was een hele opgaaf – ik moest de lucht door mijn gebroken neus naar binnen zien te krijgen. Het deed vreselijk pijn. Ook mijn schouders deden pijn vanwege de handboeien en zijn lichaamsgewicht. Ik spartelde tegen, wat absoluut geen zin had. Ik probeerde hem van me af te gooien. Had ook geen zin. Ik wilde hem vragen wat hij wilde, wat hij ging doen nu ik machteloos was.

En op dat moment dacht ik aan Katy, die in haar eentje in de zitkamer lag.

In de slaapkamer was het donker. Mijn aanvaller was slechts een schaduw voor mij. Hij droeg een of ander masker, iets donkers, maar ik kon niet zien wat erop stond. Als er al iets op stond. Ademhalen werd bijna onmogelijk. Ik maakte dwars door de pijn heen snurkende geluiden.

De onbekende was klaar met het afplakken van mijn mond. Hij aarzelde slechts een seconde voordat hij van me af sprong. En toen, terwijl ik in machteloos afgrijzen toekeek, liep hij naar de slaapkamerdeur, deed die open, stapte de kamer in waar Katy lag te slapen, en deed de deur achter zich dicht.

Mijn ogen puilden uit hun kassen. Ik probeerde te schreeuwen, maar de tape verstomde ieder geluid. Ik bokte als een wild paard. Ik schopte om me heen. Het haalde allemaal niets uit.

Ik hield op om te luisteren. Even was er niets. Pure stilte.

Toen gilde Katy.

O jezus. Ik bokte weer. Haar gil was kort geweest en halverwege afgebroken, alsof iemand een schakelaar had omgedraaid. Paniek laaide nu in alle hevigheid op. Volledige, bloedrode paniek. Ik rukte hard aan de boeien. Ik draaide mijn hoofd alle kanten op. Niets.

Katy gilde weer.

Het geluid klonk deze keer zwakker – de kreet van een gewond dier. Dat zou niemand horen, en ook al zou iemand het horen, dan zou niemand erop reageren. Niet in New York. Niet op dit uur van de nacht. En zelfs als dat toch zou gebeuren – zelfs als iemand de politie zou bellen of haar te hulp zou schieten – zou het te laat zijn.

Nu werd ik helemaal dol.

Het was alsof mijn verstand in tweeën werd gereten. Ik werd waanzinnig. Ik gooide me heen en weer, alsof ik een toeval had. Mijn neus deed krankzinnig veel pijn. Ik slikte wat van de vezels van de tape door. Ik bleef worstelen.

Maar ik schoot er niets mee op.

O god. Oké, doe even rustig. Hou je gedeisd. Denk na.

Ik draaide mijn hoofd naar mijn rechterhandboei. Die voelde niet erg strak aan. Er zat speling in. Oké, als ik nou niet zo rukte, zou ik misschien mijn hand eruit kunnen trekken. Ja, goed plan. Rustig aan. Probeer je hand smaller te maken, hem erdoorheen te persen.

Ik probeerde het. Ik probeerde mijn hand te dwingen dunner te worden. Ik maakte hem zo smal mogelijk door mijn duim tegen de wortel van mijn pink te klemmen. Het lukte niet. De huid rimpelde op rond de metalen ring en begon zich af te stropen. Dat kon me niet schelen. Ik bleef trekken.

Het ging niet.

In de kamer naast me was het stil geworden.

Ik spande me in om iets te horen. Een geluid. Maakte niet uit wat. Niets te horen. Ik probeerde mijn benen naar mijn borst te trekken en me met zo'n vaart van het bed te laten veren dat, weet ik het, het bed samen met mij omhoog zou komen. Een paar centimeter, dan zou het misschien breken wanneer het neerkwam. Ik bokte weer. Het bed schoof inderdaad een paar centimeter naar voren, maar dat haalde niets uit.

Ik zat nog steeds vast.

Ik hoorde Katy weer gillen. En ze riep met een bang stemmetje, doordrenkt van paniek: 'John –'

Toen werd ze weer tot zwijgen gebracht.

John, dacht ik. Ze had John gezegd.

Asselta?

Het Spook...

O god, nee, alstublieft niet. Ik hoorde gedempte geluiden. Stemmen. Een kreun misschien. Alsof iets werd gesmoord met een kussen. Mijn hart bonkte tegen mijn ribben. De angst besprong me van alle kanten. Ik gooide mijn hoofd heen en weer, zocht naar iets. Iets!

De telefoon.

Kon ik...? Mijn benen waren niet vastgebonden. Misschien kon ik ze omhoog zwaaien, met mijn voeten de hoorn grijpen, die in mijn hand laten vallen en dan, weet ik het, het nummer van de politie draaien of het alarmnummer. Mijn voeten kwamen al omhoog. Ik spande mijn buikspieren, hief mijn benen op, zwaaide ze naar rechts. Maar ik verkeerde nog steeds in een paniektoestand. Mijn gewicht verschoof naar rechts. Mijn benen sloegen veel te ver door. Ik trok ze terug omhoog, probeerde mijn evenwicht te vinden en toen ik dat deed, raakte mijn voet de telefoon.

De hoorn viel op de grond.

Verdomme.

Wat nu? Mijn geest knapte – ik bedoel, ik raakte volslagen buiten zinnen. Ik dacht aan dieren die in een val vastzitten en een poot afbijten om te ontsnappen. Ik gooide me heen en weer tot ik uitgeput moest blijven liggen en het bijna opgaf, en op dat moment herinnerde ik me iets wat Squares me had geleerd.

De ploeghouding.

Zo heette het. In het Hindi: *halāsana*. Je doet dat meestal vanuit een schouderstand. Je ligt op je rug en brengt je benen helemaal tot achter je hoofd door je heupen op te tillen. Je tenen raken de vloer achter je hoofd. Ik wist niet of ik zo ver kon komen, maar dat maakte niet uit. Ik trok mijn buikspieren in en zwaaide mijn benen zo hard mogelijk omhoog. Ik bracht ze naar achteren. Mijn voetzolen bonkten tegen de muur. Mijn borst zat tegen mijn kin, waardoor het ademhalen nog moeilijker werd.

Ik duwde met mijn voeten tegen de muur. De adrenaline begon te stromen. Het bed schoof bij de muur vandaan. Ik bleef duwen, kreeg voldoende ruimte. Goed. Nu het moeilijkste deel. Als de boeien te strak zaten, als de polsen geen ruimte hadden om mee te draaien, zou het me niet lukken, of zou ik mijn beide schouders uit de kom trekken. Maakte niet uit.

Stilte, doodse stilte, in de andere kamer.

Ik liet mijn benen naar de vloer zakken. Ik deed in feite een achterwaartse salto van het bed af. Het gewicht van mijn benen trok me verder en – dat was puur mazzel – mijn polsen draaiden in de boeien. Mijn voeten kwamen met een smak op de grond neer. Ik werd meegesleurd en schaafde de voorkant van mijn dijen en mijn buik aan het lage hoofdeinde van het bed.

Toen ik rond was, stond ik rechtop achter het bed.

Mijn handen waren nog steeds geboeid. Mijn mond was nog

steeds afgeplakt. Maar ik stond. Ik voelde een nieuwe golf adrenaline.

Goed, wat nu?

Geen tijd. Ik zakte door mijn knieën. Ik boog mijn schouder naar het hoofdeinde en duwde het bed in de richting van de deur, alsof ik een aanvaller van een footballploeg was en het bed een trainingstoestel. Mijn benen gingen op en neer als zuigers. Ik aarzelde niet. Ik minderde geen vaart.

Het bed smakte tegen de deur.

De botsing schokte door me heen. Pijn sneed door mijn schouder, mijn armen, mijn ruggengraat. Er knapte iets en hete pijn vloeide door mijn gewrichten. Ik negeerde het, trok het bed achteruit en ramde het weer tegen de deur. En nog een keer. De tape maakte mijn schreeuw hoorbaar in mijn eigen oren. Bij de derde keer trok ik precies op het moment dat het bed tegen de muur dreunde, extra hard aan beide handboeien.

De stangen van het bed raakten los.

Ik was vrij.

Ik duwde het bed weg van de deur. Ik probeerde de tape van mijn mond af te wikkelen, maar het kostte te veel tijd. Ik greep de deurkruk en draaide hem om. Ik smeet de deur open en sprong de duisternis in.

Katy lag op de grond.

Haar ogen waren dicht. Haar lichaam was slap. De man zat boven op haar. Hij had zijn handen om haar keel.

Hij was bezig haar te wurgen.

Zonder aarzeling dook ik op hem af, als een projectiel. Het leek een eeuwigheid te duren voor ik hem bereikte, alsof ik door siroop gleed. Hij zag me aankomen, had meer dan genoeg tijd om zich voor te bereiden, maar moest in ieder geval haar keel loslaten. Hij draaide zich naar me toe. Ik zag nog steeds alleen maar een donker silhouet. Hij greep me bij mijn schouders, zette zijn voet in mijn maag en rolde eenvoudigweg om, gebruikmakend van mijn vaart.

Ik vloog de kamer door. Mijn armen molenwiekten in de lucht. Maar ik bofte weer. Dat dacht ik tenminste. Ik landde op de zachte fauteuil. Die wankelde even en viel toen om door mijn gewicht. Mijn hoofd klapte hard tegen het bijzettafeltje en smakte toen tegen de vloer.

Ik vocht tegen de duizeligheid en probeerde op mijn knieën te gaan zitten. Toen ik overeind kwam voor de tweede aanval, zag ik iets wat me meer angst aanjoeg dan alles wat ik tot nu toe had meegemaakt.

De in het zwart gestoken aanvaller was ook overeind gekomen. Hij had nu een mes. Daarmee liep hij naar Katy.

Alles vertraagde. Wat er daarna gebeurde, speelde zich af binnen één of twee seconden. Maar in mijn verbeelding gebeurde het in een ander tijdframe. Dat heb je met tijd. Het is echt relatief. Momenten vliegen voorbij. En momenten raken bevroren.

Ik was te ver bij hem vandaan om hem te kunnen grijpen. Ik wist dat. Ondanks de duizeligheid, ondanks dat ik met mijn hoofd tegen de tafel was gesmakt...

De tafel.

Daar had ik Squares' pistool op neergelegd.

Was er tijd om het te pakken, me om te draaien en te schieten? Ik hield mijn blik op Katy en haar aanvaller gericht. Nee. Niet genoeg tijd. Ik wist dat meteen.

De man bukte zich en greep Katy bij haar haar.

Terwijl ik mijn arm uitstak naar het pistool, klauwde ik aan de tape op mijn mond. Ik kreeg die zo ver naar beneden dat ik kon roepen: 'Halt of ik schiet!'

In het donker draaide hij zijn hoofd om. Ik kroop al over de vloer. Plat op mijn buik, als een soldaat. Hij zag dat ik ongewapend was en draaide zich weer om, om af te maken waar hij mee bezig was. Mijn hand raakte het pistool. Geen tijd om te richten. Ik haalde de trekker over.

De man schrok van het geluid.

Daarmee won ik tijd. Ik draaide me met het pistool om, gereed om nogmaals de trekker over te halen. De man maakte een achterwaartse salto, als een gymnast. Ik kon hem nog steeds maar vaag zien, niet meer dan een schaduw. Ik liep met het pistool op de zwarte massa af, steeds vurend. Hoeveel kogels zaten er in dit ding? Hoeveel had ik er al afgevuurd?

Hij schokte, maar bleef bewegen. Had ik hem geraakt?

De man deed een sprong naar de deur. Ik riep dat hij moest blijven staan. Dat deed hij niet. Ik overwoog hem in de rug te schieten, maar iets, misschien een restantje menselijkheid, hield me tegen. Hij was de deur al uit. En ik had grotere zorgen.

Ik keek op Katy neer. Ze bewoog zich niet.

37

Er verscheen alweer een politieman – de vijfde volgens mijn telling – om mijn verhaal aan te horen.
'Ik wil eerst weten hoe het met haar is,' zei ik.
De dokter had zijn behandeling van mij gestaakt. In de film verdedigt de dokter zijn patiënten altijd. Hij zegt tegen de politieman dat ze hem nu niet kunnen ondervragen, dat hij rust nodig heeft. Mijn dokter, een co-assistent van de eerstehulpafdeling, uit Pakistan geloof ik, zat er niet mee. Midden in hun kruisverhoor krakte hij rustig mijn schouder terug in de kom. Hij goot jodium op de wonden aan mijn polsen. Hij frunnikte aan mijn neus. Hij haalde een ijzerzaag tevoorschijn – wat een ziekenhuis met een ijzerzaag moest, wilde ik helemaal niet weten – om mijn handboeien door te zagen, en al die tijd werd het vuur me na aan de schenen gelegd. Ik droeg nog steeds alleen mijn boxershorts en pyjamajasje. Het ziekenhuis had mijn blote voeten in papieren sandalen gehuld.
'Geef nou maar gewoon antwoord op mijn vraag,' zei de politieman.
Al met al duurde dit nu al twee uur. De adrenaline was gezakt en de pijn begon aan mijn botten te kluiven. Ik had er schoon genoeg van.
'Nou, oké dan, jullie hebben me te pakken,' zei ik. 'Eerst heb ik allebei mijn handen met boeien vastgeklonken. Toen heb ik wat

meubilair gemold, een paar kogels in de muur geschoten, haar in mijn eigen flat bijna gewurgd en tot slot heb ik de politie gebeld om me te laten arresteren. Ja, jullie hebben me goed te pakken.'
'Het had best gekund,' zei de agent. Het was een grote vent met een vette snor die me deed denken aan een barbershopkwartet. Hij had gezegd hoe hij heette, maar na agent nummer drie had ik mijn belangstelling voor hun namen verloren.
'Pardon?'
'Het kon een list zijn.'
'Ik heb als afleidingsmanoeuvre mijn schouder uit de kom getrokken, mijn polsen ontveld en mijn bed uit elkaar gesjord?'
Hij voerde het schouderophalen uit dat agenten eigen was. 'Ik heb een keer een vent gehad die zijn eigen pik had afgesneden zodat we er niet achter zouden komen dat hij zijn vriendin had vermoord. Hij zei dat een stelletje negers hen had aangevallen. Hij had alleen maar een klein sneetje in zijn piemel willen maken, maar had hem per ongeluk helemaal doorgesneden.'
'Boeiend verhaal,' zei ik.
'Het kan in uw geval best net zoiets zijn.'
'Met mijn penis is alles in orde, dank u.'
'U zegt dat een of andere kerel uw flat is binnengedrongen. De buren hebben de schoten gehoord.'
'Ja.'
Hij trok een sceptisch gezicht. 'Hoe komt het dan dat geen van uw buren hem heeft zien vluchten?'
'Omdat – ik doe maar een gok, hoor – het twee uur 's nachts was?'
Ik zat nog steeds op de onderzoektafel. Mijn benen bengelden. Ze begonnen te tintelen. Ik sprong van de tafel.
'Waar moet dat heen?' vroeg de agent.
'Ik wil Katy zien.'
'Vergeet het maar.' De agent draaide een puntje aan de snor. 'Haar ouders zijn bij haar.'
Hij keek naar me om te zien hoe ik zou reageren. Ik probeerde dat niet te doen.
De snor wipte. 'Haar vader heeft een erg duidelijke mening over u,' zei hij.
'Dat geloof ik graag.'
'Hij denkt dat u het hebt gedaan.'
'Met welk doel?'
'U bedoelt met welk motief?'
'Nee, ik bedoel met welk doel, met welke bedoeling. Denkt u dat ik heb geprobeerd haar te vermoorden?'

Hij sloeg zijn armen over elkaar en haalde zijn schouders op.
'Klinkt mij best redelijk in de oren.'

'Waarom heb ik jullie dan gebeld toen ze nog leefde?' vroeg ik. 'De rest was toch een afleidingsmanoeuvre? Waarom heb ik haar dan niet doodgemaakt?'

'Iemand wurgen is niet makkelijk,' zei hij. 'Misschien dacht u dat ze dood was.'

'U beseft zeker zelf wel hoe belachelijk dat klinkt.'

De deur achter hem ging open en Pistillo kwam binnen. Hij keek me aan met een blik zo oud als de wereld zelf. Ik deed mijn ogen dicht en masseerde de brug van mijn neus met mijn wijsvinger en duim. Pistillo had een van de andere agenten bij zich die me hadden ondervraagd. De agent gaf zijn besnorde compadre een teken. De smeris met de snor keek verongelijkt vanwege de onderbreking, maar liep met de andere mee de deur uit. Nu was ik alleen met Pistillo.

Een poosje zei hij niets. Hij maakte een rondje door de kamer, bekeek de glazen pot met wattenbolletjes, de tongspatels, de afvalbak voor gevaarlijke stoffen. Ziekenhuiskamers stinken meestal naar antiseptische middeltjes, maar deze geurde naar de eau de cologne van vliegtuigstewards. Ik wist niet of die afkomstig was van een arts of een agent, maar ik zag Pistillo met walging zijn neus optrekken. Ik was er inmiddels aan gewend.

'Vertel me wat er is gebeurd,' zei hij.

'Hebben je vriendjes van de NYPD je dat niet verteld?'

'Ik heb gezegd dat ik het van jou wil horen,' zei Pistillo. 'Voor ze je in de bak gooien.'

'Ik wil eerst weten hoe het met Katy is.'

Hij woog mijn verzoek twee of drie seconden af. 'Haar hals en stembanden zullen een poosje pijn doen, maar verder is alles in orde met haar.'

Ik deed mijn ogen dicht en liet de opluchting over me heen golven.

'Vertel op,' zei Pistillo.

Ik deed mijn verhaal. Hij zei niets tot ik vertelde dat ze de naam 'John' had geroepen.

'Enig idee wie John is?' vroeg hij.

'Misschien.'

'Zeg het maar.'

'Iemand die ik van vroeger ken. John Asselta.'

Pistillo's gezicht betrok.

'Ken je hem?' vroeg ik.

Hij negeerde mijn vraag. 'Waarom denk je dat ze Asselta bedoelde?'
'Hij is degene die mijn neus heeft gebroken.'
Ik vertelde hem hoe het Spook zich in mijn flat had verschanst en me had aangevallen. Pistillo keek niet blij.
'En Asselta is op zoek naar je broer?'
'Dat zei hij tenminste.'
Hij begon rood aan te lopen. 'Waarom heb je me dat godverdomme niet eerder verteld?'
'Ja, gek hè?' zei ik. 'Terwijl jij toch de man bent bij wie ik altijd kan aankloppen, de vriend die ik door dik en dun kan vertrouwen.'
Hij bleef nijdig. 'Wat weet je over John Asselta?'
'We zijn in dezelfde stad opgegroeid. We noemden hem het Spook.'
'Hij is een van de gevaarlijkste gekken die er rondlopen,' zei Pistillo. Hij zweeg, schudde zijn hoofd. 'Hij kan het niet zijn geweest.'
'Waarom zeg je dat?'
'Omdat jullie allebei nog leven.'
Stilte.
'Hij is een kille moordenaar.'
'Waarom zit hij dan niet in de gevangenis?' vroeg ik.
'Doe niet zo naïef. Hij is goed in wat hij doet.'
'In mensen vermoorden?'
'Ja. Hij woont in het buitenland, niemand weet precies waar. Hij heeft voor de moordcommando's van regeringen in Midden-Amerika gewerkt. Hij heeft dictators in Afrika geholpen.' Pistillo schudde zijn hoofd. 'Nee, als Asselta haar dood wilde hebben, zouden we op dit moment een kaartje aan haar grote teen hangen.'
'Misschien bedoelde ze een andere John,' zei ik. 'Of misschien heb ik het gewoon verkeerd gehoord.'
'Misschien.' Hij dacht daarover na. 'Er is nog iets wat ik niet begrijp. Als het Spook of iemand anders Katy Miller wilde vermoorden, waarom heeft hij dat dan niet gewoon gedaan? Waarom heeft hij al die moeite genomen om jou eerst vast te binden?'
Dat zat mij ook dwars, maar ik had een mogelijk antwoord gevonden. 'Misschien was het doorgestoken kaart.'
Hij fronste. 'Hoe bedoel je?'
'De moordenaar bindt me vast aan het bed. Hij wurgt Katy. Dan' – ik voelde mijn hoofdhuid tintelen – 'laat hij het er misschien uitzien alsof ik het heb gedaan.' Ik keek naar hem op.
Pistillo fronste. 'Je gaat daar toch niet aan toevoegen "Net als bij mijn broer", hoop ik?'

'Juist wel,' zei ik.
'Dat is gelul.'
'Denk er even over na, Pistillo. Er is één ding waar jullie nog steeds geen verklaring voor hebben gegeven: waarom is op de plaats van de moord bloed van mijn broer gevonden?'
'Omdat Julie Miller heeft teruggevochten.'
'Je weet wel beter. Daarvoor was er veel te veel bloed.' Ik ging wat dichter bij hem staan. 'Ken is elf jaar geleden in de val gelokt en het kan best zijn dat iemand dat vanavond nog eens dunnetjes wilde overdoen.'
'Doe niet zo melodramatisch,' schamperde hij. 'En weet je wat? De politie gelooft jouw Houdini-handboeienverhaal niet. Ze denken dat je haar hebt geprobeerd te vermoorden.'
'En wat denk jij?' vroeg ik hem.
'Katy's vader is hier. Hij is zo pissig als wat.'
'Niet erg verbazingwekkend.'
'Toch zet het je aan het denken.'
'Je weet dat ik het niet heb gedaan, Pistillo. En ondanks je theatrale gedoe van gisteren weet je ook dat ik Julie niet heb vermoord.'
'Ik heb je gewaarschuwd. Dat je je erbuiten moest houden.'
'En ik heb ervoor gekozen je waarschuwing in de wind te slaan.'
Pistillo liet een lange ademtocht ontsnappen en knikte. 'Inderdaad, held, en daarom gaan we het nu als volgt spelen.' Hij deed een stap naar me toe en keek me priemend in de ogen. Ik knipperde niet. 'Je gaat de gevangenis in.'
Ik zuchtte. 'Ik geloof dat ik mijn dagelijkse minimumdoses aan dreigementen al ruimschoots heb gehad.'
'Dit is geen dreigement, Will. Je wordt vanavond nog naar de gevangenis afgevoerd.'
'Dan wil ik een advocaat.'
Hij keek op zijn horloge. 'Daarvoor is het te laat. Je brengt de rest van de nacht in een cel door. Morgen zul je aangeklaagd worden. De tenlastelegging zal luiden: poging tot moord en mishandeling. Het OM zal zeggen dat ze vermoeden dat je een poging zult doen te verdwijnen – zie je broer – en daarom de rechter verzoeken je vrijlating op borgtocht te ontzeggen. Ik denk dat de rechter aan dat verzoek zal voldoen.'
Ik wilde iets zeggen, maar hij hief zijn hand op. 'Bespaar je de moeite want – je zult dit niet leuk vinden – het kan me niet schelen of je het hebt gedaan of niet. Ik ga voldoende bewijsmateriaal verzamelen om je te laten veroordelen. En als ik niet genoeg kan vinden,

verzin ik er gewoon wat bij. Je mag dit gerust aan je advocaat doorbrieven. Ik ontken het toch. Je bent een van moord verdachte man die zijn moorddadige broer elf jaar lang heeft geholpen. Ik ben een van de hoogste FBI-agenten in het land. Wie denk je dat ze zullen geloven?'

Ik keek hem aan. 'Waarom doe je dit?'

'Ik heb je gezegd je erbuiten te houden.'

'Wat zou jij in mijn plaats hebben gedaan? Als het jouw broer was?'

'Daar gaat het niet om. Je hebt niet naar me geluisterd. Nu is je vriendin vermoord en Katy Miller ternauwernood aan de dood ontsnapt.'

'Ik heb hen geen van beiden ooit iets gedaan.'

'Jawel. Je hebt dit veroorzaakt. Waar denk je dat ze nu zouden zijn geweest, als je naar me had geluisterd?'

Zijn woorden raakten doel, maar ik drukte door. 'En jij, Pistillo? Hoe zit het met het feit dat jij de moord op Laura Emerson in de doofpot hebt gestopt?'

'Ik ben hier niet om met je te bekvechten. Jij gaat vannacht nog de gevangenis in. En ik zal ervoor zorgen dat je schuldig wordt bevonden, daar kun je op rekenen.'

Hij draaide zich om.

'Pistillo?' Toen hij omkeek, zei ik: 'Waar ben je in werkelijkheid op uit?'

Hij draaide terug en leunde naar voren zodat zijn lippen slechts een paar centimeter van mijn oor verwijderd waren. Hij fluisterde: 'Vraag dat maar aan je broer', en toen was hij verdwenen.

38

Ik bracht de nacht door in de arrestantencel van het politiebureau Midtown South in West 35th Street. De cel riekte naar urine, braaksel en de geur van verzuurde wodka die dronken mannen uitzweten. Toch was het ietsje beter dan het aroma van de eau de cologne van vliegstewards. Ik had twee celgenoten. De ene was een travestietenhoer die aldoor huilde en niet goed wist of hij moest gaan zitten of staan bij het plassen in het metalen toilet. Mijn andere celgenoot was een neger die de hele tijd sliep. Ik heb geen sterke verhalen over dat ik ben mishandeld, beroofd en verkracht. Het was een erg saaie nacht.

De agent die nachtdienst had, draaide steeds de cd van Bruce Springsteen *Born to Run*. Dat noem ik nog eens een troost. Zoals iedere rechtgeaarde New Jersey-boy kende ik de teksten uit mijn hoofd. Het klinkt misschien vreemd, maar ik denk altijd aan Ken wanneer ik naar de geladen ballades van de Boss luister. We waren geen kinderen uit een arbeidersgezin die het reuze zwaar hadden, en we hadden geen van beiden iets met snelle auto's of rondhangen aan de kust (in Jersey is het altijd 'de kust', nooit 'het strand') – en afgaande op wat ik op recente concerten van de E Street Band had gezien, gold dat eigenlijk voor de meeste van zijn luisteraars – maar toch zat er iets in de verhalen over strijd, over de geestkracht van een man in ketenen die probeert los te komen, over meer willen en de moed opbrengen ervandoor te gaan, dat niet alleen in mij iets losmaakte, maar me vooral deed denken aan mijn broer, ook vóór de moord al.

Maar deze nacht, toen Bruce zong dat ze zo mooi was dat hij verdwaald raakte tussen de sterren, dacht ik aan Sheila. En werd ik weer helemaal verdrietig.

Mijn ene telefoontje had ik gebruikt om Squares te bellen. Ik belde hem uit bed. Toen ik vertelde wat er aan de hand was, zei hij: 'Rot voor je.' Daarna beloofde hij een goede advocaat voor me te zoeken en te proberen uit te vinden hoe het met Katy was.

'Tussen haakjes, die bewakingsfilmpjes van QuickGo,' zei Squares.

'Wat is daarmee?'

'Je idee heeft vruchten afgeworpen. We kunnen ze morgen bekijken.'

'Als ze me vrijlaten.'

'Da's waar,' zei Squares. En hij voegde eraan toe: 'Het zou wel rot zijn als ze je geen borgtocht zouden gunnen.'

De volgende ochtend bracht de politie me naar het bureau in Centre Street 100, waar het proces-verbaal werd opgemaakt. Op dit punt nam het gevangeniswezen het over. Ik werd in een cel gezet in de kelder. Wie niet meer gelooft dat Amerika een smeltkroes is, moet eens een poosje tussen de potpourri aan mensen gaan zitten die deze mini-Verenigde Naties bevolkt. Ik hoorde minstens tien talen. Er waren nuances in huidskleur waar de mensen bij Crayola veel nieuwe inspiratie uit zouden kunnen putten. Er waren baseballpetjes, turbans, toupets en zelfs een fez. Iedereen praatte tegelijk. Iedereen die ik kon verstaan – en vermoedelijk ook iedereen die ik niet kon verstaan – beweerde onschuldig te zijn.

Squares was er toen ik voor de rechter werd geleid. Evenals mijn nieuwe advocaat, een vrouw genaamd Hester Crimstein. Ik herkende haar van een beroemde zaak, maar kon er zo gauw niet opkomen welke. Ze stelde zich aan me voor en keek toen verder niet meer naar me. Ze draaide zich om en staarde naar de jonge officier van justitie alsof hij een bloedend everzwijn was en zij een panter met zeer gevoelige aambeien.

'We verzoeken dat meneer Klein zonder borgtocht in hechtenis wordt gehouden,' zei de jonge officier van justitie. 'We zijn van mening dat er groot risico bestaat dat hij zal onderduiken.'

'Waarom?' vroeg de rechter, bij wie uit iedere porie verveling leek te lekken.

'Zijn broer, die verdacht wordt van moord, is al elf jaar ondergedoken. En dat is nog niet alles, edelachtbare. Het slachtoffer van zijn broer was de zuster van dit slachtoffer.'

De rechter schoot wakker. 'Wat zegt u?'

'De beklaagde, meneer Klein, wordt ervan beschuldigd te hebben geprobeerd ene Katherine Miller te vermoorden. De broer van meneer Klein, Kenneth, wordt verdacht van de elf jaar oude moord op Julie Miller, de oudere zuster van het slachtoffer.'

De rechter, die over zijn gezicht had zitten wrijven, hield daar abrupt mee op. 'O, wacht even, ja, die zaak herinner ik me.'

De jonge officier van justitie grijnsde alsof hij een tien met een griffel had gekregen.

De rechter wendde zich tot Hester Crimstein. 'Juffrouw Crimstein?'

'Edelachtbare, wij zijn van mening dat alle aanklachten tegen meneer Klein onmiddellijk ingetrokken moeten worden,' zei ze.

De rechter begon weer over zijn gezicht te wrijven. 'Daar kijk ik van op, juffrouw Crimstein.'

'Niet alleen dat, we zijn van mening dat meneer Klein op persoonlijke borgtocht vrijgelaten moet worden. Meneer Klein heeft geen strafblad. Hij doet maatschappelijk werk, helpt de armen. Hij is een waardig staatsburger. En die belachelijke vergelijking met zijn broer is de ergste vorm van associatiebeschuldiging die er bestaat.'

'U vindt dus niet dat het OM zich met recht ongerust maakt, juffrouw Crimstein?'

'Absoluut niet, edelachtbare. Ik heb gehoord dat de zuster van meneer Klein onlangs een permanentje heeft genomen. Is het daarom waarschijnlijk dat hij dat ook zal doen?'

Er werd gelachen.

De jonge officier van justitie liet zich niet van zijn stuk brengen. 'Edelachtbare, met alle respect voor de malle analogie van mijn collega...'

'Wat is daar mal aan?' beet Crimstein hem toe.

'... zijn we van mening dat meneer Klein voldoende middelen heeft om onder te duiken.'

'Dat is bespottelijk. Hij heeft niet meer middelen dan ieder ander. De reden waarom het OM deze eis stelt, is dat ze geloven dat zijn broer is ondergedoken – terwijl niemand dat met zekerheid kan zeggen. Hij kan net zo goed dood zijn. Maar wat daar ook van waar is, edelachtbare, de hulpofficier van justitie heeft een doorslaggevend gegeven weggelaten.'

Hester Crimstein wendde zich tot de jonge officier van justitie en glimlachte.

'Meneer Thompson?' zei de rechter.

Thompson, de jonge hulpofficier van justitie, hield zijn hoofd gebogen.

Hester Crimstein wachtte nog een paar seconden en maakte toen een duikvlucht. 'Het slachtoffer van deze weerzinwekkende misdaad, Katherine Miller, heeft vanochtend verklaard dat meneer Klein onschuldig is.'

Dat vond de rechter niet leuk. 'Meneer Thompson?'

'Dat is niet geheel juist, edelachtbare.'

'Niet geheel?'

'Juffrouw Miller heeft gezegd dat ze haar belager niet heeft gezien. Het was donker. Hij droeg een masker.'

'En,' maakte Hester Crimstein de verklaring voor hem af, 'ze heeft gezegd dat het mijn cliënt niet was.'

'Ze heeft gezegd dat ze *gelooft* dat het meneer Klein niet was,' wierp Thompson tegen. 'Maar, edelachtbare, ze is gewond en verward. Ze heeft de aanvaller niet gezien, dus kan ze niet met zekerheid zeggen –'

'We zijn hier nog niet bezig met de rechtszaak zelf, meneer,' viel de rechter hem in de rede. 'Maar uw verzoek voor hechtenis zonder borg is afgewezen. De borgsom bedraagt dertigduizend dollar.'

De rechter gaf een klap met de hamer. En ik was vrij.

39

Ik wilde Katy opzoeken in het ziekenhuis. Squares schudde zijn hoofd en zei dat hij dat geen goed idee vond. Haar vader was bij haar. Hij weigerde haar kamer te verlaten. Hij had een gewapende lijfwacht in de arm genomen en die voor haar deur gepost. Ik begreep het wel. Meneer Miller was er niet in geslaagd zijn oudste dochter te beschermen. Hij wilde niet nog eens falen.

Ik belde het ziekenhuis via Squares' mobieltje, maar kreeg van de centrale te horen dat niemand doorverbonden mocht worden. Ik belde een plaatselijke bloemist en zond haar een beterschapsboeket. Het leek erg simplistisch en onbenullig – Katy was in mijn eigen flat bijna gewurgd en ik stuurde een mand met bloemen, een teddybeer en een heliumballon op een stokje – maar het was het enige wat ik wist te verzinnen om haar te laten weten dat ik aan haar dacht.

Squares was in zijn eigen auto gekomen – een hardblauwe Coupe de Ville uit 1968, even onopvallend als onze travestietenvriend Raquel/Roscoe zou zijn op een bijeenkomst van de 'Dochters van de Amerikaanse Revolutie' – en nam de Lincoln Tunnel. Stapvoets verkeer in de tunnel, zoals altijd. Iedereen zei dat er steeds meer files kwamen. Dat weet ik niet zo zeker. Toen ik nog klein was, was onze auto – de bekende stationcar met de houten zijpanelen – iedere zondag als een slak door diezelfde tunnel gekropen. Ik herinner me nog goed hoe traag die tocht altijd verliep, in het donker, met die domme, gele waarschuwingslichten die als vleermuizen aan het plafond van de tunnel hingen, alsof het echt nodig was ons erop te wijzen dat we langzaam moesten rijden, het glazen hokje met de man erin, de uitlaatgassen die de tunneltegels langzaam urinegetint ivoor kleurden, wij allen rusteloos turend naar de eerste glimp daglicht, tot we eindelijk, terwijl de metaal ogende rubberen vangrail ons tegemoetkwam, opstegen naar de wereld van de wolkenkrabbers, een wisselwerkelijkheid, alsof we door een tijdmachine waren gereisd. We gingen dan naar het Ringling Bros. and Barnum & Bailey Circus waar we de stokjes met de lichtjes lieten draaien, of naar Radio City Music Hall voor een voorstelling die de eerste tien minuten prachtig was maar daarna saai, of we stonden in de rij voor de afgeprijsde kaartjes bij het TKTS-loket, of we snuffelden tussen de boeken in de grote Barnes & Noble (ik geloof dat er in die tijd nog maar één van was) of we brachten een bezoek aan het Museum of Natural History of een openluchtmarkt – mijn moeders favoriet was de New York Is Book Country die elk jaar in september op Fifth Avenue werd gehouden.

Mijn vader mopperde over het verkeer en de parkeerproblemen en het universele 'vuil', maar mijn moeder was dol op New York. Ze verlangde erg terug naar het theater, de schone kunsten, de herrie en de drukte van de stad. Sunny was erin geslaagd zichzelf voldoende te laten krimpen om in de wereld van carpools en gymschoenen van een pastoraal voorstadje te passen, maar haar dromen, haar langgeleden in een hoekje weggedrukte verlangens, waren er nog, vlak onder de oppervlakte. Ze hield van ons, dat weet ik, maar soms, wanneer ik achter haar in de stationcar zat en haar uit het raampje zag kijken, vroeg ik me af of ze zonder ons gelukkiger zou zijn geweest.

'Slim van je,' zei Squares.

'Wat?'

'Dat je eraan had gedacht dat Sonay een enthousiast beoefenaar van Yoga Squared is.'

'Hoe is het gegaan?'

'Ik heb Sonay gebeld en haar ons probleem uitgelegd. Ze zei dat QuickGo wordt gerund door twee broers, Ian en Noah Muller. Ze heeft ze gebeld, uitgelegd wat ze wilde en...' Squares haalde zijn schouders op.

Ik schudde mijn hoofd. 'Je bent verbazingwekkend.'

'Inderdaad.'

Het kantoor van QuickGo was gevestigd in een pakhuis aan Route 3 in het hart van het moerassige noordelijke deel van New Jersey.

Er worden veel grapjes gemaakt over New Jersey en dat komt vooral omdat onze drukste doorgaande wegen door de allerwalgelijkste delen van de zogenaamde Garden State voeren. Ik ben zo iemand die de staat waarin hij geboren en getogen is fel verdedigt. Het grootste deel van New Jersey is verrassend mooi, maar onze critici hebben op twee punten inderdaad gelijk. Punt één: onze steden zijn één brok verval. Trenton, Newark, Atlantic City, u mag zelf kiezen. Ze krijgen en verdienen weinig respect. Neem Newark bijvoorbeeld. Ik heb vrienden die zijn opgegroeid in Quincy, Massachusetts. Die zeggen altijd dat ze uit Boston komen. Ik heb vrienden die zijn opgegroeid in Bryn Mawr. Die zeggen altijd dat ze uit Philadelphia komen. Ik ben minder dan vijftien kilometer van het hart van Newark opgegroeid. Ik heb nog nooit gezegd of iemand horen zeggen dat hij uit Newark komt.

Punt twee – en het kan me niet schelen wat iedereen zegt – er hangt een bepaalde geur in de moerasgebieden van North Jersey. Die geur is vaak slechts zwak, maar niettemin onmiskenbaar. Het is geen prettige geur. Het ruikt niet naar de natuur. Het ruikt naar rook, chemicaliën en een lekkende beerput. Dat was de geur die ons begroette toen we bij het pakhuis van QuickGo uit de auto stapten.

Squares zei: 'Heb je een wind gelaten?'

Ik keek hem aan.

'Ik probeer alleen maar de spanning wat te verlichten.'

We liepen het pakhuis in. De gebroeders Muller waren elk iets in de buurt van honderd miljoen dollar waard, maar ze deelden een klein kantoor in het midden van een hangarachtige ruimte. Hun bureaus, die eruitzagen alsof ze waren aangeschaft op een veiling van een lagere school, stonden tegenover elkaar en tegen elkaar aan. Hun stoelen waren van gelakt hout uit het pre-ergonomietijdperk. Er waren geen computers, faxapparaten of fotokopieermachines, alleen maar de bureaus, hoge, metalen dossierkasten en twee telefoontoestellen. Alle vier de wanden waren van glas. De broers mochten graag naar de verzendkisten en vorkheftrucks kijken. En het kon hen niet schelen wie er naar binnen keek.

De broers leken op elkaar en kleedden zich eender. Ze droegen wat mijn vader 'zwartgrijze broeken' noemde, daarop witte T-shirts met een V-hals en daaroverheen een wit button-down overhemd, dat vanboven zo ver losgeknoopt was dat hun grijze borsthaar als staalwol naar buiten krulde. De broers stonden op en richtten hun breedste glimlach op Squares.

'U bent natuurlijk de goeroe van Sonay,' zei een van hen. 'Yogi Squares.'

Squares beantwoordde dat met het serene knikje van een wijs opperhoofd.

Ze snelden beiden op hem af en schudden zijn hand. Ik dacht heel even dat ze een knieval zouden maken.

'We hebben de films vannacht laten brengen,' zei de langste van de gebroeders, duidelijk hopend op goedkeuring. Squares gunde hem nog een knikje. Ze gingen ons voor over de betonnen vloer. Ik hoorde het gepiep-piep van achteruitrijdende auto's. Garagedeuren gingen open en vrachtwagens werden geladen. De gebroeders begroetten iedere werkman en de werkmannen groetten terug.

We betraden een raamloos vertrek met een Mr. Coffee op een plank aan de muur. Een tv met een kleerhangerantenne en een videoapparaat stonden op een van die metalen karretjes die ik niet meer heb gezien sinds de tijd dat het hulpje van de conciërge op de lagere school ze de klas in duwde.

De langste van de broers zette de televisie aan. Geruis begroette ons. Hij duwde een cassette in het videoapparaat. 'Deze film beslaat twaalf uur,' zei hij. 'U zei dat de man om een uur of drie in de winkel was geweest, nietwaar?'

'Dat is ons verteld,' zei Squares.

'Ik laat de film beginnen om kwart voor drie. De film draait vrij snel omdat er iedere drie seconden één beeld wordt vastgelegd. Eh... de toets van *fast forward* doet het niet. Sorry. We hebben ook geen afstandsbediening, dus moet u gewoon op Play drukken wanneer u gereed bent. Ik neem aan dat u privacy wilt, dus gaan wij weg. Neem er gerust de tijd voor.'

'We zullen de film misschien mee moeten nemen,' zei Squares.

'Geen probleem. We kunnen er kopieën van maken.'

'Dank u.'

De ene broer drukte Squares de hand. De andere – ik zweer dat ik dit niet zit te verzinnen – boog. Toen lieten ze ons alleen. Ik liep naar het videoapparaat en drukte op Play. Het geruis verdween. Evenals het geluid. Ik draaide aan de volumeknop van het televisietoestel, maar er was geen geluid. Natuurlijk niet.

De beelden waren in zwart-wit. Onder in het scherm was een klokje. De camera was van bovenaf op de kassa gericht. Een jonge vrouw met lang, blond haar was de caissière. Ze bewoog zich schokkerig vanwege de tussenpozen van drie seconden. Ik werd er een beetje duizelig van.

'Hoe moeten we die Owen Enfield herkennen?' vroeg Squares.

'We moeten gewoon uitkijken naar een man van veertig met stekeltjeshaar.'

Ik bleef kijken en besefte dat deze taak misschien makkelijker zou zijn dan we eerst hadden gedacht. De klanten waren namelijk allemaal oudere mensen in golfkleding. Ik vroeg me af of er hoofdzakelijk gepensioneerden woonden in Stonepointe. Ik nam me voor dat aan Yvonne Sterno te vragen.

Om 03:08.15 zagen we hem. Zijn rug in ieder geval. Hij droeg een korte broek en een overhemd met korte mouwen. We konden zijn gezicht niet zien, maar hij had stekeltjeshaar. Hij liep langs de kassa een van de gangen in. We wachtten. Om 03:09.24 kwam onze potentiële Owen Enfield de hoek om en liep naar de langharige blondine achter de kassa. Hij had een literpak melk, zo te zien, en een verpakt brood in zijn handen. Ik hield mijn hand bij de pauzeknop om de film stop te zetten en hem goed te bekijken.

Maar het was niet nodig.

De Vandyke-baard zou je kunnen misleiden. Evenals het kortgeknipte grijze haar. Als ik deze film zomaar had gezien of als ik de man in een drukke straat was gepasseerd, zou hij me niet zijn opgevallen. Maar nu zag ik niets 'zomaar'. Ik keek geconcentreerd. En ik wist het meteen. Ik drukte evengoed op de pauzeknop: 03:09.51.

Iedere twijfel werd weggenomen. Ik stond er roerloos bij. Ik wist niet of ik moest juichen of huilen. Ik keek om naar Squares. Zijn ogen waren op mij gericht en niet op het scherm. Ik knikte tegen hem, bevestigend wat hij al vermoedde.

Owen Enfield was mijn broer Ken.

40

De intercom zoemde.
'Meneer McGuane?' zei de receptioniste, die deel uitmaakte van zijn bewakingsdienst.
'Ja.'
'Joshua Ford en Raymond Cromwell zijn er.'
Joshua Ford was een maat in Stanford, Cummings en Ford, een firma die meer dan driehonderd juristen in dienst had. Raymond Cromwell fungeerde dus als de aantekeningen-makende, extra-uren-schrijvende onderdaan. Philip bekeek beiden op de monitor. Ford was een grote vent, vierenzestig jaar, honderdtien kilo. Hij had de naam een keiharde, agressieve, onaangename kerel te zijn en om aan dat signalement te voldoen bewoog hij zijn gezicht en mond alsof hij op een sigaar of een menselijk bot kauwde. Cromwell, daarentegen, was jong, zacht, gemanicuurd en wasachtig glad.

McGuane keek naar het Spook. Het Spook glimlachte en weer voelde McGuane een koude rilling. Opnieuw vroeg hij zich af of het wel slim van hem was geweest om Asselta hierbij te betrekken. Uiteindelijk kwam hij tot de conclusie dat het wel goed zat. Het Spook had hier ook baat bij.

En het Spook was hier goed in.

Met zijn blik nog op die kippenvel veroorzakende glimlach gericht zei McGuane: 'Stuurt u alstublieft alleen meneer Ford door en

laat u meneer Cromwell in de wachtkamer plaatsnemen.'
'Goed, meneer McGuane.'

McGuane had erover zitten dubben hoe hij het moest aanpakken. Hij hield niet van geweld om het geweld zelf, maar schrok er ook niet voor terug. Het was een middel om een doel te bereiken. Het Spook had gelijk wat die onzin over atheïsten in schuttersputjes betrof. In wezen zijn we alleen maar dieren, organismen eigenlijk, van een nauwelijks ontwikkelder soort dan het paramaecium. Dood is dood, weg. Het was pure megalomanie om te denken dat wij mensen op de een of andere wijze boven de dood staan, dat we, in tegenstelling tot andere levende wezens, in staat zijn boven de dood uit te stijgen. Zolang we leven zijn we bijzonder, dominant, omdat we de sterkste en meest meedogenloze van alle wezens zijn. Wij heersen. Maar om te geloven dat we, eenmaal dood, iets bijzonders zijn in de ogen van God, dat we bij hem in de gunst kunnen komen door zijn kont te likken, nou, ik wil niet overkomen als een communist, maar dat is de denkwijze die de rijken al vanaf de dag dat de mens regels heeft ingesteld, hebben gebruikt om de armen onder de duim te houden.

Het Spook liep naar de deur.

Alles is geoorloofd om de overhand te krijgen. McGuane bereisde vaak zijwegen die anderen als taboe beschouwden. Je mocht bijvoorbeeld geen FBI-agent, officier van justitie of politieman doden. McGuane had ze alle drie op zijn geweten. Je mocht niet, om een ander voorbeeld te gebruiken, machtige mensen aanvallen die problemen konden scheppen en de aandacht trekken.

McGuane hield zich ook niet aan díe regel.

Toen Joshua Ford de deur opendeed, had het Spook de ijzeren staaf gereed. Die was ongeveer zo lang als een honkbalknuppel en had een sterke veer die hem kon laten open- of dichtklappen met de kracht van een ploertendoder. Als je iemand er met enige kracht een klap mee op zijn hoofd gaf, zou de schedel barsten als een eierschaal.

Joshua Ford kwam binnenstruinen met de typische gang van een rijke man. Hij glimlachte tegen McGuane. 'Meneer McGuane.'

McGuane glimlachte terug. 'Meneer Ford.'

Ford voelde dat er iemand rechts van hem stond en draaide zich om naar het Spook, zijn hand uitgestrekt voor een handdruk. Het Spook had zijn ogen elders. Hij richtte de metalen staaf op Fords scheenbeen en liet hem klappen. Ford slaakte een kreet en zakte op de vloer neer als een marionet waarvan de touwtjes waren doorgeknipt. Het Spook sloeg hem weer, ditmaal op de rechterschouder.

Ford had opeens geen gevoel meer in zijn arm. Het Spook hengstte met de staaf tegen de ribbenkast. Er klonk een krakend geluid. Ford probeerde zich tot een bal op te rollen.

Aan de andere kant van de kamer vroeg McGuane: 'Waar is hij?'

Joshua Ford slikte en zei hees: 'Wie?'

Grote fout. Het Spook liet het wapen neerflitsen op de enkel van de man. Ford loeide. McGuane keek achter zich naar de monitor van het bewakingscircuit. Cromwell zat op zijn gemak in de wachtkamer. Hij zou niets horen. Net zomin als iemand anders.

Het Spook sloeg de advocaat nogmaals, op dezelfde plek op de enkel. Er klonk een knappend geluid, als van een autoband die over een bierflesje reed. Ford hief zijn hand op, smekend om genade.

Door de jaren heen had McGuane geleerd dat je het beste eerst kon slaan en dan pas vragen stellen. De meeste mensen die bedreigd worden met pijn, proberen zich er al pratend uit te werken. Dat geldt in het bijzonder voor mannen die eraan gewend zijn hun mond te gebruiken. Die zoeken naar invalshoeken, halve waarheden, geloofwaardige leugens. Ze zijn rationeel, vinden ze, dus moet hun tegenstander dat ook zijn. Woorden kunnen aangewend worden om de lont uit het kruitvat te halen.

Je moest hun die illusie ontnemen.

De pijn en angst die gepaard gaan met een plotselinge lichamelijke aanval zijn desastreus voor de geest. Je cognitieve rede – je rationele wezen als u wilt, je ontwikkelde mens – vervaagt, verkruimelt. Wat je overhoudt, is de Neanderthaler, de primitieve ware jij die alleen maar weet hoe hij aan pijn kan ontsnappen.

Het Spook keek naar McGuane. McGuane knikte. Het Spook deed een stapje terug en liet McGuane dichterbij komen.

'Hij is in Vegas gestopt,' legde McGuane uit. 'Dat was zijn grote fout. Hij is daar bij een dokter geweest. We zijn van alle telefooncellen daar in de omgeving nagegaan via welke er een telefoontje is gepleegd naar een nummer buiten Nevada. We hebben slechts één interessant nummer gevonden. Dat van u, meneer Ford. Hij heeft u gebeld. Om er helemaal zeker van te zijn heb ik een mannetje uw kantoor in de gaten laten houden. Gisteren hebt u bezoek gekregen van de FBI. Het klopt dus. Ken wilde een advocaat. Het moest een geduchte, onafhankelijke persoon zijn die in geen enkel opzicht iets met mij te maken heeft. U.'

Joshua Ford zei: 'Maar –'

McGuane hief zijn hand op om hem tot zwijgen te brengen. Ford gehoorzaamde en deed zijn mond dicht. McGuane deed een stap achteruit, keek naar het Spook en zei: 'John.'

Het Spook kwam naar voren en gaf Ford zonder aarzelen een lel op de zijkant van zijn arm, vlak boven de elleboog. De elleboog knakte de verkeerde kant op. Fords gezicht verloor het laatste restje kleur.

'Als u het ontkent of net doet alsof u niet weet waar ik het over heb,' zei McGuane, 'zal mijn vriend ophouden met die vriendelijke tikjes en u echt pijn gaan doen. Is dat duidelijk?'

Ford had er een paar seconden voor nodig. Toen hij opkeek, stond McGuane verbaasd over de kalme blik in de ogen van de man. Ford keek naar het Spook, toen naar McGuane. 'Krijg de klere,' zei Ford hees.

Het Spook keek naar McGuane. Hij trok een wenkbrauw op, glimlachte en zei: 'Dapper.'

'John...'

Maar het Spook negeerde hem. Hij zwiepte de ijzeren staaf tegen Fords gezicht. Er klonk een nat, scheurend geluid toen Fords hoofd opzij vloog. Bloed spoot door de kamer. Ford viel neer en bewoog zich niet meer. Het Spook ging klaarstaan voor een klap op de knie.

McGuane vroeg: 'Is hij nog bij bewustzijn?'

De vraag deed het Spook even stokken. Hij bukte zich. 'Bij bewustzijn,' meldde hij, 'maar hij haalt onregelmatig adem.' Hij richtte zich weer op. 'Nog één klap en meneer Ford zou wel eens voorgoed kunnen inslapen.'

McGuane dacht daarover na. 'Meneer Ford?'

Ford keek op.

'Waar is hij?' vroeg McGuane hem nogmaals.

Ditmaal schudde Ford zijn hoofd.

McGuane liep naar de monitor. Hij draaide hem zodanig dat Joshua Ford het scherm kon zien. Cromwell zat met zijn benen over elkaar geslagen koffie te drinken.

Het Spook wees naar het beeldscherm. 'Mooie schoenen heeft hij aan. Zijn dat Allen-Edmonds?'

Ford probeerde rechtop te gaan zitten. Hij wist zijn handen onder zich te krijgen, probeerde zich op te drukken, viel terug.

'Hoe oud is hij?' vroeg McGuane.

Ford gaf geen antwoord.

Het Spook hief de staaf op. 'Hij heeft u gevraagd –'

'Negenentwintig.'

'Getrouwd?'

Ford knikte.

'Kinderen?'
'Twee jongens.'
McGuane keek nog een poosje naar de monitor. 'Je hebt gelijk, John. Mooie schoenen.' Hij wendde zich tot Ford. 'Vertel me waar Ken is. Anders sterft hij.'
Het Spook legde behoedzaam de ijzeren staaf neer. Hij stak zijn hand in zijn zak en haalde er een Thuggee wurgstok uit. Het handvat was vervaardigd van mahoniehout. Het was twintig centimeter lang en had een diameter van vijf centimeter. De oppervlakte was achthoekig. Diepe groeven waren erin gesneden om beter houvast te geven. Aan beide uiteinden was een gevlochten koord bevestigd. Het koord was vervaardigd van paardenhaar.
'Hij heeft hier niets mee te maken,' zei Ford.
'Luister goed,' zei McGuane. 'Ik zeg dit maar één keer.'
Ford wachtte.
'We bluffen nooit,' zei McGuane.
Het Spook glimlachte. McGuane wachtte een moment, zijn ogen op Ford gericht. Toen drukte hij op de knop van de intercom. De receptioniste gaf antwoord.
'Ja, meneer McGuane?'
'Laat meneer Cromwell binnenkomen.'
'Goed, meneer.'
Ze keken allebei naar de monitor en zagen een potige bewaker naar de deur lopen en Cromwell wenken. Cromwell haalde zijn benen van elkaar, zette zijn koffiekopje neer, stond op, trok zijn jasje recht. Hij liep achter de bewaker aan naar de deur. Ford keek naar McGuane. Hun blikken hielden elkaar vast.
'U bent een domme man,' zei McGuane.
Het Spook pakte het houten handvat opnieuw vast en wachtte.
De bewaker deed de deur open. Raymond Cromwell kwam binnen met zijn glimlach in de aanslag. Toen hij het bloed zag en zijn baas die verkreukeld op de grond lag, verslapte zijn gezicht alsof iemand de stekker van de gezichtsspieren eruit had getrokken. 'Wat –?'
Het Spook ging achter Cromwell staan en schopte tegen zijn knieholten. Cromwell slaakte een kreet en viel op zijn knieën neer. De bewegingen van het Spook waren ervaren en moeiteloos gratieus, als een grotesk ballet.
Het koord gleed over het hoofd van de jongere man. Toen het zijn hals omcirkelde, gaf het Spook er een harde ruk aan en zette tegelijkertijd zijn knie tegen Cromwells ruggengraat. Het koord kwam strak te staan tegen Cromwells wasachtig gladde huid. Het

Spook draaide het handvat en sneed daarmee op een effectieve manier de bloedtoevoer naar de hersenen af. Cromwells ogen puilden uit. Zijn handen klauwden naar het koord. Het Spook behield zijn grip.

'Stop!' riep Ford. 'Ik zal praten!'

Maar hij kreeg geen antwoord.

Het Spook hield zijn ogen op zijn slachtoffer gericht. Cromwells gezicht kleurde een afzichtelijke tint paars.

'Ik zei –' Ford wendde zich snel tot McGuane. McGuane stond er op zijn gemak bij met zijn armen over elkaar. De twee mannen keken elkaar in de ogen. De zachte geluiden, het afgrijselijke gerochel dat van Cromwell afkomstig was, echode in de stilte.

Ford fluisterde: 'Alstublieft.'

Maar McGuane schudde zijn hoofd en herhaalde zijn eerdere woorden: 'We bluffen nooit.'

Het Spook draaide het handvat nogmaals om en hield het stevig vast.

41

Ik moest mijn vader over de bewakingsfilm vertellen. Squares zette me af bij een bushalte in de buurt van Meadowlands. Ik had geen idee wat ik aan moest met wat ik zojuist had gezien. Ergens op de New Jersey Turnpike, starend naar de wegrottende fabrieken, was mijn brein op de automatische piloot geklikt. Het was de enige manier waarop ik kon doorgaan.

Ken leefde dus echt nog.

Ik had het bewijs gezien. Hij had in New Mexico gewoond onder de naam Owen Enfield. Aan de ene kant was ik dolgelukkig. Er was nog steeds een kans op verzoening, een kans om weer bij mijn broer te zijn, een kans – durfde ik het zelfs maar te denken? – om dit allemaal recht te zetten.

Maar toen dacht ik aan Sheila.

Haar vingerafdrukken waren gevonden in het huis van mijn broer, samen met twee lijken. Hoe paste Sheila in dit verhaal? Ik had geen idee – of misschien wilde ik het voor de hand liggende antwoord niet accepteren. Ze had me bedrogen – wanneer mijn brein werkte, bevatten de enige scenario's die ik wist te bedenken allemaal een of andere vorm van bedrog – en als ik daar te lang bij bleef stilstaan, als ik mezelf toestond weg te zinken in de simpelste van mijn herinneringen – hoe ze haar benen onder zich optrok wanneer we op de bank zaten te praten, hoe ze haar haar naar achteren streek, alsof ze onder een waterval stond, hoe ze geurde in haar badstoffen badjas wanneer ze onder de douche vandaan kwam, hoe ze op herfstavonden mijn veel te grote sweatshirts aantrok, hoe ze in mijn oor neuriede wanneer we dansten, hoe ze mijn adem kon doen stokken met een blik vanaf de andere kant van de kamer – kon ik er alleen maar aan denken dat het allemaal een of andere ingewikkelde leugen was geweest.

Automatische piloot.

Dus ploeterde ik voort met slechts één gedachte in mijn hoofd: deze zaak moest afgerond worden. Mijn broer en mijn vriendin hadden me allebei zonder enige waarschuwing verlaten, waren verdwenen voordat ik afscheid had kunnen nemen. Ik wist dat ik niets van dit alles van me zou kunnen afzetten tot ik de waarheid had ontdekt. Squares had in het begin al gewaarschuwd dat ik wat ik zou ontdekken, misschien niet leuk zou vinden, maar alles bij elkaar genomen was het gewoon noodzakelijk. Misschien was het nu, eindelijk, mijn beurt om dapper te zijn. Misschien zou ik Ken nu eens kunnen redden in plaats van andersom.

Daar concentreerde ik me dus op: dat Ken nog leefde. Hij was onschuldig – als ik in mijn onderbewustzijn nog twijfels had gehad, waren die nu door Pistillo weggenomen. Ik kon hem weer zien, weer bij hem zijn. Ik kon – weet ik veel – het verleden wreken, mijn moeder in vrede laten rusten, of zoiets.

Het was de laatste dag van onze officiële rouwperiode, maar mijn vader was niet thuis. Tante Selma was in de keuken. Ze zei dat hij een eindje was gaan lopen. Tante Selma droeg een schort. Ik vroeg me af waar ze die vandaan had. Wij hadden er geen, dat wist ik zeker. Zou ze hem zelf hebben meegebracht? Tante Selma leek altijd een schort te dragen, ook wanneer ze er geen droeg, als u voelt wat ik bedoel. Ik keek naar haar terwijl ze de gootsteen schoonmaakte. Selma, Sunny's stille zuster, werkte zwijgend. Ik had haar altijd een beetje over het hoofd gezien. Ik geloof dat de meeste mensen dat deden. Selma was er gewoon altijd. Ze was een van die mensen die hun leven lang onder de radar bleven, alsof ze bang waren de aandacht van het lot te trekken. Zij en oom Murray hadden geen kinderen. Ik wist niet waarom, hoewel ik mijn ouders een keer had horen praten over een doodgeboren baby. Ik stond naar haar te kijken alsof ik haar voor het eerst zag, en ik zag een doodgewone vrouw die haar best deed iedere dag goed te doen.

'Dank u,' zei ik tegen haar.
Selma knikte.

Ik wilde tegen haar zeggen dat ik van haar hield en dat ik alles wat ze deed erg op prijs stelde, en dat ik graag zou willen, vooral nu mam er niet meer was, dat we nader tot elkaar zouden komen, dat ik wist dat mam dat graag zou hebben gewild. Maar ik kon het niet. In plaats daarvan omhelsde ik haar. Selma verstijfde eerst, geschrokken van de uiting van genegenheid die ze van mij niet gewend was, maar toen ontspande ze zich.

'Het komt allemaal best in orde,' zei ze tegen me.

Ik kende de favoriete wandelroute van mijn vader. Ik stak Coddington Terrace over, waarbij ik ervoor zorgde niet in de buurt van het huis van de familie Miller te komen. Ik wist dat mijn vader dat ook deed. Hij had zijn route jaren geleden verlegd. Ik liep tussen de achtertuinen van de Jarats en de Arnays door en nam het pad dat dwars door Meadowbrook naar de Little League-velden liep. De velden waren verlaten nu het seizoen afgelopen was en mijn vader zat in zijn eentje op de bovenste rij van de metalen tribune. Ik wist nog hoe graag hij had gecoacht, in het witte T-shirt met de groene driekwart mouwen, het woord *Senators* op de borst, de groene pet met de S te hoog op zijn hoofd. Hij hield van de dug-out, drapeerde zijn armen altijd nonchalant over de reling, zweetvlekken in zijn oksels. Hij zette altijd zijn rechtervoet op de eerste sinteltree, zijn linker op het beton, nam dan in één vloeiende beweging de pet af, haalde zijn onderarm over zijn voorhoofd en zette de pet weer op z'n plek. Zijn gezicht straalde op die lentemiddagen, vooral wanneer Ken speelde. Hij coachte samen met meneer Bertillo en meneer Horowitz, zijn twee beste vrienden, biermaatjes, allebei vóór hun zestigste gestorven aan een hartaanval, en ik wist dat hij nu, terwijl ik naast hem zat, nog steeds het applaus en de steeds terugkerende grapjes kon horen en de zoete geur van Little League-stof rook.

Hij keek naar me en glimlachte. 'Weet je nog dat je moeder scheidsrechter was?'

'Vaag. Hoe oud was ik helemaal, vier?'

'Zo ongeveer.' Hij schudde zijn hoofd, nog steeds glimlachend, opgaand in de herinnering. 'Het was op het hoogtepunt van je moeders feministische periode. Toen ze T-shirts droeg met leuzen als A WOMAN'S PLACE IS IN THE HOUSE AND SENATE. Dat soort dingen. Het was nog een paar jaar voordat meisjes werden toegelaten in de Little League. Je moeder was er op de een of andere manier achter gekomen dat er geen vrouwelijke scheidsrechters waren. Ze heeft toen het reglement erop nagekeken en zag dat het niet verboden was.'

'En toen heeft ze zich meteen opgegeven?'

'Ja.'
'En?'
'De bonzen van de bond waren in alle staten, maar aan de regels viel niet te tornen. Dus mocht ze als scheidsrechter optreden. Maar er waren een paar problemen.'
'Zoals?'
'Ze was de slechtste scheidsrechter ter wereld.' Pa glimlachte weer, een glimlach die ik nog maar zelden zag, een glimlach die zo diep in het verleden geworteld zat dat het me pijn deed. 'Ze kende de regels van het spel amper. En ze had vreselijk slechte ogen, zoals je weet. Ik kan me nog goed herinneren hoe ze in haar eerste wedstrijd haar duim opstak en "*Safe*" riep. Iedere keer dat ze iets riep, maakte ze er allerlei draaiende bewegingen bij. Alsof Bob Fosse de choreografie had.'

We grinnikten er samen om en ik kon hem bijna naar haar zien kijken, haar malle gedoe opzij wuivend, aan de ene kant gegeneerd, aan de andere kant in zijn sas.

'Werden de coaches niet helemaal dol?'
'Tuurlijk, maar weet je wat de honkbalbond deed?'
Ik schudde mijn hoofd.
'Ze zetten haar samen met Harvey Newhouse in het veld. Kun je je hem nog herinneren?'
'Zijn zoon zat bij mij in de klas. Hij was een prof-footballer, niet?'
'Ja, hij speelde voor de Rams. Offensief. Harvey woog iets van honderdvijftig kilo. Dus ging hij bij de slagman staan en je moeder in het veld en wanneer een coach ergens tegen begon te protesteren, hoefde Harvey alleen maar naar hem te kijken en ging de coach weer zitten.'

We grinnikten en vervielen toen weer in stilzwijgen. We vroegen ons allebei af hoe iemand met zoveel spirit zo gesmoord had kunnen worden, al voordat de ziekte de kop had opgestoken. Nu draaide pa zich naar me toe en keek me aan. Zijn ogen werden groot toen hij de kneuzingen zag.

'Wat is er met jou gebeurd?'
'O, niets bijzonders,' zei ik.
'Heb je gevochten?'
'Laat nou maar. Ik moet iets met je bespreken.'
Hij zei niets. Ik vroeg me af hoe ik het moest aanpakken, maar pa nam me dat uit handen.
'Laat eens zien,' zei hij.
Ik keek hem aan.

'Je zuster heeft vanochtend gebeld. Ze heeft me over de foto verteld.'

Ik had die nog steeds bij me en haalde hem nu tevoorschijn. Hij legde hem op zijn open hand, alsof hij bang was dat hij hem zou fijnknijpen. Hij keek erop neer en zei: 'Mijn god.' Zijn ogen begonnen te glinsteren.

'Wist je het niet?' vroeg ik.

'Nee.' Hij keek weer naar de foto. 'Je moeder heeft nooit iets gezegd tot, je weet wel.' Ik zag iets over zijn gezicht glijden. Zijn vrouw, zijn levenspartner, had dit voor hem verborgen gehouden en dat deed pijn.

'Er is nog meer,' zei ik.

Hij draaide zich naar me toe.

'Ken heeft in New Mexico gewoond.' Ik gaf hem een summier verslag van wat ik te weten was gekomen. Pa nam het bedaard en gestaag in zich op, als een man die gewend was geraakt aan het stampen van de boot.

Toen ik uitverteld was, zei hij: 'Hoe lang heeft hij daar gewoond?'

'Een paar maanden maar. Hoezo?'

'Je moeder zei dat hij terug zou komen. Ze zei dat hij terug zou komen zodra hij zijn onschuld had bewezen.'

We zaten er zwijgend bij. Ik liet mijn gedachten de vrije loop. Stel, dacht ik, dat het ongeveer zo was gegaan: Elf jaar geleden is Ken in een val gelokt. Hij is gevlucht en heeft ergens in het buitenland gewoond – ondergedoken of zoiets, precies zoals in de kranten stond. De jaren verstrijken. Hij komt terug naar huis.

Waarom?

Was het, zoals mijn moeder had gezegd, om zijn onschuld te bewijzen? Dat klonk wel logisch, maar waarom nu? Ik wist het niet, maar wat de reden ook was, Ken was teruggekomen – en was meteen weer in moeilijkheden geraakt. Iemand was erachter gekomen.

Wie?

Het antwoord leek voor de hand liggend: degene die Julie had vermoord. Die persoon, of het nu een hij of een zij was, moest Ken het zwijgen opleggen. En dan? Geen idee. Er ontbraken nog stukjes.

'Pa?'

'Ja?'

'Heb jij ooit gedacht dat Ken nog leefde?'

Hij nam de tijd. 'Denken dat hij dood was, was makkelijker.'

'Dat is geen antwoord.'

Hij liet zijn blik weer ronddwalen. 'Ken hield zoveel van je, Will.'

Ik liet dat in de lucht hangen.
'Maar hij was niet in alle opzichten een brave jongen.'
'Dat weet ik,' zei ik.
Hij liet dat eventjes bezinken. 'Toen Julie werd vermoord,' zei mijn vader, 'verkeerde Ken al in moeilijkheden.'
'Hoe bedoel je?'
'Hij was naar huis gekomen om zich te verstoppen.'
'Voor wie?'
'Dat weet ik niet.'
Ik dacht erover na. Ik dacht er weer aan dat hij toen al zeker twee jaar niet thuis was geweest en een nerveuze indruk had gemaakt, ook toen hij naar Julie had gevraagd. Ik wist alleen niet wat het betekende.
Pa zei: 'Kun jij je Phil McGuane nog herinneren?'
Ik knikte. Kens oude vriend van de middelbare school, de klassenvertegenwoordiger van wie men nu zei dat hij 'bepaalde relaties had'. 'Ik heb gehoord dat die nu in het huis van de familie Bonanno woont.'
Toen ik klein was had de familie Bonanno, befaamde ouderwetse maffiosi, in het grootste huis van Livingston gewoond, dat met het grote ijzeren hek en de oprit die werd bewaakt door twee stenen leeuwen. Er werd gefluisterd – zoals u misschien al is opgevallen wordt er in kleine stadjes nogal wat gefluisterd – dat er op het terrein lijken begraven lagen en dat de omheining je kon elektrocuteren en dat als een jongen door de bossen achter het huis probeerde te sluipen, hij een kogel in zijn hoofd zou krijgen. Ik betwijfel of die verhalen waar waren, maar de politie was de oude meneer Bonanno uiteindelijk komen arresteren toen hij eenennegentig was.
'Wat is er met hem?' vroeg ik.
'Ken had iets met McGuane.'
'Wat dan?'
'Meer weet ik niet.'
Ik dacht aan het Spook. 'Had John Asselta er ook mee te maken?'
Mijn vader verstijfde. Ik zag angst in zijn ogen. 'Waarom vraag je dat?'
'Op school waren ze met elkaar bevriend,' begon ik – en toen besloot ik alles eruit te gooien. 'En ik heb hem onlangs gezien.'
'Asselta?'
'Ja.'
Zijn stem klonk zacht. 'Is hij terug?'
Ik knikte.

Pa deed zijn ogen dicht.
'Wat is er?'
'Hij is gevaarlijk,' zei mijn vader.
'Dat weet ik.'
Hij wees naar mijn gezicht. 'Heeft hij dat gedaan?'
Goede vraag, dacht ik. 'Gedeeltelijk.'
'Gedeeltelijk?'
'Het is een lang verhaal, pa.'
Weer deed hij zijn ogen dicht. Toen hij ze weer opende, legde hij zijn handen op zijn dijen en kwam hij overeind. 'Laten we naar huis gaan,' zei hij.

Ik wilde hem nog meer vragen, maar ik wist dat dit niet het juiste tijdstip was. Ik volgde hem. Pa had er moeite mee de gammele tribune af te komen. Ik bood hem mijn hand. Hij weigerde. Toen we beiden het gravel hadden bereikt, draaiden we ons om naar het pad. En daar, geduldig glimlachend met zijn handen in zijn zakken, stond het Spook.

Heel even dacht ik dat mijn verbeelding me parten speelde, dat het feit dat we aan hem gedacht hadden, dit angstaanjagende beeld had opgeroepen. Maar ik hoorde hoe mijn vader hoorbaar inademde. En toen hoorde ik die stem.

'Ach, hoe roerend,' zei het Spook.

Mijn vader ging voor me staan, alsof hij me probeerde te beschermen. 'Wat wil je?' riep hij.

Maar het Spook lachte. 'Weet je, jongen, toen ik in de finale driemaal wijd gooide,' zei hij spottend, 'was er een hele rol Life Savers nodig om me erbovenop te helpen.'

We bleven als aan de grond genageld staan. Het Spook keek op naar de hemel, deed zijn ogen dicht, snoof de lucht diep in zijn longen. 'Ach, Little League.' Hij liet zijn blik weer naar mijn vader dalen. 'Weet u nog die keer dat mijn vader naar de wedstrijd kwam kijken, meneer Klein?'

Mijn vader klemde zijn kaken op elkaar.

'Het was een groots moment, Will. Echt. Een klassieker. Die vader van mij was zo beschonken dat hij pal naast de snoepkraam ging staan pissen. Zie je het voor je? Ik dacht dat mevrouw Tansmore erin zou blijven.' Hij lachte hartelijk. Het echoënde geluid klauwde aan me. Toen het was weggestorven, zei hij: 'Mooie tijd was dat.'

'Wat wil je?' vroeg mijn vader nogmaals.

Maar het Spook zat op zijn eigen spoor. Hij weigerde omgeleid te worden. 'Meneer Klein, weet u nog dat u het all-star-team hebt ge-

coacht in het jaar dat ze in de finale zijn gekomen?'
'Ja,' zei mijn vader.
'Ken en ik zaten toen in de vierde, geloof ik.'
Niets van mijn vaders kant ditmaal.
Het Spook zei scherp: 'Nee, wacht.' De glimlach glibberde van zijn gezicht. 'Dat was ik bijna vergeten. Ik heb dat jaar moeten overslaan. En het volgende jaar ook. Die heb ik in het gevang moeten doorbrengen.'
'Jij hebt nooit in de gevangenis gezeten,' zei mijn vader.
'Klopt. Klopt. U hebt volkomen gelijk, meneer Klein. Ik was' – het Spook maakte aanhalingstekens met zijn magere vingers – 'opgenomen. Weet je wat dat wil zeggen, Willie? Dat ze een kind opsluiten bij de gevaarlijkste gekken die er op deze vervloekte aardkloot rondlopen. Om hem beter te maken. Mijn eerste kamergenoot, Timmy, was een pyromaan. Op de prille leeftijd van dertien jaar had hij zijn ouders om het leven gebracht door hen in de fik te steken. Op een avond jatte hij een doosje lucifers van een dronken verpleger en stak hij mijn bed in brand. Ik mocht drie weken in de ziekenboeg verblijven. Ik heb mezelf bijna in brand gestoken om niet terug te hoeven.'
Een auto reed langs op Meadowbrook Road. Ik zag een klein jongetje achterin zitten, hoog in een of ander veilig kinderzitje. Er was geen wind. De bomen stonden te stil.
'Dat is lang geleden,' zei mijn vader zachtjes.
Het Spook kneep zijn ogen iets toe, alsof hij de woorden van mijn vader speciale aandacht schonk. Toen knikte hij en zei: 'Ja, ja, dat is zo. Ook daarin hebt u gelijk, meneer Klein. En het was ook niet zo dat ik het thuis nu bepaald prettig had. Ik bedoel, wat waren nou helemaal mijn vooruitzichten? Wat mij is overkomen, zou je bijna als een zegen kunnen beschouwen: ik werd in een gesticht opgenomen in plaats van te moeten wonen bij een vader die me sloeg.'
Ik begreep toen dat hij het had over de moord op Daniel Skinner, de treiterige jongen die was doodgestoken met het keukenmes. Maar wat me opeens opviel, wat me reden gaf tot nadenken, was hoezeer dit verhaal leek op dat van de kinderen die we op Covenant House helpen – thuis mishandeld, vroeg in de misdaad, een of andere vorm van psychose. Ik probeerde het Spook op die manier te bekijken, alsof hij een van mijn kids was. Maar het beeld hield geen stand. Hij was geen kind meer. Ik weet niet wanneer ze de grens overschrijden, op welke leeftijd ze ophouden een kind te zijn dat hulp nodig heeft en dégénérés worden die opgesloten zouden moe-

ten worden, noch weet ik of dat eigenlijk wel eerlijk is.

'Hé, Willie!'

Het Spook probeerde me in de ogen te kijken, maar mijn vader leunde opzij om zelfs zijn blik te blokkeren. Ik legde mijn hand op zijn schouder om hem duidelijk te maken dat ik het wel aankon.

'Wat?' zei ik.

'Je weet toch wel dat ik nog een keer ben' – weer de aanhalingstekens – "opgenomen"?'

'Ja,' zei ik.

'Ik zat in de eindexamenklas. Jij twee klassen onder me.'

'Dat weet ik nog.'

'Er is al die tijd dat ik daar zat, maar één keer bezoek voor me geweest. Weet je van wie?'

Ik knikte. Het antwoord was Julie.

'Ironisch, niet?'

'Heb jij haar vermoord?' vroeg ik.

'Slechts een van ons hier is schuldig.'

Mijn vader stapte weer tussen ons in. 'Zo is het wel genoeg,' zei hij.

Ik stapte langs hem heen. 'Wat bedoel je?'

'Jij, Willie. Ik bedoel jou.'

Ik begreep het niet. 'Wat?'

'Zo is het genoeg,' zei mijn vader nogmaals.

'Je werd geacht voor haar te knokken,' vervolgde het Spook. 'Je werd geacht haar te beschermen.'

De woorden, ook al waren ze afkomstig van deze gek, doorboorden mijn borst als een ijspegel.

'Wat wil je nou eigenlijk?' vroeg mijn vader.

'Als ik het eerlijk moet zeggen, meneer Klein, weet ik het niet precies.'

'Laat mijn gezin met rust. Als je iemand wilt, neem mij dan.'

'Nee, meneer, ik wil u niet.' Hij bekeek mijn vader en ik voelde diep in mijn buik iets kouds kronkelen. 'Ik geloof dat ik u liever laat zoals u bent.'

Het Spook wuifde kort en liep het bos in. We keken hem na terwijl hij steeds dieper tussen de struiken verdween, vervagend tot hij, net als zijn bijnaam, was verdwenen. We bleven nog een minuut of twee staan. Ik kon mijn vaders ademhaling horen, hol en blikkerig, alsof de lucht uit een diepe grot kwam.

'Pa?'

Hij liep al naar het pad. 'Laten we naar huis gaan, Will.'

42

Mijn vader weigerde te praten. Toen we weer thuis waren, ging hij regelrecht naar zijn slaapkamer, de kamer die hij bijna veertig jaar met mijn moeder had gedeeld, en deed de deur dicht. Er kwam nu zoveel tegelijk op me af. Ik probeerde het te sorteren, maar het was te veel. Mijn hersenen dreigden dicht te klappen. En ik wist nog steeds niet genoeg. Ik moest meer te weten komen.

Sheila.

Er was nog één persoon die misschien meer licht kon werpen op het raadsel dat mijn grote liefde was geweest. Dus nam ik afscheid en keerde terug naar de stad. Ik nam de ondergrondse richting de Bronx. De hemel was betrokken en het was een ongure wijk, maar ik was te ver heen om nog bang te zijn.

Al voordat ik had aangeklopt, ging de deur op een kier open, met de ketting erop. Tanya zei: 'Hij slaapt.'

'Ik kom voor jou. Ik wil met je praten,' zei ik.

'Ik heb niets te zeggen.'

'Ik heb je bij de rouwdienst gezien.'

'Ga weg.'

'Alsjeblieft,' zei ik. 'Het is belangrijk.'

Tanya zuchtte en nam de ketting eraf. Ik glipte naar binnen. De doffe lamp in de hoek brandde en verspreidde een bijzonder zwak licht. Terwijl ik mijn ogen liet dwalen door de deprimerendste kamer die ik ooit had gezien, vroeg ik me af of Tanya hier niet net zo goed gevangenzat als Louis Castman. Ik ging recht voor haar staan. Ze kromp ineen, alsof mijn blik kon schroeien.

'Hoe lang ben je van plan hem hier te houden?' vroeg ik.
'Ik maak geen plannen,' antwoordde ze.

Tanya bood me geen stoel aan. We stonden daar maar, tegenover elkaar. Ze sloeg haar armen over elkaar en wachtte.

'Waarom ben je naar de rouwdienst gekomen?' vroeg ik.
'Ik wilde haar de laatste eer bewijzen.'
'Heb je Sheila gekend?'
'Ja.'
'Was je met haar bevriend?'

Misschien glimlachte Tanya. Haar gezicht was zo verminkt, met al die littekens die in grove zigzaglijnen rond haar mond liepen, dat ik er niet zeker van kon zijn. 'Nee, helemaal niet.'

'Waarom ben je dan gekomen?'
Ze hield haar hoofd schuin. 'Wil je iets raars horen?'

Ik wist niet goed hoe ik daarop moest reageren, dus hield ik het bij een knikje.

'Dat was de eerste keer in een jaar en vier maanden dat ik de deur uit ben geweest.'

Ik wist ook niet goed hoe ik dáárop moest reageren, dus probeerde ik het met: 'Ik ben blij dat je bent gekomen.'

Tanya bekeek me sceptisch. Het was stil in de kamer, afgezien van haar ademhaling. Ik weet niet wat er lichamelijk mis was met haar, of het iets te maken had met de wrede mishandeling of niet, maar iedere ademhaling klonk alsof haar keel een dun rietje was waarin een paar druppels vocht waren blijven hangen.

Ik zei: 'Ik wil erg graag weten waarom je bent gekomen.'

'Dat zei ik toch? Ik wilde haar de laatste eer bewijzen.' Ze zweeg even en zei toen: 'En ik dacht dat ik misschien kon helpen.'

'Helpen?'

Ze keek naar de deur van Louis Castmans slaapkamer. Ik volgde haar blik. 'Hij heeft me verteld waarom jullie hierheen waren gekomen. Ik dacht dat ik misschien een paar van de puzzelstukjes op hun plek kon leggen.'

'Wat heeft hij precies gezegd?'

'Dat je verliefd was op Sheila.' Tanya ging dichter bij de lamp staan. Het was moeilijk om niet weg te kijken. Ze ging nu toch maar zitten en nodigde me met een gebaar uit hetzelfde te doen. 'Is dat waar?'

'Ja.'
'Heb jij haar vermoord?' vroeg Tanya.
Ik schrok van de vraag. 'Nee.'
Ze leek niet overtuigd.
'Ik begrijp er niks van,' zei ik. 'Je wilt helpen?'
'Ja.'
'Waarom ben je er dan vandoor gegaan?'
'Snap je dat werkelijk niet?'
Ik schudde mijn hoofd.
Ze zakte achterover in haar stoel. Met haar handen op haar schoot begon ze te wiegen.
'Tanya?'
'Ik hoorde je naam,' zei ze.
'Pardon?'
'Je vroeg waarom ik ervandoor was gegaan.' Ze hield op met wiegen. 'Ik ben weggegaan omdat ik je naam had gehoord.'
'Ik snap het niet.'
Ze keek weer naar de deur. 'Louis wist niet wie je was. Ik ook niet – tot ik tijdens de rouwdienst je naam hoorde, toen Squares over haar sprak. Jij bent Will Klein.'
'Ja.'
'En' – ze sprak nu heel zacht, zo zacht dat ik naar voren moest leunen om haar te verstaan – 'je bent de broer van Ken.'
Stilte.
'Heb jij mijn broer gekend?'
'Ik heb hem ontmoet. Lang geleden.'
'Hoe?'
'Via Sheila.' Ze rechtte haar rug en keek me aan. Het was vreemd. Men zegt dat de ogen de spiegels van de ziel zijn. Dat is onzin. Tanya's gezonde oog was heel gewoon. Ik zag daarin geen littekens, geen sporen van een defect, geen schaduw van haar verleden noch van haar lijden. 'Louis heeft je verteld over een beruchte gangster die het met Sheila had aangelegd.'
'Ja.'
'Dat was je broer.'
Ik schudde mijn hoofd. Ik stond op het punt te protesteren toen ik zag dat ze nog meer te zeggen had, dus hield ik mijn mond.
'Sheila paste niet bij zijn manier van leven. Ze was te ambitieus. Zij en Ken vonden elkaar. Hij heeft gezorgd dat ze op een goede universiteit in Connecticut kwam, maar dat was meer om drugs te verkopen dan om iets anders. Hier zie je kerels elkaar de ingewanden

uitrukken voor een plekje op een straathoek, maar wie op een dure school voor rijkelui binnen kon komen, kon zijn gang gaan.'
'En jij zegt dat mijn broer dat had geregeld?'
Ze begon weer te wiegen. 'Is het echt waar dat je het niet wist?'
'Ja.'
'Ik dacht –' Ze stopte.
'Wat?'
Ze schudde haar hoofd. 'Ik weet niet wat ik dacht.'
'Ga door,' zei ik.
'Het is gewoon zo raar. Eerst was Sheila de vriendin van je broer. Toen opeens van jou. En jij doet alsof je er niets van weet.'
Weer wist ik niet hoe ik moest reageren. 'Hoe is het verdergegaan met Sheila?'
'Dat weet jij beter dan ik.'
'Nee, ik bedoel toen. Toen ze op die universiteit zat.'
'Toen ze eenmaal van de straat was, heb ik haar niet meer gezien. Ze heeft alleen nog een paar keer gebeld. Maar dat hield op een gegeven moment ook op. Ken was een onaangename man. Jij en Squares, jullie lijken me wel aardig. Ik dacht dat ze misschien uiteindelijk toch nog iets goeds had gevonden. Maar toen ik je naam hoorde...' Ze schudde die gedachte van zich af.
'Zegt de naam Carly je iets?' vroeg ik.
'Nee. Moet dat dan?'
'Wist je dat Sheila een dochter had?'
Dat bracht Tanya weer aan het wiegen. Leed klonk door in haar stem. 'O god.'
'Wist je het?'
Ze schudde wild haar hoofd. 'Nee.'
Ik ging snel door. 'Philip McGuane. Zegt die naam je iets?'
Ze schudde nog steeds haar hoofd. 'Nee.'
'John Asselta dan? Of Julie Miller?'
'Nee,' zei ze haastig. 'Ik ken geen van die mensen.' Ze stond op en draaide me de rug toe. 'Ik had gehoopt dat ze was ontsnapt,' zei ze.
'Ze was ook ontsnapt,' zei ik. 'Een poosje.'
Ik zag haar schouders zakken. Haar ademhaling werd nog moeizamer. 'Het had beter moeten aflopen voor haar.'
Tanya liep naar de deur. Ik volgde haar niet. Ik keek weer naar de kamer van Louis Castman. Weer kwam de gedachte in me op dat hier twee gevangenen waren. Tanya bleef staan. Ik voelde dat ze naar me keek. Ik draaide me naar haar toe.
'Er zijn operaties,' zei ik tegen haar. 'Squares kent mensen. We kunnen helpen.'

'Nee, dank je.'

'Je kunt niet eeuwig op wraak leven.'

Ze probeerde te glimlachen. 'Denk je dat het me daarom te doen is?' Ze wees naar haar verminkte gezicht. 'Denk je dat ik hem hier houd vanwege dit?'

Ik raakte het spoor weer bijster.

Tanya schudde haar hoofd. 'Heeft hij je verteld hoe hij Sheila heeft gerekruteerd?'

Ik knikte.

'Hij strijkt zelf alle eer op. Hij praat over zijn keurige pakken en mooie praatjes. Maar de meeste meisjes, zelfs de meisjes die net met de bus aankomen, durven niet met een man alleen mee te gaan. Het echte verschil was, dat Louis een partner had. Snap je? Een vrouw. Om hem te helpen ze over de streep te trekken. Om de meisjes het gevoel te geven dat het wel goed zat.'

Ze wachtte. Haar ogen waren droog. Een trilling kwam diep in me op gang en spreidde zich uit. Tanya liep naar de deur. Ze deed hem voor me open. Ik vertrok en ben nooit meer teruggegaan.

43

Er stonden twee berichten op mijn antwoordapparaat. Het eerste was van Sheila's moeder, Edna Rogers. Ze sprak op een stijve, onpersoonlijke manier. De begrafenis was over twee dagen, meldde ze, in een kerk in Mason, Idaho. Mevrouw Rogers gaf me het tijdstip en het adres en zei erbij hoe ik er vanuit Boise kon komen. Ik bewaarde het bericht.

Het tweede was van Yvonne Sterno. Ze zei dat het dringend was en dat ik haar meteen terug moest bellen. Ze klonk alsof ze haar opwinding nauwelijks kon bedwingen. Dat gaf me een onaangenaam gevoel. Ik vroeg me af of ze achter de ware identiteit van Owen Enfield was gekomen – en zo ja, of dat positief of negatief zou zijn.

Yvonne nam meteen op.

'Wat is er aan de hand?' vroeg ik.

'Ik heb iets gevonden, Will.'

'Ik luister.'

'We hadden het veel eerder moeten beseffen.'

'Wat hadden we eerder moeten beseffen?'

'Leg de stukjes even in elkaar. Een man met een pseudoniem. De belangstelling van de FBI. Al dat geheime gedoe. Een kleine wijk in een rustige stad. Kun je me volgen?'

'Nee, niet helemaal.'

'Het draait allemaal om Cripco,' ging ze door. 'Zoals ik al zei is het een nepmaatschappij. Dus ben ik een paar bronnen gaan aanboren. Eerlijk gezegd doen ze niet erg hun best om ze een goede dekmantel te geven. Die is niet erg dik. Zij denken natuurlijk dat als iemand hem ziet, ze het meteen wel of niet weten. Ze gaan heus zijn achtergrond niet uitpluizen.'

'Yvonne?' zei ik.

'Ja?'

'Ik heb geen flauw idee waar je het over hebt.'

'Cripco, de maatschappij die het huis en de auto huurt is terug te voeren naar de overheid, om precies te zijn het *marshal's office*.'

Weer voelde ik mijn hoofd suizebollen. Ik liet alles los en uit het duistere, troebele waas kwam een helder sprankje hoop tevoorschijn. 'Wacht eens even,' zei ik. 'Bedoel je dat Owen Enfield een undercover agent is?'

'Nee, dat geloof ik niet. Wat zou hij nou moeten onderzoeken in Stonepointe? Of iemand vals speelt bij gin rummy?'

'Wat bedoel je dan?'

'Het getuigenbeschermingsprogramma valt onder het marshal's office – niet onder de FBI.'

Meer verwarring. 'Jij denkt dus dat Owen Enfield...?'

'Dat de overheid hem daar verborgen hield, ja. Ze hebben hem een nieuwe identiteit gegeven. Maar het punt is, zoals ik al zei, dat ze de dekmantel meestal niet erg goed uitwerken. Veel mensen weten dat niet. Soms gaan ze zelfs ronduit dom te werk. Mijn bron bij de krant vertelde me over een zwarte drugsdealer uit Baltimore die ze in een lelieblanke buurt in Chicago hadden neergezet. Grote blunder. Dat was hier niet het geval, maar als bijvoorbeeld Gotti op zoek was naar Sammy the Bull, zouden ze hem ofwel meteen herkennen of helemaal niet. Ze zouden geen moeite doen zijn achtergrond uit te pluizen om zekerheid te krijgen. Kun je me volgen?'

'Ik geloof het wel.'

'Als je het mij vraagt, was die Owen Enfield een kwaaie Piet. Dat is met de meeste mensen in het getuigenbeschermingsprogramma zo. Maar goed, hij zit dus in het programma en om de een of andere reden vermoordt hij die twee kerels en neemt hij de benen. De FBI wil niet dat daarover iets uitlekt. Je kunt je wel voorstellen hoe gênant dat zou zijn – de overheid redt iemand uit de penarie en die persoon slaat aan het moorden. Slechte pers, snap je?'

Ik zei niets.

'Will?'

'Ja.'

Even bleef het stil. 'Je houdt iets voor me achter, hè?'

Ik dacht na over wat ik moest doen.

'Vooruit,' zei ze. 'Over en weer, weet je nog wel? Ik geef wat, jij geeft wat.'

Ik weet niet wat ik gezegd zou hebben – of ik haar verteld zou hebben dat mijn broer en Owen Enfield één en dezelfde persoon waren, of ik tot de conclusie zou zijn gekomen dat het beter was om dit bekend te maken dan het geheim te houden – maar de beslissing werd me uit handen genomen. Ik hoorde een klikje en toen was de verbinding verbroken.

Er klonk een harde klop op de deur.

'FBI. Doe open.'

Ik herkende de stem. Het was die van Claudia Fisher. Ik stak mijn hand uit naar de deurknop, draaide die om en werd bijna omvergelopen. Fisher stormde binnen met een getrokken pistool. Ze beval me mijn handen op te steken. Haar partner, Darryl Wilcox, was er ook. Ze zagen er allebei bleek, vermoeid en misschien zelfs bang uit.

'Wat moet dit voorstellen?' vroeg ik.

'Handen omhoog!'

Ik deed wat ze zei. Ze haalde haar boeien tevoorschijn, maar stokte, alsof ze zich bedacht. Haar stem kreeg opeens een zachte klank. 'Ga je zonder problemen mee?' vroeg ze.

Ik knikte.

'Goed. Kom dan maar.'

44

Ik verzette me niet. Ik probeerde niet uit of ze soms bluften, eiste geen telefoontje, niks. Ik vroeg niet eens waar we naartoe gingen. Ik wist dat het op dit hachelijke moment overbodig dan wel schadelijk zou zijn om aan te komen met protesten.

Pistillo had me gewaarschuwd, hij had gezegd dat ik me erbuiten moest houden. Sterker nog: hij had me in hechtenis laten nemen voor een misdaad die ik niet had begaan. Hij had me beloofd dat hij me valselijk zou beschuldigen als dat nodig mocht zijn. En toch had ik het niet opgegeven. Ik vroeg me af waar ik deze voor mij geheel nieuwe dapperheid vandaan had en besefte dat het gewoon een kwestie was van niets meer te verliezen hebben. Misschien was dat waar dapperheid in feite op neerkwam – dat je op een punt was aangekomen waarop niets je nog iets kon schelen. Sheila en mijn moeder waren dood. Mijn broer was voor mij verloren geweest. Druk een man in een hoek, zelfs een man zo zwak als ik, en je ziet een wild beest tevoorschijn komen.

We stopten voor een rij huizen in Fair Lawn, New Jersey. Overal om me heen zag ik hetzelfde tafereel: keurige gazons, te weelderige bloembedden, roestige tuinmeubelen die ooit wit waren geweest, slangen in het gras, verbonden met sproeiers die weifelachtig wentelden in een mistig waas. We liepen naar een huis dat niet verschilde van de andere. Fisher duwde de deurknop naar beneden. De deur zat niet op slot. Ze leidden me door een kamer met een roze bank en een wandmeubel waar een televisie in stond. Foto's van twee jongens erbovenop. De foto's waren chronologisch uitgestald, beginnend met de babytijd. Op de laatste zag je hoe de jongens, nu allebei tieners, in een net pak gestoken gelijktijdig een vrouw van wie ik aannam dat het hun moeder was, een kus op de wang drukten.

De keuken had een klapdeur. Pistillo zat aan de formicatafel met een glas ijsthee voor zich. De vrouw van de foto, de vermoedelijke moeder, stond bij de gootsteen. Fisher en Wilcox verdwenen ergens. Ik bleef staan.

'Je hebt mijn telefoon laten aftappen,' zei ik.

Pistillo schudde zijn hoofd. 'Wanneer je een telefoon aftapt, kom je alleen te weten waarvandaan er wordt gebeld. Wat wij gebruiken, is afluisterapparatuur. En ik zal je er meteen maar bij vertellen dat we er een gerechtelijk bevel voor hadden.'

'Wat wil je van me?' vroeg ik hem.

'Wat ik al elf jaar wil,' zei hij. 'Je broer.'

De vrouw bij de gootsteen deed de kraan open. Ze spoelde een glas om. Nog meer foto's, sommige met de vrouw erop, sommige met Pistillo en andere tieners, maar ook hier hoofdzakelijk dezelfde twee jongens, waren met behulp van magneten op de koelkast gehangen. Deze waren van recentere datum en minder formeel – aan zee, in de tuin, dat soort dingen.

Pistillo zei: 'Maria?'

De vrouw deed de kraan dicht en draaide zich naar hem om.

'Maria, dit is Will Klein. Will, Maria.'

De vrouw – ik ging ervan uit dat het Pistillo's echtgenote was – droogde haar handen aan een theedoek. Haar handdruk was krachtig.

'Aangenaam kennis te maken,' zei ze iets te formeel.

Ik mompelde en knikte maar wat en op een teken van Pistillo nam ik plaats op een metalen stoel met een kunststof zitting.

'Wilt u misschien iets drinken, meneer Klein?' vroeg Maria me.

'Nee, dank u.'

Pistillo hief zijn glas ijsthee op. 'Heerlijk spul. Neem toch een glas.'

Maria bleef dralen. Uiteindelijk zei ik maar dat ik wel een glas ijsthee wilde, zodat we tenminste op konden schieten. Op haar dooie akkertje schonk ze de thee in en zette het glas voor me neer. Ik bedankte haar en probeerde een glimlach. Zij probeerde er ook een, maar die van haar flakkerde nog zwakker dan de mijne.

Ze zei: 'Ik ga wel naar de huiskamer, Joe.'
'Dank je, Maria.'
Ze duwde de klapdeur open.
'Dat is mijn zuster,' zei hij, kijkend naar de deur waarachter ze was verdwenen. Hij wees naar de foto's op de koelkast. 'Dat zijn haar zoons. Vic junior is nu achttien. Jack is zestien.'
'O.' Ik vouwde mijn handen en legde ze op de tafel. 'Je hebt mijn telefoongesprekken afgeluisterd.'
'Ja.'
'Dan weet je al dat ik geen flauw idee heb waar mijn broer is.'
Hij nam een teugje van de ijsthee. 'Inderdaad.' Hij staarde nog steeds naar de koelkast; met een hoofdbeweging duidde hij me aan hetzelfde te doen. 'Is het je opgevallen wat er op die foto's ontbreekt?'
'Ik ben niet in de stemming voor spelletjes, Pistillo.'
'Nee, ik ook niet. Maar kijk nog eens goed. Wat ontbreekt er?'
Ik keek niet omdat ik het al wist. 'De vader.'
Hij knipte met zijn vingers en wees naar me als de presentator van een spelletjesprogramma. 'Eerste antwoord meteen goed,' zei hij. 'Indrukwekkend.'
'Wat wil je nou eigenlijk?'
'Mijn zuster heeft twaalf jaar geleden haar man verloren. De jongens, nou, je kunt het zelf wel uitrekenen. Ze waren zes en vier. Maria heeft ze in haar eentje grootgebracht. Ik heb zo goed mogelijk geholpen, maar een oom is geen vader, weet je wel?'
Ik zei niets.
'Zijn naam was Victor Dobe. Zegt die naam je iets?'
'Nee.'
'Vic is vermoord. Twee kogels in het hoofd, als een executie.' Hij dronk zijn glas leeg en ging door: 'Je broer was erbij.'
Mijn hart maakte een bonk in mijn borst. Pistillo stond op zonder op een reactie te wachten. 'Ik weet dat mijn blaas dit vervelend zal vinden, Will, maar ik neem nog een glas. Wil jij nog iets, nu ik toch sta?'
Ik probeerde de schok te verwerken. 'Hoe bedoel je, mijn broer was erbij?'
Maar Pistillo had nu geen haast. Hij deed de diepvries open, haalde er een bakje met ijsblokjes uit, wrikte hem heen en weer boven de gootsteen. De ijsblokjes kletterden neer op het keramiek. Hij viste er met zijn hand een paar uit en vulde zijn glas. 'Voordat we beginnen, moet je me iets beloven.'

'Wat dan?'
'Het heeft te maken met Katy Miller.'
'Wat is er met haar?'
'Ze is nog maar een kind.'
'Dat weet ik.'
'Dit is een gevaarlijke situatie. Je hoeft geen genie te zijn om dat te begrijpen. Ik wil niet dat ze nog een keer te pakken wordt genomen.'
'Dat wil ik ook niet.'
'Dat zijn we dus met elkaar eens,' zei hij. 'Beloof me, Will. Beloof me dat je haar hier niet langer bij zult betrekken.'
Ik keek hem aan en wist dat er over deze voorwaarde niet gediscussieerd kon worden. 'Goed,' zei ik. 'Ik laat haar erbuiten.'
Hij bestudeerde mijn gezicht, op zoek naar de leugen, maar op dit punt had hij gelijk. Katy had al een zeer hoge prijs betaald. Ik weet niet zeker of ik het zou kunnen verdragen als ze werd gedwongen een nog hogere te betalen.
'Vertel me over mijn broer,' zei ik.
Hij was klaar met het inschenken van zijn ijsthee en nam weer plaats op zijn stoel. Hij keek naar de tafel en hief toen zijn hoofd op. 'Je hebt in de kranten over de grote invallen gelezen,' begon Pistillo. 'Je hebt gelezen hoe de Fulton Fish Market is schoongeveegd. Je ziet op tv allemaal ouwe mannen die geboeid worden afgevoerd en je denkt: die tijd is voorbij. De maffia is opgeruimd. De politie heeft gewonnen.'
Hij nam een slok ijsthee en leunde achterover. Mijn keel was opeens kurkdroog, zanderig, alsof hij helemaal dicht zou trekken. Ik nam een lange teug uit mijn glas. De thee was te zoet.
'Weet je iets over Darwin?' vroeg hij.
Ik dacht dat het een retorische vraag was, maar hij wachtte op een antwoord. Ik zei: 'Dat de sterksten overleven en zo.'
'Niet de sterksten,' zei hij. 'Dat is de moderne interpretatie en die is fout. De sleutel was voor Darwin niet dat de sterksten overleven, maar degenen die zich het beste weten aan te passen. Zie je het verschil?'
Ik knikte.
'Dus hebben de slimme jongens zich aangepast. Die hebben hun zaakjes uit Manhattan weggehaald. Ze gingen bijvoorbeeld drugs verkopen in de voorsteden waar minder competitie was. Voor het smeergeld streken ze neer in de steden van Jersey. Cramden, bijvoorbeeld. Daar zijn drie van de laatste vijf burgemeesters berecht

en veroordeeld. Atlantic City, man, daar kun je zonder smeergeld niet eens de straat oversteken. Newark en al die zogeheten vernieuwingen. Daarvoor is geld nodig. Geld trekt smeergeld.'

Ik ging verzitten. 'Stuur je hiermee ook ergens op aan, Pistillo?'

'Ja, hufter, natuurlijk stuur ik ergens op aan.' Zijn gezicht liep rood aan. Zijn gelaatstrekken bleven in de plooi, maar het kostte hem moeite. 'Mijn zwager – de vader van die jongens – heeft geprobeerd die smeerlappen van de straat te krijgen. Hij werkte undercover. Iemand is daarachter gekomen. Niet lang daarna waren hij en zijn partner dood.'

'En jij denkt dat mijn broer daarbij betrokken was?'

'Ja. Ja, dat denk ik inderdaad.'

'Heb je daar bewijs voor?'

'Beter nog.' Pistillo glimlachte. 'Je broer heeft het bekend.'

Mijn bovenlichaam vloog naar achteren op de stoel alsof hij met zijn vuist naar me uithaalde. Ik schudde mijn hoofd. Rustig aan. Hij was in staat van alles te zeggen en te doen, hield ik mezelf voor ogen. Was hij gisternacht niet bereid geweest me erin te luizen?

'Maar we lopen op de zaak vooruit, Will. En ik had niet graag dat je een verkeerde indruk kreeg. We denken niet dat je broer iemand heeft vermoord.'

Een tweede zweepslag. 'Maar je zei –'

Hij hief zijn hand op. 'Luister even, goed?'

Pistillo stond weer op. Hij had tijd nodig. Dat kon ik zien. Zijn gezicht stond verrassend nuchter, beheerst zelfs, maar dat kwam omdat hij de woede weer achter in de kast wegstouwde. Ik vroeg me af of de kastdeur het zou houden. Ik vroeg me af hoe vaak die deur, wanneer hij naar zijn zuster keek, opensprong en de woede vrijkwam.

'Je broer werkte voor Philip McGuane. Ik neem aan dat je weet wie dat is.'

Ik kwam hem geen millimeter tegemoet. 'Ga door.'

'McGuane is gevaarlijker dan je vriendje Asselta, vooral omdat hij intelligenter is. Het OCID beschouwt hem als een van de grote bazen van de East Coast.'

'Het OCID?'

'De afdeling Onderzoek Georganiseerde Misdaad,' zei hij. 'Op jonge leeftijd heeft McGuane al het teken aan de wand gezien. We hadden het over aanpassen. Deze man is de ultieme overlever. Ik zal niet in details treden over de huidige staat van de georganiseerde misdaad – de nieuwe Russen, de Triads, de Chinezen, de Italianen met hun nog Europese denkwijze. McGuane bleef de concurrentie steeds twee stappen voor. Op zijn drieëntwintigste was hij al een *boss*. Hij houdt zich bezig met alle bekende takken – drugs, prostitutie, woekerrente – maar is gespecialiseerd in omkoperij en smeergeld en het organiseren van zijn drugshandel op plekken met relatief weinig concurrentie, buiten de stad.'

Ik dacht aan wat Tanya had gezegd, over dat Sheila op Haverton College drugs had verkocht.

'McGuane heeft mijn zwager en zijn partner, Curtis Angler, vermoord. Je broer was erbij betrokken. We hebben hem gearresteerd, maar hem voor iets minder ernstigs aangeklaagd.'

'Wanneer?'

'Een half jaar voordat Julie Miller is vermoord.'

'Hoe komt het dat ik daar nooit iets over heb gehoord?'

'Omdat Ken het je niet heeft verteld. En omdat we niet op je broer uit waren, maar op McGuane. Daarom hebben we Ken omgeturnd.'

'Omgeturnd?'

'Hem immuniteit verschaft in ruil voor zijn medewerking.'

'Jullie wilden dat hij tegen McGuane zou getuigen?'

'Dat niet alleen. McGuane was voorzichtig. We hadden niet genoeg om hem te laten veroordelen wegens moord. We hadden een verklikker nodig. Dus hebben we hem een microfoontje opgeplakt en teruggestuurd.'

'Ken werkte dus undercover voor jullie?'

Er flitste iets keihards in Pistillo's ogen. 'Stel het maar niet zo mooi voor,' zei hij fel. 'Jouw criminele broer was geen politieman. Hij was niets anders dan een vuile smeerlap die zijn hachje probeerde te redden.'

Ik knikte, herinnerde mezelf er nogmaals aan dat dit allemaal gelogen kon zijn. 'Ga door,' zei ik weer.

Hij stak zijn hand naar achteren en griste een koekje van het aanrecht. Hij kauwde traag en spoelde het weg met de ijsthee. 'We weten niet wat er precies is gebeurd. Ik kan je alleen vertellen wat de theorie is waar we mee werken.'

'Goed.'

'McGuane is erachter gekomen. Je moet één ding goed begrijpen. McGuane is een meedogenloze schoft. Iemand vermoorden is voor hem altijd een optie, snap je, zoiets als de vraag of hij de Lincoln Tunnel of de Holland Tunnel zal nemen. 't Is maar wat hem het beste uitkomt. Hij voelt niets.'

Ik begreep nu waar hij op aanstuurde. 'Dus als McGuane wist dat Ken een verklikker was geworden...'

'... zou het met Ken gedaan zijn,' maakte hij de zin voor me af. 'Je broer wist welk risico eraan verbonden was. We hielden hem in de gaten, maar opeens dook hij onder.'

'Omdat McGuane erachter was gekomen?'

'Daar gaan we van uit. Hij ging uiteindelijk terug naar jullie huis. We weten niet waarom. Onze theorie is dat hij dacht dat het een goede plek was om zich te verstoppen, hoofdzakelijk omdat McGuane zou denken dat hij zijn familie nooit in gevaar zou brengen.'

'En toen?'

'Je hebt inmiddels zeker wel begrepen dat Asselta ook voor McGuane werkte.'

'Als jij het zegt,' zei ik.

Hij negeerde dat. 'Asselta had ook veel te verliezen. Je vroeg naar Laura Emerson, de andere studente die is vermoord. Je broer heeft ons verteld dat Asselta haar heeft gewurgd; zijn favoriete manier van doden. Volgens Ken had Laura Emerson ontdekt wie er achter de drugshandel op Haverton zat en was ze van plan de betrokkenen aan te geven.'

Ik trok een gezicht. 'Hebben ze haar daarom vermoord?'

'Ja, daarom hebben ze haar vermoord. Wat dacht je dan dat ze zouden doen? Een ijsje voor haar kopen? Dit zijn monsters, Will. Snap je dat nou nog steeds niet?'

Ik herinnerde me de Phil McGuane die bij ons thuis Risk was komen spelen. Hij won altijd. Hij was stil en oplettend, zo'n jongen die je doet denken aan stille wateren en zo. De klassenvertegenwoordiger. Hij maakte nogal veel indruk op mij. Het Spook was duidelijk psychotisch. Van hem kon je van alles verwachten. Maar McGuane?

'Op de een of andere manier zijn ze erachter gekomen waar je broer zich schuilhield. Misschien is het Spook een keer achter Julie aan gegaan toen ze van de universiteit naar huis ging, we weten het niet. Hoe dan ook, hij achterhaalde Ken in het huis van de familie Miller. Onze theorie is dat hij hen allebei heeft geprobeerd te vermoorden. Je zei dat je die avond iemand hebt gezien. We geloven je. Volgens ons was de man die je hebt gezien, Asselta. We hebben zijn vingerafdrukken daar gevonden. Ken is bij de aanval gewond geraakt – dat verklaart het bloed – maar heeft weten te ontsnappen. Het Spook bleef achter met het lijk van Julie Miller. Wat was voor hem de beste oplossing? Het er laten uitzien alsof Ken het had gedaan. Een betere manier om hem zwart te maken of zelfs alleen maar bang te maken, was er niet.'

Hij zweeg en begon op een nieuw koekje te knabbelen. Hij keek niet naar me. Ik wist dat het best zou kunnen dat hij zat te liegen, maar toch klonken zijn woorden redelijk aannemelijk. Ik probeerde kalm te blijven, alles wat hij zei in me te laten bezinken. Ik bleef naar hem kijken. Hij hield zijn blik op het koekje gericht. Nu was het mijn beurt om de woede terug te dringen.

'Dus jullie –' Ik stopte, slikte, probeerde het nogmaals. 'Dus jullie hebben al die tijd geweten dat Ken Julie niet heeft vermoord.'

'Nee.'

'Maar je zei –'

'Een theorie, Will. Het was alleen maar een theorie. Het kan net zo goed zijn dat hij haar wél heeft vermoord.'

'Dat geloof je zelf niet.'

'Ga me alsjeblieft niet vertellen wat ik wel of niet geloof.'

'Wat voor reden kan Ken gehad hebben om Julie te vermoorden?'

'Je broer was slecht. Vergeet dat vooral niet.'

'Dat is geen motief.' Ik schudde mijn hoofd. 'Waarom? Als jullie wisten dat Ken haar vermoedelijk niet heeft vermoord, waarom hebben jullie dan altijd volgehouden dat het wél zo was?'

Hij verkoos daar geen antwoord op te geven. Maar misschien was dat ook niet nodig. Het antwoord was opeens zo klaar als een klontje. Ik wierp een blik op de kiekjes op de koelkast. Die verklaarden heel veel.

'Omdat je koste wat kost Ken terug wilde hebben,' zei ik, antwoord gevend op mijn eigen vraag. 'Ken was de enige die McGuane kon uitleveren. Zolang hij zich als hoofdgetuige schuilhield, zou het de wereld niet interesseren. Daarover zouden de media zich niet druk maken. Er zou geen grote klopjacht op touw worden gezet. Maar als Ken een jonge vrouw vermoordde in de kelder van haar eigen huis – een mooi verhaal over hoe iets in een rustig stadje helemaal mis kon gaan – dan zouden de media zich er als één man op storten. En met zulke koppen in de kranten, dachten jullie, zou het erg moeilijk voor hem worden zich schuil te houden.'

Hij bleef naar zijn handen kijken.

'Ik heb gelijk, hè?'

Pistillo hief langzaam zijn hoofd op. 'Je broer had met ons een deal gesloten,' zei hij op kille toon. 'Toen hij ervandoor is gegaan, heeft hij die deal geschonden.'

'En daarom mochten jullie rustig liegen?'

'Daarom mochten wij alle middelen aanwenden om hem op te sporen.'

Ik zat letterlijk te beven. 'En zijn familie kon barsten?'
'Reken me dat niet aan.'
'Weet je wat je ons hebt aangedaan?'
'Zal ik je eens iets vertellen, Will? Dat interesseert me niet. Vind je dat jullie zo hebben geleden? Kijk dan mijn zuster eens in de ogen. Kijk eens naar haar zoons.'
'Het ene kwaad maakt het andere niet goed...'
Hij gaf met zijn vlakke hand een klap op de tafel. 'Praat me niet over goed en kwaad. Mijn zuster was een onschuldig slachtoffer.'
'Net als mijn moeder.'
'Nee!' Hij beukte op de tafel, ditmaal met zijn vuist en wees naar me met zijn wijsvinger. 'Er zit een groot verschil tussen die twee, snap dat nou eens een keer. Vic is als politieman vermoord. Hij had geen keus. Hij kon niet voorkomen dat zijn gezin zou lijden. Je broer, daarentegen, heeft ervoor gekozen op de loop te gaan. Dat was zijn beslissing. Als jullie gezin daardoor heeft geleden, moet je hém de schuld geven.'
'Maar hij is vanwege jullie op de loop gegaan,' zei ik. 'Iemand probeerde hem te vermoorden – en jullie maakten dat nog een graadje erger door hem te laten denken dat hij zelf opgepakt zou worden wegens moord. Jullie hebben hem geen keus gelaten. Jullie hebben hem gedwongen zich nog dieper in te graven.'
'Dat heeft hij zelf gedaan, niet ik.'
'Je wilde jouw familie helpen en onderhand heb je de mijne opgeofferd.'
Op dat punt explodeerde Pistillo. Met een wild gebaar veegde hij het glas van de tafel. IJsthee spatte over me heen. Het glas viel op de grond en brak. Hij stond op en keek op me neer. 'Waag het niet om een vergelijking te trekken tussen wat jouw familie en wat mijn zuster heeft moeten doorstaan. Waag het niet om dat te doen.'
Ik keek naar hem op. Ertegen ingaan had geen zin – en ik wist nog steeds niet of hij de waarheid vertelde of die ten behoeve van zijn eigen doeleinden verboog. Wat het ook mocht zijn, ik wilde méér te weten komen. Ik had er niets aan om hem tegen me in het harnas te jagen. Dit verhaal was nog lang niet af. Hij was nog niet uitverteld. Er waren nog te veel onbeantwoorde vragen.
De deur ging open. Claudia Fisher stak haar hoofd naar binnen om te zien wat er aan de hand was. Pistillo stak een hand op om aan te geven dat alles in orde was. Hij ging weer zitten. Fisher wachtte nog een tel en liet ons toen weer alleen.
Pistillo hijgde een beetje.

'En? Wat is er toen gebeurd?' vroeg ik hem.

Hij keek op. 'Heb je dat nog niet geraden?'

'Nee.'

'Het was pure mazzel. Een van onze agenten was op vakantie in Stockholm. Stom toeval.'

'Waar heb je het over?'

'Onze agent,' zei hij, 'zag je broer daar op straat lopen.'

Ik knipperde. 'Wacht eens even. Wanneer was dat?'

Pistillo maakte in stilte een snelle berekening. 'Vier maanden geleden.'

Ik snapte het nog steeds niet. 'En Ken is ontsnapt?'

'Welnee. De agent heeft geen enkel risico genomen. Hij heeft je broer ter plekke gegrepen.'

Pistillo vouwde zijn handen en leunde naar me toe. 'We hadden hem eindelijk te pakken,' zei hij, zijn stem een fluistering. 'We hebben je broer opgepakt en teruggebracht.'

45

Philip McGuane schonk de cognac in.
Het lijk van de jonge jurist Cromwell was nu verdwenen. Joshua Ford lag op de vloer uitgespreid als een berenvel. Hij leefde nog en was zelfs bij bewustzijn, maar bewoog niet.

McGuane gaf het Spook een glas. De twee mannen gingen zitten. McGuane nam een flinke teug. Het Spook hield zijn hand om zijn glas en glimlachte.

'Wat is er?' vroeg McGuane.
'Goede cognac.'
'Ja.'
Het Spook staarde naar het drankje. 'Ik moest er ineens aan denken hoe we altijd naar het bos achter Riker Hill gingen en het goedkoopste bier dronken dat we konden krijgen. Weet je dat nog, Philip?'
'Schlitz en Old Milwaukee,' zei McGuane.
'Ja.'
'Ken kende die jongen bij Economy Wine and Liquor. Ze vroegen hem nooit om een identiteitsbewijs.'
'Mooie tijden,' zei het Spook.
'Dit' – McGuane hief zijn glas op – 'is beter.'
'Vind je?' Het Spook nam een teugje. Hij deed zijn ogen dicht en slikte. 'Ken je de filosofie dat iedere keuze die je maakt de wereld opsplitst in twee parallel lopende universums?'

'Ja.'
'Ik vraag me vaak af of er universums bestaan waar we anders geworden zouden zijn – of, omgekeerd, dat het hoe dan ook voorbestemd was dat we hier terecht zouden komen.'

McGuane trok een smalend gezicht. 'Je begint toch niet sentimenteel te worden, John?'

'Weinig kans,' zei het Spook. 'Maar op ogenblikken van openhartigheid vraag ik me toch wel eens af of het zo had moeten zijn.'

'Je vindt het leuk om mensen pijn te doen, John.'

'Dat is waar.'

'Daar heb je altijd van genoten.'

Het Spook dacht daarover na. 'Nee, niet altijd. Maar de overkoepelende vraag is uiteraard: waarom?'

'Waarom je het leuk vindt om mensen pijn te doen?'

'Niet alleen om ze pijn te doen. Ik vind het leuk om ze op een pijnlijke manier om het leven te brengen. Ik kies voor wurging omdat het een afschuwelijke manier is om te sterven. Geen snelle kogel. Geen plotselinge messteek. Je vecht letterlijk voor je laatste ademtocht. Je voelt hoe de levensvoedende zuurstof je wordt onthouden. Ik doe ze dat aan, van dichtbij, en zie ze happen naar de lucht die ze niet meer binnen kunnen krijgen.'

'Nou, nou.' McGuane zette zijn glas neer. 'Je bent vast het middelpunt van ieder feestje, John.'

'Ja,' zei hij instemmend. Toen keek hij weer serieus en zei: 'Maar waarom, Philip, word ik daar high van? Wat is er met me gebeurd, met mijn morele kompas, dat ik me het lekkerst voel wanneer ik iemand de keel dichtknijp?'

'Je gaat toch niet je pappie daar de schuld van geven, hoop ik?'

'Nee, dat zou te makkelijk zijn.' Hij zette zijn glas neer en keek McGuane recht in de ogen. 'Zou je me hebben gedood, Philip? Als ik op het kerkhof die twee mannen niet had uitgeschakeld, zou je mij dan hebben gedood?'

McGuane koos voor de waarheid. 'Weet ik niet,' zei hij. 'Waarschijnlijk wel.'

'En jij bent mijn beste vriend,' zei het Spook.

'En jij vermoedelijk de mijne.'

Het Spook glimlachte. 'We waren me wel een stel, hè Philip?'

McGuane gaf geen antwoord.

'Ik heb Ken leren kennen toen ik vier was,' ging het Spook door. 'Alle kinderen in onze wijk waren gewaarschuwd dat ze niet in de buurt van ons huis mochten komen. De Asselta's waren slechte mensen – dat werd hun verteld. Afijn, dat weet je zelf ook wel.'

'Ja,' zei McGuane.

'Maar voor Ken werkte dat juist als een magneet. Hij vond het heerlijk om ons huis te verkennen. Ik kan me de dag nog herinneren dat we het pistool van mijn vader vonden. We waren zes, als ik me niet vergis. Ik kan me nog herinneren dat ik het in mijn handen had. Het gevoel van macht. We waren erdoor gebiologeerd. We maakten Richard Werner vaak bang met dat pistool – ik weet niet of je hem hebt gekend, hij is verhuisd toen hij in de derde zat. We hebben hem een keer ontvoerd en vastgebonden. Hij huilde en plaste in zijn broek.'

'En dat vond jij prachtig.'

Het Spook knikte langzaam. 'Misschien.'

'Ik heb een vraag,' zei McGuane.

'Ik luister.'

'Als je vader een pistool had, waarom heb je voor Daniel Skinner dan een keukenmes gebruikt?'

Het Spook schudde zijn hoofd. 'Daar wil ik niet over praten.'

'Je hebt er nooit iets over gezegd.'

'Dat klopt.'

'Waarom niet?'

Hij gaf niet rechtstreeks antwoord op de vraag. 'Mijn vader was erachter gekomen dat we met het pistool speelden,' zei hij. 'Hij heeft me er vreselijk van langs gegeven.'

'Dat deed hij vaak.'

'Ja.'

'Heb je ooit overwogen je op hem te wreken?' vroeg McGuane.

'Op mijn vader? Nee. Hij was te meelijwekkend om te haten. Hij is er nooit overheen gekomen dat mijn moeder ons in de steek had gelaten. Hij bleef denken dat ze terug zou komen. Hij bereidde zich daar constant op voor. Wanneer hij dronk, zat hij in zijn eentje op de bank tegen haar te praten en met haar te lachen en dan begon hij te janken. Ze heeft zijn hart gebroken. Ik heb mannen gekweld, Philip. Ik heb mannen horen smeken om de dood. Maar ik geloof niet dat ik ooit iets zo meelijwekkends heb gehoord als mijn vader die huilde om mijn moeder.'

Op de vloer kreunde Joshua Ford zachtjes. Ze negeerden hem.

'Waar is je vader eigenlijk?' vroeg McGuane.

'In Cheyenne, Wyoming. Hij is van de drank af. Hij heeft een goede vrouw gevonden. Nu is hij een religieuze fanatiekeling. Hij heeft de drank ingeruild voor God – de ene verslaving voor de andere.'

'Spreek je hem nog wel eens?'
De stem van het Spook klonk zacht. 'Nee.'
Ze dronken in stilte.
'Jij dan, Philip? Je was niet arm. Jouw ouders sloegen je niet.'
'Doodgewone ouders,' zei McGuane instemmend.
'Ik weet dat je oom bij de maffia zat. Hij heeft je binnengehaald. Maar je had er net zo goed buiten kunnen blijven. Waarom heb je dat niet gedaan?'
McGuane grinnikte.
'Wat?'
'We verschillen toch meer dan ik dacht.'
'Hoe bedoel je?'
'Jij hebt spijt,' zei McGuane. 'Je doet het, je geniet ervan, je bent er goed in. Maar je beschouwt jezelf als een slecht mens.' Hij ging opeens rechtop zitten. 'Mijn god.'
'Wat is er?'
'Je bent gevaarlijker dan ik dacht, John.'
'Hoezo?'
'Je bent niet teruggekomen voor Ken,' zei McGuane. En toen, op zachtere toon: 'Je bent teruggekomen voor dat meisje. Heb ik gelijk?'
Het Spook nam een lange teug. Hij koos ervoor daar geen antwoord op te geven.
'Die opties en parallelle universums waar je het over had,' ging McGuane door. 'Jij denkt dat als Ken die nacht was gestorven, alles anders zou zijn.'
'Het zou inderdaad een parallel universum zijn,' zei het Spook.
'Maar misschien niet een béter universum,' merkte McGuane op. En toen zei hij: 'Wat nu?'
'Will zal moeten meewerken. Hij is de enige die Ken uit zijn hol kan lokken.'
'Hij zal niet willen helpen.'
Het Spook fronste. 'Je weet wel beter.'
'Zijn vader?' vroeg McGuane.
'Nee.'
'Zijn zuster?'
'Die zit te ver weg,' zei het Spook.
'Maar je hebt wel iemand in gedachten?'
'Denk even na,' zei het Spook.
Dat deed McGuane. En toen hij het begreep, spreidde een brede glimlach zich uit over zijn gezicht. 'Katy Miller.'

46

Pistillo hield zijn blik op me gericht, benieuwd hoe ik op de bominslag zou reageren. Maar ik herstelde me snel. Misschien begon hier een beetje logica in te komen.

'Jullie hebben mijn broer opgepakt?'
'Ja.'
'En jullie hebben hem uitgeleverd gekregen naar de Verenigde Staten?'
'Ja.'
'Waarom heeft daar dan niets over in de krant gestaan?' vroeg ik.
'We hebben het stilgehouden,' zei Pistillo.
'Omdat jullie bang waren dat McGuane erachter zou komen?'
'Voornamelijk.'
'Wat nog meer?'
Hij schudde zijn hoofd.
'Jullie wilden nog steeds McGuane te pakken zien te krijgen,' zei ik.
'Ja.'
'En mijn broer kon daar nog steeds voor zorgen.'
'Hij kon helpen.'
'Dus hebben jullie weer een deal gesloten.'
'We hebben onze oude overeenkomst min of meer in ere hersteld.'

Ik zag een open plek in de mist. 'En hem in het getuigenbeschermingsprogramma gestopt?'

Pistillo knikte. 'We hadden hem eerst in een hotel ondergebracht, onder bewaking, voor zijn eigen veiligheid. Maar veel van wat je broer wist, was toen eigenlijk al oud nieuws. Hij was nog steeds een belangrijke getuige – waarschijnlijk de belangrijkste die we hebben – maar we hadden meer tijd nodig. We konden hem niet eeuwig in een hotel laten zitten en hij wilde er ook niet blijven. Hij had al een eersteklas advocaat in de arm genomen en toen hebben we een plan uitgewerkt. We hebben een huis voor hem gevonden in New Mexico. Hij moest zich iedere dag melden bij een van onze agenten. We zouden hem laten komen om te getuigen wanneer we hem nodig hadden. Als hij ook maar één letter van die overeenkomst zou schenden, zouden alle aantijgingen, inclusief die betreffende de moord op Julie Miller, opnieuw van kracht worden.'

'En wat is er misgegaan?'

'McGuane is erachter gekomen.'

'Hoe?'

'Dat weten we niet. Misschien is er iets uitgelekt. Wat het ook mag zijn geweest, McGuane heeft twee gangsters gestuurd om je broer te vermoorden.'

'De twee dode mannen in het huis,' zei ik.

'Ja.'

'Wie heeft ze vermoord?'

'We denken je broer. Ze hebben hem onderschat. Hij heeft ze vermoord en is weer op de vlucht geslagen.'

'En nu willen jullie Ken weer terug hebben.'

Zijn blik dwaalde over de foto's op de deur van de koelkast. 'Ja.'

'Maar ik weet niet waar hij is.'

'Dat weet ik nu ook. Het kan zijn dat we de mist in zijn gegaan. Ik weet het niet. Maar Ken móét zich melden. We zullen hem beschermen, hem dag en nacht bewaken op een veilig adres, of wat hij ook maar wil. Dat is het lokkertje. De stok achter de deur is dat zijn gevangenisstraf afhankelijk is van zijn medewerking.'

'En wat willen jullie van mij?'

'Jij bent degene naar wie hij uiteindelijk toe zal komen.'

'Hoe weet je dat zo zeker?'

Hij zuchtte en staarde naar het glas.

'Hoe weet je dat zo zeker?' vroeg ik nogmaals.

'Omdat,' zei Pistillo, 'Ken je al heeft gebeld.'

Er vormde zich een klomp lood in mijn borst.

'Er is vanuit een telefooncel dicht bij het huis van je broer in Albuquerque tweemaal gebeld naar jouw flat,' ging hij door. 'Het eerste telefoontje was ongeveer een week voordat de twee gangsters zijn gedood. Het tweede vlak erna.'

Ik had geshockeerd moeten zijn, maar dat was ik niet. Misschien klopte het eindelijk allemaal, ook al vond ik de uitkomst niet leuk.

'Je wist niets van die telefoontjes, hè Will?'

Ik slikte en dacht aan wie er, behalve ik, kon hebben opgenomen als Ken inderdaad had gebeld.

Sheila.

'Nee,' zei ik. 'Daar wist ik niets van.'

Hij knikte. 'Dat wisten we niet toen we je de eerste keer benaderden. Het was logisch om te denken dat jij degene was die had opgenomen.'

Ik keek hem aan. 'Hoe past Sheila Rogers in dit geheel?'

'We hebben haar vingerafdrukken op de plaats delict gevonden.'

'Dat weet ik.'

'Daarom heb ik een vraag voor je, Will. We wisten dat je broer je had gebeld. We wisten dat je vriendin in Kens huis in New Mexico was geweest. Als jij ons was, tot welke conclusies zou jij dan zijn gekomen?'

'Dat ik er iets mee te maken had.'

'Precies. We dachten dat Sheila jullie tussenpersoon was of zoiets, dat je je broer aan het helpen was. En toen Ken onderdook, dachten we dat jullie tweeën wisten waar hij was.'

'Maar nu weet je dat dat niet zo is.'

'Inderdaad.'

'Wat denk je nu dan?'

'Hetzelfde als jij, Will.' Zijn stem klonk zacht en – verdomme – er lag medelijden in. 'Dat Sheila Rogers jou gebruikt heeft. Dat ze voor McGuane werkte. Dat zij degene is die je broer aan hem heeft verklikt. En dat McGuane haar heeft vermoord, toen de moordaanslag was mislukt.'

Sheila. Haar verraad drong diep in me door, tot op het bot. Als ik haar nu nog zou verdedigen, als ik zou blijven denken dat ik voor haar méér was geweest dan een onnozele sul, zou ik iets op een gigantische manier tegenover mezelf ontkennen. Je zou nog naïever moeten zijn dan Pollyanna, er zou een roze bril aan je gezicht vastgekleefd moeten zitten, om de waarheid niet te zien.

'Ik vertel je dit allemaal, Will, omdat ik bang was dat je iets doms zou doen.'

'Zoals naar de pers gaan,' zei ik.

'Ja – en omdat ik wil dat je het begrijpt. Je broer kon kiezen tussen twee dingen. Eén: dat McGuane en het Spook hem zouden vinden en vermoorden; twee: dat wij hem zouden vinden en beschermen.'

'Ja,' zei ik. 'Daar zijn jullie tot nu toe wonderwel in geslaagd.'

'Toch zijn wij zijn beste keus,' was zijn weerwoord. 'En denk niet dat McGuane bij je broer zal ophouden. Denk je nu werkelijk dat die aanval op Katy Miller toeval was? We hebben je hulp echt nodig, voor jullie aller veiligheid.'

Ik zei niets. Ik kon hem niet vertrouwen. Dat wist ik. Ik kon niemand vertrouwen. Dat was het enige wat ik hier te weten was gekomen. Maar vooral Pistillo was gevaarlijk. Hij had elf jaar lang naar het verslagen gezicht van zijn zuster gekeken. Zoiets trok je uit je verband. Ik wist hoe het voelde om iets zo graag te willen dat alles erdoor verdraaid wordt. Pistillo had duidelijk gemaakt dat hij overal toe bereid was om McGuane te pakken te krijgen. Hij zou mijn broer opofferen. Hij had mij in de gevangenis laten zetten. En vooral, hij had ons gezin kapotgemaakt. Ik dacht aan hoe mijn zuster de wijk had genomen naar Seattle. Ik dacht aan mijn moeder, Sunny's glimlach, en wist dat de man die tegenover me zat, deze man die beweerde dat hij mijn broer kon redden, die had laten verdorren. Hij had mijn moeder vermoord – niemand kon mij van het idee afbrengen dat de kanker op de een of andere wijze verband hield met wat ze had moeten doorstaan, dat haar natuurlijke afweersysteem het slachtoffer was geworden van die afgrijselijke nacht – en nu wilde hij dat ik hem zou helpen.

Ik wist niet hoeveel van dit alles gelogen was. Maar ik besloot mee te liegen. 'Ik zal je helpen,' zei ik.

'Mooi,' zei hij. 'Ik zal ervoor zorgen dat de aanklacht die er tegen je loopt meteen wordt ingetrokken.'

Ik bedankte hem niet.

'We kunnen je een lift terug geven, als je wilt.'

Ik had het liefst nee gezegd, maar ik wilde geen slapende honden wakker maken. Als hij wilde bedriegen, kon ik dat ook proberen. Dus zei ik graag. Toen ik opstond, zei hij: 'Ik meen dat Sheila binnenkort wordt begraven.'

'Ja.'

'Nu er geen aanklacht tegen je uitstaat, mag je gewoon reizen.'

Ik zei niets.

'Ga je ernaartoe?' vroeg hij.

Ditmaal sprak ik de waarheid. 'Dat weet ik nog niet.'

47

Ik kon niet thuis blijven en op weet-ik-wat wachten, dus ging ik 's ochtends maar naar mijn werk. Het was vreemd. Ik had gedacht dat ik niet veel waard zou zijn, maar dat was helemaal niet het geval. Het Covenant House binnengaan – ik kan die gewaarwording alleen maar vergelijken met een atleet die zijn 'wedstrijdgezicht' opzet wanneer hij de arena betreedt. Deze kinderen, hield ik mezelf weer voor, verdienden niets minder dan dat ik mijn uiterste best voor ze deed. Cliché, helemaal waar, maar ik wist mezelf te overtuigen en zonk tevreden weg in mijn werk.

Natuurlijk kwam er steeds iemand naar me toe om me te condoleren. En natuurlijk deed van alles me aan Sheila denken. Er waren maar weinig plekjes in dit gebouw waaraan geen herinnering aan haar verbonden was. Maar ik slaagde erin me erdoorheen te slaan. Dat wil niet zeggen dat ik het vergat of geen pogingen meer wilde doen uit te zoeken waar mijn broer was en wie Sheila had vermoord en waar haar dochter Carly was gebleven. Dat speelde allemaal nog steeds. Maar vandaag kon ik doodeenvoudig niet veel doen. Ik had naar Katy's kamer in het ziekenhuis gebeld, maar de blokkade was nog niet opgeheven. Squares had een detectivebureau opdracht gegeven het pseudoniem Donna White dat Sheila had gekregen, af te checken bij de luchtvaartmaatschappijen, maar tot nu toe had men nog niets gevonden. Dus wachtte ik.

Die nacht bood ik aan met het busje op stap te gaan. Squares ging mee – ik had hem van alle laatste ontwikkelingen op de hoogte gebracht – en samen verdwenen we in de duisternis. De kinderen van de straat lichtten op in het blauw van de nacht. Hun gezichten waren plat, contourloos, glad. Wanneer je een volwassen zwerver ziet, een vrouw met een wieltjestas, een man met een supermarktkarretje, iemand die in een kartonnen doos ligt, iemand die om kleingeld bedelt met een plastic bekertje, weet je dat je met een dakloze te maken hebt. Maar kinderen, de vijftien- en zestienjarigen die vluchten voor de mishandelingen, die zich verliezen in verslaving of prostitutie of waanzin, versmelten met hun omgeving. Bij tieners kun je nooit met zekerheid zeggen of ze dakloos zijn of alleen maar rondhangen.

Hoewel het tegendeel wordt beweerd is het helemaal niet makkelijk om de misère van de volwassen daklozen te negeren. Die komt op je af. Je kunt je ogen afwenden en doorlopen en jezelf eraan herinneren dat als je je hand over je hart strijkt, als je ze een dollar of wat muntjes toegooit, ze er alleen maar drank of drugs voor gaan kopen, of je kunt een andere nuchtere reden bedenken om ze niets te geven, maar het feit dat je het doet, dat je een hulpbehoevend mens in snel tempo voorbijloopt, vreet toch aan je. Onze kinderen, daarentegen, zijn onzichtbaar. Ze zijn naadloos in de nacht verwerkt. Je kunt ze negeren zonder nare bijsmaak.

Harde muziek, iets met een indringend salsaritme. Squares gaf me een stapeltje telefoonkaarten om uit te delen. We togen naar een honk op Avenue A dat bekendstond om de heroïne en staken ons bekende verhaal af. We praatten op de kinderen in en luisterden. Ik zag de holle ogen. Ik zag hoe ze krabden aan denkbeeldige beestjes onder hun huid. Ik zag de prikgaatjes en de verzonken aderen.

Om vier uur 's ochtends zaten Squares en ik weer in het busje. We hadden de afgelopen paar uur niet veel tegen elkaar gezegd. Hij keek uit het raam. De kinderen waren er nog steeds. Er leken er steeds meer bij te komen, alsof ze door de bakstenen gebaard werden.

'We zouden naar de begrafenis moeten gaan,' zei Squares.

Ik vertrouwde mijn stem niet.

'Heb je haar ooit hier bezig gezien?' vroeg hij. 'Haar gezicht wanneer ze met deze kinderen werkte?'

Dat had ik. En ik wist wat hij bedoelde.

'Zoiets kun je niet spelen, Will.'

'Ik wou dat ik dat kon geloven,' zei ik.

'Hoe voelde je je met Sheila?'

'Als de gelukkigste man op de hele wereld,' zei ik.

Hij knikte. 'Ook dat kun je niet spelen,' zei hij.
'Wat voor verklaring heb jij dan voor dit alles?'
'Ik heb er geen verklaring voor.' Squares zette de auto in de versnelling en trok op. 'Maar we doen zoveel met ons hoofd. Misschien moeten we ook het hart niet vergeten.'

Ik fronste. 'Dat klinkt heel mooi, Squares, maar ik weet niet wat het wil zeggen.'

'Wat dacht je dan hiervan: Wij gaan afscheid nemen van de Sheila zoals wij haar kenden.'

'Ook als dat een leugen was?'

'Ook dan. Maar misschien gaan we ook om iets te leren. Om te begrijpen wat er nu eigenlijk is gebeurd.'

'Was jij niet degene die zei dat we de dingen die we zouden ontdekken, misschien niet leuk zouden vinden?'

'Ja, da's waar ook.' Squares liet zijn wenkbrauwen wippen. 'Wat ben ik toch slim.'

Ik glimlachte.

'We zijn dit aan haar verschuldigd, Will. Aan haar nagedachtenis.'

Er zat iets in. Het was een soort afsluiting. Ik had behoefte aan antwoorden. Misschien kon iemand op de begrafenis die leveren – en misschien zou de begrafenis op zich, het begraven van mijn bedrieglijke beminde, het genezingsproces een zet in de goede richting geven. Ik kon me dat eerlijk gezegd niet eens voorstellen, maar ik was bereid alles te proberen.

'We mogen ook Carly niet vergeten.' Squares wees uit het raam. 'Kinderen redden is immers ons doel?'

Ik draaide me naar hem toe. 'Ja,' zei ik. En toen: 'En over kinderen gesproken.'

Ik wachtte. Ik kon zijn ogen niet zien – hij droeg vaak 's avonds zijn zonnebril, net als in het liedje van Corey Hart – maar ik zag dat hij het stuur wat strakker omklemde.

'Squares?'

Hij antwoordde op afgemeten toon: 'We hebben het over jou en Sheila.'

'Dat is het verleden. Wat we ook te weten komen, daar valt niets meer aan te veranderen.'

'Laten we ons op één ding tegelijk concentreren, goed?'

'Niet goed,' zei ik. 'Vriendschap is iets wat van twee kanten moet komen.'

Hij schudde zijn hoofd, gaf gas en reed door. We vervielen in stilzwijgen. Ik bleef naar zijn ongeschoren putjesgezicht kijken. Het leek alsof de tatoeage donkerder werd. Hij beet op zijn onderlip.

Na een poosje zei hij: 'Ik heb er Wanda niets over verteld.'

'Dat je een kind hebt?'

'Een zoon,' zei Squares zachtjes.

'Waar is hij nu?'

Hij haalde een hand van het stuur en krabde aan iets op zijn gezicht. De hand, zag ik, trilde licht. 'Hij lag al in een graf voordat hij vier jaar oud was.'

Ik sloot mijn ogen.

'Hij heette Michael. Ik wilde niets van hem weten. Ik heb hem maar twee keer gezien. Ik heb hem achtergelaten bij zijn moeder, een zeventienjarige drugsverslaafde aan wie je nog geen hond zou toevertrouwen. Toen hij drie was, is ze volslagen stoned tegen een vrachtwagen gereden. Ze waren beiden op slag dood. Ik weet nog steeds niet of het zelfmoord was of niet.'

'Het spijt me,' zei ik zwakjes.

'Michael zou nu eenentwintig zijn geweest.'

Ik zocht naar woorden. Niets was geschikt, maar ik probeerde het toch maar. 'Dat was lang geleden,' zei ik. 'Je was zelf nog niet eens volwassen.'

'Probeer het niet weg te redeneren, Will.'

'Doe ik niet. Ik bedoel gewoon' – ik had geen idee hoe ik het moest inkleden – 'als ik een kind had, zou ik jou vragen zijn peetvader te zijn. Ik zou jou als voogd aanstellen voor het geval er met mij iets gebeurde. Ik zou dat niet doen vanwege onze vriendschap of om je trouw te blijven of zo. Ik zou het doen om puur zelfzuchtige redenen. Namelijk voor het welzijn van mijn kind.'

Hij bleef rijden. 'Sommige dingen kun je jezelf nooit vergeven.'

'Jij hebt hem niet gedood, Squares.'

'Ja, ik weet het. Ik heb hier helemaal geen schuld aan.'

We stopten voor rood. Hij zette de radio aan. Praatprogramma. Een reclame over een wondermiddel om af te vallen. Hij zette de radio met een nijdig gebaar weer uit. Hij leunde naar voren en legde zijn onderarmen boven op het stuur.

'Ik zie de kinderen hier. Ik probeer ze te redden. Ik denk aldoor dat als ik er genoeg red, het misschien, ik weet het niet, iets voor Michael zal veranderen. Dat ik hem dan misschien op de een of andere manier nog kan redden.' Hij rukte de zonnebril af. Zijn stem kreeg een scherpere klank. 'Maar ik weet natuurlijk – ik heb altijd geweten – dat ik het niet waard ben gered te worden, wat ik ook doe.'

Ik schudde mijn hoofd. Ik zocht naar woorden die konden troosten, of de zaak verhelderen, of hem desnoods alleen maar afleiden, maar er brak niets door het filter heen. Iedere zin die in me opkwam, klonk afgezaagd en ingeblikt. Zoals bij de meeste tragediën het geval was, verklaarde het zoveel en vertelde het je toch zo weinig over de man.

Uiteindelijk zei ik alleen maar: 'Je hebt het mis.'

Hij zette de zonnebril weer op en keek naar de weg. Ik zag hoe hij in zichzelf keerde.

Ik besloot door te drukken. 'Je zegt dat we naar de begrafenis moeten gaan omdat we Sheila iets verschuldigd zijn. Maar hoe zit het met Wanda?'

'Will?'

'Ja?'

'Ik wil hier liever niet meer over praten.'

48

De vroege vlucht naar Boise verliep gladjes. We stegen op van LaGuardia, dat er alleen nog treuriger zou kunnen uitzien als God zelf daarvoor zou zorgen. Ik kreeg mijn gebruikelijke plaats in de economy class, de plaats achter een miniem oud dametje dat de hele vlucht haar stoel tot op mijn knieën achterovergeklapt wilde hebben. Gelukkig boden haar grijze lokken en bleke hoofdhuid – haar hoofd lag zo ongeveer op mijn schoot – veel afleiding.

Squares zat rechts van me. Hij las een artikel over zichzelf in *Yoga Journal*. Af en toe knikte hij om iets wat daarin over hem was geschreven en zei: 'Ja, dat is waar, zo ben ik.' Hij deed dat om me te ergeren. Daarom was hij ook mijn beste vriend.

Ik slaagde erin de psychologische barrière op z'n plek te houden tot we het bord WELCOME TO MASON, IDAHO zagen. Squares had een Buick Skylark gehuurd. We verdwaalden twee keer. Zelfs hier, in de zogeheten rimboe, wemelde het van de winkelcentra. We zagen alle bekende megawinkels – Chef Central, Home Depot, Old Navy – die van het land één opgezwollen, monotoon geheel maakten.

De kerk was klein, wit en volkomen onopvallend. Ik zag Edna Rogers. Ze stond buiten, apart van de anderen, een sigaret te roken. Squares stopte. Ik voelde mijn maag verkrampen. Ik stapte uit de auto. Het gras was bruin verschroeid. Edna Rogers keek onze richting uit. Met haar ogen op mij gericht, liet ze een lange rooksliert ontsnappen.

Ik liep naar haar toe. Squares aan mijn zijde. Ik voelde me hol, ver weg. De begrafenis van Sheila. We waren hier om Sheila te begraven. De gedachte tolde rond als de horizontale lijn op een oud tv-toestel.

Edna Rogers bleef aan haar sigaret paffen, haar ogen hard en droog. 'Ik wist niet of je zou komen,' zei ze tegen me.

'Nou, hier ben ik.'

'Ben je iets te weten gekomen over Carly?'

'Nee,' zei ik, maar dat was niet helemaal waar. 'U?'

Ze schudde haar hoofd. 'De politie zoekt niet erg intensief. Ze zeggen dat er nergens geregistreerd staat dat Sheila een kind had. Volgens mij geloven ze niet eens dat ze bestaat.'

De rest was een fast-forward-waas. Squares onderbrak ons om zijn condoleances aan te bieden. Andere begrafenisgangers naderden. Hoofdzakelijk mannen in pakken. Ik luisterde vanaf de zijlijn en begreep dat de meesten van hen collega's waren van Sheila's vader, die op een fabriek werkte waar garagedeurkrukken werden gemaakt. Ik vond dat een beetje vreemd, maar op het moment zelf wist ik niet waarom. Ik schudde handen en vergat alle namen. Sheila's vader was een lange, knappe man. Hij sloeg als begroeting zijn armen om me heen en liep toen naar zijn collega's. Sheila had een broer en een zus, beiden jonger, beiden nors en elders met hun gedachten.

We bleven allemaal buiten staan, bijna alsof we geen aanvang durfden te maken met de dienst. De mensen vormden als vanzelf groepjes. De jongeren bleven bij Sheila's broer en zus staan. Sheila's vader stond in een halve cirkel met de mannen in de pakken, die allemaal knikten, met hooggeknoopte stropdassen en hun handen in hun zakken. De vrouwen dromden samen, het dichtst bij de deur.

Er werd naar Squares gestaard, maar daar was hij aan gewend. Hij droeg nog steeds de stoffige spijkerbroek, maar nu met een blauw jasje erop en een grijze das. Hij had wel een pak kunnen aantrekken, zei hij met een glimlach, maar dan zou Sheila hem nooit herkend hebben.

Uiteindelijk drentelde het gezelschap de kleine kerk binnen. Ik verbaasde me over de grote opkomst, maar iedereen die ik had ontmoet, was er voor de andere leden van het gezin, niet voor Sheila. Ze had hen lang geleden al verlaten. Edna Rogers stond opeens naast me en stak haar arm door de mijne. Ze keek naar me op en wist een dappere glimlach tevoorschijn te toveren. Ik wist nog steeds niet wat ik van haar moest denken.

We gingen als laatsten de kerk binnen. Er waren fluisteringen over hoe 'goed' Sheila eruitzag, hoe 'levensecht', opmerkingen die ik altijd uitermate griezelig heb gevonden. Ik ben niet religieus, maar de manier waarop wij leden van het Hebreeuwse geloof onze doden behandelen staat me erg aan – dat wil zeggen, we stoppen ze zo snel mogelijk onder de grond. En we hebben geen open doodskisten.

Ik hou niet van open doodskisten.

Ik hou daar niet van om alle voor de hand liggende redenen. Te moeten kijken naar een dood lichaam, waar zowel het leven als alle sappen uit zijn weggevloeid, dat is gebalsemd, aangekleed en beschilderd, zodat het eruitziet als een van de poppen uit Madame Tussauds wassenbeeldenmuseum of erger nog, zo 'levensecht' dat je bijna verwacht dat het ieder moment kan gaan ademhalen of opeens rechtop kan gaan zitten, daar krijg ik de zenuwen van. En dat niet alleen: wat voor blijvende indruk maakte een als een gerookte zalm uitgestald lijk op de nabestaanden? Wilde ik dat mijn laatste herinnering aan Sheila deze zou zijn, zoals ze daar lag met haar ogen dicht in een zacht beklede – waarom waren doodskisten altijd zacht bekleed? – hermetisch gesloten kist van mooi mahoniehout? Terwijl ik als laatste in de rij voortschuifelde met Edna Rogers – ja, we stonden in de rij om het holle omhulsel te mogen aanschouwen – drukten deze gedachten zwaar op me neer.

Maar er was geen ontkomen aan. Edna omklemde mijn arm iets te strak. Toen we er bijna waren, knikten haar knieën. Ik hielp haar overeind te blijven. Ze glimlachte weer tegen me en ditmaal leek er oprechte warmte in die glimlach te liggen.

'Ik hield van haar,' fluisterde ze. 'Een moeder blijft altijd van haar kind houden.'

Ik knikte alleen, omdat ik niets durfde te zeggen. We deden weer een stap naar voren. Het had veel weg van de rij die naar de deur van dat stomme vliegtuig was geschuifeld. Ik verwachtte bijna een stem door een luidspreker die zei: 'Rouwenden van rij 25 en hoger mogen nu het lijk bekijken.' Idiote gedachte, maar ik liet mijn geest vrij rondspringen. Zolang ik maar niet dacht aan wat hier gebeurde.

Squares stond achter ons, de hekkensluiter. Ik hield mijn ogen afgewend, maar terwijl we steeds een plaatsje opschoven, klopte die onredelijke hoop weer in mijn borst. Ik denk dat dit niet ongebruikelijk is. Het gebeurde zelfs op de begrafenis van mijn moeder, het idee dat het allemaal een vergissing was, een gigantische blunder: dat ik in de kist zou kijken en dat die leeg zou zijn of dat het niet Sheila zou zijn. Misschien houden sommige mensen daarom van open kisten. Definitieve bevestiging. Je ziet het, je accepteert het. Ik was bij mijn moeder toen ze stierf. Ik heb haar laatste ademtocht meegemaakt. Toch kwam ik die dag in de verleiding nog even in de kist te kijken, voor alle zekerheid, voor het geval God van gedachten was veranderd.

Ik denk dat veel nabestaanden zoiets ondergaan. Ontkenning hoort bij het rouwproces. Dus koester je onwillekeurig hoop. Ik deed dat nu. Ik sloot deals met een eenheid waar ik niet echt in geloof, bad om een wonder – dat de vingerafdrukken, de FBI, de identificatie van meneer en mevrouw Rogers en al deze vrienden en familieleden, dat die allemaal fout zaten, dat Sheila nog leefde, dat ze niet was vermoord en aan de kant van de weg gedumpt.

Maar dat gebeurde natuurlijk niet.

Niet precies, tenminste.

Toen Edna Rogers en ik uiteindelijk bij de kist stonden, dwong ik mezelf erin te kijken. En toen ik dat deed, zakte de vloer onder me weg. Ik begon te vallen.

'Ze hebben haar erg mooi gemaakt, vind je niet?' fluisterde mevrouw Rogers.

Ze greep mijn arm en begon te huilen. Maar dat was ergens anders, ergens heel ver weg. Ik was niet bij haar. Ik keek naar beneden. En dat was het moment waarop de waarheid bij me begon te dagen.

Sheila Rogers was inderdaad dood. Geen twijfel aan.

Maar de vrouw van wie ik had gehouden, de vrouw met wie ik had samengewoond, die ik in mijn armen had gehouden en die ik had willen huwen, was niet Sheila Rogers.

49

Ik ging niet van mijn stokje, maar het scheelde niet veel. De kapel draaide letterlijk om me heen. Als door een zoomlens zag ik alles opeens heel dichtbij en toen heel ver weg. Ik duikelde naar voren en belandde bijna in de kist met Sheila Rogers – een vrouw die ik nog nooit van mijn leven had gezien, maar die ik erg intiem kende. Een hand schoot naar voren en greep mijn onderarm. Squares. Ik keek naar hem. Zijn gezicht stond strak. Alle kleur was eruit verdwenen. Onze blikken kruisten elkaar en hij knikte bijna onmerkbaar.

Het was niet mijn verbeelding geweest, geen zinsbegoocheling. Squares had het ook gezien.

We bleven de hele begrafenis. Wat moesten we anders? Ik zat daar maar, niet in staat mijn ogen af te wenden van het lijk van de onbekende vrouw, niet in staat iets te zeggen. Ik was helemaal van de kaart, mijn lichaam schokte, maar niemand lette erop. Ik was per slot van rekening op een begrafenis.

Nadat de kist in de grond was neergelaten, wilde Edna Rogers dat we meegingen naar hun huis. We sloegen het aanbod af, het krappe tijdschema van de luchtvaartmaatschappijen als boosdoener aanvoerend. We stapten snel in onze huurauto. Squares startte de motor. We wachtten tot we uit het zicht waren. Toen stopte Squares langs de kant van de weg om me de gelegenheid te geven uit mijn dak te gaan.

'Laten we even kijken of we allebei dezelfde pagina voor ons hebben,' zei Squares.

Ik knikte, weer min of meer beheerst. Opnieuw had ik een psychologische barrière nodig, ditmaal om de mogelijke euforie te maskeren. Ik hield mijn oog niet gevestigd op mijn grote geluk, niet op het totaalbeeld, niets van dat alles. Ik concentreerde me op de details, op de bijzonderheden. Ik richtte mijn aandacht op een boom, omdat ik onmogelijk het hele bos in me kon opnemen.

'Alle dingen die we over Sheila te weten zijn gekomen,' zei hij, 'dat ze van huis is weggelopen, heeft getippeld, drugs verkocht, een kamer deelde met je meisje, dat haar vingerafdrukken bij je broer thuis zijn gevonden...'

'... dat hoort allemaal bij de onbekende vrouw die we zojuist hebben begraven,' maakte ik de zin voor hem af.

'Dus onze Sheila, ik bedoel, de vrouw die we allebei kenden als Sheila...'

'... heeft niets van dat alles gedaan. En is ook niets van al die dingen geweest.'

Squares dacht daarover na. 'Klasse,' zei hij.

Ik toverde een glimlachje tevoorschijn. 'Zeg dat wel.'

In het vliegtuig zei Squares: 'Als onze Sheila niet dood is, dan leeft ze nog.'

Ik keek naar hem.

'Hé joh,' zei hij, 'mensen betalen dik geld om dit soort wijsheden tot zich te nemen.'

'En dan te bedenken dat ik het gratis krijg.'

'Wat gaan we nu doen?'

Ik sloeg mijn armen over elkaar. 'Donna White.'

'Het pseudoniem dat ze van de Goldbergs heeft gekocht?'

'Precies. Hebben jouw mensen alleen bij de luchtvaartmaatschappijen navraag gedaan?'

Hij knikte. 'We probeerden erachter te komen hoe ze in Nebraska terecht was gekomen.'

'Kun je het bureau vragen de speurtocht uit te breiden?'

'Natuurlijk.'

De stewardess bracht ons onze 'snack'. Mijn brein bleef snorren. Deze vlucht deed me ontzettend veel goed. Ik had tijd om na te denken. Helaas had ik ook tijd om met kale feiten te schuiven, de gevolgen in te zien. Ik duwde dat van me af. Ik wilde mijn gedachten niet door hoop laten benevelen. Nog niet. Niet nu ik nog maar zo weinig wist. Maar toch...

'Het verklaart veel,' zei ik.
'Zoals?'
'Haar geslotenheid. Het feit dat ze nooit op de foto wilde. Het feit dat ze zo weinig bezittingen had. En dat ze niet over haar verleden wilde praten.'
Squares knikte.
'Eén keer heeft Sheila…' Ik stopte, omdat dat waarschijnlijk niet haar naam was. '… één keer heeft ze zich laten ontvallen dat ze op een boerderij was opgegroeid. Maar de vader van de echte Sheila Rogers werkt voor een maatschappij die garagedeurkrukken maakt. En mijn vraag of ze haar ouders niet eens wilde bellen, maakte haar helemaal daas – omdat het, eenvoudig gezegd, haar ouders niet waren. Ik heb al die tijd gedacht dat ze zo was omdat ze als kind was mishandeld.'
'Maar het kan net zo goed zijn geweest dat ze zich verborgen wilde houden.'
'Ja.'
'Dus de echte Sheila Rogers,' ging Squares door, opkijkend, 'ik bedoel, de Sheila die we daarstraks hebben begraven, is de vriendin van je broer geweest?'
'Daar lijkt het wel op.'
'En haar vingerafdrukken zijn gevonden op de plaats waar de moorden zijn gepleegd.'
'Ja.'
'En jouw Sheila?'
Ik haalde mijn schouders op.
'Goed,' zei Squares, 'we gaan er dus van uit dat de vrouw die bij Ken was in New Mexico, de vrouw die de buren gezien hebben, de dode Sheila Rogers was?'
'Ja.'
'En ze hadden een klein meisje bij zich,' ging hij door.
Stilte.
Squares keek naar me. 'Denk jij wat ik denk?'
Ik knikte. 'Dat het kleine meisje Carly was. En dat Ken heel goed haar vader kan zijn.'
'Ja.'
Ik liet mijn hoofd achteroverzakken en sloot mijn ogen. Squares opende zijn snack, keek wat het was, en vloekte.
'Will?'
'Ja?'
'De vrouw van wie jij houdt. Enig idee wie ze is?'
Met mijn ogen nog steeds gesloten zei ik: 'Nee. Geen flauw idee.'

50

Squares ging naar huis. Hij beloofde me dat hij zou bellen zodra ze iets over het Donna White-pseudoniem gevonden hadden. Ik koerste ook naar huis, slap van vermoeidheid. Voor de deur van mijn flat stak ik de sleutel in het slot. Een hand kwam op mijn schouder te liggen. Ik sprong achteruit, dodelijk geschrokken.

'Rustig maar,' zei ze.

Katy Miller.

Haar stem klonk hees. Ze droeg een halskraag. Haar gezicht was gezwollen. Haar ogen waren bloeddoorlopen. Op de plaats waar de kraag haar kin bereikte, zag ik het donkere paars en geel van de kneuzingen.

'Hoe is het met je?' vroeg ik.

Ze knikte alleen maar.

Ik omhelsde haar voorzichtig, te voorzichtig, met alleen mijn armen, op een afstandje, om haar niet nog meer pijn te doen.

'Ik breek heus niet,' zei ze.

'Wanneer ben je uit het ziekenhuis gekomen?' vroeg ik.

'Een paar uur geleden. Ik kan niet lang blijven. Als mijn vader wist waar ik was –'

Ik stak mijn hand op. 'Ik weet er alles van.'

We duwden de deur open en gingen naar binnen. Haar gezicht

vertrok van de pijn toen ze zich bewoog. We liepen naar de bank. Ik vroeg of ze iets wilde drinken of eten. Ze zei van nee.
'Is het wel verstandig dat je uit het ziekenhuis bent ontslagen?'
'Ze zeiden dat het goed was, maar dat ik veel moet rusten.'
'Hoe ben je aan je vader ontsnapt?'
Ze probeerde een glimlachje. 'Ik ben koppig.'
'Aha.'
'En ik heb gelogen.'
'Dat geloof ik graag.'
Ze keek weg met alleen haar ogen – ze kon haar hoofd niet bewegen – en er welden tranen in op. 'Dank je, Will.'
Ik schudde mijn hoofd. 'Ik heb juist het gevoel dat het mijn schuld was. Ik kan het niet helpen.'
'Wat een onzin,' zei ze.
Ik ging verzitten. 'Toen je werd aangevallen, heb je de naam John geschreeuwd. Althans, ik geloof dat je dat riep.'
'Ja, dat heeft de politie me verteld.'
'Weet je het niet meer?'
Ze schudde haar hoofd.
'Wat kun je je wél herinneren?'
'De handen rond mijn hals.' Ze keek weg. 'Ik sliep. En opeens kneep iemand mijn keel dicht. Ik herinner me dat ik naar adem hapte.' Haar stem zakte weg.
'Weet je wie John Asselta is?' vroeg ik.
'Ja. Hij was een vriend van Julie.'
'Kun je hem bedoeld hebben?'
'Toen ik John riep, bedoel je?' Ze dacht daarover na. 'Geen idee, Will. Waarom vraag je dat?'
'Ik denk...' Ik herinnerde me mijn belofte aan Pistillo dat ik haar erbuiten zou houden. '... ik denk dat hij iets te maken gehad kan hebben met de moord op Julie.'
Ze hoorde dat aan zonder te knipperen. 'Wanneer je zegt "te maken gehad kan hebben"...'
'Meer kan ik er op dit moment niet over zeggen.'
'Je klinkt als een smeris.'
'Het is een vreemde week geweest,' zei ik.
'Vertel me wat je weet.'
'Ik weet dat je nieuwsgierig bent, maar ik vind dat je moet doen wat de dokter zegt.'
Ze keek me fel aan. 'Wat wil je daarmee zeggen?'
'Dat ik vind dat je moet rusten.'

'Wil je dat ik me erbuiten hou?'
'Ja.'
'Je bent bang dat me weer iets zal overkomen.'
'Heel bang.'
Haar ogen vlamden. 'Ik kan best voor mezelf zorgen.'
'Daar twijfel ik geen moment aan. Maar we bevinden ons momenteel op erg gevaarlijk terrein.'
'Wat heb je nu dan weer uitgevreten?'
Touché. 'Je moet me op dit punt gewoon vertrouwen, goed?'
'Will?'
'Ja?'
'Zo makkelijk kom je niet van me af.'
'Ik wil niet van je afkomen,' zei ik. 'Maar ik moet je wel beschermen.'
'Dat kun je niet,' zei ze zachtjes. 'Dat weet je.'
Ik zei niets.
Katy schoof iets dichter naar me toe. 'Ik moet dit doen. Daar zou juist jij begrip voor moeten hebben.'
'Heb ik ook.'
'En?'
'Ik heb beloofd dat ik niets zou zeggen.'
'Aan wie heb je dat beloofd?'
Ik schudde mijn hoofd. 'Vertrouw me nu maar gewoon, goed?'
Ze stond op. 'Niet goed.'
'Ik wil alleen maar –'
'Als ik tegen jou zou zeggen dat je je erbuiten moest houden, zou je dan naar me luisteren?'
Ik boog mijn hoofd. 'Ik kan niets zeggen.'
Ze liep naar de deur.
'Wacht even,' zei ik.
'Ik heb hier geen tijd voor,' zei ze kortaf. 'Mijn vader vraagt zich vast al af waar ik zit.'
Ik stond op. 'Zul je me bellen?' Ik gaf haar het nummer van het mobieltje. Ik kende het hare al uit mijn hoofd.
Ze liet de deur met een klap achter zich dichtvallen.

Katy Miller stond op straat. Haar nek deed hartstikke pijn. Ze spande zich te veel in, dat wist ze, maar daar was niets aan te doen. Ze was woedend. Hadden ze Will voor hun karretje gespannen? Het had niet mogelijk geleken, maar misschien was hij net zo slecht als de rest. Of misschien ook niet. Misschien geloofde hij echt dat hij haar beschermde.

Ze zou nu nóg voorzichtiger moeten zijn.

Ze had een droge keel. Ze snakte naar iets te drinken, maar slikken was nog steeds een pijnlijke opgave. Ze vroeg zich af wanneer het allemaal voorbij zou zijn. Gauw, hoopte ze. Maar ze zou tot het einde toe volhouden. Dat had ze zichzelf beloofd. Ze kon niet terug en niet ophouden tot Julies moordenaar zijn verdiende loon had gekregen.

Ze liep zuidwaarts naar 18th Street en toen westwaarts naar het Meat-packing district. Het was er rustig in de stille uren tussen het laadverkeer van overdag en het perverse nachtleven van na middernacht. Zo was de hele stad, een theater waar dagelijks twee verschillende voorstellingen werden opgevoerd, waarbij de rekwisieten, de sets en zelfs de acteurs wisselden. Maar of je hier nu overdag of 's nachts kwam, of in de schemering, in deze straat hing altijd een geur van verrot vlees. Die was niet meer weg te krijgen. Katy wist alleen niet of hij afkomstig was van mensen- of dierenvlees.

De paniek sloeg weer toe.

Ze bleef staan en probeerde het van zich af te zetten. De handen die zich rond haar keel hadden geklemd, met haar hadden gespeeld, haar luchtpijp steeds weer hadden geopend en dichtgedrukt. Zoveel macht tegenover zoveel machteloosheid. Hij had haar adem afgeknepen. Wanneer je daar toch bij stilstond... Hij had haar hals dichtgedrukt tot ze was opgehouden met ademhalen, tot haar levenskracht was begonnen weg te ebben.

Net als met Julie.

Ze ging zo op in de afgrijselijke herinnering dat ze niet doorhad dat hij er was tot hij haar elleboog greep. Ze draaide zich met een ruk om. 'Wat moet –?'

Het Spook liet zijn greep niet verslappen. 'Ik heb gehoord dat je om me riep,' zei hij met die spinnende stem. En hij vervolgde met een glimlach: 'Nou, hier ben ik.'

51

Ik zat daar maar. Het was Katy's goed recht kwaad te zijn. Haar woede kon ik wel hebben. Die had ik liever dan nog een begrafenis. Ik wreef in mijn ogen. Ik legde mijn benen op de tafel. Ik denk dat ik in slaap ben gevallen – zeker weten doe ik het niet – maar toen de telefoon ging, zag ik tot mijn verbazing dat het ochtend was. Ik keek naar het nummer op het schermpje. Het was Squares. Ik grabbelde de hoorn van de haak en drukte hem tegen mijn oor.

'Hoi,' zei ik.

Hij kwam meteen ter zake. 'Ik geloof dat we onze Sheila hebben gevonden.'

Een half uur later liep ik de lobby van het Regina Hotel binnen.

Het hotel bevond zich op nog geen twee kilometer van onze flat. Terwijl wij hadden gedacht dat Sheila – hoe moest ik haar anders noemen? – naar de andere kant van het land was gevlucht, was ze nota bene heel dicht bij huis gebleven.

Het detectivebureau dat Squares placht te gebruiken had weinig moeite gehad haar op te sporen, vooral omdat ze de voorzichtigheid uit het oog had verloren na de dood van haar naamgenoot. Ze had geld gestort bij de First National en een Visacard genomen. Je kon in deze stad niet verblijven – nergens, eigenlijk – zonder creditcard.

De dagen dat je je onder een valse naam in een hotel kon laten inschrijven en met contant geld betalen, waren zo goed als voorbij. Er waren nog wel wat etablissementen – krotten die niet echt geschikt waren voor het verblijf van menselijke wezens – waar men nog steeds een oogje dichtkneep, maar in vrijwel alle andere hotels wil men, op z'n minst, een afdruk van je creditcard – voor het geval je iets steelt of schade aanricht in je kamer. De transactie wordt niet altijd in de boekhouding doorgevoerd – zoals ik zei, willen ze alleen een afdruk – maar je moet wel een creditcard hebben.

Ze had waarschijnlijk gedacht dat het wel kon en dat was begrijpelijk. Meneer en mevrouw Goldberg, het echtpaar dat in leven bleef door discreet te zijn, hadden haar een identiteit verkocht. Er was geen reden om aan te nemen dat ze ooit hun mond open zouden doen – de enige reden die ze hadden was hun vriendschap met Squares en Raquel, samen met het feit dat ze zichzelf gedeeltelijk de schuld gaven van haar theoretische dood. Voeg daaraan het feit toe dat Sheila Rogers nu 'dood' was en dat er dus niemand meer naar haar op zoek zou zijn, dan was het niet verwonderlijk dat ze het met de voorzichtigheid iets minder nauw nam.

De creditcard was gisteren gebruikt om geld op te nemen uit een geldautomaat op Union Square. Daarvandaan was het gewoon een kwestie geweest van de omliggende hotels uitkammen. Speurwerk wordt hoofdzakelijk verricht via bronnen en met smeergeld, wat eigenlijk hetzelfde is. De goede speurders hebben bronnen bij telefoonmaatschappijen, op het belastingkantoor, bij creditcardmaatschappijen, enzovoorts. Als u denkt dat dit moeilijk is – dat het niet meevalt iemand te vinden die bereid is tegen betaling vertrouwelijke informatie af te staan – dan leest u niet vaak genoeg de krant.

In ons geval was het nog makkelijker. Je belt gewoon de hotels en vraagt naar Donna White. Je doet dat tot ze in een hotel zeggen 'momentje, alstublieft' en je doorverbinden. En nu, nu ik de trap op liep naar de lobby van het Regina Hotel, voelde ik de vlindertjes. Ze leefde nog. Al mocht ik het van mezelf niet geloven – kón ik het niet geloven – tot ik haar met mijn eigen ogen zou zien. Hoop heeft een eigenaardige uitwerking op het brein. Het kan alles somberder maar ook helderder maken. Terwijl ik mezelf tot nu toe was blijven wijsmaken dat een wonder mogelijk was, vreesde ik opeens dat het me weer allemaal afgenomen zou worden, dat ditmaal, wanneer ik in de doodskist keek, mijn Sheila erin zou liggen.

Ik zal altijd van je houden.
Dat had ze op het kladje geschreven. Altijd.

Ik liep naar de balie. Ik had tegen Squares gezegd dat ik dit in mijn eentje wilde doen. Hij begreep het. De receptioniste, een blonde vrouw met een aarzelende glimlach, was aan het telefoneren. Ze ontblootte haar tanden en gebaarde naar de telefoon om me te laten weten dat het gesprek niet lang zou duren. Ik antwoordde met een schouderophalen dat er geen haast bij was en leunde tegen de balie, zogenaamd volkomen ontspannen.

Na een minuut hing ze op en schonk ze me haar volledige aandacht. 'Meneer?'

'Ja,' zei ik. Mijn stem klonk onnatuurlijk, te afgepast, alsof ik een radioprogramma presenteerde. 'Ik ben hier voor Donna White. Zou u me kunnen vertellen wat haar kamernummer is?'

'Het spijt me, meneer. We geven aan niemand de kamernummers van onze gasten.'

Ik sloeg bijna met mijn hand tegen mijn voorhoofd. Wat stom van me! 'Natuurlijk, neemt u me niet kwalijk. Ik zal haar eerst bellen. Hebt u een huistelefoon?'

Ze wees naar rechts. Drie witte telefoontoestellen, alle zonder kiesnummers, hingen aan de muur. Ik liep naar de eerste en pakte de hoorn van de haak. Ik hoorde dat ergens een telefoon overging. Een telefoniste nam op. Ik verzocht haar me door te verbinden met de kamer van Donna White. Ze zei – en het viel me op dat dit het nieuwe, voor alle doeleinden bruikbare standaardantwoord van hotelpersoneel was – 'heel graag' en toen hoorde ik dat de telefoon in de kamer overging.

Mijn hart kroop op naar mijn luchtpijp.

De telefoon ging voor de tweede keer over. En de derde. Na zes keer werd ik doorverbonden met het antwoordapparaat van de hotelcentrale. Een mechanische stem vertelde me dat de gast op dit moment niet aanwezig was en gaf instructies over wat ik moest doen als ik een boodschap wilde achterlaten. Ik hing op.

Wat nu?

Wachten dan maar. Veel keus had ik niet. Ik kocht in het winkeltje een krant en koos een plek in de hoek van de lobby waar ik de deur in de gaten kon houden. Ik hield de krant voor mijn gezicht, als in spionagefilms, en voelde me allerbelachelijkst. Mijn binnenste bruiste. Ik had mezelf nooit als een kandidaat voor een maagzweer beschouwd, maar de afgelopen paar dagen was een brandend zuur begonnen zijn nagels in mijn maagwand te zetten.

Ik probeerde de krant te lezen – dat lukte uiteraard niet. Ik kon me niet concentreren. Ik kon de energie niet opbrengen om me te interesseren voor de actuele gebeurtenissen. Hoe kon je iets lezen wanneer je om de drie seconden naar de deur keek? Ik sloeg pagina's om. Ik keek naar de foto's. Ik probeerde me te interesseren voor de sportuitslagen. Ik sloeg de stripverhalen op, maar zelfs Beetle Bailey was te moeilijk.

De blonde receptioniste sloeg van tijd tot tijd haar ogen op in mijn richting. Wanneer onze blikken elkaar kruisten, glimlachte ze nogal uit de hoogte. Ze hield me natuurlijk in de gaten. Of misschien was dat alleen maar een paranoïde gedachte van mij. Ik was slechts een man die in de lobby een krant zat te lezen. Ik had niets gedaan wat ze verdacht zou kunnen vinden.

Een uur verstreek zonder dat er iets gebeurde. Mijn mobieltje ging. Ik hield het bij mijn oor.

'Heb je haar al gesproken?' vroeg Squares.

'Ze was niet op haar kamer. Althans, ze nam de telefoon niet op.'

'Waar ben je?'

'Ik zit in de lobby op de loer.'

Squares maakte een geluid.

'Wat?' vroeg ik.

'Zei je echt "op de loer"?'

'Hou op.'

'Lijkt het je niet beter om dit door een paar mensen van het detectivebureau te laten doen? Ze zullen ons bellen zodra ze binnenkomt.'

Ik dacht daarover na. 'Nog niet,' zei ik.

En op dat moment kwam ze binnen.

Mijn ogen werden groot. Ik begon opeens heel diep adem te halen. Mijn god. Het was echt mijn Sheila. Ze leefde nog. De telefoon viel bijna uit mijn hand.

'Will?'

'Ik moet ophangen,' zei ik.

'Is ze er?'

'Ik bel je nog wel.'

Ik zette het mobieltje af. Mijn Sheila – zo zal ik haar maar noemen omdat ik niet weet hoe ik haar anders moet noemen – had een ander kapsel. Het was korter en sprong op aan het eind van de zwanenhals. Ze had nu ook een pony. En de kleur was veranderd in Elvira-zwart. Maar het effect... toen ik haar zag, was het alsof iemand me met een reuzenvuist een stomp tegen mijn borst gaf.

Sheila liep door. Ik kwam overeind. Duizeligheid dwong me weer te gaan zitten. Ze liep zoals ze altijd liep – zonder aarzeling, opgeheven hoofd, doelbewust. De deuren van de lift stonden al open en ik besefte dat ik die niet op tijd kon bereiken.

Ze stapte in de lift. Ik stond nu. Ik liep snel de lobby door, zonder te rennen. Ik wilde geen opschudding veroorzaken. Wat hier ook aan de hand was – wat de reden ook was waarom ze was verdwenen, een andere naam had aangenomen, haar uiterlijk veranderd en de hemel mocht weten wat nog meer – dit moest met enige finesse aangepakt worden. Ik kon moeilijk vanaf de andere kant van de lobby haar naam schreeuwen.

Mijn voeten klakten op het marmer. Het geluid echode te luid in mijn eigen oren. Ik haalde het niet. Ik bleef staan en zag de liftdeuren dichtglijden.

Verdomme.

Ik drukte op de knop. Meteen gingen de deuren van een andere lift open. Ik wilde er al instappen, maar stopte. Wacht even, wat had ik daar nou aan? Ik wist niet eens op welke etage haar kamer was. Ik keek naar de lichtjes boven de lift van mijn Sheila. Ze versprongen met regelmaat. Vijf, zes.

Was Sheila de enige in die lift geweest?

Ik dacht van wel.

De lift stopte op de negende verdieping. Goed. Ik drukte op de knop. Dezelfde liftdeuren gingen open. Ik stapte snel in en drukte op negen, in de hoop aan te komen voordat ze haar kamer was binnengegaan. De deuren gleden naar elkaar toe. Ik leunde tegen de achterwand. Op het laatste moment stak iemand zijn hand naar binnen. De liftdeuren botsten tegen de arm en gingen weer open. Een bezwete man in een grijs pak stapte met een diepe zucht in en knikte tegen me. Hij drukte op elf. De deuren gleden weer dicht en we begonnen te stijgen.

'Warm vandaag,' zei hij tegen me.

'Ja.'

Hij zuchtte weer. 'Goed hotel, vindt u niet?'

Een toerist, dacht ik. Ik had al in een miljoen New Yorkse liften gestaan. New Yorkers kenden de regels: Je staart omhoog naar de verspringende nummers. Je knoopt met niemand een gesprek aan.

Ik zei ja, het is een goed hotel en toen de deuren opengleden, stapte ik snel uit. Het was een lange gang. Ik keek naar links. Niets. Ik keek naar rechts en hoorde een deur dichtgaan. Als een jachthond die een prooi heeft geroken, sprintte ik in de richting van het geluid. Rechterkant, dacht ik. Einde van de gang.

Ik volgde de hoorbare geur, om zo te zeggen, en deduceerde dat het geluid afkomstig was geweest van kamer 912 of 914. Ik keek naar de ene deur en toen naar de andere. Ik herinnerde me een aflevering van *Batman* waarin Catwoman belooft dat de ene deur tot haar zal leiden, de andere tot een tijger. Batman koos de verkeerde deur. Maar ach, dit was *Batman* niet.

Ik klopte op beide deuren. Ik bleef ertussenin staan en wachtte. Niets.

Ik klopte nogmaals, wat harder. Beweging. Ik werd beloond met een of andere beweging in kamer 912. Ik posteerde me voor de deur. Ik trok mijn kraag recht. Ik hoorde dat de ketting van de deur werd geschoven. Ik zette me schrap. De deurknop draaide en de deur ging langzaam open.

De man was vadsig en nors. Hij droeg een T-shirt met een V-hals en een gestreepte boxershort. Hij blafte: 'Wat mot je?'

'Neemt u me niet kwalijk. Ik ben op zoek naar Donna White.'

Hij zette zijn vuisten op zijn heupen. 'Zie ik eruit als Donna White?'

Er kwamen vreemde geluiden uit de kamer van de norse man. Ik luisterde iets aandachtiger. Gekreun. Quasi-hartstochtelijk gekreun van onecht genot. De man keek me in de ogen, en hij keek niet blij. Ik deed een stap achteruit. Spectravision, dacht ik. Betaal-tv. De man zat naar een vieze film te kijken. Porno interruptus.

'Eh, pardon,' zei ik.

Hij gooide de deur dicht.

Oké, kamer 912 kon van de lijst worden geschrapt. Althans, ik hoopte van harte dat dat kon. Dit was waanzin. Ik hief mijn hand op om op de deur van nummer 914 te kloppen toen ik een stem hoorde zeggen: 'Kan ik u ergens mee van dienst zijn?'

Ik draaide me om en zag aan het eind van de gang een stekeltjeskop zonder nek in een blauwe blazer. De blazer had een klein logo op de revers en een insigne op de bovenarm. De stekeltjeskop zette een borst op. Hotelbewaking, apetrots.

'Nee, dank u,' zei ik.

Hij fronste. 'Bent u een gast in dit hotel?'

'Ja.'

'Wat is uw kamernummer?'

'Ik heb geen kamernummer.'

'Maar u zei –'

Ik roffelde hard op de deur. Stekeltjeskop snelde naar me toe. Ik dacht heel even dat hij me onderuit zou halen om de deur te beschermen, maar op het laatste moment stopte hij.

'Wilt u even met me meekomen?' zei hij.

Ik negeerde hem en klopte nogmaals. Nog steeds geen reactie. Stekeltjeskop legde zijn arm op de mijne. Ik schudde hem van me af, klopte weer en riep: 'Ik weet dat je Sheila niet bent.' Daarvan raakte Stekeltjeskop in de war. Hij fronste weer. We bleven allebei naar de deur staan kijken. Er werd niet opengedaan. Stekeltjeskop pakte mijn arm weer, iets rustiger nu. Ik verzette me niet. Hij nam me mee naar beneden en begeleidde me door de lobby naar buiten.

Ik stond op de stoep. Ik draaide me om. Stekeltjeskop zette zijn borst weer op en sloeg zijn armen over elkaar.

Wat nu?

Nog een New Yorks axioma: Je kunt op de stoep niet stilstaan. Beweging is van levensbelang. Mensen snellen langs en verwachten niet iets op hun weg te vinden. Wanneer dat wel gebeurt, wijken ze hoogstens uit maar ze stoppen nooit.

Ik zocht naar een veilig plekje. Ik moest proberen zo dicht mogelijk bij het gebouw te blijven – in de berm van de stoep, als het ware. Ik drukte me tegen een grote ruit, haalde het mobieltje tevoorschijn, belde het hotel en vroeg of ze me konden doorverbinden met de kamer van Donna White. Ik kreeg weer een 'heel graag' en werd doorverbonden.

Er werd niet opgenomen.

Ditmaal liet ik een boodschap achter. Ik sprak het nummer van mijn mobieltje in en probeerde niet smekend te klinken toen ik haar verzocht me te bellen.

Ik liet de telefoon weer in mijn zak glijden en dacht bij mezelf: wat nu?

Mijn Sheila was hier in dit hotel. De gedachte maakte me licht in het hoofd. Te veel verlangen. Te veel mogelijkheden en stel-dat's. Ik dwong mezelf dat allemaal van me af te zetten.

Goed, wat wilde dit precies zeggen? Om te beginnen, was er een andere uitgang? Een kelder of een achterdeur? Had ze me gezien vanachter die zonnebril? Was ze daarom zo snel naar de lift gelopen? Had ik me vergist in het kamernummer toen ik achter haar aan was gegaan? Dat was mogelijk. Ik wist dat ze op de negende etage zat. Dat was tenminste iets. Of niet? Stel dat ze me had gezien en op een verkeerde etage was uitgestapt om me om de tuin te leiden?

Moest ik hier blijven staan?

Ik wist het niet. Ik wist alleen dat ik niet naar huis kon gaan. Ik haalde diep adem. Ik keek naar de voorbijsnellende voetgangers, zoveel, een onduidelijke massa, aparte eenheden die samen een geheel

vormden. En toen, dwars door de massa heen, zag ik haar.
Mijn hart bleef stilstaan.
Ze stond daar en staarde naar me. Ik was zo overdonderd dat ik me niet kon bewegen. Ik voelde binnen in me iets loskomen. Ik bracht mijn hand naar mijn mond om een kreet te smoren. Ze kwam naar me toe. Tranen in haar ogen. Ik schudde mijn hoofd. Ze stopte niet. Ze kwam bij me en sloeg haar armen om me heen.
'Stil maar,' fluisterde ze.
Ik deed mijn ogen dicht. Heel lang hielden we elkaar alleen maar vast. We spraken niet. We bewogen ons niet. We gleden alleen maar weg.

52

'Mijn ware naam is Nora Spring.'
We zaten op de benedenverdieping van een Starbucks aan Park Avenue South, in een hoekje dicht bij de noodtrap. Behalve wij tweeën was er niemand daarbeneden. Ze hield haar blik op de trap gericht, bang dat ik was geschaduwd. Deze Starbucks was, zoals zovele andere, uitgevoerd in aardetinten, met surreëel wervelende kunstwerken en grote foto's van bruine mannen die veel te opgewekt koffiebonen plukten. Ze hield haar handen om een *venti iced latte*. Ik had me beperkt tot de frappuccino.

De stoelen waren paars en groot uitgevallen met pluche bekleding die er nog net aardig uitzag. We duwden er twee tegen elkaar. We hielden elkaars hand vast. Ik was danig in de war, natuurlijk. Ik wilde antwoorden. Maar boven dat alles uit, op een heel ander niveau, spetterde pure vreugde door me heen. En dat was een verdraaid lekker gevoel. Ik werd er langzaamaan helemaal rustig van. Ik was gelukkig. Wat ik verder nog zou vernemen, zou daar niets aan veranderen. De vrouw van wie ik hield, was terug. Ik zou daar door niemand nog iets aan laten veranderen.

Ze nipte van de latte. 'Het spijt me,' zei ze.

Ik kneep in haar hand.

'Dat ik zomaar ben weggelopen. Dat ik je heb laten denken' – ze stopte – 'ik kan me niet eens voorstellen wat je moet hebben ge-

dacht.' Haar ogen vonden de mijne. 'Ik wilde je geen verdriet doen.'
'Het is wel goed,' zei ik.
'Hoe ben je erachter gekomen dat ik Sheila niet was?'
'Op haar begrafenis. Ik heb het lijk gezien.'
'Ik wilde het je vertellen, vooral nadat ik had gehoord dat ze was vermoord.'
'Waarom heb je dat dan niet gedaan?'
'Ken zei dat het je dood zou kunnen zijn.'
De naam van mijn broer schokte door me heen. Nora wendde zich af. Ik haalde mijn hand over haar arm en stopte bij de schouder. Haar spieren waren helemaal stijf van de spanning. Ik begon ze zachtjes te kneden, een bekend ritueel voor ons. Ze sloot haar ogen en liet mijn vingers het werk doen. Lange tijd spraken we geen van beiden. Ik verbrak de stilte. 'Hoe lang ken je mijn broer al?'
'Bijna vier jaar,' zei ze.
Ik knikte ondanks mijn shock, probeerde haar aan te sporen meer te vertellen, maar ze hield haar gezicht nog steeds afgewend. Ik pakte met een zacht gebaar haar kin en draaide haar gezicht naar me toe. Ik kuste haar licht op de lippen.
Ze zei: 'Ik hou zoveel van je.'
Ik voelde me bijna zweven. 'Ik ook van jou.'
'Ik ben bang, Will.'
'Ik zal je beschermen,' zei ik.
Ze bleef me aankijken. 'Ik heb tegen je gelogen. De hele tijd dat we samen waren.'
'Dat weet ik.'
'Denk je echt dat we dat kunnen overleven?'
'Ik ben je één keer kwijtgeraakt,' zei ik. 'Ik ben niet van plan je nog een keer kwijt te raken.'
'Ben je zo zeker van jezelf?'
'Ik zal altijd van je houden,' zei ik.
Ze bestudeerde mijn gezicht. Ik weet niet waar ze naar zocht. 'Ik ben getrouwd, Will.'
Ik probeerde mijn gezicht in de plooi te houden, maar dat viel niet mee. Haar woorden slingerden zich om me heen en trokken strak, als een boa constrictor. Ik trok bijna mijn hand terug.
'Vertel,' zei ik.
'Vijf jaar geleden ben ik bij mijn man weggelopen. Zijn naam is Cray. Cray' – ze sloot haar ogen – 'heeft me heel erg mishandeld. Ik wil niet ingaan op de details. Die zijn ook niet belangrijk. We woonden in Cramden, een stadje niet ver van Kansas City. Op een dag,

toen Cray me het ziekenhuis in had geslagen, ben ik weggelopen. Meer hoef je niet te weten, goed?'
Ik knikte.
'Ik heb geen familie. Ik had vriendinnen, maar ik wilde hen er niet bij betrekken. Cray is krankzinnig. Hij weigerde me te laten gaan. Hij dreigde...' Haar stem zakte weg. 'Het maakt niet uit waarmee hij dreigde. Maar ik wilde niemand in gevaar brengen. Dus ben ik naar een opvanghuis voor mishandelde vrouwen gegaan. Daar mocht ik blijven. Ik heb gezegd dat ik een nieuw leven wilde beginnen. Ik wilde daar weg. Maar ik was bang voor Cray. Zie je, Cray is een smeris. Je hebt geen idee... wanneer je zo lang in doodsangst leeft, ga je denken dat een man omnipotent is. Zoiets valt onmogelijk uit te leggen.'
Ik schoof nog iets dichter tegen haar aan, nog steeds hand in hand. Ik had de gevolgen van mishandeling gezien. Ik begreep het.
'Het opvanghuis heeft me geholpen naar Europa te ontsnappen. Ik woonde in Stockholm. Het was zwaar. Ik kreeg werk als serveerster. Ik was zo eenzaam. Ik wilde terug, maar ik was nog steeds zo bang voor mijn man, dat ik niet durfde. Na een half jaar dacht ik dat ik gek zou worden. Ik had nog steeds nachtmerries dat Cray me had gevonden...'
Haar stem begaf het. Ik had geen idee wat ik moest doen. Ik probeerde mijn stoel nog dichter tegen de hare te schuiven. De armleuningen raakten elkaar al, maar ik geloof dat ze het gebaar op prijs stelde.
'Op een dag ontmoette ik een vrouw. Ze was een Amerikaanse die daar in de buurt woonde. We begonnen heel behoedzaam, maar ze had iets over zich. Ik geloof dat je aan ons allebei kon zien dat we op de vlucht waren. En we waren verschrikkelijk eenzaam, al had zij haar man en dochter. Ook zij hielden zich angstvallig schuil. In het begin wist ik niet waarom.'
'Die vrouw,' zei ik. 'Was dat Sheila Rogers?'
'Ja.'
'En haar man.' Ik stopte, slikte. 'Dat was mijn broer.'
Ze knikte. 'Ze hebben een dochter. Ze heet Carly.'
Het begon duidelijk te worden.
'Sheila en ik werden dikke vriendinnen en alhoewel Ken er langer voor nodig had tot hij me durfde te vertrouwen, raakte ik ook erg aan hem gehecht. Ik ben bij ze ingetrokken, begon hen te helpen voor Carly te zorgen. Je nichtje is een hartstikke leuk kind, Will. Intelligent en mooi en... niet dat ik met metafysische termen wil gaan schermen, maar ze heeft een heel bijzondere uitstraling.'

Mijn nichtje. Ken had een dochter. Ik had een nichtje dat ik nog nooit had gezien.
'Je broer praatte de hele tijd over jou, Will. Hij had het ook wel eens over je moeder of je vader en zelfs over Melissa, maar jij was voor hem het allerbelangrijkste. Hij volgde je carrière. Hij wist dat je voor Covenant House werkte. Hij leefde toen al zeven jaar als een onderduiker. Hij zal ook wel eenzaam zijn geweest. Daarom praatte hij veel met me toen hij eenmaal wist dat hij me kon vertrouwen. En hij praatte hoofdzakelijk over jou.'
Ik knipperde en blikte neer op de tafel. Ik bekeek het bruine Starbucks-servetje. Er stond een dom rijmpje op over aroma en wat dat beloofde. Gemaakt van gerecycled papier. De kleur was bruin omdat er geen bleekmiddelen waren gebruikt.
'Gaat het een beetje?' vroeg ze.
'Jawel,' zei ik. Ik keek op. 'En wat is er toen gebeurd?'
'Ik heb contact opgenomen met een vriendin uit mijn geboortestad. Ze vertelde me dat Cray een privé-detective had gehuurd en dat hij wist dat ik in Stockholm zat. Ik raakte meteen in paniek, maar ik was eigenlijk ook al klaar om de volgende stap te doen. Zoals ik al zei, woonden Cray en ik in Missouri. Ik dacht dat ik misschien veilig zou zijn als ik in New York ging wonen. Maar ik had een betere identiteit nodig, voor het geval Cray me bleef zoeken. Sheila zat in hetzelfde schuitje. Haar valse identiteit was alleen maar een façade, niets meer dan een naamsverandering. En zo bedachten we een heel eenvoudig plan.'
Ik knikte. Dit wist ik al. 'Jullie hebben geruild.'
'Ja. Zij werd Nora Spring en ik werd Sheila Rogers. Als mijn man me bleef zoeken, zou hij háár vinden. En als de mensen die naar mij zochten, Sheila Rogers zouden vinden, zouden ze op een heel nieuwe complicatie stuiten.'
Ik dacht daarover na, maar het klopte nog niet helemaal. 'Goed, zo ben je dus Sheila Rogers geworden. Jullie hebben elkaars identiteit aangenomen.'
'Ja.'
'En je bent naar New York gekomen.'
'Ja.'
'En' – dit was het deel waar ik moeite mee had – 'op de een of andere manier leerden wij elkaar kennen.'
Nora glimlachte. 'Je zet daar vraagtekens bij.'
'Inderdaad.'
'Je denkt nu dat het wel een erg groot toeval is dat ik me als vrij-

willigster heb aangemeld op de plek waar jij werkte.'
'Het lijkt nogal onwaarschijnlijk,' gaf ik toe.
'Je hebt gelijk. Het was geen toeval.' Ze leunde achterover en zuchtte. 'Ik weet niet goed hoe ik dit moet uitleggen, Will.'
Ik bleef gewoon haar hand vasthouden en wachtte af.
'Je moet één ding goed begrijpen. Ik was zo eenzaam daar in het buitenland. Ik had alleen je broer en Sheila en Carly natuurlijk. Ik hoorde je broer voortdurend over je opgeven en het was... ik kreeg de indruk dat jij heel anders was dan alle mannen die ik tot dan toe had gekend. Eerlijk gezegd geloof ik dat ik al half verliefd op je was voordat we elkaar zelfs maar hadden ontmoet. Toen ik naar New York kwam, heb ik tegen mezelf gezegd dat ik alleen maar kennis met je zou gaan maken, om te zien hoe je in werkelijkheid was. Als alles in orde leek, zou ik je misschien zelfs vertellen dat je broer nog leefde en dat hij onschuldig was, hoewel Ken me herhaaldelijk had gewaarschuwd hoe gevaarlijk dat zou zijn. Het was geen plan of zo. Ik ben gewoon naar New York gekomen en op een goede dag het Covenant House binnengegaan en je mag het een lotsbeschikking of wat dan ook noemen, maar de eerste keer dat ik je zag, wist ik meteen dat ik altijd van je zou houden.'

Ik was bang en verward en ik glimlachte.
'Wat is er?' vroeg ze.
'Ik hou van je.'
Ze legde haar hoofd op mijn schouder. We vielen stil. Er was nog meer. Dat kwam nog wel. Nu genoten we alleen maar van het stille bijeen zijn. Toen Nora er gereed voor was, ging ze door.
'Een paar weken geleden zat ik in het ziekenhuis bij je moeder. Ze leed zoveel pijn, Will. Ze kon het niet meer verdragen, zei ze. Ze wilde sterven. Ze voelde zich zo beroerd. Afijn, dat weet jij ook wel.'
Ik knikte.
'Ik hield van je moeder. Ik geloof dat je dat wel weet.'
'Ja, dat weet ik,' zei ik.
'Ik kon het niet hebben dat ik daar alleen maar machteloos kon zitten. Dus heb ik mijn belofte aan je broer gebroken. Ik vond dat ze de waarheid moest weten voordat ze stierf. Dat had ze verdiend. Ik vond dat ze moest weten dat haar zoon nog leefde en dat hij van haar hield en dat hij niemand kwaad had gedaan.'
'Heb je haar over Ken verteld?'
'Ja. Maar ondanks dat ze al in een soort waas verkeerde, was ze sceptisch. Ze had behoefte aan bewijs, geloof ik.'
Ik verstijfde en draaide me naar haar toe. Ik begreep nu alles.

Waar het mee was begonnen. Toen we na de begrafenis naar de slaapkamer waren gegaan. De foto die achter de lijst verborgen zat. 'Dus heb je mijn moeder die foto van Ken gegeven.'

Nora knikte.

'Ze heeft hém niet gezien. Alleen de foto.'

'Ja.'

Dat verklaarde waarom we er niets over hadden geweten. 'Maar je hebt gezegd dat hij terug zou komen.'

'Ja.'

'Waarom heb je gelogen?'

Ze dacht daarover na. 'Misschien overdreef ik een beetje, maar ik geloof toch dat het geen echte leugen was. Zie je, Sheila had contact met me opgenomen toen ze Ken hadden gearresteerd. Ken was altijd erg voorzichtig geweest. Hij had allerlei voorbereidingen getroffen voor Sheila en Carly. Toen hij werd gepakt, zijn Sheila en Carly ervandoor gegaan. De politie wist niet eens dat ze bestonden. Sheila bleef in het buitenland tot Ken dacht dat het veilig was. Toen is ze het land weer binnengeglipt.'

'En toen ze hier aankwam, heeft ze jou gebeld?'

'Ja.'

Het begon steeds duidelijker te worden. 'Vanuit een telefooncel in New Mexico.'

'Ja.'

Dat was dan het eerste telefoontje waar Pistillo het over had gehad – die vanuit New Mexico naar mijn flat. 'En toen?'

'Toen ging alles opeens mis,' zei ze. 'Ik kreeg een telefoontje van Ken. Hij was in alle staten. Iemand had hen gevonden. Hij en Carly waren niet thuis geweest toen twee mannen hadden ingebroken. Ze hadden Sheila gemarteld om uit te vinden waar Ken was. Ken was thuisgekomen toen ze nog bezig waren en heeft beide mannen doodgeschoten. Maar Sheila was ernstig gewond. Hij belde me op en zei dat ik onmiddellijk moest vluchten. De politie zou Sheila's vingerafdrukken vinden. En McGuane en zijn mensen zouden te horen krijgen dat Sheila Rogers bij hem was geweest.'

'Ze zouden allemaal op zoek zijn naar Sheila,' zei ik.

'Ja.'

'En dat was jij. Dus moest je verdwijnen.'

'Ik wilde het je vertellen, maar het mocht niet van Ken. Het was veiliger voor je dat je niets wist. En hij herinnerde me eraan dat Carly er ook nog was. Die mensen hadden haar moeder gemarteld en vermoord. Ik zou mezelf niet meer in de ogen kunnen kijken als Carly iets overkwam.'

'Hoe oud is Carly?'
'Ze is nu bijna twaalf.'
'Dus is ze geboren voordat Ken op de vlucht is geslagen.'
'Ik geloof dat ze toen een half jaar was.'
Alweer een zere plek. Ken had een kind en had me dat nooit verteld. Ik vroeg: 'Waarom had hij dat geheimgehouden?'
'Dat weet ik niet.'
Tot op dit punt had ik de logica kunnen volgen, maar ik snapte niet hoe Carly in het geheel paste. Ik dacht erover na. Zes maanden voordat hij was verdwenen. Wat was er gebeurd? Het viel ongeveer samen met het tijdstip waarop de FBI hem had omgeturnd. Kon het daarmee te maken hebben? Was Ken bang dat zijn baby vanwege zijn daden in gevaar zou komen? Dat leek logisch.
Nee, ik zag nog steeds iets over het hoofd.
Ik wilde net nog een vraag stellen, proberen meer details te weten te komen, toen mijn mobieltje tsjilpte. Dat zou Squares wel zijn. Ik keek naar het nummer op het schermpje. Nee, het was Squares niet. Maar ik herkende het nummer meteen. Katy Miller. Ik drukte op het knopje en hield de telefoon bij mijn oor.
'Katy?'
'Oooo, nee, sorry, dit is Katy niet. Verkeerd verbonden.'
De angst vloeide terug. O jezus. Het Spook. Ik sloot mijn ogen.
'Als je haar iets doet, zweer ik dat ik –'
'Kom, kom, Will,' onderbrak het Spook me. 'Loze dreigementen zijn beneden je waardigheid.'
'Wat wil je?'
'We moeten praten, beste jongen.'
'Waar is ze?'
'Wie? O, Katy bedoel je? Die is hier bij me.'
'Geef me haar dan even.'
'Geloof je me niet, Will? Ik ben gekwetst.'
'Geef me Katy,' herhaalde ik.
'Je wilt bewijs dat ze nog leeft?'
'Zoiets.'
'Wat dacht je hiervan?' begon het Spook op zijn zijdezachte fluistertoon. 'Ik kan haar laten gillen, als je wilt. Heb je daar iets aan?'
Weer sloot ik mijn ogen.
'Ik hoor je niet, Will.'
'Nee.'
'Weet je het zeker? Het is helemaal geen punt, hoor. Eén snerpende, zenuwslopende gil. Wat denk je?'

'Doe haar alsjeblieft niets,' zei ik. 'Ze heeft hier niets mee te maken.'
'Waar ben je?'
'Op Park Avenue South.'
'Waar precies?'
Ik gaf hem een adres twee straten verderop.
'Over vijf minuten komt er een auto voorrijden. Stap daarin. Begrepen?'
'Ja.'
'En Will?'
'Wat?'
'Bel niemand. Vertel het tegen niemand. Katy Miller heeft nog pijn in haar nek van een vorige ontmoeting. Je hebt geen idee hoe verleidelijk het is om er mijn handen nog eens omheen te leggen.' Hij zweeg en fluisterde toen: 'Ben je daar nog, buurman?'
'Ja.'
'Hou nog even vol. Dit zal weldra allemaal voorbij zijn.'

53

Claudia Fisher stormde het kantoor van Joseph Pistillo binnen.
Pistillo hief zijn hoofd op. 'Wat is er?'
'Raymond Cromwell heeft zich niet gemeld.'
Cromwell was de undercoveragent die ze hadden toegevoegd aan Joshua Ford, de advocaat van Ken Klein. 'Ik dacht dat hij een zendertje bij zich droeg.'
'Ze hadden een afspraak bij McGuane. Daar kun je niet met een zendertje op je lijf naartoe gaan.'
'En sindsdien heeft niemand hem gezien?'
Fisher schudde haar hoofd. 'Net zomin als Ford. Ze worden allebei vermist.'
'Jezus christus.'
'Wat vindt u dat we moeten doen?'
Pistillo was al overeind gesprongen. 'Trommel alle beschikbare agenten op. We gaan een inval plegen bij McGuane.'

Nora – ik was al aan de naam gewend – zomaar te moeten achterlaten, was meer dan hartverscheurend, maar ik had weinig keus. De wetenschap dat die sadistische psychopaat Katy te pakken had, raakte me tot op het merg. Ik herinnerde me hoe het had gevoeld om aan het bed geboeid te liggen, machteloos terwijl hij haar aanviel. Ik

deed mijn ogen dicht en probeerde het van me af te zetten.
 Nora deed wel een poging me tegen te houden, maar ze had er begrip voor. Dit was iets wat ik moest doen. Onze afscheidskus was bijna te teder. Ik maakte me van haar los. Er stonden weer tranen in haar ogen.
 'Kom bij me terug,' zei ze.
 Ik zei dat ik dat zou doen en vertrok snel.
 De auto was een zwarte Ford Taurus met getinte ramen. Alleen de chauffeur zat erin. Ik herkende hem niet. Hij gaf me een oogmaskertje, zo'n ding als je in vliegtuigen krijgt, en zei dat ik het op moest doen en plat moest gaan liggen op de achterbank. Ik deed wat hij me opdroeg. Hij startte de motor en trok op. Ik maakte van de tijd gebruik om na te denken. Ik wist nu veel. Niet alles. Niet genoeg. Maar veel. En ik was er vrij zeker van dat het Spook gelijk had: dat alles spoedig voorbij zou zijn.
 Ik liet alles de revue passeren en kwam tot de volgende semi-conclusie: Elf jaar geleden was Ken betrokken geweest bij illegale activiteiten, samen met zijn oude vrienden, McGuane en het Spook. Dat viel gewoon niet meer te ontkennen. Ken had fout gezeten. Hij mocht dan voor mij een held zijn geweest, maar mijn zuster, Melissa, had er al op gewezen dat hij zich aangetrokken had gevoeld tot gevaar. Ik zou dat kunnen bijschaven door te zeggen dat hij van actie hield, van de verlokking van spanning, maar dat is alleen maar een kwestie van woordkeus.
 Op een gegeven moment was Ken gepakt en had hij erin toegestemd te helpen McGuane te grazen te nemen. Hij had zijn leven daarmee op het spel gezet. Hij werkte undercover. Hij droeg een microfoontje op zijn lichaam. Op de een of andere manier zijn McGuane en het Spook erachter gekomen. Ken nam de benen. Hij kwam naar huis, al weet ik niet goed waarom. Ik weet ook niet precies wat Julie ermee te maken had. Voorzover ik wist was ze al meer dan een jaar niet thuis geweest. Was haar terugkeer toeval? Was ze alleen maar achter Ken aan gekomen, misschien als zijn minnares, of omdat ze hem van drugs voorzag? Had het Spook haar geschaduwd omdat hij wist dat ze hem uiteindelijk naar Ken zou leiden?
 Dat wist ik allemaal niet. Nog niet tenminste.
 Hoe dan ook, het Spook had hen gevonden, vermoedelijk op een gênant moment. Hij viel hen aan. Ken raakte gewond, maar ontsnapte. Dat lukte Julie helaas niet. Het Spook wilde dat er druk op Ken kwam te staan, dus liet hij het eruitzien alsof Ken de moordenaar was. Doodsbang dat hij vermoord zou worden, of dat hem iets

nog ergers zou worden aangedaan, ging Ken ervandoor. Hij haalde zijn vriendin, Sheila Rogers, en hun dochtertje Carly op en ze doken met hun drieën onder.

Zelfs door het ooglapje heen merkte ik dat het opeens donkerder werd. Ik hoorde een suizend geluid. We waren een tunnel binnengereden. Het kon de Midtown zijn, maar ik dacht eerder dat het de Lincoln was en dat we dus op weg waren naar New Jersey. Ik begon nu na te denken over Pistillo en zijn rol in het geheel. Voor hem was dit de oude regel over het doel dat de middelen heiligt. In bepaalde omstandigheden was hij misschien de man van de 'middelen', maar deze zaak raakte hem persoonlijk. Het was niet moeilijk om je in zijn standpunt in te leven. Ken was een misdadiger. Hij had een deal gesloten en die toen geschonden door ertussenuit te knijpen, ongeacht wat de reden daarvoor was. De jacht op hem was daarmee geopend. Maak bekend dat hij voortvluchtig is en laat het aan de rest van de wereld over hem te zoeken in de mesthoop.

Jaren verstrijken. Ken en Sheila blijven bij elkaar. Hun dochter Carly groeit op. Dan wordt Ken op een dag gepakt. Hij wordt teruggebracht naar de Verenigde Staten, ervan overtuigd, neem ik aan, dat ze hem zullen opknopen wegens de moord op Julie Miller. Maar de autoriteiten hebben al die tijd geweten wat er in werkelijkheid is gebeurd. Daar willen ze hem niet voor hebben. Ze willen de kop van het beest. McGuane. En Ken kan hen nog steeds helpen hem op te brengen.

Dus sluiten ze een deal. Ken houdt zich schuil in New Mexico. Zodra ze denken dat het veilig is, komen Sheila en Carly over uit Zweden en trekken bij hem in. Maar McGuane is een machtige Nemesis. Hij ontdekt waar ze zijn. Hij stuurt twee mannen. Ken is niet thuis, maar ze martelen Sheila om uit te zoeken waar hij is. Ken verrast hen, schiet hen dood, zet zijn gewonde vriendin en hun dochter in de auto en gaat er opnieuw vandoor. Hij waarschuwt Nora, die Sheila's identiteit gebruikt, dat de autoriteiten en McGuane haar zullen opsporen. Ook zij is gedwongen op de vlucht te slaan.

Dat was zo'n beetje wat ik wist.

De Ford Taurus stopte. Ik hoorde dat de chauffeur de motor afzette. Afgelopen met het passieve gedoe, dacht ik. Als ik hier levend vandaan wilde komen, zou ik meer assertiviteit aan de dag moeten leggen. Ik trok het oogmaskertje af en keek op mijn horloge. We hadden een uur gereden. Ik ging rechtop zitten.

We bevonden ons midden in een dicht bos. De grond was bedekt met dennennaalden. De bomen hadden weelderige groene kruinen.

Er was een soort wachttoren, een klein bouwsel van aluminium op een platform ongeveer drie meter boven de grond. Het leek een beetje op een wat groot uitgevallen schuur, puur functioneel. Zo'n ding dat er tegelijkertijd verwaarloosd en industrieel uitziet. Roest likte aan de hoeken en de deur.

De chauffeur draaide zich om. 'Uitstappen.'

Ik deed wat hij me vroeg. Mijn ogen bleven op het bouwsel gericht. Ik zag de deur opengaan en het Spook naar buiten komen. Hij was volledig in het zwart gekleed, alsof hij op weg was naar de Village om poëzie voor te dragen. Hij wuifde naar me.

'Hallo, Will.'

'Waar is ze?' vroeg ik.

'Wie?'

'Niet lullen.'

Het Spook sloeg zijn armen over elkaar. 'Tut tut,' zei hij, 'wat een dappere jongen.'

'Waar is ze?'

'Bedoel je Katy Miller?'

'Dat weet je best.'

Het Spook knikte. Hij had iets in zijn hand. Een of ander touw. Een lasso misschien. Ik bevroor. 'Wat lijkt ze veel op haar zuster, hè? Ik kon de verleiding echt niet weerstaan. Die hals, hè. Die prachtige zwanenhals. Reeds gekneusd...'

Ik deed mijn best om mijn stem niet te laten trillen. 'Waar is ze?'

Hij knipperde. 'Ze is dood, Will.'

De moed zonk me in de schoenen.

'Ik was het wachten beu en verveelde me...' Hij begon te lachen. Het geluid echode in de stilte, golfde door de lucht, klauwde aan de bladeren. Ik stond daar maar, roerloos. Hij wees naar me en riep: 'Maar niet heus! Het was maar een grapje, Willie. Ik hou je voor het lapje. Katy mankeert niks.' Hij wenkte me. 'Kom zelf maar kijken.'

Ik haastte me naar het platform, mijn hart in mijn keel. Er was een roestige ladder. Ik klom naar boven. Het Spook lachte nog steeds. Ik drong me langs hem heen en deed de deur van de aluminium keet open. Ik keek naar rechts.

Daar was Katy.

Het gelach van het Spook trilde nog na in mijn oren. Ik snelde naar haar toe. Haar ogen waren open, hoewel er een paar lokken haar voor hingen. De blauwe plekken in haar nek waren vuilgeel geworden. Haar armen waren vastgebonden aan een stoel, maar ze leek niet gewond.

Ik hurkte naast haar en streek het haar opzij. 'Is alles in orde met je?' vroeg ik.

'Ja.'

Ik voelde de woede opkomen. 'Heeft hij je pijn gedaan?'

Katy Miller schudde haar hoofd. Haar stem klonk schor. 'Wat wil hij van ons?'

'Laat mij daar antwoord op geven.'

We draaiden ons hoofd om toen het Spook binnenkwam. Hij liet de deur open. De vloer lag vol gebroken bierflesjes. Er stond een oude dossierkast in de hoek. In een andere hoek stond een gesloten laptop. Er waren drie metalen klapstoeltjes, van het soort dat voor ouderavonden wordt gebruikt. Katy zat op een van de stoeltjes. Het Spook nam het tweede en gaf aan dat ik op de stoel links naast hem moest plaatsnemen. Ik bleef staan. Het Spook zuchtte en ging weer staan.

'Ik heb je hulp nodig, Will.' Hij keek naar Katy. 'En ik dacht dat de aanwezigheid van juffrouw Miller' – hij keek me aan met die glimlach die me kippenvel bezorgde – 'wellicht zou kunnen dienen als een stimulans.'

Ik stond klaar om hem aan te vliegen. 'Als je haar ook maar een haar krenkt –'

Het Spook wond zich niet op. Hij deinsde niet achteruit. Hij bracht alleen maar in een flits zijn hand omhoog en greep me onder mijn kin vast. Hij hield zijn arm gestrekt. Een rochelend geluid kwam over mijn lippen. Het voelde aan alsof ik mijn eigen keel had ingeslikt. Wankelend draaide ik me opzij. Het Spook nam de tijd. Hij boog zich iets en gaf een uppercut. Zijn knokkels landden precies op mijn nier. Ik zakte op mijn knieën neer, bijna verlamd door de klap.

Hij keek op me neer. 'Die flauwekul van jou hangt me goed de keel uit, Willie.'

Ik voelde me alsof ik moest kotsen.

'We moeten contact opnemen met je broer,' ging hij door. 'Daarom heb ik je hierheen laten komen.'

Ik keek op. 'Ik weet niet waar hij is.'

Het Spook gleed bij me vandaan. Hij ging achter Katy's stoel staan. Voorzichtig, bijna te voorzichtig, legde hij zijn handen op haar schouders. Ze kromp ineen bij zijn aanraking. Hij stak beide wijsvingers uit en streelde de blauwe plekken in haar nek.

'Ik weet het echt niet,' zei ik.

'O, ik geloof je wel,' zei hij.

'Wat wil je dan?'

'Ik weet hoe ik Ken kan bereiken.'

Ik begreep het niet. 'Wat?'

'Heb je wel eens van die oude films gezien waarin de voortvluchtige berichten doorgeeft via rubriekadvertenties?'

'Ja.'

Het Spook glimlachte alsof hij tevreden was over mijn antwoord. 'Ken doet ook zoiets, maar dan moderner. Hij gebruikt een internetnieuwsgroep. Om precies te zijn, hij laat berichten achter en ontvangt ze via iets wat "rec.music.elvis" heet. Het is, zoals je zult begrijpen, een forum voor Elvis-fans. Als bijvoorbeeld zijn advocaat contact met hem moet opnemen, laat hij een datum, tijdstip en bericht achter met een codenaam. Dan weet Ken wanneer hij die advocaat een IM kan sturen.'

'Een IM?'

'Instant Message. Ik neem aan dat je die wel eens hebt gebruikt. Het is net zoiets als een privé-chatroom. Niet op te sporen.'

'Hoe weet je dat allemaal?' vroeg ik.

Hij glimlachte weer en bracht zijn handen dichter bij Katy's nek. 'Het verzamelen van informatie,' zei hij, 'is een van mijn sterke punten.'

Zijn handen gleden van Katy af. Ik besefte dat ik mijn adem had ingehouden. Hij stak zijn hand in zijn zak en haalde het lassotouw er weer uit.

'En waar heb je mij voor nodig?' vroeg ik.

'Je broer heeft niet toegestemd in een afspraak met zijn advocaat,' zei het Spook. 'Ik denk dat hij dacht dat het een valstrik was. Maar nu hebben we een nieuwe IM-afspraak geregeld. We hopen dat jij hem zult kunnen overhalen naar ons toe te komen.'

'En als me dat niet lukt?'

Hij tilde het touw op. Aan het eind ervan zat een handvat. 'Weet je wat dit is?'

Ik gaf geen antwoord.

'Het is een Punjab-lasso,' zei hij, alsof hij aan een lezing begon. 'De Thuggees gebruikten die veel. Ze stonden bekend als de stille moordenaars. Uit India. Sommige mensen denken dat ze in de negentiende eeuw allemaal zijn uitgeroeid. Anderen... zijn daar niet zo zeker van.' Hij keek naar Katy en hief het primitieve wapen hoog op. 'Moet ik doorgaan, Will?'

Ik schudde mijn hoofd. 'Hij zal meteen doorhebben dat het een valstrik is,' zei ik.

'Het is jouw taak hem van het tegendeel te overtuigen. Als je daarin faalt' – hij keek glimlachend op – 'ach, het voordeel ervan is dat je nu kunt zien hoezeer Julie al die jaren terug heeft geleden.'

Ik voelde het bloed uit mijn ledematen wegtrekken. 'Je gaat hem vermoorden,' zei ik.

'Niet noodzakelijkerwijs.'

Ik wist dat hij loog, maar zijn gezicht stond angstaanjagend oprecht.

'Je broer heeft dingen op de band opgenomen, belastend bewijsmateriaal verzameld,' zei hij. 'Maar hij heeft er niets van aan de FBI laten zien. Hij heeft het al die jaren verborgen gehouden. Dat is gunstig. Dat duidt op medewerking, en dat hij nog steeds de Ken is die we kennen en van wie we houden. Bovendien' – hij stopte, peinzend – 'heeft hij iets wat ik hebben wil.'

'Wat dan?' vroeg ik.

Hij gaf geen antwoord. 'Dit is mijn voorstel: Als hij het allemaal afstaat en belooft weer te verdwijnen, kunnen we ieder ons weegs gaan.'

Een leugen. Ik wist dat. Hij zou Ken vermoorden. Hij zou ons allemaal vermoorden. Daar twijfelde ik geen moment aan. 'En als ik je niet geloof?'

Hij legde de lasso om Katy's nek. Ze slaakte een kreetje. Het Spook glimlachte en keek me recht in de ogen. 'Maakt dat werkelijk iets uit?'

Ik slikte. 'Nee, eigenlijk niet.'

'Eigenlijk niet?'

'Ik zal meewerken.'

Hij liet de lasso los; die bleef rond haar nek zitten als een weerzinwekkende halsketting. 'Raak hem niet aan,' zei hij. 'We hebben een uur. Gebruik die tijd om naar haar hals te kijken, Will. En je verbeelding te laten werken.'

54

Het kwam voor McGuane als een volslagen verrassing. Hij zag de FBI binnenstormen. Dat had hij niet voorzien. Joshua Ford was weliswaar belangrijk. Zijn verdwijning zou natuurlijk wenkbrauwen doen rijzen, hoewel hij Ford gedwongen had zijn vrouw te bellen om te zeggen dat hij de stad uit moest voor een 'netelige zaak'. Maar zo'n krachtige reactie? Dat leek wat overdreven.

Maakte niet uit. McGuane was altijd paraat. Het bloed was verwijderd met een onlangs ontwikkeld bleekmiddel, zodat zelfs een luminolonderzoek geen resultaten zou opleveren. Ook de haren en vezels waren verwijderd, maar zelfs al vonden ze er een paar, dan maakte dat niet uit. Hij zou niet ontkennen dat Ford en Cromwell bij hem op kantoor geweest waren. Hij zou dat volmondig toegeven. Hij zou erbij zeggen dat ze ook weer waren vertrokken. En hij kon daar bewijs van leveren: de mensen van zijn bewakingsteam hadden de film uit de beveiligingscamera al vervangen door de digitaal gewijzigde versie waarop te zien was hoe Ford en Cromwell op eigen kracht het gebouw verlieten.

McGuane drukte op een knop waardoor de computerdossiers automatisch werden gewist en geformatteerd. Ze zouden niets vinden. McGuanes back-up verliep via e-mail. Ieder uur zond de computer een e-mail naar een geheim adres. Zo bleven de dossiers veilig in cyberspace. Alleen McGuane wist wat het adres was. Hij kon de backup oproepen wanneer hij maar wilde.

Hij stond op en trok zijn das recht. Op hetzelfde moment stoof Pistillo binnen met Claudia Fisher en nog twee agenten. Pistillo richtte zijn wapen op McGuane.

McGuane spreidde zijn handen. Geen angst. Laat nooit zien dat je bang bent. 'Wat een aangename verrassing.'

'Waar zijn ze?' schreeuwde Pistillo.

'Wie?'

'Joshua Ford en speciaal agent Raymond Cromwell.'

McGuane vertrok geen spier. Ah, dat verklaarde veel. 'Bedoelt u dat meneer Cromwell een FBI-agent is?'

'Ja,' blafte Pistillo. 'Waar is hij?'

'Dan wil ik graag een klacht indienen.'

'Wat?'

'Agent Cromwell heeft zich uitgegeven voor advocaat,' ging McGuane door, op volkomen kalme toon. 'Ik dacht dat dat waar was. Ik heb hem deelgenoot gemaakt van vertrouwelijke informatie, in de veronderstelling dat ik beschermd werd door de geheimhoudingsplicht van een advocaat ten opzichte van zijn cliënt. Nu hoor ik van u dat hij een undercoveragent is. Ik wil me ervan verzekeren dat niets van wat ik heb gezegd, tegen me zal worden gebruikt.'

Pistillo liep rood aan. 'Waar is hij, McGuane?'

'Ik heb geen flauw idee. Hij is samen met meneer Ford vertrokken.'

'Over welke dingen hebt u met hen gesproken?'

McGuane glimlachte. 'U weet wel beter, Pistillo. Ons gesprek valt onder de geheimhoudingsplicht van een advocaat ten opzichte van zijn cliënt.'

Wat wilde Pistillo graag de trekker overhalen. Hij richtte het pistool op McGuanes gezicht. McGuane liet nog steeds geen enkele reactie zien. Pistillo liet het wapen zakken. 'Doorzoek het kantoor,' blafte hij. 'Markeer alles en stop het in dozen. Neem hem in hechtenis.'

McGuane liet zich de handboeien omdoen. Hij zei niets over de beveiligingsfilm. Die moesten ze zelf maar vinden. Dan zou het effect groter zijn. Maar toen hij door de agenten werd meegesleurd, wist hij dat dit geen beste zaak was. Hij vond het niet erg om schaamteloos te werk te gaan – zoals al eerder gezegd was dit niet de eerste FBI-agent die hij had laten vermoorden – maar hij vroeg zich af of hij iets over het hoofd had gezien, of hij zich op de een of andere manier had blootgegeven, of hij nu toch de doorslaggevende fout had gemaakt waardoor hij alles zou verliezen.

55

Het Spook liep het bos in en liet Katy en mij samen achter. Ik zat op mijn stoel en staarde naar de lasso om haar nek. Die had het gewenste effect. Ik zou meewerken. Ik zou niet het risico nemen dat het touw om de hals van dat bange meisje aangetrokken zou worden.

Katy keek me aan en zei: 'Hij gaat ons allebei vermoorden.'

Het was geen vraag. En het was natuurlijk waar, maar ik ontkende het evengoed. Ik beloofde haar dat alles in orde zou komen, dat ik een manier zou vinden om hieruit te komen, maar ik geloof niet dat ze er erg door gerustgesteld was. Geen wonder. Mijn keel was weer in orde, maar mijn nier deed nog pijn van de stoot. Mijn blik gleed door de keet.

Denk na, Will. En doe het snel.

Ik wist wat er komen ging. Het Spook zou me dwingen een ontmoeting te regelen. Zodra Ken zich zou vertonen, zou het met ons gebeurd zijn. Ik dacht daarover na. Ik wilde proberen mijn broer te waarschuwen. Ik kon misschien een of andere code gebruiken. We konden alleen nog maar hopen dat Ken lont zou ruiken en hen dan zou verrassen. Maar ik moest op alternatieven letten. Ik moest naar een uitweg zoeken, welke uitweg dan ook, zelfs als ik mezelf zou moeten opofferen om Katy te redden. Er zou een opening komen, een fout gemaakt worden. Ik moest gereed zijn daar gebruik van te maken.

Katy fluisterde. 'Ik weet waar we zijn.'

Ik keek haar aan. 'Waar dan?'

'In de South Orange Water Reservation,' zei ze. 'We kwamen hier soms om bier te drinken. We zijn niet ver van de Hobart Gap Road.'

'Hoe ver?' vroeg ik.

'Anderhalve kilometer.'

'Weet je de weg? Ik bedoel, als we ervandoor zouden gaan, zou je ons dan uit het bos kunnen krijgen?'

'Dat denk ik wel,' zei ze. En toen, met een knikje: 'Ja. Ja, dat zal me wel lukken.'

Mooi. Dat was tenminste íets. Niet veel, maar beter dan niets. Ik keek door de deur naar buiten. De chauffeur leunde tegen de auto. Het Spook stond met zijn handen op zijn rug. Hij wiegde op de bal van zijn voeten. Zijn blik was omhoog gericht, alsof hij vogels bespiedde. De chauffeur stak een sigaret op. Het Spook verroerde zich niet.

Ik zocht snel de vloer af en vond wat ik hebben moest – een groot stuk gebroken glas. Ik gluurde weer naar buiten. Geen van beide mannen keek naar me. Ik kroop achter Katy's stoel.

'Wat doe je?' fluisterde ze.

'Ik ga je lossnijden.'

'Ben je gek geworden? Als hij je ziet –'

'We moeten íets doen,' zei ik.

'Maar –' Katy stopte. 'Zelfs als je me los weet te krijgen, wat dan?'

'Ik weet het niet,' gaf ik toe. 'Maar hou je gereed. Op een gegeven moment zullen we de kans krijgen te ontsnappen. Daar moeten we gebruik van maken.'

Ik zette de rand van het glas tegen het touw en begon ermee te zagen. Het touw begon te rafelen. Het ging erg langzaam. Ik versnelde het tempo. Het touw sprong vezel voor vezel stuk.

Ik was ongeveer halfverwege toen ik het platform voelde trillen. Ik stopte. Er kwam iemand de ladder op. Katy maakte een jammerend geluidje. Ik rolde bij haar vandaan en zat net weer op mijn stoel toen het Spook binnenkwam. Hij keek naar me.

'Je bent buiten adem, Willie.'

Ik schoof het stuk gebroken glas naar de achterkant van de zitting, kwam er bijna bovenop te zitten. Het Spook fronste naar me. Ik zei niets. Mijn hart bonkte. Het Spook keek naar Katy. Ze probeerde uitdagend terug te kijken. Ze was zo verrekte dapper. Maar toen ik naar haar keek, sloeg de angst weer toe.

Het gerafelde touw was duidelijk te zien.
Het Spook kneep zijn ogen iets toe.
'Moeten we niet beginnen?' zei ik.
De afleiding werkte. Het Spook keek weer naar mij. Katy bewoog haar handen om het gerafelde touw iets meer dekking te geven. Het was niet veel als hij beter zou kijken, maar misschien was het genoeg. Het Spook bleef nog even staan en liep toen naar de laptop. Heel even – een fractie van een seconde – stond hij met zijn rug naar me toe.

Nu, dacht ik.

Ik kon opspringen, het gebroken glas als een mes gebruiken en in de nek van het Spook rammen. Ik maakte een snelle berekening. Zat ik te ver bij hem vandaan? Waarschijnlijk wel. En de chauffeur? Was die gewapend? Zou ik het wagen?

Het Spook draaide zich met een ruk om. Het ogenblik, als dat er al was geweest, was voorbij.

De computer stond aan. Het Spook tikte iets in. Hij ging on line via een extern modem. Hij liet weer wat toetsen klakken en toen verscheen er een tekstbox. Hij glimlachte tegen me en zei: 'Het is tijd om met Ken te praten.'

Ik had pijn in mijn maag. Het Spook drukte op Enter. Op het scherm zag ik wat hij had getypt:

BEN JE DAAR?

We wachtten. Het antwoord kwam een paar seconden later.

IK BEN ER.

Het Spook glimlachte. 'Ah, Ken.' Hij typte weer iets en drukte op Enter.

WILL HIER. IK BEN BIJ FORD.

Een lange pauze.

WAT IS DE NAAM VAN HET EERSTE MEISJE MET WIE JE HEBT GEVRIJD?

Het Spook keek me aan. 'Zoals verwacht wil hij bewijs dat je het echt bent.'

Ik zei niets, maar dacht razendsnel na.

'Ik weet wat je zit te denken,' ging hij door. 'Je wilt hem waarschuwen. Je wilt hem een antwoord geven dat net niet helemaal waar is.' Hij liep naar Katy. Hij pakte het handvat van de lasso. Hij trok er heel licht aan. Het touw kronkelde om haar nek.

'Luister goed, Will. Jij staat nu op. Je loopt naar die computer en typt het correcte antwoord in. Ik blijf het touw aantrekken. Als je een spelletje speelt – als ik ook maar dénk dat je een spelletje probeert te spelen – hou ik niet op tot ze dood is. Begrepen?'

Ik knikte.

Hij trok de lasso iets strakker. Katy maakte een geluid. 'Vooruit,' zei hij.

Ik haastte me naar het scherm. Angst verdoofde mijn brein. Hij had gelijk. Ik had naar een aannemelijke leugen gezocht, iets om hem mee te waarschuwen. Maar ik kon het niet doen. Niet nu. Ik legde mijn vingers op de toetsen en tikte in:

CINDI SHAPIRO.

Het Spook glimlachte. 'Meen je dat? Die hete meid? Will, dat valt me van je mee.'

Hij liet de lasso los. Katy stootte een hijgend geluid uit. Hij kwam terug naar het toetsenbord. Ik keek achterom naar mijn stoel. Het stuk glas lag daar open en bloot. Ik keerde snel terug naar mijn plaats. We wachtten op het antwoord.

HOU JE ERBUITEN, WILL.

Het Spook wreef over zijn gezicht. 'Interessant antwoord,' zei hij. Hij dacht erover na. 'Waar heb je met haar gevrijd?'

'Wat?'

'Met Cindi Shapiro. Was het bij haar thuis, bij jou thuis, ergens anders?'

'Op de bar mitswa van Eric Frankel.'

'Weet Ken dat?'

'Ja.'

Het Spook glimlachte. Hij typte weer.

JE HEBT ME OP DE PROEF GESTELD. NU IS HET JOUW BEURT. WAAR HEB IK MET CINDI GEVRIJD?

Weer een lange pauze. Ook ik zat op hete kolen. Het was een slimme zet van het Spook om de bal terug te spelen. Nog belangrijker was dat we helemaal niet wisten of het Ken wel was. Dit antwoord zou daar bewijs voor leveren.

Er verstreken dertig seconden. Toen:

HOU JE ERBUITEN, WILL.

Het Spook typte weer.

IK MOET WETEN OF JIJ HET BENT.

Een langere pauze. En toen eindelijk:

FRANKELS BAR MITSWA. HOU JE ERBUITEN.

Weer een schok. Het was Ken...

Ik keek naar Katy. Haar ogen vonden de mijne. Het Spook typte weer.

IK WIL JE ZIEN.

Het antwoord kwam snel: ONMOGELIJK.

ALSJEBLIEFT. BELANGRIJK.
HOU JE ERBUITEN, WILL. NIET VEILIG.
WAAR BEN JE?
HOE HEB JE FORD GEVONDEN?
'Hmm,' zei het Spook. Hij dacht daarover na en typte: PISTILLO. Daarop volgde weer een lange pauze.
HEB HET GEHOORD VAN MAM. WAS HET HEEL ERG?
Hierover raadpleegde het Spook me niet. JA.
HOE IS HET MET PA?
NIET GOED. WE WILLEN JE ZIEN.
Weer een pauze. ONMOGELIJK.
WE KUNNEN JE HELPEN.
BLIJF ER LIEVER BUITEN.
Het Spook keek me aan. 'Zullen we proberen hem te verleiden met zijn grootste zwakke punt?'
Ik had geen idee waar hij het over had, maar keek toe toen hij iets intypte en op Return drukte:
WE KUNNEN JE GELD GEVEN. HEB JE GELD NODIG?
BINNENKORT. MAAR DAT KUNNEN WE VIA OVERMAKINGEN NAAR HET BUITENLAND REGELEN.
En toen, alsof het Spook mijn gedachten las:
IK WIL JE ECHT GRAAG ZIEN. ALSJEBLIEFT.
IK HOU VAN JE, WILL. HOU JE ERBUITEN.
Weer, alsof hij in mijn hoofd zat, typte het Spook:
WACHT.
IK STOP NU, WILL. MAAK JE GEEN ZORGEN.
Het Spook haalde diep adem en liet die ontsnappen. 'Zo lukt het nooit,' zei hij hardop. Hij typte snel.
ALS JE AFSLUIT, KEN, STERFT JE BROER.
Een pauze. Toen: WIE IS DAAR?
Het Spook glimlachte. DRIE KEER RADEN. IK ZAL JE EEN AANWIJZING GEVEN: CASPAR.
Geen pauze ditmaal.
LAAT HEM MET RUST, JOHN.
NEE.
HIJ HEEFT HIER NIETS MEE TE MAKEN.
JE WEET BEST DAT JE NIET OP MIJN GEVOELENS HOEFT IN TE SPELEN. KOM HIER EN GEEF ME WAT IK WIL, DAN ZAL IK HEM NIET VERMOORDEN.
LAAT HEM EERST GAAN. DAN ZAL IK JE GEVEN WAT JE HEBBEN WILT.
Het Spook lachte en tikte op de toetsen:
LAAT ME NIET LACHEN. HET VELD, KEN. JE WEET TOCH NOG WEL

WAAR HET VELD IS? JE HEBT DRIE UUR OM ER TE KOMEN.
ONMOGELIJK. IK BEN NIET EENS AAN DE EAST COAST.

Het Spook mompelde: 'Dat lieg je.' Toen tikte hij gejaagd:
DAN MAG JE WEL OPSCHIETEN. OVER DRIE UUR. ALS JE ER DAN NIET BENT, SNIJ IK EEN VINGER AF. IEDER HALFUUR NOG EEN. DAARNA DE TENEN. DAARNA GEEF IK MIJN FANTASIE VRIJ SPEL. HET VELD, KEN. OVER DRIE UUR.

Het Spook verbrak de verbinding. Hij deed de laptop met een klap dicht en stond op.

'Zo,' zei hij met die glimlach, 'dat is heel goed gegaan, vind je ook niet?'

56

Nora belde Squares op zijn mobieltje en gaf hem een ingekorte versie van de omstandigheden rond haar verdwijning. Squares luisterde zonder haar te onderbreken. Onderhand reed hij naar haar toe. Ze troffen elkaar voor het gebouw van Metropolitan Life aan Park Avenue.

Ze stapte in en omhelsde hem. Het voelde goed om weer in het busje te zitten.

'We kunnen de politie niet inschakelen,' zei Squares.

Ze knikte. 'Dat heeft Will mij ook op het hart gedrukt.'

'Maar wat kunnen we wél doen?'

'Weet ik niet. Ik ben bang, Squares. Wills broer heeft me over deze mensen verteld. Ze gaan hem vermoorden.'

Squares dacht na. 'Hoe hou jij contact met Ken?'

'Via een computernieuwsgroep.'

'Laten we hem dan een bericht sturen. Misschien weet hij wat we kunnen doen.'

Het Spook hield zich op een afstand.

De tijd begon te dringen. Ik bleef alert. Zodra ik een kans zou zien, hoe klein ook, zou ik het riskeren. Ik hield mijn hand om de gebroken fles geklemd en bekeek zijn nek. Ik repeteerde in gedachten hoe het zou gaan. Ik probeerde te berekenen welke defensieve bewegingen het Spook zou kunnen maken en hoe ik die kon afweren. Waar, vroeg ik me af, zaten zijn slagaders? Waar was hij het kwetsbaarst, zijn vlees het zachtst?

Ik wierp een blik op Katy. Ze hield zich kranig. Ik dacht weer aan wat Pistillo had gezegd, hoe hij erop had gestaan dat ik Katy Miller erbuiten hield. Hij had gelijk gehad. Dit was mijn schuld. Toen ze bij me was gekomen en had gezegd dat ze wilde helpen, had ik meteen moeten weigeren. Ik had haar in gevaar gebracht. Het feit dat ik oprecht probeerde haar te helpen, dat ik beter dan de meeste mensen begreep hoezeer ze ernaar verlangde dit alles voor eens en voor altijd af te sluiten, suste mijn geweten allerminst.

Ik moest een manier zien te vinden om haar te redden.

Ik keek weer naar het Spook. Hij staarde naar me. Ik knipperde niet.

'Laat haar gaan,' zei ik.

Hij veinsde een geeuw.

'Haar zuster is altijd aardig tegen je geweest.'

'Nou en?'

'Er is geen reden haar iets te doen.'

Het Spook hief zijn handen op met de palmen naar voren en zei op die lispelende fluistertoon van hem: 'Waarom zou er een reden moeten zijn?'

Katy deed haar ogen dicht. Ik zweeg. Ik maakte het alleen maar erger. Ik keek hoe laat het was. Nog twee uur te gaan. 'Het veld' was een plek waar hasjrokers bijeenkwamen na een vruchtbare dag op Heritage Middle School, hier nog geen vijf kilometer vandaan. Ik wist waarom het Spook die plek had gekozen. Omdat die goed te bewaken was. Het was een geïsoleerde plek, vooral in de zomermaanden. Eenmaal daar hadden we weinig kans het er levend af te brengen.

Het mobieltje van het Spook ging. Hij keek erop neer alsof hij het geluid nog nooit eerder had gehoord. Voor het eerst zag ik iets van verwarring over zijn gezicht glijden. Ik spande mijn spieren, al durfde ik het stuk glas niet te gebruiken. Nog niet. Maar ik was er gereed voor.

Hij drukte op een toets van het mobieltje en hield het bij zijn oor. 'Ja,' zei hij.

Hij luisterde. Ik hield zijn kleurloze gezicht goed in de gaten. Zijn uitdrukking bleef kalm, maar er was iets aan de hand. Hij knipperde vaker. Hij keek op zijn horloge. Twee volle minuten zei hij niets. Toen zei hij: 'Ik kom eraan.'

Hij stond op en kwam naar me toe. Hij bracht zijn mond bij mijn oor. 'Als je van deze stoel opstaat,' zei hij, 'zul je me smeken haar te doden. Is dat duidelijk?'

Ik knikte.

Het Spook vertrok en deed de deur achter zich dicht. Het werd donker in de keet. Buiten verflauwde het licht, schuine zonnestralen prikten tussen de bladeren door. Aan de voorkant waren geen ramen, dus had ik geen idee wat ze aan het doen waren.

'Wat zou er aan de hand zijn?' fluisterde Katy.

Ik legde mijn vinger tegen mijn lippen en luisterde. Een motor werd gestart. En sloeg aan. Ik dacht aan zijn waarschuwing. Sta niet op van deze stoel. Het Spook was iemand die je het liefst gehoorzaamde, maar aan de andere kant was hij van plan ons te vermoorden. Ik boog me vooruit en liet me van de stoel vallen. Niet een echt vloeiende beweging. Eerder nogal spastisch.

Ik keek naar Katy. Haar ogen vonden de mijne en weer gaf ik aan dat ze stil moest zijn. Ze knikte.

Ik bleef zo laag mogelijk bij de grond en kroop behoedzaam naar de deur. Ik was het liefst op mijn buik gaan liggen, om als een frontsoldaat over de vloer te tijgeren, maar al die glasscherven zouden me aan stukken hebben gereten. Ik bewoog me langzaam en probeerde me nergens aan te snijden.

Toen ik bij de deur was, legde ik mijn wang tegen de vloer en gluurde onder de deur door. Ik zag de auto wegrijden. Ik probeerde beter zicht te krijgen, maar dat was niet makkelijk. Ik ging zitten en drukte mijn oog tegen de kier tussen de deur en de deurpost. Nu zag ik echter nog minder, zo smal was de kier. Ik kwam iets overeind en boem, daar zag ik hem.

De chauffeur.

Maar waar was het Spook?

Ik rekende snel. Twee mannen, één auto. Een auto rijdt weg. Ik ben niet erg goed in wiskunde, maar dat hield in dat er maar één man was achtergebleven. Ik draaide me om naar Katy. 'Hij is weg,' fluisterde ik.

'Wat?'

'De chauffeur is er nog. Het Spook is weggereden.'

Ik keerde terug naar mijn stoel en pakte het grote stuk glas. Zo behoedzaam mogelijk, bang als ik was dat zelfs het verplaatsen van mijn gewicht het hele bouwsel aan het trillen zou brengen, liep ik naar de achterkant van Katy's stoel. Ik zaagde aan het touw.

'Wat moeten we doen?' fluisterde ze.

'Jij weet hoe we hier weg kunnen komen,' zei ik. 'Laten we ervandoor gaan.'

'Het begint te schemeren.'

'Daarom gaan we nu.'

'Die andere man,' zei ze. 'Die kan wel gewapend zijn.'

'Dat is hij waarschijnlijk ook, maar wacht je liever tot het Spook terugkomt?'

Ze schudde haar hoofd. 'Hoe weet je dat hij niet meteen terugkomt?'

'Dat weet ik niet.' Het touw brak. Ze was bevrijd. Ze wreef haar polsen toen ik zei: 'Ga je mee?'

Ze keek naar me en volgens mij deed ze dat met dezelfde blik als waarmee ik vroeger naar Ken keek, met een mengeling van hoop, ontzag en vertrouwen. Ik probeerde er dapper uit te zien, maar ik was van nature geen held. Ze knikte.

Aan de achterkant was een raam. Mijn plan, als je het zo mocht noemen, was om dat open te doen, naar buiten te klimmen en door het bos weg te sluipen. We zouden proberen dat zo stil mogelijk te doen, maar als hij ons mocht horen, zouden we zo hard mogelijk weglopen. Ik rekende erop dat de chauffeur ongewapend was of ons niet al te zwaar mocht verwonden. Ze moesten er rekening mee houden dat Ken op zijn hoede zou zijn. Ze zouden ons in leven moeten houden – mij in ieder geval – als lokaas.

Of misschien ook niet.

Het raam klemde. Ik duwde tegen het frame, trok eraan. Niets mee te beginnen. Het was een miljoen jaar geleden dichtgeverfd. Dat kregen we nooit open.

'Wat nu?' vroeg ze.

In de val. Het gevoel van een rat in een kooi. Ik keek naar Katy. Ik dacht aan wat het Spook had gezegd, over dat ik er niet in was geslaagd Julie te beschermen. Dat zou me geen tweede keer gebeuren. Niet met Katy.

'Er is maar één uitweg,' zei ik. Ik keek naar de deur.

'Dan ziet hij ons.'

'Misschien niet.'

Ik drukte mijn oog tegen de kier. De zon was aan het zakken. De schaduwen werden zwarter. Ik zag de chauffeur. Hij zat op een boomstronk. Ik zag het puntje van zijn sigaret gloeien, een duidelijk baken in de duisternis.

Ik liet de glasscherf in mijn zak glijden. Ik gaf Katy met een gebaar aan dat ze zich moest bukken. Ik stak mijn hand uit naar de deurknop. Die draaide soepel. De deur piepte toen hij openging. Ik stopte en keek naar buiten. De chauffeur keek nog steeds niet naar ons. Ik moest het proberen. Ik duwde de deur verder open. Het piepen hield op. Ik hield de deur tegen toen hij dertig centimeter openstond. Genoeg om ons doorheen te wurmen.

Katy keek naar me op. Ik knikte. Ze kroop door de deuropening. Ik dook ineen en volgde haar. We waren nu allebei buiten. We lagen plat op het platform. Open en bloot. Ik trok de deur dicht.

Hij had zich nog steeds niet omgedraaid.

Goed, volgende stap: hoe moesten we van het platform afkomen? We konden niet via de ladder afdalen. In het zicht van de chauffeur. Ik gebaarde tegen Katy dat ze me moest volgen. We schoven op onze buik naar de zijkant. Het platform was van aluminium. Dat maakte het makkelijker. Geen wrijving of splinters.

We bereikten de zijkant van de keet. Toen ik de hoek om gleed, hoorde ik een geluid dat veel weg had van een kreun. En toen viel er iets. Ik verstijfde. Onder het platform was een balk losgeraakt. Het hele gevaarte wankelde.

De chauffeur riep: 'Hé, wat gebeurt daar?'

We drukten ons plat. Ik trok Katy naar me toe, zodat ook zij aan de zijkant van de keet kwam te liggen. Hij kon ons nu niet zien. Hij had het geluid gehoord. Hij keek. Hij zag dat de deur dicht was en dat het platform er leeg uitzag.

Hij riep: 'Wat zijn jullie daarbinnen aan het doen?'

We hielden allebei onze adem in. Ik hoorde het geritsel van bladeren. Ik was hierop voorbereid. Ik had al een soort plan in gedachten. Ik zette me schrap. Hij riep weer:

'Wat zijn jullie –'

'Niets,' riep ik met mijn mond tegen de zijkant van de keet, in de hoop dat mijn stem omfloerst zou klinken, alsof die van binnen kwam. Ik moest dit riskeren. Als ik geen antwoord gaf, zou hij poolshoogte gaan nemen. 'Dit krot is geen moer waard,' zei ik. 'Het is zo wankel als de pest.'

Stilte.

We hielden allebei onze adem in. Katy drukte zich tegen me aan. Ik voelde haar beven. Ik streelde haar rug. Het kwam wel goed. Ja hoor, alles was in orde. Ik spitste mijn oren en probeerde het geluid van zijn voetstappen op te vangen. Maar ik hoorde niets. Ik keek haar aan, seinde haar met mijn ogen dat ze naar de achterkant moest kruipen. Ze aarzelde, maar niet lang.

Mijn nieuwe plan, als je het zo mocht noemen, was om langs de paal aan de achterkant naar beneden te glijden. Katy zou als eerste gaan. Als hij haar zou horen, wat vrij aannemelijk was, nou, daar had ik ook een plan voor, min of meer.

Ik wees wat mijn bedoeling was. Ze knikte, nu met kalme ogen, en schoof naar de paal. Ze liet zich van het platform zakken en sloeg haar armen om de paal, als een brandweerman. Het platform helde. Ik keek machteloos naar beneden toen het terugveerde. Daar had je dat kreungeluid weer, luider nu. Ik zag een schroef loskomen.

'Wat...'

Ditmaal nam de chauffeur niet de moeite naar ons te roepen. Ik hoorde dat hij naar ons toe kwam. Nog steeds met haar armen om de paal, keek Katy naar me op.

'Spring naar beneden en ga ervandoor!' riep ik.

Ze liet zich gaan en viel op de grond. Het was niet erg hoog. Nadat ze was geland, keek ze weer naar me op en wachtte.

'Rennen!' riep ik.

Ik hoorde de man roepen: 'Halt of ik schiet!'

'Snel, Katy!'

Ik zwaaide mijn benen over de rand en sprong. Ik deed iets langer over de val. Ik kwam hard neer. Ik herinnerde me dat ik ooit ergens had gelezen dat je met gebogen knieën moet landen en omrollen. Dat deed ik. Ik rolde om en smakte tegen een boom. Toen ik weer overeind stond, zag ik de man op ons afkomen. Hij was misschien nog vijftien meter bij ons vandaan. Zijn gezicht was verwrongen van woede.

'Blijf staan of ik schiet.'

Maar hij had geen vuurwapen in zijn hand.

'Schiet op!' schreeuwde ik weer tegen Katy.

'Maar –' zei ze.

'Ik kom vlak achter je aan! Vooruit!'

Ze wist dat ik loog. Ik had dit als een deel van het plan geaccepteerd. Het was mijn taak onze tegenstander vertraging te bezorgen – hem zo lang op te houden dat Katy kon ontsnappen. Ze aarzelde, want mijn opofferingsplan stond haar helemaal niet aan.

Hij was bijna bij ons.

'Je kunt hulp halen,' drong ik aan. 'Ga nou!'

Eindelijk gehoorzaamde ze, springend over de wortels en het hoge gras. Ik stak net mijn hand in mijn zak toen de man zich met zijn volle gewicht tegen me aan gooide. De klap deed al mijn botten kraken, maar ik slaagde er toch in mijn armen om hem heen te knellen. We stortten samen ter aarde. Ook dit had ik ergens geleerd. In bijna ieder gevecht kom je uiteindelijk op de grond terecht. In de film verkopen de vechtenden elkaar eerst een paar flinke opstoppers en dan vallen ze pas neer. In het ware leven duikt men in elkaar, grijpt zijn tegenstander en begint te worstelen. Ik rolde met hem mee, incasseerde een paar stompen, concentreerde me op de glasscherf in mijn hand.

Ik knelde hem in mijn armen, zo strak als ik kon, al wist ik dat ik hem niet echt pijn deed. Maakte niet uit. Hij werd er in ieder geval door vertraagd. Iedere seconde telde. Katy had de voorsprong nodig. Ik hield vol. Hij worstelde. Ik liet niet los.

En toen kwam hij met de kopstoot.

Hij boog zijn hoofd achterover en knalde zijn voorhoofd tegen mijn gezicht. Ik had nog nooit een kopstoot gekregen, maar het doet verschrikkelijk veel pijn. Het voelde alsof mijn gezicht door een sloopkogel was geraakt. Tranen schoten in mijn ogen. Mijn greep verslapte. Ik zakte tegen de grond. Hij haalde uit voor een tweede stoot, maar een of ander instinct deed me opzij rollen, mijn benen opgetrokken. Hij sprong overeind. Hij richtte een schop op mijn ribben.

Maar nu was het mijn beurt.

Ik bereidde me voor. Ik liet de schop komen en drukte snel met één hand zijn voet tegen mijn maag. In mijn andere hand had ik de glasscherf. Ik ramde de scherf in zijn kuit. Hij gilde toen het glas diep in zijn vlees sneed. Het geluid galmde door het bos. Vogels vlogen op. Ik trok de scherf terug en stootte weer toe, ditmaal in zijn dijspier. Ik voelde de warme stroom bloed.

De man viel neer en begon te spartelen als een vis aan een haak.

Ik wilde weer toeslaan maar hij zei: 'Nee. Ga maar weg.'

Ik keek naar hem. Zijn been hing er nutteloos bij. Hij vormde geen bedreiging voor ons. Nu niet in ieder geval. Ik was geen moordenaar. Nog niet. En ik was tijd aan het verkwisten. Het Spook kon ieder moment terugkomen. Voor die tijd moesten we weg zijn.

Dus draaide ik me om en ging ervandoor.

Na ongeveer twintig of dertig meter keek ik om. De man kwam niet achter me aan. Hij had zelfs moeite met kruipen. Ik begon weer te rennen toen ik Katy's stem hoorde: 'Will, hierheen!'

Ik keek opzij en zag haar.

'Deze kant uit,' zei ze.

We holden de rest van de weg. Takken sloegen ons in het gezicht. We struikelden over wortels, maar we vielen niet één keer. Katy had gelijk gehad. Een kwartier later waren we het bos uit en stonden we op de Hobart Gap Road.

Toen Will en Katy het bos uitkwamen, was het Spook er.

Hij keek van een afstand toe. Toen glimlachte hij en stapte weer in zijn auto. Hij reed terug en begon aan de schoonmaak. Er was bloed. Dat had hij niet verwacht. Will Klein zette hem steeds weer voor verrassingen en eerlijk gezegd maakte hij aardig wat indruk op hem.

Dat was juist goed.

Toen hij klaar was, reed het Spook door over de South Livingston Avenue. Will en Katy waren nergens te bekennen. Prima. Hij stopte bij de brievenbus op Northfield Avenue. Hij aarzelde even en duwde het pakje toen door de gleuf.

Het was gebeurd.

Het Spook nam de Northfield Avenue naar Route 280 en toen de Garden State Parkway in noordelijke richting. Het zou nu niet lang meer duren. Hij dacht aan hoe dit allemaal was begonnen en hoe het zou moeten eindigen. Hij dacht aan McGuane en Will en Katy en Julie en Ken.

Maar hij dacht vooral aan zijn gelofte en de reden waarom hij terug was gekomen.

57

In de vijf dagen die daarop volgden, gebeurde er heel veel. Nadat we waren ontsnapt, namen Katy en ik uiteraard contact op met de politie. We brachten hen naar de plaats waar we waren vastgehouden. Daar was niemand te bekennen. De keet was leeg. Bij het onderzoek ter plekke werden sporen van bloed aangetroffen op de plaats waar ik de man in zijn been had gestoken, maar er werden geen vingerafdrukken of haren gevonden. Ook niets anders. Maar dat had ik ook eigenlijk niet verwacht. En ik wist niet eens zeker of het nog iets uitmaakte.

Het was bijna voorbij.

Philip McGuane werd gearresteerd voor de moord op de undercover FBI-agent Raymond Cromwell en een vooraanstaande advocaat genaamd Joshua Ford. Ditmaal werd hij echter in hechtenis gehouden zonder borgtocht. Toen ik Pistillo weer zag, had hij de tevreden glans in zijn ogen van een man die eindelijk zijn eigen Everest had beklommen, zijn eigen bokaal opgegraven, zijn grootste persoonlijke duivel verslagen, of hoe je het ook wilt noemen.

'De zaak begint flinke scheuren te vertonen,' zei Pistillo met iets te veel genoegen. 'McGuane wordt aangeklaagd wegens moord. Zijn hele organisatie staat op losse schroeven.'

Ik vroeg hem hoe ze hem uiteindelijk te pakken hadden gekregen. In tegenstelling tot voorheen was Pistillo maar al te bereid me zijn geheimen te verklappen.

'McGuane had een bewakingsfilm vervalst, zodat het leek alsof onze agent zijn gebouw had verlaten. Dat moest zijn alibi zijn en ik moet zeggen dat de film perfect was. Niet dat zoiets erg moeilijk is met digitale technologie – althans, dat heb ik me door iemand van het lab laten vertellen.'

'En toen?'

Pistillo glimlachte. 'We kregen per post een tweede film toegestuurd. Met een poststempel van Livingston, New Jersey, nota bene. De échte film. Daarop zijn twee mannen te zien die het lijk een privé-lift in slepen. Die twee mannen zijn al omgeturnd en zullen optreden als kroongetuigen. Er zat een briefje bij waarin stond waar we de lijken konden vinden. En als klap op de vuurpijl bevatte het pakje ook de bandjes en al het bewijsmateriaal dat je broer jaren geleden heeft verzameld.'

Ik probeerde daar lijn in te zien, maar dat lukte niet erg. 'Weten jullie wie het heeft gestuurd?'

'Nee,' zei Pistillo, maar het leek hem niet veel uit te maken.

'En hoe zit het met John Asselta?' vroeg ik.

'We hebben een opsporingsbevel voor hem uitgevaardigd.'

'Jullie hebben al jaren een opsporingsbevel voor hem uitstaan.'

Hij haalde zijn schouders op. 'Veel meer kunnen we niet doen.'

'Hij heeft Julie Miller vermoord.'

'In opdracht. Het Spook was alleen maar de huurmoordenaar.'

Dat schonk me weinig troost. 'Jullie verwachten niet hem ooit te pakken te krijgen, geloof ik.'

'Hoor eens, Will, ik wil het Spook dolgraag te grazen nemen, maar ik moet je eerlijk zeggen dat het niet makkelijk zal zijn. Asselta zit al weer in het buitenland. Daar hebben we berichten over binnengekregen. Hij zal werk krijgen van een of andere despoot die hem zal beschermen. Maar alles bij elkaar genomen – en het is belangrijk dit niet te vergeten – is het Spook alleen maar een wapen. Ik wil degenen die de trekker hebben overgehaald.'

Ik was het daar niet mee eens, maar ik ging er niet tegenin. Ik vroeg hem wat dit inhield voor Ken. Het duurde even voordat hij antwoord gaf.

'Jij en Katy Miller hebben ons niet alles verteld, hè?'

Ik ging verzitten. We hadden hem over de ontvoering verteld, maar besloten er niet bij te zeggen dat we contact hadden gehad met Ken. Dat hielden we voor ons. Ik zei: 'Jawel.'

Pistillo hield mijn blik vast en haalde toen weer zijn schouders op. 'Eerlijk gezegd weet ik niet of we Ken nog wel nodig hebben. Maar hij is nu in veiligheid, Will.' Hij leunde naar voren. 'Ik weet dat je geen contact met hem hebt gehad' – en ik zag aan zijn gezicht dat hij dat ditmaal niet geloofde – 'maar als je erin mocht slagen met hem in contact te komen, zeg dan maar dat hij zich weer kan vertonen. Het is volkomen veilig. En eerlijk gezegd kunnen we hem wél gebruiken, om dat oude bewijsmateriaal te verifiëren.'

Zoals ik al zei, gebeurde er heel wat in die vijf dagen.

Het grootste deel van de tijd bracht ik door met Nora. We spraken over haar verleden, maar niet erg veel. Want dat verleden liet nog steeds schaduwen over haar gezicht glijden. De angst voor haar ex-echtgenoot bleef enorm. Daar was ik uiteraard woedend om. We zouden iets aan die meneer Cray Spring uit Cramden, Missouri moeten doen. Ik wist niet wat. Nog niet. Maar ik zou ervoor zorgen dat Nora niet tot het eind van haar dagen in angst zou leven. Mooi niet.

Nora vertelde me over mijn broer: dat hij geld had laten wegzetten in Zwitserland, dat hij van wandelingen door de bergen hield, dat hij daar rust leek te zoeken maar die niet kon vinden. Nora sprak ook over Sheila Rogers, het gewonde vogeltje over wie ik zoveel te weten was gekomen, die kracht had geput uit de internationale klopjacht en haar dochter. Maar Nora sprak voornamelijk over mijn nichtje, Carly, en dan straalde haar gezicht. Carly vond het heerlijk om met gesloten ogen van heuvels af te hollen. Ze las ontzettend veel en kon de radslag doen. Ze had een aanstekelijke lach. In het begin was Carly eenzaam geweest en schuw tegenover Nora – om logische redenen mocht ze van haar ouders niet veel met andere mensen omgaan – maar Nora had daar heel geduldig aan gewerkt. Dat ze het kind in de steek had moeten laten (die term gebruikte ze zelf, al vond ik dit wat te cru) en daarmee Carly de enige vriendin had moeten ontnemen die ze ooit had gehad – was voor Nora het allermoeilijkst geweest.

Katy Miller hield zich op een afstand. Ze was weggegaan – ze had me niet verteld waarnaartoe en ik drong ook niet aan – maar ze belde bijna iedere dag. Ze kende nu de waarheid, maar ik geloof niet dat ze daar veel mee was opgeschoten. Zolang het Spook vrij rondliep, zou de zaak niet afgerond zijn. Zolang het Spook op vrij rondliep, keken we allebei vaker over onze schouder dan goed voor ons was.

We waren eigenlijk allemaal nog steeds bang.

Maar voor mij kwam de afsluiting toch naderbij. Ik wilde alleen mijn broer zien, nu misschien meer dan ooit. Ik dacht veel na over zijn jaren van eenzaamheid. Ik dacht aan die lange wandelingen die hij maakte. Dat was Ken niet. Ken kon op die manier nooit gelukkig worden. Ken was een man van actie. Ken was niet iemand die in de schaduw kon leven.

Ik wilde mijn broer terugzien om alle oude redenen. Ik wilde samen met hem naar een baseballwedstrijd. Ik wilde een potje met hem basketballen. Ik wilde laat opblijven en samen met hem naar oude films kijken. Maar nu waren er uiteraard ook nieuwe redenen.

Ik heb al gezegd dat Katy en ik ons contact met Ken geheim hadden gehouden. Dat hadden we gedaan opdat Ken en ik die communicatie in stand konden houden. Wat we uiteindelijk regelden, was een andere nieuwsgroep op het internet. Ik zei tegen Ken dat hij zich niet door de dood bang moest laten maken, in de hoop dat hij de verwijzing zou begrijpen. En dat was zo. Het grijpt weer terug naar onze jeugd: 'Don't Fear Death' oftewel Kens favoriete nummer van Blue Oyster Cult 'Don't Fear the Reaper'. We vonden een internetgroep waar je informatie kon vinden over de oude heavy-metalband. Het was geen drukke groep, maar we slaagden erin tijdstippen af te spreken om elkaar IM's te sturen.

Ken ging nog steeds heel voorzichtig te werk, maar ook hij wilde dat hier een einde aan zou komen. Ik had pa en Melissa nog steeds, en ik had de afgelopen elf jaar onze moeder nog gehad. Ik miste Ken verschrikkelijk, maar ik geloof dat hij ons nog veel meer miste.

Hoe dan ook, na nogal wat voorbereidend werk wisten Ken en ik eindelijk een reünie te organiseren.

Toen ik twaalf was en Ken veertien gingen we naar een zomerkamp in Marshfield, Massachusetts. Camp Millstone. In de advertentie stond dat het kamp 'Op Cape Cod!' was, wat, als het waar was geweest, zou hebben ingehouden dat Cape Cod zo ongeveer de helft van de staat in beslag nam. De huisjes hadden namen van universiteiten. Ken sliep in Yale. Ik in Duke. We vonden het een fantastische zomer. We speelden basketbal en softbal en deden oorlogje tussen de blauwen en de grijzen. We aten smakeloos voedsel en dronken het sap met de aanlokkelijke bijnaam 'mierenbloed'. Onze kampleiders waren leuk en sadistisch tegelijk. Ik zou nu, nu ik weet hoe het daar toegaat, nooit van mijn leven mijn eigen kind naar zo'n kamp sturen. Maar ik vond het er heerlijk.

Klinkt dat een beetje logisch?

Ik was vier jaar geleden met Squares naar Camp Millstone gegaan. Het kampterrein stond te koop, dus kocht Squares het en maakte er een luxueus yoga-oord van. Voor zichzelf bouwde hij een boerderij op wat het voetbalveld van Camp Millstone was geweest. Er was slechts één pad ernaartoe en de boerderij stond midden in het veld, zodat je iedereen kon zien aankomen.

We waren overeengekomen dat er geen betere plek was voor een reünie.

Melissa kwam over uit Seattle. Omdat we overdreven paranoïde waren, lieten we haar landen in Philadelphia. Zij, mijn vader en ik kwamen bijeen in de Vince Lombardi Rest Stop aan de New Jersey Turnpike. Met ons drieën reden we naar het kamp. Niemand was op de hoogte van de reünie, behalve Nora, Katy en Squares. Zij drieën zouden er afzonderlijk naartoe komen. Morgen zouden ze zich bij ons voegen omdat ook zij belang hadden bij de afronding van deze zaak.

Maar deze avond, de eerste avond, was uitsluitend voor de naaste familie.

Ik nam het rijden op me. Pa zat naast me. Melissa achterin. We zeiden geen van allen veel. De spanning drukte ons op de borst – op die van mij misschien wel het meeste. Ik had geleerd nergens op te rekenen. Tot ik Ken met mijn eigen ogen zou zien, tot ik hem kon omhelzen en horen praten, mocht ik van mezelf niet geloven dat het eindelijk allemaal in orde was.

Ik dacht aan Sheila en Nora. Ik dacht aan het Spook en de klassenvertegenwoordiger van de middelbare school, Philip McGuane, en wat er van hem geworden was. Ik had er verbaasd over moeten staan, maar dat was niet zo. We zijn altijd 'geshockeerd' wanneer we verhalen horen over gewelddaden in gegoede buitenwijken, alsof een mooi groen gazon, een vrijstaand huis, Little League en voetbalmoeders, pianolessen, basketbalveldjes en ouderavonden allemaal tezamen een soort wolfswortel vormden, waarmee je het kwaad kon afweren. Als het Spook en McGuane twintig kilometer van Livingston waren opgegroeid – nogmaals, dat was de afstand tot het hart van Newark – zou niemand 'geschokt' en 'teleurgesteld' zijn over wat ze waren geworden.

Ik zette de cd op van Springsteens Summer 2000 Concert in Madison Square Garden. Dat hielp om de tijd door te komen, maar niet erg veel. Er werd gewerkt aan Route 95 – nogmaals, probeer eens een week te vinden waarin er niet aan de weg wordt gewerkt – en de rit duurde een beklemmende vijf uur. We stopten voor de rode boerderij, compleet met zogenaamde silo. Er stonden geen andere auto's. Dat hadden we ook niet verwacht. Wij zouden als eersten arriveren. Ken na ons.

Melissa stapte als eerste uit. Het geluid van haar portier echode over het veld. Toen ik uitstapte, zag ik het oude voetbalveld weer voor me. De garage was waar een van de doelpalen had gestaan. De oprit liep over de plek waar de bankjes stonden. Ik keek naar mijn vader. Hij wendde zijn gezicht af.

Een ogenblik stonden we daar maar te staan. Ik doorbrak de betovering door naar de boerderij te lopen. Pa en Melissa kwamen op een paar passen afstand achter me aan. We dachten allemaal aan mam. Die had erbij moeten zijn. Ze had de kans moeten krijgen haar zoon nog een keer te zien. Dat, beseften we allemaal, zou de Sunny-glimlach weer tevoorschijn getoverd hebben. Nora had mijn moeder troost geschonken door haar een foto te geven. U hebt geen idee hoeveel dat altijd voor me zal betekenen.

Ik wist dat Ken in zijn eentje zou komen. Carly zat ergens op een veilige plek. Ik wist niet waar. Zij werd zelden genoemd in onze berichten. Ken nam misschien toch nog een risico door naar deze reünie te komen. Hij was niet bereid zijn dochter in gevaar te brengen. Ik had daar uiteraard begrip voor.

We drentelden door het huis. Niemand had er behoefte aan iets te drinken. In een hoek stond een spinnewiel. Het luide getik van de staande klok was om gek van te worden. Na een poosje ging pa zitten. Melissa kwam bij mij staan. Ze keek naar me op met de ogen van de oudere zuster en fluisterde: 'Waarom heb ik niet het gevoel dat het einde van de nachtmerrie nabij is?'

Daar wilde ik niet eens aan denken.

Vijf minuten later hoorden we een auto aankomen.

We holden alle drie naar het raam. Ik trok het gordijn opzij en tuurde naar buiten. De schemering was gevallen. Ik kon alles nog heel goed zien. Het was een grijze Honda Accord, een onopvallende auto. Mijn hart ging iets sneller kloppen. Ik wilde naar buiten hollen, maar ik bleef staan.

De Honda kwam tot stilstand. Een paar seconden – seconden die door die verrekte staande klok werden weggetikt – gebeurde er niets. Toen ging het portier aan de bestuurderskant open. Mijn handen grepen het gordijn zo hard vast dat het bijna scheurde. Ik zag een voet op de grond neerkomen. Toen stapte iemand soepel uit. Hij richtte zich op.

Het was Ken.

Hij lachte naar me als de oude Ken, met die brutale glimlach die zei: laten we de wereld even op z'n donder geven. Meer had ik niet nodig. Ik slaakte een vreugdekreet en holde naar de deur. Ik gooide die open, maar Ken was al naar me toe gesprint. Hij stormde naar binnen en sleurde me omver. De jaren smolten weg. Zomaar. We lagen op de grond, rolden over de vloerbedekking. Ik giechelde alsof ik zeven was. Ik hoorde ook hem lachen.

De rest was een zalig waas. Pa liet zich boven op ons vallen. Toen Melissa. Ik zie het nu als op onscherpe kiekjes. Ken die pa omhelst; pa die Ken in zijn nek grijpt en hem een zoen op zijn kruin drukt, een lang aanhoudende kus, met zijn ogen dicht, terwijl tranen over zijn wangen stromen; Ken die Melissa in de rondte zwaait; een huilende Melissa, die haar broer beklopt alsof ze zich er op die manier van wil verzekeren dat het allemaal echt is.

Elf jaar.

Ik weet niet hoe lang we zo tekeer zijn gegaan, hoe lang die heerlijke, extatische roes heeft geduurd. Op een gegeven moment waren we in zoverre gekalmeerd dat we op de bank konden gaan zitten. Ken hield me vlak naast zich. Een paar keer haakte hij zijn arm om mijn nek en tokkelde hij me op mijn hoofd. Ik heb nooit geweten dat het zo prettig kon aanvoelen om op je hoofd getikt te worden.

'Jij hebt het tegen het Spook opgenomen en het overleefd,' zei Ken, mijn hoofd in zijn oksel. 'Dan heb je mij niet meer nodig voor rugdekking.'

Ik trok me los en zei, wanhopig smekend: 'Jawel, nog steeds.'

Het was donker. We gingen allemaal naar buiten. De avondlucht voelde heerlijk aan in mijn longen. Ken en ik liepen voorop. Melissa en pa bleven een meter of tien achter ons, misschien omdat ze aanvoelden dat we dat graag wilden. Ken had zijn arm om mijn schouders geslagen. Ik herinnerde me dat ik dat jaar op kamp een heel belangrijke vrije trap had verknoeid. Mijn ploeg verloor daardoor de wedstrijd. Mijn vrienden begonnen me te pesten. Geen ramp. Het was maar een zomerkamp. Het kon iedereen overkomen. Ken ging die dag een eind met me lopen. Ook toen had hij zijn arm om mijn schouders geslagen.

Ik voelde me nu weer net zo veilig.

Hij begon me het verhaal te vertellen. Het kwam vrijwel overeen met wat ik al wist. Hij had een aantal slechte dingen gedaan. Hij had een deal gesloten met de FBI. McGuane en Asselta waren erachter gekomen.

Hij omzeilde de kwestie waarom hij die avond naar huis was gekomen en nog preciezer, waarom hij naar Julie was gegaan. Maar ik wilde nu alles weten. Er was al veel te veel bedrog geweest. Dus vroeg ik hem ronduit: 'Waarom zijn Julie en jij naar huis gekomen?'

Ken haalde een pakje sigaretten tevoorschijn.

'Rook je?' vroeg ik.

'Ja, maar ik ga ermee stoppen.' Hij keek naar me en zei: 'Julie en ik vonden het een goede plek om elkaar te zien.'

Ik dacht aan wat Katy had gezegd. Net als Ken was Julie meer dan een jaar niet thuis geweest. Ik wachtte tot hij door zou gaan. Hij staarde naar de sigaret zonder die op te steken.

'Het spijt me,' zei hij.

'Dat zit wel goed.'

'Ik wist dat je nog steeds een beetje verliefd op haar was, Will, maar ik was toen aan de drugs. Ik was een grote klootzak. Of misschien maakte dat allemaal niet uit. Misschien was ik gewoon zelfzuchtig, ik weet het niet.'

'Het maakt niet uit,' zei ik. En dat was waar. Het maakte niet uit. 'Maar ik begrijp het nog steeds niet. Op wat voor manier was Julie erbij betrokken?'

'Ze hielp me.'

'Waarmee?'

Ken stak de sigaret op. Ik kon nu de rimpels op zijn gezicht zien. Zijn gelaatstrekken waren scherp maar nu meer verweerd, waardoor hij bijna nog knapper was dan vroeger. Zijn ogen waren nog steeds puur ijs. 'Ze had samen met Sheila een flat bij Haverton. Ze waren goede vriendinnen.' Hij stopte, schudde zijn hoofd. 'Julie is verslaafd geraakt. Het was mijn schuld. Toen Sheila naar Haverton kwam, heb ik hen aan elkaar voorgesteld. Julie is toen aan de drugs geraakt. Zij is toen ook voor McGuane gaan werken.'

Ik had al vermoed dat het zoiets moest zijn. 'Ze verkocht drugs?'

Hij knikte. 'Maar toen ik werd gepakt, toen ik ermee had ingestemd terug te gaan, had ik een bondgenoot nodig – een handlanger die me kon helpen McGuane ten val te brengen. We waren in het begin als de dood, maar toen leek het ons een goede manier om ervan los te komen. Een manier om vergeven te worden, als je begrijpt wat ik bedoel.'

'Zo ongeveer.'

'Ze hielden mij scherp in de gaten. Maar Julie niet. Er was geen reden haar ergens van te verdenken. Ze hielp me belastende documenten mee te smokkelen. Wanneer ik bandjes maakte, gaf ik die aan haar door. Daarom waren we die avond bij elkaar gekomen. We hadden eindelijk voldoende informatie. We zouden dat aan de FBI geven en een einde maken aan de hele ellende.'

'Ik begrijp het niet,' zei ik. 'Waarom hielden jullie al die dingen zelf? Waarom hebben jullie ze niet steeds meteen aan de FBI gegeven?'

Ken glimlachte. 'Ken je Pistillo?'

Ik knikte.

'Je moet één ding goed begrijpen, Will. Ik zeg niet dat alle agenten corrupt zijn. Maar sommigen wel. Een van hen heeft aan McGuane verteld dat ik in New Mexico zat. En daar komt nog bij dat sommige agenten, zoals Pistillo, veel te ambitieus zijn. Ik had iets nodig om mee te onderhandelen. Ik kon het me niet veroorloven zo kwetsbaar te zijn. Ik moest de zaken op mijn eigen voorwaarden omdraaien.'

Dat, dacht ik, was logisch. 'Maar toen is het Spook erachter gekomen waar je zat.'

'Ja.'

'Hoe?'

We waren bij een paaltje van de omheining gekomen. Ken zette zijn voet erop. Ik keek achterom. Melissa en pa bleven op een afstandje. 'Dat weet ik niet, Will. Julie en ik waren allebei doodsbang. Misschien kwam het ook daardoor. Hoe dan ook, we waren bijna bij de finish. Ik dacht al dat we gewonnen hadden. We zaten in de kelder, op die bank, en begonnen elkaar te kussen...' Hij wendde zijn gezicht weer af.

'En?'

'Opeens voelde ik een touw om mijn nek.' Ken nam een lange trek. 'Ik lag boven op haar en het Spook was stiekem binnengeslopen. Opeens kon ik geen adem meer krijgen. Ik werd gewurgd. John rukte me heel hard naar achteren. Ik dacht dat mijn nek zou breken. Ik weet nog steeds niet zeker wat er toen is gebeurd. Ik denk dat Julie hem heeft geslagen. Zo wist ik los te komen. Hij sloeg haar in het gezicht. Ik had me opgericht en was achteruit gedeinsd. Het Spook trok een pistool en schoot. De eerste kogel sloeg in mijn schouder.' Hij deed zijn ogen dicht.

'Ik ben gevlucht. God helpe me, ik ben gevlucht.'

We lieten allebei de nacht diep in ons doordringen. Ik hoorde de krekels, maar ze klonken zachtjes. Ken nam nog een trekje van zijn sigaret. Ik wist wat hij dacht. Gevlucht. En toen was ze gestorven.

'Hij had een pistool,' zei ik. 'Je kon er niets aan doen.'

'Ja.' Maar Ken leek niet overtuigd. 'Je kunt zeker wel raden wat er daarna is gebeurd. Ik ben als een haas teruggekeerd naar Sheila. We hebben Carly meegepakt. Ik had geld weggezet uit de tijd dat ik voor

McGuane werkte. We zijn op de loop gegaan. We dachten dat McGuane en Asselta ons op de hielen zaten. Pas een paar dagen later, toen er in de krant stond dat ik de hoofdverdachte in de moord op Julie was, begreep ik dat ik niet alleen voor McGuane op de vlucht was maar voor de hele wereld.'

Ik stelde de vraag die me al zo lang dwars had gezeten. 'Waarom heb je me niets over Carly verteld?'

Zijn hoofd maakte een plotselinge beweging alsof ik hem een rechtse op zijn kaak had gegeven.

'Ken?'

Hij weigerde me aan te kijken. 'Kunnen we daar een andere keer over praten, Will?'

'Ik wil het graag weten.'

'Het is geen geheim, hoor.' Zijn stem klonk nu vreemd. Ik hoorde het zelfvertrouwen terugkeren, maar het klonk anders, een tikje verdraaid, misschien. 'Ik bevond me in een gevaarlijke positie. De FBI had me vlak voor haar geboorte gepakt. Ik maakte me grote zorgen om haar. Dus heb ik aan niemand verteld dat ze bestond. Niemand. Ik ging vaak bij ze op bezoek, maar ik heb zelfs niet met ze samengewoond. Carly woonde bij haar moeder en Julie. Ik wilde dat niets haar met mij in verband zou brengen. Snap je?'

'Ja,' zei ik. Ik wachtte op de rest. Hij glimlachte.

'Wat?'

'Ik moet opeens weer aan het kamp denken,' zei hij.

Ik glimlachte ook.

'Ik vond het hier heerlijk,' zei hij.

'Ik ook,' zei ik instemmend. 'Ken?'

'Ja?'

'Hoe ben je erin geslaagd je zo lang schuil te houden?'

Hij lachte zachtjes. Toen zei hij: 'Carly.'

'Carly heeft je daarbij geholpen?'

'Het feit dat ik niemand iets over haar heb verteld. Ik geloof dat dat mijn leven heeft gered.'

'Hoe dan?'

'Iedereen was op zoek naar een voortvluchtige. Dat wil zeggen een man alleen. Of misschien een man die met een vrouw samen reisde. Waar niemand naar zocht – en wat van de ene naar de andere plek kon reizen en toch onzichtbaar blijven voor de politie – was een driekoppig gezin.'

Ook dat klonk logisch.

'Dat de FBI me heeft gepakt, daar hebben ze gewoon mazzel mee gehad. Ik was onvoorzichtig geworden. Of, ik weet het niet, soms denk ik wel eens dat ik gepakt wílde worden. Een dergelijk leven, altijd in angst, zonder je ergens te kunnen vestigen... dat is uitputtend, Will. Ik miste jullie allemaal zo erg. Jou nog het meest. Misschien ben ik slordig geworden. Of misschien wilde ik dat er een einde aan zou komen.'

'En toen ben je uitgeleverd?'

'Ja.'

'En heb je een nieuwe deal gesloten.'

'Ik dacht dat ze mij zouden opzadelen met de moord op Julie. Maar toen ik Pistillo sprak, bleek dat hij nog steeds tuk was op McGuane. Julie was bijna een bijzaak. En ze wisten dat ik het niet had gedaan. Dus...' Hij haalde zijn schouders op.

Ken sprak toen over New Mexico en dat hij de FBI nog steeds niets over Carly en Sheila had verteld, om ze te beschermen. 'Ik was erop tegen dat ze zo snel al zouden komen,' zei hij, en zijn stem klonk nu zacht. 'Maar Sheila luisterde niet.'

Ken vertelde me dat hij en Carly niet thuis waren geweest toen de twee mannen waren gekomen, en hoe hij, toen hij thuiskwam, had gezien hoe ze zijn vriendin aan het martelen waren en ze allebei had vermoord, en dat hij toen voor de zoveelste keer op de vlucht was geslagen. Hij vertelde me dat hij bij dezelfde telefooncel was gestopt om Nora te bellen, in mijn flat – dat was dus het tweede telefoontje waar de FBI van wist. 'Ik wist dat ze achter haar aan zouden gaan. Sheila's vingerafdrukken waren overal in het huis te vinden. Als de FBI haar niet zou vinden, zou McGuane haar achterhalen. Dus heb ik gezegd dat ze moest onderduiken. Tot het voorbij was.'

Het duurde een paar dagen tot Ken een discrete arts had gevonden, in Las Vegas. De arts had zijn best gedaan, maar het was al te laat geweest. Sheila Rogers, die elf jaar zijn metgezel was geweest, was de dag daarop gestorven. Carly lag achter in de auto te slapen toen haar moeder haar laatste adem uitblies. Omdat hij niet had geweten wat hij anders moest doen – en hoopte dat het de druk op Nora zou wegnemen – had hij het lijk van zijn vriendin langs de kant van een weg gelegd en was hij weggereden.

Melissa en pa waren wat dichterbij gekomen. We waren allemaal een poosje stil.

'En toen?' vroeg ik uiteindelijk zachtjes.

'Ik heb Carly afgezet bij een vriendin van Sheila. Een nichtje eigenlijk. Ik wist dat ze daar veilig zou zijn. Toen ben ik begonnen oostwaarts te trekken.'

En toen hij dat zei, toen de woorden over oostwaarts trekken zijn mond hadden verlaten... toen ging alles opeens mis.

Hebt u wel eens zo'n moment meegemaakt? Je luistert, je knikt, je hebt je aandacht erbij. Alles klinkt goed en lijkt een logisch pad te volgen en dan zie je opeens iets, iets kleins, iets schijnbaar irrelevants, iets wat je net zo goed over het hoofd had kunnen zien – en besef je met stijgende angst dat alles helemaal fout zit.

'We hebben mam op een dinsdag begraven,' zei ik.

'Wat?'

'We hebben mam op een dinsdag begraven,' herhaalde ik.

'Ja,' zei Ken.

'Op die dag was jij in Las Vegas, nietwaar?'

Hij dacht na. 'Ja, dat klopt.'

Ik speelde het terug in mijn hoofd.

'Wat is er?' vroeg Ken.

'Ik snap iets niet.'

'Wat dan niet?'

'Op de middag van de begrafenis' – ik stopte, wachtte tot hij me aankeek, tot ik zijn ogen kon zien – 'was jij op het andere kerkhof met Katy Miller.'

Er flakkerde iets over zijn gezicht. 'Waar heb je het over?'

'Katy heeft je op het kerkhof gezien. Je stond onder een boom dicht bij Julies grafsteen. Je hebt tegen Katy gezegd dat je onschuldig was. Je zei dat je was teruggekomen om de ware moordenaar te zoeken. Hoe kan dat als je aan de andere kant van het land zat?'

Mijn broer gaf daar niet meteen antwoord op. We stonden daar samen. Ik voelde hoe iets in me begon te verschrompelen nog voordat ik de stem hoorde die mijn wereld weer deed hellen.

'Dat heb ik gelogen.'

We draaiden ons allemaal om en op hetzelfde moment kwam Katy Miller achter een boom vandaan. Ik keek naar haar en zei niets. Ze kwam dichterbij.

Katy had een pistool in haar hand.

Het was gericht op Kens borst. Mijn mond zakte open. Ik hoorde Melissa's adem stokken. Ik hoorde mijn vader 'Nee!' roepen. Maar dat leek allemaal een lichtjaar ver weg. Katy keek naar mij, indringend, probeerde me iets te vertellen wat ik absoluut niet kon bevatten.

Ik schudde mijn hoofd.

'Ik was pas zes,' zei Katy. 'Dus niet bepaald een geloofwaardige getuige. Wat wist ik er nu van? Ik was maar een klein kind. Ik heb je broer die avond gezien. Maar ik heb John Asselta ook gezien. Misschien heb ik ze door elkaar gehaald, zou de politie kunnen zeggen. Hoe kon een kind van zes het verschil nu weten tussen kreten van hartstocht en kreten van pijn? Voor een kind van zes is dat immers allemaal hetzelfde. Pistillo en zijn mannen hadden er geen moeite mee bij te slijpen wat ik hun vertelde. Ze wilden McGuane. Voor hen was mijn zuster alleen maar een junkie.'

'Waar heb je het over?' vroeg ik.

Haar blik gleed naar Ken. 'Ik was erbij die avond, Will. Ik had me weer eens verstopt achter de oude hutkoffer van mijn vader. Ik heb alles gezien.' Ze keek nu weer naar mij en ik geloof dat ik nog nooit zulke heldere ogen had gezien.

'Mijn zuster is niet vermoord door John Asselta,' zei ze. 'Maar door Ken.'

Mijn steunbalken begonnen door te zakken. Ik begon weer mijn hoofd te schudden. Ik keek naar Melissa. Ze was lijkbleek. Ik probeerde mijn vader aan te kijken, maar die hield zijn hoofd gebogen.

Ken zei: 'Je hebt gezien dat we de liefde bedreven.'

'Nee.' Katy's stem klonk verrassend kalm. 'Jij hebt haar vermoord, Ken. Je hebt voor wurging gekozen omdat je wilde dat het Spook er de schuld van zou krijgen – precies zoals je Laura Emerson hebt gewurgd, omdat ze dreigde de drugsdealers op Haverton aan te geven.'

Ik deed een stap naar voren. Katy keek me aan. Ik bleef staan.

'Toen het McGuane niet was gelukt Ken in New Mexico te vermoorden, ben ik opgebeld door Asselta,' begon ze. Katy sprak alsof ze die tekst vaak had gerepeteerd, en dat was vermoedelijk ook zo. 'Hij vertelde me hoe ze je broer in Zweden al hadden gepakt. In het begin geloofde ik hem niet. Ik zei, als ze hem hebben gepakt, waarom weten wij daar dan niets van? Hij vertelde me dat de FBI Ken wilde laten gaan omdat hij nog steeds McGuane kon leveren. Ik wist niet wat ik hoorde. Na al die tijd zouden ze Julies moordenaar gewoon zijn vrijheid teruggeven? Dat zou ik niet laten gebeuren. Niet na alles wat mijn ouders en ik hadden doorstaan. Ik denk dat Asselta dat wel wist. En dat hij daarom contact met me had opgenomen.'

Ik schudde nog steeds mijn hoofd, maar ze ging hardnekkig door.

'Het was mijn taak dicht bij je te blijven, want we dachten dat als Ken met iemand contact op zou nemen, jij dat zou zijn. Ik heb maar verzonnen dat ik hem op het kerkhof had gezien, opdat je me zou vertrouwen.'

Ik vond mijn stem terug. 'Maar je bent aangevallen,' zei ik. 'In mijn flat.'

'Ja,' zei ze.
'Je hebt zelfs Asselta's naam geroepen.'
'Denk daar even over na, Will.' Wat klonk haar stem vlak, bedaard.
'Waar moet ik over nadenken?' vroeg ik.
'Waarom je met handboeien aan het bed bent gebonden?'
'Omdat hij me ergens in wilde luizen, net zoals hij dat met –'
Maar nu was zij degene die haar hoofd schudde. Katy gebaarde met het pistool naar Ken. 'Hij heeft je vastgebonden omdat hij niet wilde dat je gewond zou raken,' zei ze.
Ik deed mijn mond open, maar er kwam geen geluid uit.
'Hij moest mij apart zien te spreken. Hij moest uitzoeken wat ik je had verteld – om te zien wat ik me herinnerde – voordat hij me vermoordde. En ik heb inderdaad Johns naam geroepen. Niet omdat ik dacht dat hij het was die achter het masker zat. Ik wilde dat hij me zou helpen. En je hebt wel degelijk mijn leven gered, Will. Hij zou me vermoord hebben.'
Mijn blik gleed langzaam naar mijn broer.
'Ze liegt,' zei Ken. 'Waarom zou ik Julie vermoorden? Ze hielp me juist.'
'Dat is bijna waar,' zei Katy. 'En je hebt gelijk: Julie beschouwde Kens arrestatie inderdaad als een kans om iets goed te maken, precies zoals hij zei. En Julie had er ook in toegestemd McGuane ten val te brengen. Maar je broer heeft het één stap te ver doorgevoerd.'
'Hoe?' vroeg ik.
'Ken wist dat hij ook het Spook moest uitschakelen. Hij mocht geen losse eindjes laten zitten. En dat kon hij doen door Asselta te laten opdraaien voor de moord op Laura Emerson. Ken dacht dat Julie daarmee zou instemmen. Maar dat had hij mis. Weet je nog hoe goede vrienden Julie en John waren?'
Ik slaagde erin te knikken.
'Tussen hen bestond een hechte band. Niet dat ik weet waarom. Ik denk dat ze het zelf ook geen van beiden konden uitleggen. Maar Julie gaf om hem. Ik geloof dat ze de enige was die ooit om hem heeft gegeven. Ze was bereid McGuane ten val te brengen. Dat zou ze met plezier doen. Maar ze zou nooit iets tegen John Asselta ondernemen.'
Ik was niet tot spreken in staat.
'Wat een gelul,' zei Ken. 'Will?'
Ik keek niet naar hem.
Katy ging door. 'Toen Julie erachter kwam wat Ken van plan was,

heeft ze het Spook gebeld om hem te waarschuwen. Ken was naar ons huis gekomen om de bandjes en de dossiers te halen. Ze heeft geprobeerd hem daar zo lang mogelijk te houden. Ze bedreven de liefde. Ken vroeg om het bewijsmateriaal, maar Julie weigerde het hem te geven. Toen werd hij kwaad. Hij wilde weten waar ze het had verstopt. Ze weigerde het hem te vertellen. Toen hij besefte hoe de vork in de steel zat, knapte er iets in hem en heeft hij haar gewurgd. Het Spook arriveerde net een paar seconden te laat. Hij heeft op Ken geschoten toen die vluchtte. Ik denk dat hij achter hem aan zou zijn gegaan als hij Julie niet dood op de vloer had zien liggen. Hij raakte helemaal van de kaart. Hij zakte op de grond neer. Hij nam haar hoofd in zijn armen en stootte een kreet uit zo doordrenkt van misère, zo onmenselijk als ik nog nooit van iemand heb gehoord. Het was alsof er in zijn binnenste iets brak wat nooit meer gelijmd kon worden.'

Katy overbrugde de afstand tussen ons. Ze ving mijn blik op en liet die niet meer los.

'Ken is niet gevlucht omdat hij bang was voor McGuane of omdat hij ergens ingeluisd zou worden of wat dan ook,' zei ze. 'Hij is gevlucht omdat hij Julie had vermoord.'

Ik viel in een diepe schacht, om me heen slaand, zoekend naar iets waar ik me aan kon vastgrijpen. 'Maar het Spook,' zei ik zwakjes, 'heeft ons ontvoerd...'

'Dat was doorgestoken kaart,' zei ze. 'Hij heeft ons laten ontsnappen. Wat we geen van beiden hadden beseft, was dat jij zo gretig en strijdlustig zou zijn. De chauffeur hoefde het er alleen maar goed te laten uitzien. We hadden geen idee dat je hem zo zwaar zou verwonden.'

'Maar waarom?'

'Omdat het Spook de waarheid wist.'

'Welke waarheid?'

Ze gebaarde in Kens richting. 'Dat je broer nooit alleen om jouw leven te redden, zou komen opdagen. Dat hij zijn eigen leven daarvoor nooit in de waagschaal zou stellen. Dat iets als dit' – ze hief haar vrije hand op – 'de enige manier was waarop hij ooit zou toestemmen in een treffen met jou.'

Ik schudde weer mijn hoofd.

'We hadden die avond een mannetje op het veld zitten. Voor het geval dat. Er is niemand komen opdagen.'

Ik strompelde achteruit. Ik keek naar Melissa. Ik keek naar mijn vader. En ik wist dat het allemaal waar was. Ieder woord dat ze had gezegd. Het was waar.

Ken had Julie vermoord.

'Het is nooit mijn bedoeling geweest je kwaad te doen,' zei Katy tegen mij. 'Maar mijn ouders en ik hebben er behoefte aan dit af te sluiten. De FBI had hem vrijgelaten. Ik had geen keus. Ik kon het niet hebben dat hij niet zou moeten boeten voor wat hij mijn zuster had aangedaan.'

Nu sprak mijn vader. 'En wat ga je nu doen, Katy? Hem gewoon maar doodschieten?'

Katy zei: 'Ja.'

En toen brak het tumult opnieuw los.

Mijn vader bracht het offer. Hij stootte een kreet uit en dook op Katy af. Ze vuurde. Mijn vader wankelde en liep door, naar haar toe. Hij sloeg het wapen uit haar hand. Hij stortte neer en greep naar zijn been.

Maar de afleiding was voldoende geweest.

Toen ik opkeek, had Ken zijn eigen pistool getrokken. Zijn ogen – die ik had beschreven als puur ijs – waren op Katy gericht. Hij ging haar doodschieten. Hij toonde geen aarzeling. Hij hoefde alleen maar te richten en de trekker over te halen.

Ik sprong naar hem toe. Mijn hand raakte zijn arm op het moment dat hij de trekker overhaalde. Het pistool ging af, maar het schot raakte niets. Ik tackelde mijn broer. We rolden weer over de grond, maar niet zoals daarstraks. Hij peutte een elleboog in mijn maag. Ik hapte naar adem. Hij stond op. Hij richtte het pistool op Katy.

'Nee,' zei ik.

'Ik moet wel,' zei Ken.

Ik greep hem. We worstelden. Ik riep tegen Katy dat ze ervandoor moest gaan. Ken kreeg al snel de overhand. Hij draaide me op mijn rug. Onze ogen klonken zich aan elkaar.

'Ze is de laatste band,' zei hij.

'Ik zal niet toestaan dat je haar vermoordt.'

Ken zette de loop van het pistool tegen mijn voorhoofd. Onze gezichten waren vlak bij elkaar. Ik hoorde Melissa krijsen. Ik riep dat ze niet naderbij mocht komen. Vanuit mijn ooghoek zag ik dat ze een mobieltje tevoorschijn haalde en een nummer begon in te toetsen.

'Ga je gang,' zei ik. 'Haal de trekker maar over.'

'Denk je dat ik het niet zal doen?' vroeg hij.

'Je bent mijn broer.'

'Nou en?' En weer dacht ik aan het kwaad en hoeveel vormen dat aanneemt, en dat je er nooit echt tegen beschermd bent. 'Heb je niet gehoord wat Katy zei? Snap je niet waartoe ik in staat ben – hoeveel mensen ik heb gekwetst en verraden?'

'Mij niet,' zei ik zachtjes.

Hij lachte, zijn gezicht nog altijd maar een paar centimeter van het mijne, het pistool nog tegen mijn voorhoofd. 'Wat zei je?'

'Mij niet,' herhaalde ik.

Ken gooide zijn hoofd achterover. Zijn lach zwol aan, echoënd in de stilte. Het geluid verkilde me als geen ander. 'Jou niet?' zei hij. Hij bracht zijn lippen naar me toe.

'Jou,' fluisterde hij in mijn oor, 'heb ik meer gekwetst en bedrogen dan wie ook.'

Zijn woorden troffen me als bakstenen. Ik keek naar hem op. Zijn gezicht trok strak en ik was er zeker van dat hij de trekker zou overhalen. Ik deed mijn ogen dicht en wachtte. Ik hoorde geschreeuw en kabaal, maar het leek van heel ver te komen. Wat ik nu hoorde – het enige geluid dat me echt bereikte – was Ken die huilde. Ik deed mijn ogen open. De wereld vervaagde. Alleen wij tweeën waren nog over.

Ik zou niet kunnen zeggen wat er precies gebeurde. Misschien kwam het door de positie waarin ik me bevond, op mijn rug, hulpeloos, en hij, mijn broer, niet mijn redder in de nood ditmaal, niet mijn beschermer, maar iemand die zich dreigend over me heen boog en die de oorzaak van dit alles was. Misschien keek Ken op me neer en zag hij hoe kwetsbaar ik was en nam een instinct, iets wat altijd de behoefte had gevoeld me te beschermen, het over. Misschien schrok hij daarvan. Ik weet het niet. Maar toen we elkaar in de ogen keken, verzachtte zijn gezicht zich en begon het geleidelijk aan te veranderen.

En toen veranderde alles weer.

Ik voelde Kens greep op mij verslappen, maar hij hield het pistool nog steeds tegen mijn voorhoofd. 'Je moet me iets beloven, Will,' zei hij.

'Wat dan?'

'Over Carly.'

'Je dochter.'

Ken deed zijn ogen dicht en ik zag nu oprechte pijn. 'Ze houdt van Nora,' zei hij. 'Ik wil dat jullie tweeën voor haar zorgen. Haar grootbrengen. Beloof me dat.'

'Maar –'

'Alsjeblieft,' zei Ken met smekende wanhoop in zijn stem. 'Beloof me dat alsjeblieft.'

'Goed, ik beloof het.'

'En beloof me dat je haar nooit naar me toe zult brengen.'
'Wat?'
Hij huilde nu heel hard. Tranen stroomden over zijn wangen, maakten ons beider gezichten nat. 'Beloof het me, verdomme. Dat je tegen haar nooit iets over mij zult zeggen. Beloof me dat, Will. Beloof het, anders ga ik schieten.'
'Geef me eerst het pistool,' zei ik, 'dan zal ik het je beloven.'
Ken keek op me neer. Hij drukte het pistool in mijn hand. En toen kuste hij me heftig. Ik sloeg mijn armen om hem heen. Ik omhelsde hem, de moordenaar. Ik drukte hem tegen me aan. Hij snikte het uit tegen mijn borst, als een klein kind. Lange tijd bleven we zo liggen, tot we de sirenes hoorden.
Ik probeerde hem weg te duwen. 'Ga weg,' fluisterde ik tegen hem, smekend. 'Toe nou. Vlucht.'
Maar Ken verroerde zich niet. Ditmaal niet. Ik zal nooit precies weten waarom. Misschien was hij lang genoeg op de vlucht geweest. Misschien probeerde hij door het kwaad heen te reiken. Misschien had hij er alleen maar behoefte aan omhelsd te worden. Ik weet het niet. Maar Ken bleef in mijn armen liggen. Hij hield zich aan me vastgeklemd tot de politie kwam en hem wegtrok.

58

Vier dagen later

Carly's vliegtuig was keurig op tijd. Squares bracht ons naar het vliegveld. Hij, Nora en ik liepen samen naar Terminal C van Newark Airport. Nora liep voor ons uit. Zij kende het kind en keek opgewonden en vol spanning uit naar het moment waarop ze haar weer zou zien. Ik keek er ook vol spanning naar uit, en vol angst.

Squares zei: 'Wanda en ik hebben gepraat.'
Ik keek hem aan.
'Ik heb haar alles verteld.'
'En?'
Hij bleef staan en haalde zijn schouders op. 'Het ziet ernaar uit dat we allebei eerder vader zullen worden dan we hadden gedacht.'

Ik omhelsde hem, hartstikke blij voor hen allebei. Van mijn eigen situatie was ik lang niet zo zeker. Ik moest een meisje van twaalf dat ik helemaal niet kende, gaan opvoeden. Ik zou mijn best doen, maar ondanks wat Squares had gezegd, kon ik nooit Carly's vader zijn. Ik had me verzoend met veel dingen die met Ken te maken hadden, inclusief de mogelijkheid dat hij de rest van zijn leven in de gevangenis zou doorbrengen, maar dat hij zo nadrukkelijk had gezegd dat hij zijn dochter nooit meer wilde zien, knaagde aan me. Ik nam aan dat hij zijn kind wilde beschermen. Ik nam aan dat hij vond dat het kind beter af was zonder hem.

Ik zeg 'ik neem aan' omdat ik het hem niet kon vragen. Eenmaal in hechtenis had Ken gezegd dat ook ik niet bij hem mocht worden toegelaten. Ik wist niet waarom, maar zijn gefluisterde woorden...
Jou heb ik meer gekwetst en bedrogen dan wie ook.
... bleven in mijn binnenste echoën en reten me kapot met hun vlijmscherpe klauwen, zonder dat ik eraan kon ontsnappen.

Squares bleef buiten. Nora en ik haastten ons naar binnen. Ze had de verlovingsring aan haar vinger. We waren uiteraard aan de vroege kant. We zochten de gate en snelden de gang door. Nora zette haar tas op de band van het röntgenapparaat. Bij mij ging de metaaldetector piepen, maar dat kwam alleen maar door mijn horloge. We liepen meteen door naar de gate, hoewel het vliegtuig pas over een kwartier zou landen.

We gingen zitten, hand in hand, en wachtten. Melissa had besloten nog een poosje in de stad te blijven. Ze hielp mijn vader weer op krachten te komen. Zoals beloofd had Yvonne Sterno het exclusieve verhaal gekregen. Ik heb geen idee wat voor invloed dat zou hebben op haar carrière. Ik had nog geen contact opgenomen met Edna Rogers. Maar dat zou ik binnenkort vermoedelijk wel doen.

Katy was niet aangeklaagd wegens de schietpartij. Ik dacht na over hoe groot haar behoefte was geweest de zaak helemaal af te sluiten en vroeg me af of die avond daaraan had bijgedragen of niet. Ik dacht van wel.

Onderdirecteur Joe Pistillo had aangekondigd dat hij aan het eind van het jaar met pensioen ging. Ik begrijp nu pas echt waarom hij er zo op aandrong dat ik Katy Miller erbuiten hield – niet alleen vanwege haar veiligheid maar vanwege wat ze had gezien. Ik weet niet of Pistillo echt de getuigenis van een zesjarig meisje heeft betwijfeld of dat het leed dat hij dagelijks op het gezicht van zijn zuster zag, hem ertoe heeft aangezet Katy's woorden zodanig bij te vijlen dat ze in zijn straatje pasten. Ik weet alleen dat de FBI Katy's oude getuigenis geheim heeft gehouden, zogenaamd omdat ze een klein meisje probeerde te beschermen. Maar ik heb mijn twijfels.

De waarheid over mijn broer had me uiteraard vreselijk aangegrepen maar ergens – dit klinkt heel raar – was het wel goed zo. De lelijkste waarheid was, alles bij elkaar genomen, nog altijd beter dan de mooiste leugen. Mijn wereld was somberder geworden, maar draaide tenminste weer normaal om zijn as.

Nora leunde naar me toe. 'Hoe voel je je?'
'Bang,' zei ik.
'Ik hou van je,' zei ze. 'En Carly zal ook van je houden.'

We keken allebei op naar de monitor met de vluchtgegevens. Die begon te knipperen. De grondsteward van Continental Airlines pakte de microfoon en kondigde aan dat vlucht 672 was geland. Carly's vlucht. Ik keek Nora aan. Ze glimlachte en kneep weer in mijn hand.

Ik liet mijn blik ronddwalen, over de wachtende passagiers, de mannen in nette pakken, de vrouwen met weekendtassen, de gezinnen die op vakantie gingen, de mensen die vertraging hadden, de gefrustreerden, de vermoeiden. Vluchtig beroerde mijn blik allerlei gezichten en toen zag ik hem naar me kijken. Mijn hart stond stil.

Het Spook.

Er ging een schok door me heen.

Nora zei: 'Wat is er?'

'Niets.'

Het Spook wenkte me. Ik stond op als in een trance.

'Waar ga je naartoe?'

'Ik ben zo terug,' zei ik.

'Maar ze komt zo.'

'Ik moet eventjes naar de wc.'

Ik drukte zachtjes een kus op Nora's hoofd. Ze keek bezorgd. Ze keek langs de gate, maar het Spook was uit het zicht verdwenen. Ik wist wel beter. Als ik wegliep, zou hij me weten te vinden. Hem negeren zou het alleen maar erger maken. Vluchten had geen zin. Hij zou ons uiteindelijk weten te vinden.

Ik moest hem het hoofd bieden.

Ik liep in de richting van de plek waar ik hem had zien staan. Mijn knieën knikten, maar ik liep door. Toen ik langs een lange rij vrije telefoontoestellen kwam, hoorde ik hem.

'Will.'

Ik draaide me om en zag hem. Hij gebaarde dat ik naast hem moest gaan zitten. Dat deed ik. We keken allebei naar het grote raam in plaats van naar elkaar. Het raam verveelvoudigde de zonnestralen. De hitte was drukkend. Ik kneep mijn ogen tot spleetjes. Hij ook.

'Ik ben niet teruggekomen vanwege je broer,' zei het Spook. 'Ik ben teruggekomen voor Carly.'

Bij het horen van die woorden versteende ik. Ik zei: 'Je krijgt haar niet.'

Hij glimlachte. 'Je begrijpt het niet.'

'Vertel het me dan maar.'

Het Spook draaide zijn lichaam naar me toe. 'Jij wilt alle mensen in keurige rijtjes, Will. Je wilt de goeden aan de ene kant en de slechten aan de andere. Maar zo werkt dat niet. Het is nooit zo eenvou-

dig. Liefde, bijvoorbeeld, leidt tot haat. Ik geloof dat het daar allemaal mee begonnen is. Primitieve liefde.'
'Ik begrijp niet waar je het over hebt.'
'Je vader,' zei hij. 'Die hield te veel van Ken. Ik zoek naar het zaadje, Will. En dat vind ik daar. In de liefde van je vader.'
'Ik begrijp nog steeds niet waar je het over hebt.'
'Wat ik nu ga zeggen,' ging het Spook door, 'heb ik maar aan één ander mens verteld. Begrijp je dat?'
Ik zei dat ik het begreep.
'Je moet even teruggaan naar het jaar dat Ken en ik in de vierde klas zaten,' zei hij. 'Zie je, Daniel Skinner is niet door mij doodgestoken, maar door Ken. Je vader hield zoveel van hem dat hij hem heeft beschermd. Hij heeft mijn vader afgekocht. Met vijfduizend dollar. En je zult me misschien niet geloven, maar je vader vond zichzelf bijna een weldoener. Mijn vader sloeg mij altijd. De meeste mensen zeiden dat ik sowieso naar een pleeggezin zou moeten. De redenering van je vader was dat ik vrijgesproken zou worden op basis van zelfverdediging of onder behandeling zou worden gesteld en drie maaltijden per dag zou krijgen.'
Ik was met stomheid geslagen. Ik dacht aan ons treffen op het Little League-veld. Mijn vaders verlammende angst, zijn ijzige stilte toen we weer thuis waren, en wat hij tegen Asselta had gezegd: 'Als je iemand te pakken wilt nemen, neem mij dan.' Alweer klonk het allemaal zo logisch.
'Ik heb maar één mens de waarheid verteld,' zei hij. 'Wie denk je?'
Weer kreeg ik een puzzelstukje op de juiste plek. 'Julie,' zei ik.
Hij knikte. De band. Het verklaarde veel over hun vreemde verbintenis.
'Maar wat heb je hier nu nog te zoeken?' vroeg ik. 'Wil je soms wraak nemen op Kens dochter?'
'Nee,' zei het Spook met een zachte lach. 'Er is geen makkelijke manier om je dit te vertellen, Will, maar misschien lukt het met behulp van de wetenschap.'
Hij gaf me een dossiermap. Ik keek erop neer. 'Doe maar open,' zei hij.
Ik deed wat hij zei.
'Het is het autopsierapport van de onlangs overleden Sheila Rogers,' zei hij.
Ik fronste. Ik vroeg me niet af hoe hij eraan was gekomen. Ik wist dat hij voldoende bronnen moest hebben. 'Wat heeft dit hiermee te maken?'

'Kijk eens naar dit hier.' Het Spook wees met een dunne vinger een paragraaf aan halverwege de pagina. 'Zie je wat aan het eind daarvan staat? Geen littekens op het schaambeen door scheuringen in het beenvlies. Geen aantekeningen over lichte strepen op de borst en buikwand. Niet ongebruikelijk natuurlijk. Het zou niets te betekenen hebben, tenzij je ernaar zocht.'

'Tenzij je waarnaar zocht?'

Hij sloeg de map dicht. 'Tekenen dat het slachtoffer een kind had gebaard.' Hij zag de verwarde blik op mijn gezicht en vervolgde: 'In eenvoudige woorden: Sheila Rogers kan niet de moeder van Carly zijn geweest.'

Ik wilde iets zeggen maar het Spook gaf me een tweede map. Ik keek naar de naam die erop stond.

Julie Miller.

De koude spreidde zich uit in mijn binnenste. Hij sloeg de map open, wees naar een paragraaf en begon te lezen. 'Littekens in de schaamstreek, bleke strepen, veranderingen in de microscopische weefselstructuur van de borsten en het baarmoederweefsel,' zei hij. 'En het trauma was van recente datum. Zie je dit? Het litteken van de episiotomie was nog dik.'

Ik staarde naar de woorden.

'Julie was niet alleen voor een ontmoeting met Ken naar huis gekomen. Ze wilde na een beroerde periode in haar leven opnieuw beginnen. Ze was bezig erbovenop te klauteren, Will. Ze wilde je de waarheid vertellen.'

'Welke waarheid?'

Maar hij schudde zijn hoofd en ging door. 'Ze had het je al eerder willen vertellen, maar ze wist niet hoe je erop zou reageren. Het feit dat je zo weinig tegenstand had getoond toen ze zei dat ze het uit wilde maken... dat bedoelde ik toen ik zei dat je voor haar had moeten knokken. Je hebt haar zomaar losgelaten.'

Onze ogen vonden elkaar.

'Zes maanden voor haar dood is Julie bevallen,' zei het Spook. 'Zij en de baby, een meisje, woonden samen met Sheila Rogers in die flat. Ik geloof dat Julie het je die avond eindelijk had willen vertellen, maar daar heeft je broer een stokje voor gestoken. Sheila hield ook van het kind. Toen Julie was vermoord en je broer moest vluchten, wilde Sheila de baby voor zichzelf houden. En Ken, nou, Ken begreep meteen hoe nuttig een baby kon zijn om een voortvluchtige een alibi te schenken. Hij had geen kinderen. Sheila ook niet. Een betere vermomming was er niet.'

Kens gefluisterde woorden kwamen weer in me boven...
'Begrijp je wat ik je allemaal zit te vertellen, Will?'
Jou heb ik meer gekwetst en bedrogen dan wie ook.

De stem van het Spook sneed door de mist. 'Je bent geen plaatsvervanger. Je bent Carly's echte vader.'

Ik geloof dat ik niet meer ademde. Ik staarde naar niets. Gekwetst en bedrogen. Mijn broer. Mijn broer had mijn kind gestolen.

Het Spook stond op. 'Ik ben niet teruggekomen voor wraak en zelfs niet voor gerechtigheid,' ging hij door. 'Maar de waarheid is, dat Julie is gestorven omdat ze mij probeerde te beschermen. Ik ben ten opzichte van haar tekortgeschoten. Ik heb een eed gezworen dat ik haar kind zou redden. Daar heb ik elf jaar voor nodig gehad.'

Ik kwam wankelend overeind. We stonden naast elkaar. Passagiers stroomden uit het vliegtuig. Het Spook propte iets in mijn zak. Een stuk papier. Ik negeerde het.

'*Ik* heb die bewakingsfilm naar Pistillo gestuurd, zodat McGuane je niet meer zal storen. Ik heb die avond het bewijsmateriaal in het huis gevonden en het al die jaren bewaard. Nora en jij zijn nu veilig. Ik heb alles geregeld.'

Meer passagiers stapten uit. Ik bleef staan, wachtend en luisterend.

'Vergeet niet dat Katy Carly's tante is, en dat meneer en mevrouw Miller haar grootouders zijn. Zorg dat je hen toelaat in haar leven. Hoor je me?'

Ik knikte en dat was het moment waarop Carly de gate door kwam. Alles binnen in me sloot zich af. Het meisje liep zo fier. Net als... net als haar moeder. Carly keek om zich heen en toen ze Nora zag, spreidde een wonderbaarlijke glimlach zich uit over haar gezicht. Mijn hart brak. Letterlijk, het brak in duizend stukken. De glimlach. Die glimlach, ziet u, was die van mijn moeder. Het was Sunny's glimlach, als een echo uit het verleden, een bewijs dat mijn moeder – en Julie – niet volledig waren verdwenen.

Ik slikte een snik in en voelde een hand op mijn rug.

'Ga maar gauw,' fluisterde het Spook en hij duwde me zachtjes in de richting van mijn dochter.

Ik keek nog even om, maar John Asselta was al verdwenen. Dus deed ik het enige wat ik kon doen. Ik liep naar de vrouw van wie ik hield en naar mijn kind.

Nawoord

Later die avond, nadat ik Carly een nachtzoen had gegeven en haar had ingestopt, vond ik het stukje papier dat hij in mijn zak had gepropt. Het waren de eerste paar regels van een krantenartikel:

KANSAS CITY HERALD
Man dood aangetroffen in auto

Cramden, Mo. – Cray Spring, een politieman uit Cramden, is gewurgd aangetroffen in zijn auto, vermoedelijk het slachtoffer van een roofmoord. Zijn portefeuille wordt vermist. Spring had geen dienst op het tijdstip van de moord. Volgens de plaatselijke politie is zijn auto aangetroffen op een parkeerterrein achter een café. Commissaris Evan Kraft heeft verklaard dat er nog geen verdachten zijn aangehouden en dat het onderzoek in volle gang is.

Dankbetuiging

De auteur wil graag de volgende personen bedanken voor hun technische expertise: Jim White, algemeen directeur van het Covenant House in Newark; Anne Armstrong-Coben, MD, medisch directeur van het Covenant House in Newark; Frank Gilliam, hoofd hulpverlening van het Covenant House in Atlantic City; Mary Ann Daly, hoofd buurtprogramma's van het Covenant House in Atlantic City; Kim Sutton, manager van het Covenant House in Atlantic City; Steven Miller, MD, hoofd nooddienst kinderverpleging van het Children's Hospital van New York-Presbyterian, Columbia University; Douglas P. Lyle, MD; Richard Donnen (voor de beslissende zet); Linda Fairstein, hulpofficier van justitie, Manhattan; Gene Riehl, FBI (in ruste); Jeffrey Bedford, FBI, speciaal agent – zij allen hebben de auteur kijkjes achter de schermen laten nemen en moeten nu aanzien hoe hij de informatie heeft verwrongen en verworpen ten behoeve van zijn eigen doeleinden.

Covenant House is een bestaande organisatie, hoewel ik niet erg nauwkeurig ben omgesprongen met de feiten. Ik heb er veel bij verzonnen – zo gaat dat met fictie – maar ik heb wel geprobeerd het zorgzame hart en de ziel van deze belangrijke liefdadigheidsinstelling goed over te laten komen. Wie erin is geïnteresseerd of er meer over wil weten, moet maar eens kijken op www.covenanthouse.org.

De auteur wil ook zijn geweldige team bedanken: Irwyn Applebaum, Nita Taublib, Danielle Perez, Barb Burg, Susan Corcoran, Cynthia Lasky, Betsy Hulsebosch, Jon Wood, Joel Gotler, Maggie Griffin, Lisa Erbach Vance en Aaron Priest. Jullie betekenen allemaal heel veel voor me.

Nogmaals: dit is een roman. Dat wil zeggen dat ik dingen verzin.